U0022312

裴普賢
糜文開 著

詩經欣賞與研究（改編版）

三民書局印行

第二冊

小雅　七十四篇

㈠鹿鳴之什十篇

※南陔、白華、華黍三篇有目無辭，故不列入。

㈡南有嘉魚之什十篇

※由庚、崇丘、由儀三篇有目無辭，故不列入。

㈢鴻鴈之什十篇

第三冊

大雅 三十一篇

㈠文王之什十篇

㈡生民之什十篇

㈢蕩之什十一篇

周頌 三十一篇

(一)清廟之什十篇

(二)臣工之什十篇

第四册

〈研究部分〉——論文共二十一篇

跋文及後記

後記：

大雅——文王之什

一、文王

文王修德，武王滅商，天命歸周。成王幼年接位，周公旦攝政，追述文王之德，以戒成王及羣下。其於天人之際，興亡之理，丁寧反覆，至爲深切。所以立於樂官，以爲天子諸侯朝會時奏唱的樂歌。

原詩	今譯
文王在上，	文王的英靈在天上，
於，昭于天！❶	啊！照耀得天上是多麼光亮！
周雖舊邦，	我周國雖然是個舊邦，

❶ 於：音ㄨ，感歎詞。

其命維新。❷　　却新近接受天命而爲王。
有周不顯，　　我周偉大而顯耀，
帝命不時！❸　　天帝之命也偉大而合時效！
文王陟降，　　文王之靈往來上下，
在帝左右。　　不離天帝左右而盤繞。

亹亹文王，❹　　孜孜於進德修業的文王，
令聞不已。❺　　身後仍然美名播揚。
陳錫哉周，❻　　上帝敷陳恩德給周，

---

❷屈萬里詩經釋義：「自太王以來國於周，故曰舊邦。尙書康誥云：『天乃大命文王殪戎殷，誕受厥命』。逸周書祭公篇云：『皇天改大殷之命，維文王受之，維武王大剋之，咸茂厥功』。皆可證文王已及身稱王，周人已目之爲受命代殷。故云：其命維新。論語「三分天下有其二，以服事殷」之說，蓋別一傳說耳。」

❸不：丕也，大也。

❹亹：音尾ㄨㄟˇ；亹亹：黽勉。

❺令聞：美譽；不已：不休。

❻陳錫：陳，敷也；錫，賜也。

侯文王孫子。❼　就是文王子孫也承恩沾光。
文王孫子，　文王子孫也承恩沾光，
本支百世。❽　本宗天子支庶諸侯，百世無疆。
凡周之士，　凡我周朝賢士，
不顯亦世。❾　也累世顯赫修德自強。

世之不顯，　世世代代偉大顯赫，
厥猶翼翼。❿　小心謹慎圖謀策略。
思皇多士，⓫　美哉如此衆多賢士，
生此王國。　生在這個文王之國。
王國克生，⓬　文王之國賢士衆多，

❼ 侯：維也。

❽ 本支百世：本，根也，謂宗子；支，枝也；謂庶子。言其大宗及支庶繁昌，百世不絕。

❾ 不顯亦世：不顯，丕顯；亦世，即奕世。馬瑞辰說：猶言永世累世也。

❿ 猶：謀也；翼翼：敬愼。

⓫ 思：語詞；皇：煌也，美盛之貌。

⓬ 克生：能生。

維周之楨。⑬	擔任周朝棟梁工作。
濟濟多士，	如此衆多有德賢士，
文王以寧。	文王才會安心喜悅。
穆穆文王，⑭	文王和善而肅穆，
於，緝熙敬止！⑮	啊！永遠敬事上帝而服務！
假哉天命，⑯	偉大的天命，
有商孫子。⑰	商之子孫也歸你保護。
商之孫子，	歸你保護的商之子孫，
其麗不億。⑱	豈止億萬之數。
上帝既命，	上帝既已有此命令，

⑬ 楨：築牆所用木。在牆兩端者曰楨，兩邊者曰榦。維周之楨，猶言維周之棟梁。

⑭ 穆穆：美也，又深遠之意。

⑮ 於：感歎辭；緝熙：繼續不絕之意，此言對文王之敬不怠也；止：語辭。

⑯ 假：大也。

⑰ 有：保有。有商孫子，謂商之子孫皆臣屬於周。

⑱ 麗：數也。言其數不止一億。

侯于周服。⑲	唯有向我周朝臣服。
侯服于周，	向我周朝臣服，
天命靡常。⑳	天命沒有定數。
殷士膚敏，㉑	殷士敏捷而知禮，
祼將于京。㉒	獻酒京師來助祭。
厥作祼將，	獻酒京師來助祭，
常服黼冔。㉘	衣冠仍然照殷制。
王之藎臣，㉔	王的耿耿忠臣啊！
無念爾祖！	能不懷念爾祖文王之德義！

---

⑲ 侯：維也。言維周是服。

⑳ 靡常：無常。天命靡常，謂不專私於一家一姓也。

㉑ 膚：美；敏：疾速。

㉒ 祼：音灌ㄍㄨㄢˋ，以鬯酒獻尸，尸受酒灌於地，以降神；將：進也，謂進酒；京：謂周京。二語言殷人助祭於周。

㉓ 黼：黼裳；冔：音吁，殷冠，言周人寬大不令殷人改其冠服。

㉔ 藎臣：忠臣。

無念爾祖，	懷念爾祖文王之德義，
聿脩厥德。㉕	就須修養你品德。
永言配命，㉖	永遠配合上天之命，
自求多福。	行爲端正幸福多。
殷之未喪師，㉗	殷朝未失天下時，
克配上帝。㉘	也能配合着上帝。
宜鑒于殷，	而今却如此，足爲我鑒戒，
駿命不易。㉙	要保天命眞不易。
命之不易，	既知天命不易保，

㉕ 聿：發語詞，言但修其德也。

㉖ 永：久也；言：語辭；配：配合；命：天命。

㉗ 師：衆也。喪師：指紂失天下言。

㉘ 克：能也。

㉙ 駿：大；易：容易；二語周人自儆之辭，蓋戒成王也。

無遏爾躬。㉚　勿使斷送在你身。
宣昭義問，㉛　顯揚美譽和令聞，
有虞殷自天。㉜　天命殷人興廢足驚心。
上天之載，㉝　上天之事難測知，
無聲無臭。　無聲無臭無處尋。
儀刑文王，㉞　唯以文王爲法式，
萬邦作孚。㉟　自獲天下同信任。

【評　解】

大雅分文王之什、生民之什、蕩之什三什。每什十篇，蕩之什多一篇，三什共三十一篇。各

㉚遏：絕。言勿當爾身而遏絕此天命也。
㉛宣、昭：皆明意；宣昭：猶言明著；義：善；問：通聞。義問：猶言令聞。言明著其美譽也。陳奐說。
㉜有：又；虞：度；謂又思度殷之所以興廢皆由天也。
㉝載：事。
㉞儀：式；刑：法。言以文王爲法式。
㉟孚：信。言萬邦則信服於周也。

什均以首篇名什，文王篇卽文王之什的首篇。史記孔子世家：「關雎之亂以爲風始，鹿鳴爲小雅始，文王爲大雅始，清廟爲頌始。」經學家稱關雎、鹿鳴、文王、清廟四篇爲「四始」。這國風、小雅、大雅、頌四種詩的首篇，也就是四種詩的代表作，所以我們欣賞詩經，不能不讀這代表性的四篇。文王篇雖長達七章，每章又都有八句之多，但是，我們要談四始，便不得不舉爲大雅之例來欣賞一下。

本篇除第二章第五句、第四章第二句、第六章第五句及第七章第四句爲五字外，餘均爲四字句，全詩共三百九十六字。

至於本篇的作者是誰？呂氏春秋古樂篇引此詩，以爲周公所作。朱熹集傳因曰：「周公追述文王之德，明周家所以受命而代商者，皆由於此，以戒成王。」此詩爲周公所作，雖難確信，讀原詩口吻頗近似，觀其文句形式，定爲周初之詩，可以無疑。

文王篇的內容，簡言之，不外「敬事上帝，敬守祖德」八字，更簡則爲「敬天敬祖」四字而已。朱熹說：「此詩之首章，言文王之昭于天，而不言其所以昭；次章言其令聞不已，而不言其所以聞；至於四章然後所以昭明而不已者，乃可得而見焉。然亦多詠歎之言。而語其所以爲德之實，則不越乎敬之一字而已。然則所謂脩厥德而儀刑之者，豈可以他求哉？亦勉於此而已矣！」我國周初思想，於此可見一斑。

牛運震評之曰：「儀刑文王二語，結出一篇主意，敦醇和大。」可謂對此篇的總評。

文王篇文句古樸呆滯，這是大雅的本色。全篇七章均爲賦體。國風是民謠，興比最多，各章之間，大多用連環的文句。小雅仍採用這種風格，大雅則賦體爲多，絕少興比體和連環式。代表頌詩的周頌則全爲賦體，連環式僅具雛形。

大雅諸篇形式上有一特徵，那是銜尾式的發展。我們看文王篇第五章的末句是「無念爾祖」四字，而第六章的首句，也就用這「無念爾祖」四字開始，這正如魚之啣尾，前後相接。如果一篇之中，每章都成啣尾之式，便成爲一種特殊風格的詩體。但文王篇不是每兩章之間都首尾相接的，其首尾相接的字句也有變化。第二節的尾是「不顯亦世」而第三章的首爲「世之不顯」，只三字相同。第三章的尾「文王以寧」，而第四章的首「穆穆文王」，只兩字相同。第四章的尾「侯于周服」與第五章的首「侯服于周」雖四字全同，但四字的順序有了變換。第六章的尾「駿命不易」與第七章的「命之不易」又僅三字相同。文王全篇只有五章尾與六章首完全相同。所以我們說這種啣尾體尙在發展中，還沒有成熟。

欣賞大雅諸篇啣尾體的發展倒是很有趣的事。文王之什第二篇大明詩中，第二章尾句「生此文王」與第三章首句「維此文王」只有三字相同，第四章尾句「大邦有子」和第五章首句「大邦有子」又完全相同。文王之什第八篇靈臺詩，第三章末二句「於論鼓鐘，於樂辟廱」，和第四章首兩句完全相同，則變一句相同爲兩句相同。生民之什第三篇旣醉詩第二章末句「介爾昭明」與第三章首句「昭明有融」，第四章末句「攝以威儀」與第五章首句「威儀孔時」都是兩字相同，但這是緊接着的兩字，又與文王大明兩篇中的「兩字」相同不一樣。既醉第三章末句「公尸嘉告」，與第四章首句「其告維何」，雖則一字相同，而意義則緊密連接。以下的「永錫爾類」下接「其類維何」；「永錫祚胤」下接「其胤維何」；「景命有僕」下接「其僕維何」，都是問答法的一字相同。蕩之什第六篇烝民詩第四章末句「以事一人」和第五章首句「人亦有言」，又是緊接一字的相同。所以大雅諸篇的銜尾式，有一句相同式，有兩句相同式，有一字二字三字四字的種種相同式。

大雅的這種啣尾體的形式，發展比較接近成熟階段的是文王之什第九篇下武一詩。玆將下武六章二十四句全錄於下，以爲詩經銜尾式的代表：（首尾相同字句左旁加線以爲標誌）

下武維周，世有哲王。三后在天，王配于京。（一章）
王配于京，世德作求。永言配命，成王之孚。（二章）
成王之孚，下土之式。永言孝思，孝思維則。（三章）
媚茲一人，應侯順德。永言孝思，昭哉嗣服。（四章）
昭茲來許，繩其祖武。於萬斯年，受天之祜。（五章）
受天之祜，四方來賀。於萬斯年，不遐有佐。（六章）

大雅詩的銜尾式對後世詩人頗有影響，清人梁章鉅退庵隨筆學詩六一有曰：「曹子建贈白馬王彪詩，顏延之秋胡行，皆次章首句蟬聯上章之尾，此本大雅文王、下武、既醉三篇章法也。

而蔡中郎飲馬長城窟，晉西洲曲，復施其法於一章之中，纏綿委折，而節拍更緊，遂極情文之妙。」

【古　韻】

第一章：天、新，眞部平聲；

　時、右，之部平聲；

第二章：已、子、子、士，之部上聲；

　世、世，祭部去聲；

第三章：翼、國，之部入聲；

　生、楨、寧，耕部平聲；

第四章：止、子、子、億、服，之部上聲；

第五章：常、京，陽部平聲；

　冔、祖，魚部上聲；

第六章：德、福，之部入聲；

　帝、易，佳部去聲；

第七章：躬、天，中部平聲；

臭、孚，幽部去聲。

二、大明

這是詩經中追敘周代史蹟的著名史詩之一。詩敘武王伐商經過，而以周之有天下，歸功於文王之以德受天命，並追溯及於大任大姒二母的天作之合。

原詩	今譯
明明在下，❶	在下有明德輝煌，
赫赫在上。❷	在上有天命昭彰。
天難忱斯，❸	上天的事情難信賴，

❶明明：謂有明德。在下：在人間。

❷赫赫：顯赫。在上：在天上。二句謂文王之明德在人間，故上天降下顯赫之命使周有天下。

❸忱：音沈ㄔㄣˊ，漢書貢禹傳、後漢書胡廣傳引詩皆作諶。說文引詩亦作諶，大雅蕩：「其命匪諶」，說文引作忱，是忱、諶同。忱：信賴。斯：語詞。天難信賴謂天命無常，每有更易，卽周書大誥「天棐忱辭」之意。

不易維王。❹　王業不易保久長。
天位殷適，❺　天爲殷商立強敵，
使不挾四方。❻　使他不能有四方。

摯仲氏任，❼　摯國任家二小姐，
自彼殷商，　從那殷商遙遠處，
來嫁于周。　嫁到周國爲媳婦。
曰嬪于京，❽　嫁來周國京師，
乃及王季，❾　能夠配合王季，

---

❹ 言保王業不容易。

❺ 于省吾雙劍誃詩經新證謂：位、立古同字，金文位字皆作立。適、敵聲同古通。言天立殷敵。

❻ 謂使不能挾有四方也。于省吾謂或讀挾爲浹，謂使不能浹合四方，於義亦通。

❼ 摯：國名，殷畿內小國。仲氏：次女。任：姓。摯國任姓之次女，即本詩中所稱之太任，爲王季之妻，文王之母。

❽ 曰：語詞。嬪：婦。此處作動詞用，謂嫁而爲婦也。京：周京。

❾ 王季：太王之子，文王之父，名季歷。

維德之行。⑩ 品德行爲一致。
大任有身，⑪ 大任懷胎有了喜，
生此文王。 文王於是就降世。

維此文王， 文王處世很謹愼，
小心翼翼。 做事處處都小心。
昭事上帝，⑫ 心地光明事上帝，
聿懷多福。⑬ 於是保有多福祉。
厥德不回，⑭ 品德正直不回邪，
以受方國。⑮ 承受四方來附國。

⑩行：音杭ㄏㄤˊ，行列，猶言齊等，謂太任之德與王季齊等。
⑪有身：謂懷孕。
⑫昭：明。謂心地光明（誠心誠意）敬事上帝。
⑬聿：語詞。懷：保有。
⑭厥：其。回：邪。
⑮受：承受，保有。方國：四方來附之國。

天監在下，⑯　上天觀察萬民，
有命既集。⑰　天命既已降臨。
文王初載，⑱　文王卽位沒多久，
天作之合。　天意使他有配偶。
在洽之陽，⑲　在洽水的北岸，
在渭之涘。⑳　在渭河的旁邊。
文王嘉止，㉑　文王嘉美歡喜，
大邦有子。㉒　莘國有女爲妻。

---

⑯監：視。
⑰集：至，謂天命已到達文王。
⑱載：始，又，年。唐虞曰歲，夏曰載，殷曰祀，周曰年。載卽年也。
⑲洽：水名，卽郃水。朱右曾謂卽水經注之瀵水，水北曰陽。
⑳渭：水名。涘：音ㄙˋ，水涯。
㉑嘉：美。止：語詞。
㉒大邦：謂莘國。子：女子，指太姒。以上二句爲倒裝語法，謂大邦有女，文王嘉美之也。

大邦有子，	莘國有女眞美善，
俔天之妹。㉓	就像天上仙女般。
文定厥祥，㉔	行禮納幣定吉祥，
親迎于渭。	親自迎娶渭水旁。
造舟爲梁，㉕	造舟爲梁過河來，
不顯其光。㉖	大大顯耀他光彩。
有命自天，	有命自天降，
命此文王。	命令這文王。
于周于京，㉗	命令下達周京處，

㉓ 俔：音欠ㄑㄧㄢˋ，說文：「譬喻也。」妹：卽周易歸妹之妹，少女也。兪樾說。謂莘女之美好譬如天上之少女也。

㉔ 朱傳：「文、禮；祥，吉也。言卜得吉，而以納幣之禮定其祥也。」言以禮定下喜事，卽今之所謂訂婚也。

㉕ 造舟相接以爲橋梁，若今之浮橋。

㉖ 不：丕，大。謂大顯其光彩。

㉗ 于周于京：卽于周之京，謂在周之京也。

纘女維莘，㉘　又有莘國的好女，
長子維行。㉙　能與文王相輔助。
篤生武王。㉚　篤生武王天賜福。
保右命爾，㉛　上天保佑又指令，
燮伐大商。㉜　攻伐大商應天命。

殷商之旅，㉝　殷商的軍隊衆紛紜，
其會如林。㉞　會聚一起如樹林。
矢于牧野：㉟　武王誓師在牧野：

㉘纘：音贊，繼，謂繼太任之后位者。又爲㜺字之假借。㜺：好。馬瑞辰說。莘：國名，爲太姒之國。
㉙長子：謂文王，爲王季之長子。行：與二章「維德之行」之行字同義，齊等也。言太姒之德與文王齊等。
㉚篤：毛傳訓爲厚。厚生武王，謂天生武王很篤厚。
㉛右：助。謂天保之，天助之，而又天命之。爾：語詞，或謂武王。
㉜燮：高本漢謂躞字之省，意爲行。燮伐大商：謂進軍攻伐大商。
㉝旅：衆。指軍隊。
㉞會：聚集。如林：衆多。
㉟矢：誓，謂誓師。牧野：地名，在今河南淇縣境。

「維予侯興，㊱　　「如今我就要興起，
上帝臨女，㊲　　上帝他會監視你，
無貳爾心。」　　可別三心又兩意。」

牧野洋洋，㊳　　牧野地方很寬廣，
檀車煌煌。㊴　　堅固的戰車也鮮亮，
駟騵彭彭，㊵　　四匹騵馬很盛壯。
維師尚父，㊶　　又有太師號尚父，
時維鷹揚。㊷　　勇猛精進似鷹揚。

㊱以下三句為誓辭。侯：乃。謂予今當興起。
㊲女：音義同汝。臨謂照臨，監視之意。
㊳洋洋：廣大。
㊴檀：堅木，宜為車。煌煌：鮮明。
㊵騵：音元ㄩㄢˊ，赤身黑尾而腹部又有白毛之馬曰騵。彭彭：盛壯貌。
㊶師：太師尚父。太公望為太師而號尚父。
㊷鷹揚：如鷹之飛揚，形容師尚父之勇武。

涼彼武王，㊸　　盡心輔佐那武王，
肆伐大商。㊹　　揮軍前進伐大商。
會朝清明。㊺　　會戰之晨天晴朗。

【評　解】

大明是文王之什的第二篇，共八章，一三五七四章章六句，二四六八四章章八句，成爲六八相間的特殊章法，在三百篇中，又是一格。除第一章第六句爲五字句外，餘均四字句，全詩共計二百二十五字。

大雅中多史詩，保存了周民族興起的史跡。其中五篇敍后稷的生民、公劉的公劉、古公的緜、文王的皇矣、武王的大明爲最著。大明不啻一篇文王傳，而敍事追溯二母，並以周有天下，歸功文王，故敍文王特詳。

第一章因爲要述文武之受命，所以先言天人感應之理，再述及殷之所以亡，以爲全篇綱領。二章至六章歷敍文王武王皆生有聖德，其中第三章敍文王之德獨詳。於王季則以「維德之

㊸涼：輔佐。韓、魯詩均作亮，訓爲導右，見爾雅釋詁。導爲教導，右爲佑助，皆輔助之意。
㊹肆：恣縱，言縱其兵。
㊺會：合，言會戰。清明：謂天氣清朗。

行」一語點過。對於武王則只說伐商之事。王季武王未嘗無明德，但眞正受天命則自文王始。文王有此明德，必有聖父聖母，故推本於王季太任。又有此明德必有聖配，故五章、六章詳述太姒之德盛禮隆，然後篤生聖子而有天下。至於敍述武王伐商，也以「有命自天，命此文王」發端，全詩無處不歸重於文王。

至於寫王季文王兩代的婚配，二章先出太任，後出王季。而四章先出文王，再出太姒。於太任則說來嫁，太姒則曰親迎，是兩代婚配作兩樣寫法，章法錯落有致，安排得體。

二章敍太任「維德之行」而生文王，六章敍太姒也能「長子維行」而生武王。於是詩意即轉入武王。故七八兩章側重武王之伐商而有天下，結束全篇，與首章相應。其中七章的「上帝臨女」應首章的「赫赫在上」；八章末句的「會朝淸明」與首章的「明明在下」相應。全詩最後以「會朝淸明」作結，卽有應天順人，廓淸六合之氣概。

本詩寫伐紂之事，「殷商之旅，其會如林」寫紂兵之衆多，然武王有必勝之心；「上帝臨女，無貳爾心」是上下一體，萬衆一心；會戰時又得淸明天氣，是天時地利人和，武王已有其二，故能克服紂軍，奠定帝業。

周書牧誓：「時甲子昧爽，王朝至於商郊牧野，乃誓。」又楚辭天問：「會鼂爭盟，何踐吾期？」註：「舊說武王將伐紂，紂使膠鬲視武王師。膠鬲問曰：『欲以何日行師？』武王曰：『以甲子日。』膠鬲還報紂。會天大雨道難行，武王晝夜行。或諫曰：『雨甚，軍士苦之，請且休息。』武王曰：『吾許膠鬲以甲子日至殷，今報紂矣。吾甲子日不到，紂必殺之，吾故不敢休息，欲救賢者之死也。』遂以甲子日朝誅紂，不失期也。」是皆記武王伐紂事，可爲此詩「肆伐大商，會朝清明」之佐證。

馬瑞辰毛詩傳箋通釋，解此詩篇名云：「大明蓋對小雅有小明篇而言。」蓋大明以首句「明明在下」本名明明，小雅首句「明明上天」之詩，亦名明明。大明小明卽大雅明明與小雅明明的簡稱。

牛運震詩志評此詩曰：「平敍簡質而布置寬綽，骨法勁動。」

【古　韻】

第一章：上、王、方，陽部平聲；

第二章：商、京、行、王，陽部平聲；

第三章：翼、福、國，之部入聲；

第四章：集、合，緝部入聲；

涘、止、子，之部上聲；

第五章：妹、渭，微部去聲；

梁、光，陽部平聲；

第六章：天、莘，眞部平聲；
　王、京、行、王、商，陽部平聲；
第七章：旅、野，魚部上聲；
　林、興、心，侵部平聲；
第八章：洋、煌、彭、揚、王、商、明，陽部平聲。

三、緜

這是一篇歌唱太王遷岐，爲文王之興奠基的史詩。非但追敍了周人岐山時代的歷史，而且把太王的愛民之心，文王的仁德之政，都渲染出來了。

原詩	今譯
緜緜瓜瓞。❶	小瓜根蔓連綿綿。
民之初生，❷	人民最初到世間，

❶ 緜緜：連續不絕貌。瓞：音迭ㄉㄧㄝˊ，瓜之小者。
❷ 民之初生：猶言生民之始，意謂周之先世，指公劉言。

自土沮漆。❸　是從杜水遷往漆水邊。
古公亶父，❹　太王古公字亶父，
陶復陶穴，❺　造成各式洞穴挖泥土，
未有家室。　沒有宮室和房屋。

古公亶父，　太王古公字亶父，
來朝走馬，❻　清早驅馬避狄侮，
率西水滸，❼　沿着水邊往西去，

---

❸ 經義述聞云：「土，當從齊詩讀爲杜，……杜，水名。……沮，當爲徂；徂，往也。言自杜水往至於漆水也。」杜水，在漢杜陽縣（今陝西麟遊縣）境。今漆水，源出陝西同官縣東北大神山，西南流至耀縣與沮水合。屈萬里先生謂：「此當是古之漆沮水，古漆水疑當在今陝西邠縣附近。公劉居豳，漆水流域豳地。」

❹ 古公亶父：即太王。古公其號，亶父其字。亶音膽ㄉㄢˇ。

❺ 陶：做陶土之工作，即挖掘意，參高本漢註釋。復：𥨍通，穴。于省吾詩經新證云：「徑直而簡易者曰穴，複出而多歧者曰𥨍。」古人穴居，故云。

❻ 來朝：來早。

❼ 率：循。滸：水涯。西水滸：或謂豳西漆水之涯。（屈萬里詩經釋義）；或謂渭水之涯，（陳奐引程大昌說）並謂：「蓋從豳至岐，中隔梁山，詩不言山，略也。古公當日去豳踰梁，由旱路來，故云來朝趣

至于岐下。❽　一直到達岐山麓。

爰及姜女，❾　帶了王妃太姜做輔助，

聿來胥宇。❿　就來此地定了居。

周原膴膴，⓫　周原的土地眞肥美，

堇荼如飴。⓬　堇菜荼菜有甜味。

（續）（走）馬，踰梁入渭，循渭達岐，故云率西水滸，至于岐下。岐在豳西也。」此「率西水滸」句，向來各家均未有明確之解釋。孔穎達曰：「文王之先，古公避狄之難，循西方水厓漆沮之側，東行而至於岐山之下。」是說岐山在豳之東，未說明豳在漆水何方；朱傳則謂「滸，水厓也，漆沮之側也」，益覺含混。普賢按：據禹貢九州圖及三代都邑圖所示，漆水在豳之東，由北向南流入渭水，渭水在豳之南，由西向東流入黃河。故「率西水滸，至于岐下」應解作「循漆水之西涯南行，再沿渭水邊西行，到達岐下。」故此「水」滸之水，兼漆水渭水二者言。且由地圖所示，由豳至岐，必經水路，詩云「走馬」者，蓋開始旱路須乘馬。

❽　岐下：岐山之下。岐山，在今陝西岐山縣。太王避狄人之難，自漆水西涯南行踰梁山，又西行至於岐山之下。

❾　姜女：姜姓之女；謂太王之妃太姜。

❿　聿：音玉ㄩˋ，語詞。胥：等候、停留。宇：居。聿來胥宇：即「他就停留居住。」高本漢說。

⓫　高平之地曰原，周原，周地之原，謂岐下之地。膴：音武ㄨˇ。膴膴：肥美貌。

⓬　堇：音謹ㄐㄧㄣˇ，菜名，一名烏頭。荼：苦菜。飴：音移ㄧˊ，餳之屬，今謂之糖漿。

爰始爰謀，⑬　這才開始定計謀，
爰契我龜。⑭　並刻龜甲來占卜。
曰止曰時，⑮　就此停息就安居，
築室于茲。　就在此地蓋房屋。

迺慰迺止，⑯　就在此地定了居，
迺左迺右；⑰　左右分佈有秩序；
迺疆迺理，⑱　劃出疆界理溝洫，
迺宣迺畝。⑲　開墾土地成田畝。

⑬爰：於是。
⑭契：音氣ㄑㄧˋ，刻。刻龜甲爲橢圓形小孔，然後以火灼之而卜。
⑮經義述聞云：「時，亦止也。」言龜卜之兆，以爲可以止居於此。
⑯迺：同乃。方言、廣雅並云：「慰，居也。」
⑰言乃有居左者有居右者。
⑱朱傳：「疆者，定其大界也。理者，定其溝塗也。」劃分大地界曰疆，細分每區界址曰理。
⑲馬瑞辰云：「宣者，以耜發田之謂。」即開墾意，毛鄭詩考正云：「畝，謂因水地之宜而畝之。」即做成田畝。

自西徂東，⑳　　西邊一直到東邊，
周爰執事。㉑　　周地的事情都齊辦。

乃召司空，㉒　　司空之官掌營建，
乃召司徒，㉓　　工役的事情司徒管，
俾立室家。㉔　　共同來把宮室建。
其繩則直，㉕　　用繩量度定曲直，
縮版以載，㉖　　又把牆版捆紮樹立起，
作廟翼翼。㉗　　造成的宗廟很神氣。

---

⑳ 徂：音ㄘㄨˊ，往。

㉑ 周：周地。爰：於是。周爰執事：即「於是在周地執行事務。」

㉒ 司空：官名，掌營建事務。

㉓ 司徒：官名，掌工役事務。

㉔ 俾：使。

㉕ 營建宮室，必以繩度其地基之直否。其繩則直，謂既以繩度之而直。

㉖ 縮版，以繩捆縮築牆之版。載，讀爲栽ㄗㄞ，築牆長版。以載謂樹立築牆長版。並馬瑞辰、高本漢說。

㉗ 翼翼：朱傳「翼翼，嚴正也。」

捄之陾陾，㉘　裝土裝得聲仍仍，

度之薨薨，㉙　投土投得響轟轟，

築之登登，㉚　搗土搗得登呀登，

削屢馮馮。㉛　削牆削得砰呀砰。

百堵皆興，㉜　百堵的城牆都興工，

鼛鼓弗勝。㉝　大鼓敲都敲不贏。（或：大鼓壓不過百工聲。）

㉘ 捄：音俱ㄐㄩˋ，說文：「盛土於梩也」按：梩：為運土之車。陾：音仍ㄖㄥˊ，陾陾：聲也。此處係指倒泥土之聲音。

㉙ 度：投，謂投土於版。薨：音轟ㄏㄨㄥ，薨薨：形容投土之聲音。

㉚ 築：以杵搗土使堅。登登：搗土之聲音。

㉛ 削：削去。古有婁無屢，屢卽婁；婁，僂同，謂牆面之高出處。馬瑞辰說。削屢：謂牆面有凸出不平之處，削之使平。馮：音平ㄆㄧㄥˊ，古讀重唇音，猶今言砰砰，形容削牆之聲音。

㉜ 堵：城牆一方丈曰一堵。百堵為一小城。（說詳小雅鴻鴈篇評解。）

㉝ 鼛：音高ㄍㄠ，大鼓，擊鼓所以動衆，故陳奐以為「不勝」是「不勝任」。馬瑞辰以為是「弗勝其擊」，高本漢釋此句謂：「鼓聲不能跟上他們的工作。」故此句言赴工者多，工作快速，鼓不勝擊。張以仁先生謂「勝」有「淩駕、超過」意，鼛鼓弗勝謂敲鼓的聲音蓋不過「薨薨、登登……」等聲音，亦通。

迺立臯門，(34)　於是郭門就立好，
臯門有伉；(35)　郭門昂然氣象高；
迺立應門，(36)　於是正門也建立，
應門將將。(37)　正門堂堂眞神氣。
迺立冢土，(38)　於是大社也立好，
戎醜攸行。(39)　混夷醜類就嚇跑。

肆不殄厥慍，(40)　雖然怒意沒全消，
亦不隕厥問。(41)　並不斷絕慰問不通好。

---

(34) 王之郭（宮外之郭）門曰臯門。

(35) 伉：音抗ㄎㄤˋ，高貌。有伉：伉然。

(36) 王之正門（朝門）曰應門。

(37) 將：音槍，將將：嚴正貌。

(38) 冢土：大社。王爲羣姓立社曰大社，王自爲立社曰王社，見禮記祭法篇。

(39) 戎：西戎。醜：惡類。戎醜，當指混夷言。攸：語中助詞。行：音杭ㄏㄤˊ，謂離去。

(40) 肆：發語詞。殄：音忝ㄊㄧㄢˇ，絕。厥：其，指混夷言。慍：怒。

(41) 隕：墜。問：恤問。二語謂雖不能息絕混夷之怒，但亦不失墜對混夷之恤問。此孟子所謂文王事混夷之意。

柞棫拔矣，㊷　柞棫棘刺都拔去，

行道兌矣。㊸　道路暢通已無阻。

混夷駾矣，㊹　混夷嚇得逃不迭，

維其喙矣。㊺　終受困頓來服我。

虞芮質厥成，㊻　虞芮二國來爭訴，

文王蹶厥生。㊼　文王的德行使感悟。

予曰有疏附，㊽　我們就有遠方之人來歸附，

㊷ 棫：音域ㄩˋ，白桵，小木叢生有刺。拔：拔去。

㊸ 兌：通。

㊹ 混：音昆ㄎㄨㄣ，混夷即鬼方，西北之戎。駾：音兌ㄉㄨㄟˋ，奔突貌。

㊺ 喙：音會ㄏㄨㄟˋ，困。

㊻ 虞、芮：二國名，虞，在今山西解縣；芮，在今山西芮城縣。質：正。成：平。言虞芮爭田，往求質正於周；至，則見耕者讓畔，仕者讓位，乃慚而平息其爭端。

㊼ 蹶：音桂，動。古性字但作生。馬瑞辰云：「言文王有以感動其性也。」

㊽ 予：我們，詩人自謂。曰，魯詩作「聿」，語詞。疏附：謂疏遠者來親附。

予曰有先後，㊾　我們就有先有後有次序，
予曰有奔奏，㊿　我們就有的奔走盡忠心，
予曰有禦侮。51　我們就有的禦侮殺敵人。

【評　解】

緜是文王之什的第三篇。分九章，章六句。前八章除第八章首二句爲五字句外，餘均四字句。第九章全章六句爲五字句。全詩共計二百二十四字。

詩序云：「文王之興，本由太王也。」朱傳謂：「周公戒成王之詩。」姚際恆評爲臆測。並引孫文融言曰：「若周公戒成王詩，豈應稱古公耶！」而范處義則曰：「序言文王之興，本由太王。故此詩補敍去豳遷岐，建國立社；與待夷狄、懷諸侯之事，皆太王始之，文王終之。九章次第可考也。非出周公之手，它人豈能知周家創立之始，若是其纖悉哉！」

我們由詩的本身看，不一定只是「戒成王」，也不一定就是出自周公之手，我們可以說是周初史官或詩人記載下來的一篇歌唱太王遷岐，並涉及文王功業的詩。使周之子孫讀了此詩，不但

㊾先後：先親附者率導後者來親附。
㊿奏：一作走。奔奏：謂奔走侍奉之臣。
51禦侮：謂抵禦外侮之臣。

瞭解祖先的愛民之政，更要善自繼承偉業而予以發揚光大，以維護大統於不墜。詩中自有一種「勸勉鼓勵」的意義在。

首章言在豳時之情形。並以綿延不絕的瓜瓞以喻周室之綿延不絕。朱傳云：「言瓜之先小後大，以此周人始生於漆沮之上，而古公之時，居於窰竈土室之中，其國甚小至文王而後大也。」或謂公劉詩中已有「于時廬旅」「于豳斯館」，此詩又言「陶復陶穴，未有家室」，未免矛盾。孔穎達釋之曰：「公劉始遷於豳，比至古公將十世，公劉云于豳斯館，則豳有宮館也。此以文王在岐而興，上本太王初來之事，歎美在岐新立，故言在豳未有。下云俾立室家，故此言未有室家。其實，在豳之時，亦有宮室。七月云「入此室處」即豳事也，豈常穴居乎！但豳近西戎，處在山谷，其俗多複穴而居，故詩人舉而言耳。」元人朱公遷曰：「厥初生民，自后稷始。入此室處，自豳公時已然，此云爾者，生民之詩，是推始祖所自出；緜詩首章，是見民人所自來，姜嫄生后稷，建邦啓土之由也……。夾皇澗過，雖云已有宮室，但穴處乃豳地所不能無，謂之未有家室，何怪哉！詩意主言太王肇基王迹，文王克成厥勳，以見在豳而小，遷岐而大耳。」（詩經傳說彙纂引）

次章言遷岐，並有美女以爲賢內助。

三章言定居，先觀察周地情形，認爲滿意，尙須龜卜以定決疑，其爲民擇地，審愼如此。書經洪範篇曰：「汝則有大疑，謀及乃心，謀及卿士，謀及庶人，謀及卜筮。」此章敘太王先自相

「周原膴膴，堇荼如飴」，認爲滿意，知此地可定居，是「謀及乃心」；「爰始爰謀」是「謀及卿士庶人」；「爰契我龜」則是「謀及卜筮」。明人姚舜牧曰：「公劉遷豳時，相其陰陽，觀其流泉，度其隰原。此云周原膴膴，堇荼如飴，大抵風氣之美惡，略見於山川，而精蘊之秘藏，可徵於生物。知此理，而地不難識矣。」（詩經傳說彙纂引）

四章歷敍定居伊始，按次處理所應辦之事：先立疆界劃田畝，然後再及其他瑣事。因定民之居即所以制民之産，這是新遷一地最基本也是最緊急的工作。

五章敍召集臣下，分配職務。先定規模以立室家，至於工作進行，則以建宗廟爲先。而建造時「其繩則直」是定其基址之正；「縮版以載」是築其垣墉之堅。旣正且堅，所以才能「宗廟翼翼。」

六章敍寫建造宮室的情形。好像我們已經聽到那些工人，在監工的鼓聲催促下，他們裝土、投土、搗土、削牆等乒乒乓乓的聲音，看到他們忙忙碌碌努力不懈的工作情形。寫得有聲有色，非常熱鬧使詩境達最高潮。

七章敍立臯門、應門，兼營大社。明人黃一正曰：「外門以聳觀望，故曰有伉。內門布列象魏，故曰將將。社雖非爲戎醜而立，凡出軍必先祭於社，軍歸必獻於社，故特舉以爲服昆夷之端。」（詩經傳說彙纂引）

八章寫威服強敵。朱熹曰：「言太王雖不能殄絕混夷之愠怒，亦不隕墜己之聲聞。蓋雖聖賢不能必人之不怒己，但不廢其自修之實耳。」此又一說法。然孟子明言：「惟仁者爲能以大事小，是故……文王事昆夷。」是當時文王雖不能全息昆夷之怒而見侵陵，但仍不廢對彼事之之禮。孟子之言當係根據詩意而發，似較朱說可取。朱熹又曰：「然太王始至此岐山之時，林木深阻，人物鮮少，至於其後，生齒漸繁，歸附日衆，則木拔道通，混夷畏之而奔突竄伏，維其喙息而已。言德盛而混夷自服也。蓋已爲文王之時矣。」是此章兼太王文王兩代而言，所以開啓下章全敍文王事。

末章敍文王之德，感悟虞芮二君。是故周能歷久而昌大。最後四句，更能見出文王之德政，使遠方之人歸附，而賢臣輔佐之功亦不可沒。故特舉以明之。

全篇以首句瓜瓞連緜作比開始，詩亦以充分運用連緜式見長。而逐章句法變化，各有面目，形成整個連緜式之大成，音調氣勢特別好，建立此詩特有之風格，讀來令人愛不忍釋。全詩結構完美，末四句以肆筆直收，尤饒奇姿。是大雅中成熟的作品，可作爲一件上乘的藝術品來欣賞。

【古　韻】

第一章：瓞、漆、穴、室，脂部入聲；

第二章：父、馬、滸、下、女、宇，魚部上聲；

第三章：膴、飴、始、謀、龜、止、時、茲，之部平聲；

第四章：止、右、理、畝、事，之部上聲；
第五章：徒、家，魚部平聲；
直、載、翼，之部入聲；
第六章：陾、薨、登、馮、興、勝，蒸部平聲；
第七章：伉、將、行，陽部平聲；
第八章：殄、隕，文部上聲；
慍、問，文部去聲；
第九章：成、生，耕部平聲；
附、後、奏、侮，侯部去聲。

四、棫樸

這是周王出征，臣下頌美的詩。

原詩	今譯
芃芃棫樸，❶	棫樸長得很茂密，

❶ 芃：音朋，芃芃：茂盛貌。棫、樸：皆叢木名。

薪之槱之。❷　既作柴薪又燎祭。
濟濟辟王，❸　君王威嚴又莊敬，
左右趣之。❹　羣臣趨前來侍奉。

濟濟辟王，　君王端莊有威儀，
左右奉璋。❺　羣臣捧璋來助祭。
奉璋峨峨，❻　捧璋助祭壯聲勢，
髦士攸宜。❼　俊士態度很合宜。

❷薪：採以爲薪。槱：音酉，聚木燎之以祭天神。以上二句謂芃茂之棫及樸，用以爲薪及供燎祭也。
❸濟濟：莊嚴恭敬貌。辟：音必，辟王即君王，指周王。
❹趣：通趨，疾行以赴之也。
❺奉：捧。璋：半圭。此謂璋瓚。瓚：祭祀時灌酒之器。祭祀之禮，王灌以圭瓚，諸臣助祭者灌以璋瓚。圭瓚：以圭爲瓚柄；璋瓚：以璋爲柄。此言左右諸臣，捧璋瓚以助祭也。
❻峨峨：盛壯貌。
❼髦：音毛，俊也。髦士：才俊之士。周王之大臣。攸：所。

淠彼涇舟，❽　船行涇水好迅疾，
烝徒楫之。❾　徒衆划船齊努力。
周王于邁，❿　周王現在正出征，
六師及之。⓫　六師大軍都隨行。

倬彼雲漢，⓬　看那天河好光亮，
爲章于天。⓭　光亮文彩耀天上。
周王壽考，⓮　周王長壽壽無期，

❽淠：音譬ㄆㄧˋ，舟行貌。涇：音經，水名。源出今甘肅化平縣，東流至涇川縣入陝西，東南流經長武、邠縣、涇陽、高陵，入於渭。
❾烝：衆。楫：櫂也。此作動詞用謂划動。
❿于邁：往行。此指周王出征。
⓫六師：六軍，天子六軍。及：與，謂六軍隨行。
⓬倬：音卓，明貌。雲漢：天河。
⓭章：文彩。
⓮考：老也。

遐不作人？⑮　怎不作育才俊士？

追琢其章，⑯　雕琢成文更美麗，

金玉其相。⑰　是有金玉好材質。

勉勉我王，⑱　我王孜孜勤不已，

綱紀四方。⑲　總理四方天下事。

【評　解】

棫樸是文王之什的第四篇，分五章，章四句，句四字。全詩共八十字。

詩序云：「棫樸，文王能官人也。」朱傳以為詠歌文王之德。但文王未嘗為天子，焉得有六軍？三百篇中有「六師」者，僅常武、瞻彼洛矣及此三篇。常武既公認為記宣王親征徐戎之作，而瞻彼洛矣為與車攻同詠宣王既成中興大業，會諸侯於東都之作，則疑此篇亦與常武同為詠宣王

⑮遐：何也。以上二句謂周王壽高，歷年既久，何能不成就人才乎？潛夫論德化篇引此詩，遐作胡。

⑯追：雕。鏤金曰雕，玉曰琢。其：指周王。章：文彩，即花紋。

⑰相：質。二語美周王如雕琢之金玉也。

⑱勉勉：勉之不已。

⑲綱：網之主繩，拉以收之者。紀：總理之。此句謂總理四方之國。

南征徐戎之詩也。觀詩中「倬彼雲漢，爲章于天」，與雲漢詩篇首爲相同句。二詩或且爲同一作者也。

首章謂茂密之棫樸有各種用途；有盛德之君王，亦有各種人才爲其所用。

次章敍羣臣助祭之盛況。

三章敍六師之聽命，且有同舟共濟之誼。國之大事，唯祀與戎，故於二、三兩章分別言之。

四章敍雲漢在天成就其光彩，周王壽考而能作育人才，爲國所用，自更增盛國家之光彩。

五章敍金玉本有美質，再加以雕琢，更增美麗。是謂周王本有盛德，而仍繼續勤勉不已，是以能夠總理四方之國，使天下人民享安樂幸福，是美之又美者也。

朱公遷曰：「此亦以昭先王之德，使人知周所以得天下之故也。五章之序：首以左右言，次以六師言。至作人綱紀，則盡乎人矣。人心所以歸之之故，於此見矣。」（詩經傳說彙纂引）

【古韻】

第一章：樲、趣，幽部上聲；

第二章：王、璋，陽部平聲；

峩、宜，歌部平聲；

第三章：楫、及，緝部入聲；

第四章：天、人，眞部平聲；
第五章：章、相、王、方，陽部平聲。

五、旱麓

這也是頌美周王的詩。

原詩	今譯
瞻彼旱麓，❶	看那旱山山之麓，
榛楛濟濟。❷	好多榛樹和楛樹。
豈弟君子，❸	和樂平易好君子，
干祿豈弟。❹	愷悌之德獲福祉。

❶旱：山名，在今陝西漢中城南六十五里。麓：山脚。
❷榛：音珍，木名，似栗而小。楛：音戶，亦木名，似荆而赤，可以爲箭。濟濟：衆多貌。
❸豈弟：同愷悌，讀如楷替，和樂平易貌。
❹干：求。祿：福。謂君子以愷悌之德求福。

瑟彼玉瓚，❺
黃流在中。❻
豈弟君子，
福祿攸降。❼

玉瓚精緻又鮮明，
黃金流口在當中。
和樂平易好君子，
大福大祿降給你。

鳶飛戾天，❽
魚躍于淵。
豈弟君子，
遐不作人？❾

鳶鳥高飛飛到天，
魚兒跳躍在深淵。
和樂平易好君子，
怎不作育才俊士？

❺瑟：潔鮮貌。玉瓚：瓚以玉爲柄，以黃金爲勺。參棫樸篇註❺。瓚音贊。
❻流：流水之口，瓚有流，以黃金爲之，色黃，故曰黃流。在中：流在器之中央。參馬瑞辰說。
❼攸：所。
❽鳶：音淵，狀似鷹而嘴較短，尾較長。戾：至。
❾遐：何。謂何能不造就人才耶？

清酒既載，⑩
騂牡既備。⑪
以享以祀，⑫
以介景福。⑬

瑟彼柞棫，⑭
民所燎矣。⑮
豈弟君子，
神所勞矣。⑯

清香美酒已擺設，
紅色雄牲已備妥。
獻給神靈來祭祀，
祭祀以求大福祉。

柞樹棫樹很繁茂，
人民就有柴薪燒。
愷悌君子品德好，
神明都會來慰勞。

---

⑩清酒：清潔之酒。載：設。

⑪騂：音星，赤色牲。備：全俱。

⑫享：獻。

⑬介：音丐，求也。景福：大福。

⑭瑟：茂密貌。柞、棫：皆木名。

⑮燎：爨也。柞棫為民炊爨之所用，故民不患無柴木也。

⑯勞：音澇ㄌㄠˋ，慰勞。

莫莫葛藟，⑰　葛藟長得好茂盛，
施于條枚。⑱　依附枝幹纏繞生。
豈弟君子，　愷悌君子好品德，
求福不回。⑲　正道求福不回邪。

【評解】

旱麓是文王之什的第五篇，分六章，章四句，句四字，全詩共九十六字。
首章以山麓自然生長茂盛之榛楛，以興君子之福係因有愷悌之德，而自然獲致者。
次章敍愷悌君子能祭祀盡禮，故有福祿降臨。
三章以鳶飛戾天，魚躍于淵，皆係自然之理；而愷悌之君子能作育人才，亦是自然之理。
四章正寫祭祀求福之事。
五章敍柞棫多則民得炊爨；以興君子有德則獲神之慰勞。
末章以有枝幹之樹爲葛藟所依附，以興有德之君子，能爲人民所依附。人民依附君子，則能

⑰莫莫：茂盛貌。
⑱施：音易，拖蔓。枚：樹幹。葛藟纏繞是依附之意，以興君能有爲，則衆民依之。
⑲回：邪。不回：守正不邪。

爲君子効力盡忠，是爲君子之福。故君子之福，乃由其德而獲致者。與首章前後呼應，結構完整。

牛運震評曰：「寫得生機動盪，微妙入神。鳶飛魚躍，如此活潑鼓舞，正形容作人之妙，全篇清華雅秀。」（詩志）

【古韻】

第一章：濟、弟，脂部上聲；

第二章：中、降，中部平聲；

第三章：天、淵、人，眞部平聲；

第四章：載、備、祀、福，之部去聲；

第五章：燎、勞，宵部去聲；

第六章：藟、枚、回，微部平聲。

六、思齊

這是歌頌文王之德的詩，並推本言之，歷陳文王之祖母太姜、母親太任及其妃太姒之德。

原詩	今譯
思齊大任，❶	太任端莊敬肅，
文王之母。	是爲文王之母。
思媚周姜，❷	太姜美好賢淑，
京室之婦。❸	堪爲周室主婦。
大姒嗣徽音，❹	太姒繼其美譽，
則百斯男。❺	子孫繁衍百數。
惠于宗公，❻	文王敬事先公，

❶思：語詞。下同。齊：同齋，莊敬。大：音太，下同。大任：王季之妃，文王之母。

❷媚：美好。周姜：太王之妃，王季之母太姜。

❸京室：王室。此句謂太任之德，實足爲王室之婦也。

❹大姒：文王之妃。嗣：繼承。徽：美。音：聲譽。徽音：美譽。

❺經傳釋詞云：「斯，猶其也。」百男：言其子孫衆多。古者以多男爲貴，故以此頌之。後人據此以爲文王百子，泥矣。（屈萬里詩經詮釋）

❻惠：孝順。宗公：先公。謂文王能事祖考之神。

神罔時怨。❼
神罔時恫。❽
刑于寡妻，❾
至于兄弟，
以御于家邦。❿

神明沒有怨情。
神明無所傷痛。
施其儀法寡妻，
並且及于兄弟，
得以家齊國治。

雝雝在宮，⓫
肅肅在廟。⓬
不顯亦臨，⓭

宮內和洽平易，
在廟肅敬整飭。
光明之道臨民，

❼ 罔：無。經義述聞云：「時與所古同義通用。」下同。此句謂神乃無所怨。

❽ 恫：音通，痛也。謂神無所傷痛。

❾ 刑：儀法，示範。寡妻：嫡妻。

❿ 御：治理。

⓫ 雝：音雍。雝雝：和也。宮：閨門之內。此指文王在閨門之內很和易。

⓬ 肅肅：敬也。廟：宗廟。謂文王在宗廟之中很肅敬。

⓭ 不：丕，大也。顯：光明。亦：猶以。下同。臨：臨民。

無射亦保。⑭　　愛民永無厭心。

肆戎疾不殄，⑮　　大難不能毀滅，

烈假不瑕。⑯　　功業完美無缺。

不聞亦式，⑰　　不聞也合法式，

不諫亦入。⑱　　不諫也洽衆意。

肆成人有德，⑲　　能使成人有德，

小子有造。⑳　　小子也務正業。

⑭射：音亦，同斁，厭也。無射：無厭。保：保民。此句謂文王保愛人民不厭倦。

⑮肆：故，所以。下同。戎：大。疾：災難。殄：音忝ㄊㄧㄢˇ，絕。此句謂文王能當大難而不殄絕。

⑯烈：業。假：大。瑕：過錯。此句謂文王之大業無過錯。

⑰不聞：未曾先聞。亦：也。下同。式：法式。

⑱入：入於善。

⑲成人：古男二十行冠禮，故冠以上爲成人，成年之人。

⑳小子：童子，未成年之人。造：成就。

古之人無斁，㉑　文王愛民無厭，

譽髦斯士。㉒　稱譽挑選任賢。

【評　解】

思齊是文王之什的第六篇，分五章。前兩章章六句，後三章章四句。除第一章第五句、二章末句、四章第一句、及五章之第一、第三句爲五字外，餘均四字句，全詩共一〇一字。

司馬遷撰史記，多採書、詩。詩經爲周詩，故周本紀採詩獨多。而雅詩尤爲最寶貴而可靠的史料。大雅生民、公劉、緜、皇矣、大明五篇，歷敍周祖后稷、公劉、太王、王季、文王、武王六世創業事蹟，被稱爲周祖創業主要史詩五篇。而這篇思齊，雖屬次要史詩，朱子集傳云：「此詩亦歌文王之德，而推本言之。」蓋先述周母之德，歷陳太姜、太任、太姒三代母德，則較大明尤爲扼要。然後稱文王之德：「惠于宗公，刑于寡妻，至于兄弟，以御于家邦……」是推本言之也。

詳言之，此詩主要在頌文王之德，故於首章先推本言之，贊文王之祖母、母親及配偶之德。以明文王之聖明，由來有自，而非偶然。次章卽實敍文王之德，能上敬祖先，下理人事，故神意

㉑ 古之人：指文王。無斁：無厭。此承上文，言文王爲德不厭倦。

㉒ 譽：稱譽。爾雅：「髦，選也。」謂於士人則稱譽之選擇之。

治而人事理。其處事由近及遠，由小及大，終至家齊國治而上下和樂。三章承上章而言，再敍其處神、人之得宜。四、五兩章承接人事而言。蓋人事得而神始降福，故最後特偏重於人事之敍述。由於文王之德盛，故遇大難而不死（此蓋指囚羑里之事）。功業美滿，處事合宜，並愼選賢士，以謀人民之永遠幸福。眞可謂深謀遠慮，愛民無厭者！

牛運震論此詩風格云：「此詩咏歌文王之德，却敍三母發端，何等惇篤溫厚。從大任帶出文王，又倒出周姜，點次手法甚妙。則字徑接，拙重而自然。齊字淵靜，媚字柔厚。一齊字括大任；一媚字括周姜，俱有妙理。此詩本爲文王作，却於篇首略點文王，而通篇更不再見，渾融入妙。」

【古　韻】

第一章：母、婦，之部上聲；
　　音、男，侵部平聲；
第二章：公、恫、邦，東部平聲；
　　妻、弟，脂部平聲；
第三章：廟、保，宵部去聲；
第四章：式、入，之部入聲；

第五章：造、士，幽部上聲。

七、皇矣

這是一篇敘述太王、太伯、王季之德以及文王伐密伐崇之事的史詩。於文王之德，敘述尤詳。

原詩	今譯
皇矣上帝，❶	上帝光大又威嚴，
臨下有赫。❷	威嚴地監臨着人間。
監觀四方，	人間四方都巡遍，
求民之莫。❸	爲求人民的康安。

❶皇：大。

❷有赫：赫然，威嚴之貌。

❸毛傳：「莫，定也。」莫爲嗼之省。爾雅：「嗼，定也。」韓詩也訓莫爲定。故此句爲「（上帝）爲人民求安定。」魯、齊詩作瘼，即疾苦，謂「探求人民的疾苦。」亦通。

維此二國，❹　只因夏商這兩朝，
其政不獲；❺　政治不能循正道；
維彼四國，❻　於是就向四方國，
爰究爰度。❼　加以研求細忖度。
上帝耆之，❽　上帝對商已厭惡，
憎其式廓。❾　厭惡他治道太空虛。
乃眷西顧，❿　於是回頭轉向西，

❹ 二國：毛傳：「殷、夏也。」周初言先國，必舉夏殷為證，尚書召誥：「我不可不鑒於有夏，亦不可不鑒於有殷。」論語：「周監於二代」，皆以夏、殷並言。

❺ 獲：猶善，不獲謂不能得其正道。

❻ 四國：泛言四方之國。

❼ 爰：乃。朱傳：「究：尋也。度：謀也。」言尋覓謀求四方之國，俾得一可承受天命者。

❽ 耆：音ㄑㄧˊ，毛傳、韓詩均釋為惡。又耆與諸（讀ㄔ或ㄑㄧˊ）聲義相近，訶怒也。見廣雅疏證及集韻。

❾ 憎：惡。式：語詞。廓：毛傳訓大。故憎其式廓謂惡其為惡浸大。又屈萬里先生謂：「廓：空虛也；謂其無政也。」亦通。

❿ 眷：回顧貌。西顧：顧視西方。周在西。周書多士：「（則惟帝降格），嚮于時夏。」註：得上帝眷顧之夏。意猶此詩「乃眷西顧，此維與宅。」見屈萬里「尚書釋義」。

此維與宅。⑪　就和周人在一起。
作之屏之，⑫　把它拔掉把它除，
其菑其翳；⑬　那些死樹和枯木；
脩之平之，⑭　把它修整又剪齊，
其灌其栵；⑮　那些叢木和幼枝；
啓之辟之，⑯　把它開闢把它除，
其檉其椐；⑰　除去河柳和椐木；

---

⑪ 宅：居。與宅：言與周人共居，天意常在文王所。漢書匡衡傳、谷永傳並引詩作「此維予宅」言天以文王之都爲居也。

⑫ 王引之謂「作」爲「柞」之假借。周頌載芟：「載芟載柞。」毛傳謂除木曰柞。屏：音摒ㄅㄧㄥˇ，除。

⑬ 毛傳：「木立死曰菑，自斃爲翳。」說文繫傳曰：「既枯之木，側立不仆，根著於地曰菑。翳：謂其死覆蔽於地。」連上句義爲：「他們除去立着和倒下的死樹。」

⑭ 謂修剪整齊。

⑮ 灌：叢生木。栵：斬而復生之樹。經義述聞云：「栵，當讀烈。烈，栟也，斬而復生者也。」連上句謂：「他們修平灌木栵木。」

⑯ 啓、辟：開闢。辟與闢音義同。

⑰ 檉：音撐ㄔㄥ，河柳。椐：音居ㄐㄩ，靈壽木，腫節可以爲杖。

攘之剔之，⑱　把它攘除又剔掉，
其檿其柘。⑲　山桑野柘都不要。
帝遷明德，⑳　帝命旣遷明德君，
串夷載路。㉑　昆夷嚇得快逃奔。
天立厥配，㉒　天立賢妃做配偶，
受命旣固。　受命穩固保長久。

⑱ 攘、剔，皆除去意。

⑲ 檿：音掩ㄧㄢˇ，山桑。柘：音蔗ㄓㄜˋ，落葉灌木，葉厚而尖，稍硬於桑葉，亦可飼蠶。本章前八句，每二句均爲倒裝句法。

⑳ 遷：徙。明德之人指太王。上帝將天命遷給明德之君。

㉑ 鄭箋：「串夷卽混夷，西戎國名。」串卽毌字之隸變，毌貫古今字，昆貫雙聲，故知串夷卽混夷。載：則。馬瑞辰釋路爲疲瘠。言混夷勢衰。普賢按：「路」當釋爲孟子滕文公許行章「如必自爲而後用之，是率天下而路也。」之「路」。趙岐注：「羸路」路與露通，羸露謂瘦瘠暴露。朱注：「路謂奔走道路，無時休息也。」二說可通。緜篇「混夷駾矣。」可爲此解之佐證。且旣「逃跑」當必「勢衰」，故以「奔跑於道路（逃跑）」解之爲宜。

㉒ 厥：其。配謂配偶，卽指太王之妃太姜。

帝省其山，㉓　上帝省視山林道，
柞棫斯拔，㉔　柞棫棘刺已除掉，
松柏斯兌。㉕　松柏長得才挺茂。
帝作邦作對，㉖　帝立周邦使顯揚，
自大伯王季。㉗　顯揚太伯王季增榮光。
維此王季，　說起這個王季，
因心則友。㉘　誠心友愛兄弟。
則友其兄，　友愛兄長是天性，

㉓ 省：音醒ㄒㄧㄥˇ，視。山：岐山。嚴粲說。

㉔ 柞：櫟。棫：白桵。皆木名。拔：讀爲佩ㄆㄟˋ。此句謂將柞棫拔而去之使道通。

㉕ 兌：毛傳訓「易直。」滑易而條直。二句謂亂木已去，松柏暢茂。

㉖ 「帝作邦」謂上帝爲周立國。甲骨文以乍爲則，作从乍，當亦有則義。對：揚也。義猶顯也。則顯言則使周顯揚於天下也。見屈萬里詩經釋義。

㉗ 大讀太，大伯即泰伯，太王之長子，王季之長兄，適吳不返，避位讓于王季。此句謂自太伯王季起，周即顯揚於天下也。

㉘ 因心：出於本心，發自天性，非勉強也。友：友愛兄弟。

則篤其慶，㉙　　益修其德增福慶，
載錫之光。㉚　　太伯相讓有光榮。
受祿無喪，㉛　　接受福祿不喪，
奄有四方。㉜　　文武奄有四方。
維此王季，㉝　　這個文王了不起，
帝度其心，㉞　　上帝開度有心智，
貊其德音，㉟　　使他聲譽很隆盛，

㉙篤：厚。慶：福。
㉚載：則。錫：賜。光：光顯。二句謂王季能益修其德以增厚周之福慶，如是則使其兄有讓德之光顯。蓋太伯適吳，疑於王季不友，然王季之友愛其兄，出諸自然，非勉強。既受太伯之讓，則益修其德以厚周家之慶，而予其兄以讓德之光，表示其兄有識人之明，不爲徒讓，是眞友愛其兄者也。
㉛喪：失。言永遠受福而不失墜。
㉜奄：覆。奄有：盡有。朱傳：「至於文武而奄有四方也。」
㉝昭公二十八年左傳引此句爲「維此文王」。正義云：「今王肅注及韓詩亦作文王。」按：三家均作文王。又樂記引詩「莫其德音」十句，鄭注言文王之德皆能如此。故作文王是。
㉞度：音墮ㄉㄨㄛˋ，心能度物判義曰度。謂使其心智能審度事物判斷義理。
㉟貊：音莫ㄇㄛˋ，禮記樂記引此詩貊作莫，小爾雅廣詁：「莫，大也。」德音：聲譽。上帝大其聲譽，言文王聲譽之隆着也。

其德克明，㊱ 使他德行更光明，
克明克類，㊲ 使他光明又善良，
克長克君。㊳ 能爲長上爲君王。
王此大邦， 使他王此周大邦，
克順克比，㊴ 人民順從來比附，
比于文王。㊵ 人民順從附文王。
其德靡悔，㊶ 文王之德無悔恨，
既受帝祉， 既受上帝賜福祉，
施于孫子。㊷ 更能傳授於子孫。

㊱ 克：能。明：昭顯。
㊲ 類：善。
㊳ 堪爲長上，堪爲君王。
㊴ 比：親附。謂文王之德能使人民順從親附。
㊵ 謂人民之親附於文王。
㊶ 靡：無。悔：遺恨。言文王之德無復遺恨。
㊷ 施：音意ˋ，延。

帝謂文王：	上帝告訴文王說：
「無然畔援，㊸	「不要見異而思遷，
無然歆羨，㊹	不可貪得而無厭，
誕先登于岸。」㊺	先把訟案公平斷。」
密人不恭，㊻	密人不恭好大膽，
敢距大邦，㊼	敢和大邦來爲難，
侵阮徂共。㊽	要把阮共都侵佔。

㊸ 無然：不可如此。鄭箋：「畔援猶跋扈也。」朱傳：「畔，離畔，援：攀援也。言舍此而取彼也。」即見異思遷之意。二說均可。

㊹ 朱傳：「歆，欲動之也。羨，愛慕之也。」即貪而羨之。

㊺ 誕：馬瑞辰謂語詞。登：成；岸：訟。均見鄭箋。蓋此岸，同小雅小宛「宜岸宜獄」之岸。韓詩及說文等書引詩皆作犴，是岸與犴通。意爲訟獄。以上三句言上帝謂文王勿跋扈以自傲，勿貪求以侵人，但先平理國內獄訟之事可也。即書傳所稱文王一年斷虞芮之訟也。

㊻ 密：密須氏之國，在今甘肅靈臺縣。不恭謂不恭順。

㊼ 距：抵拒。大邦：指周。

㊽ 阮、共：二國名。皆在今甘肅涇川縣。徂：音ㄘㄨˊ，往。言密須氏侵此二國。竹書紀年帝辛三十二年密人侵阮，西伯帥師伐密，正與毛傳合。見五經彙解。

王赫斯怒，㊾　文王赫然而震怒，
爰整其旅，㊿　於是整軍又經武，
以按徂旅，51　就把密人來制服，
以篤周祜，52　增厚周邦有大福，
以對于天下。53　顯名天下遠傳佈。

依其在京，54　依據高丘爲根基，
侵自阮疆，55　從那阮疆侵周地，

㊾ 赫：赫然，盛怒貌。斯：其。見經義述聞。

㊿ 爰：於是。旅：軍旅。

51 按：止。孟子引作遏，按、遏二字雙聲，爾雅並訓爲止。徂：往。旅：孟子引作莒，地名。朱右曾以爲即漢書地理志安定郡之鹵縣，在今甘肅天水、伏羌之間。言文王遏止密須氏侵旅之師也。唯旅地誰屬待考。見屈萬里詩經釋義。朱傳：「徂旅，密師之往共者也。」

52 篤：厚。祜：福。

53 廣雅：「對，揚也。」以對于天下，猶言以顯於天下也。馬瑞辰說。

54 依：據。京：高丘。言密須氏據其高丘之地。

55 自阮疆而侵及周之地。

陟我高岡：56　　登上高岡我宣揚：
「無矢我陵，57　　「不許陳兵我山上，
我陵我阿；58　　我的丘陵我山岡；
無飲我泉，　　不許飲我泉中水，
我泉我池。」　　我的泉水我池塘。」
度其鮮原，59　　越過鮮原這地方，
居岐之陽，60　　定居岐山山之陽，
在渭之將。61　　靠近渭水水一旁。

56 陟：升。陟我高岡即我陟高岡。謂登上高岡向密須氏宣話。

57 矢：陳，謂陳兵。

58 大陵曰阿。「無矢我陵……我泉我池。」四句乃周人戒密人之辭。

59 度：越。逸周書和寤篇云：「王出圖商，至于鮮原。」孔晁注云：「近岐周之地也。」見屈萬里詩經釋義。蓋密須既逐，文王乃度越鮮原之地。

60 岐之陽：岐山之南。朱傳謂徙都程邑，「於漢爲扶風安陵，今京兆府咸陽縣。」陳奐以爲：「文王度鮮原，爲作下都於程邑，而國仍在岐周，故云：『居岐之陽』也。」

61 將：側。公羊成公三年經：「晉郤克、衛孫良夫伐將咎如。」穀梁經作伐「牆咎如。」釋名：「輿棺之車其旁曰牆，似屋牆。」是牆爲在旁之名。將與牆音近義同。而將、則二字雙聲，側从則聲，故將得訓側。馬瑞辰有說。

萬邦之方，62　　是爲萬邦所傾向，
下民之王。　　是爲天下萬民王。
帝謂文王：　　上帝告訴文王說：
「予懷明德，63　　「我所眷念在明德，
不大聲以色，64　　治民不要大聲色，
不長夏以革。65　　也別鞭朴示嚴格，
不識不知，66　　不要故意去圖謀，
順帝之則。」67　　一切自然順天則。」

62 之：是。方：向。言爲萬邦所傾向。
63 懷：眷念。謂眷顧有明德之人。
64 聲：喜怒之聲。色：喜怒之色。以、與，古通用，聲以色猶云聲與色。中庸引此詩而釋之曰：「聲色之於以化民，末也。」以聲色對擧，是其證。
65 長：廣雅：「常也。」汪德越曰：「不大聲以色者，不道之以政也；不長夏以革者，不齊之以刑也。夏謂夏楚，革謂鞭革。」見馬瑞辰毛詩傳箋通釋。夏音甲。
66 高誘註呂氏春秋本生篇及淮南子原道篇皆以「不謀而當，不慮而得」釋「不識不知」。
67 則：法則。帝之法則卽天道。二語謂不必多所謀慮，但順上帝之法則而已。故鄭箋云：「此言天之道尙誠實，貴性自然。」

帝謂文王：　上帝告訴文王說：
「詢爾仇方，68　「諮詢你的同盟國，
同爾兄弟。69　約你兄弟商謀略。
以爾鉤援，70　用你繩梯去攀援，
與爾臨衝，71　用你臨衝去攻戰，
以伐崇墉。」72　攻打崇城並不難。」

68 鄭箋：「詢，謀也。」毛傳：「仇，匹也。」仇方卽與國。

69 同：和協。兄弟謂同姓。後漢書伏湛言文王受命征伐五國，必先詢之同姓，然後謀於羣臣。引詩「詢爾仇方，同爾弟兄」爲證。所謂詢之同姓卽指詩「同爾弟兄」言也。古音兄讀如荒，正與仇方爲韻，今作兄弟者，乃後人誤倒耳。馬瑞辰有說。

70 毛傳：「鉤，鉤梯，所以鉤引上城者。」正義：「鉤援一物，正謂梯也。以梯倚城相鉤引而上，援卽引也。」普賢按：此或係今日之所謂繩梯，如爬陡峭山壁時所用者然。一端有鉤，投擲鉤住城垣，人則緣繩而上。蓋此較雲梯易於携帶也。

71 臨衝：毛傳：「臨，臨車也；衝，衝車也。」正義：「臨者，在上臨下之名；衝者，從旁衝突之稱。」普賢按：臨車當係可用以居高臨下以觀察敵情者。或卽六韜軍略篇之飛樓，墨子之軒車，左傳之樓車、巢車也。衝車則爲衝鋒陷陣之車。蓋作戰時必先以臨車觀察敵情，見有可攻之勢，始以衝車進攻。二者必須配合得當，始克奏功。

72 崇：國名，其國至春秋時猶存，爲秦之與國，見宣公元年左傳注。墉：城。

臨衝閑閑，73　臨車衝車很堅固，
崇墉言言。74　崇城高大又突兀。
執訊連連，75　捉來戰俘連連問，
攸馘安安。76　斬獲敵耳慢慢數。
是類是禡，77　類祭禡祭都禱祝，
是致是附，78　招徠人民都親附，
四方以無侮。79　四方莫敢再輕侮。

73 閑閑：車強盛貌。經義述聞有說。

74 言言：高大貌。

75 訊：生得之俘虜，可以詢問口供者。連連：繼續不斷，形容所獲戰俘之多。

76 經義述聞云：「攸，語助也。」馘：音國ㄍㄨㄛˊ，殺敵而取其左耳（用以報功）。安安：陳奐謂舒徐之意。普賢按：以殺獲衆多，快數易錯，故緩慢計數以報功也。

77 類：出征祭上帝。禡：音罵ㄇㄚˋ，於行軍所止之處祭神。

78 致：使被征地人民前來。附：使被征地人民親附。說苑：「文王伐崇，令毋殺人，毋壞室，毋填井，毋伐樹木，毋動六畜。」何楷謂即此詩「是致是附」。馬瑞辰有說。

79 侮：輕慢。使四方莫敢輕慢。

臨衝茀茀，(80)　臨衝堅強好進攻，
崇墉仡仡，(81)　崇城突兀而高聳，
是伐是肆，(82)　攻伐突擊向前衝，
是絕是忽，(83)　斬殺誅戮消滅淨，
四方以無拂。(84)　四方沒有不服從。

【評解】

皇矣是文王之什的第七篇，共八章，章十二句。其中第三章第四、五句，第五章第四句及末句，第七章第三、四句及第八章第七句、末句，爲五字句外，餘均四字句，全詩共計三百九十二字。

毛詩序：「皇矣，美周也。天監伐殷，莫若周。周世世修德，莫若文王。」三家魯齊之說，

---

(80) 茀：音弗ㄈㄨˊ，茀茀：車強盛貌。經義述聞有說。
(81) 仡：音屹ㄧˋ，高大貌。
(82) 鄭箋：「肆，犯突也。」即突擊，縱兵。謂長驅而進。
(83) 忽：滅，盡。絕忽謂消滅淨盡。
(84) 拂：違逆。

亦言此詩爲陳文王之德。朱傳：「此詩敍太王、太伯、王季之德，以及文王伐密伐崇之事也。」朱傳所述，爲詩中所敍之事。而詩序則陳詩之義旨，兩者可以兼採。正如姚論所云：「此篇述文王之祖太王、父王季，皆推原其所生，以見其爲聖也。」

首章述上帝惡商而眷顧周。所以然者，在求生民之安定。因夏、商二國無善政，上帝遍尋天下，唯西方之周，最爲有德，遂與岐周之太王同宅，卽天命歸周，亦卽老子所謂「天道無親，常與善人」之意。開頭四句卽有肅穆堂皇之感，不僅表達出上帝的偉大，臨下的威嚴，更見出對生民的關愛之情。而以「皇矣上帝」發端，頗有赫赫嚴嚴之勢，令人生出無限敬畏。篇中帝遷、帝省、帝度、帝謂等字都源於此句。而「天眷西顧」是全篇主意所在。

第二章接敍太王遷岐開闢景象，眞是篳路襤褸，以啓山林，其艱難困苦，可想而知。而由此正可見太王之爲民，不畏艱苦的偉大胸懷，故能「帝遷明德」，而令昆夷奔跑。天更爲之立賢妃以爲內助。至是，周之承受天命，已鞏固矣。此章更提出「明德」二字，爲周室歷代相傳家法，以下若干「德」字，均由此二字衍出。

第三章述太伯讓位王季，而先從上帝爲周立國以顯揚於天下說起。太伯、王季雙提，然後撇過太伯，專敍王季。太伯適吳，疑於王季不友，然王季之友愛其兄，則是發自本性。從王季一面寫友愛，而太伯之德自見。爲彰太伯有識人之明，王季遂益修其德，以增厚周之福慶，於是則知其兄有讓德之光顯，而不爲徒讓也。王季之德如是，故能受天命而不失，至於文、武遂奄有四方其子孫。

矣。

四章接敍文王更蒙上帝之賜，開度其心，能審度事物，判斷義理。其德昭顯，足以爲長上，足以爲君王。故人民均親附於文王。至此文王之德卽無可悔恨之處，致上帝所賜之福祉更能延及其子孫。

五章敍文王伐密之事。先由上帝對文王之告誡說起，告誡文王不可跋扈自傲，貪得無厭。應先平理國內獄訟之事。內政理而後再對外用兵。而對外用兵，乃在懲處不知事大之禮亦不知恤小之義的密須氏。此天理所不容，王法所當誅，故文王赫然震怒，而阻遏了密人對阮、共、旅三小國的侵犯。文王能扶弱抑強，故使周之福祿更爲篤厚而顯揚於天下矣。

六章重敍密人伐阮之事，以啓下文。文王旣逐密人，乃度越鮮原之地，建下都於岐山之陽，渭水之側，而爲天下萬邦所傾向，而爲天下萬民之君王。章中七個「我」字，讀之令人有理直氣壯，氣燄逼人之感。

七章帝誡文王以治民之道與伐崇之術。治民不可疾言厲色，不可處以刑罰，不必故意有所謀慮，唯順應天道，誠實自然；伐崇之術要咨詢同盟之國，協同兄弟之邦，以繩梯攀援，以臨車探察敵情，以衝車衝鋒陷陣，如是伐崇必奏成功。第五章敍伐密只「按旅」一句，而此章敍伐崇則備極詳盡。同爲攻伐，敍之却有詳略之別。

末章敍伐崇之過程，並得到最後之勝利。「臨衝閑閑，崇墉言言」「臨衝茀茀，崇墉仡仡」，均見此次伐崇之艱難，而終於得到勝利，正見文王伐崇乃是順天應命。「執訊連連，攸馘安安」寫俘虜及斬獲之多。「是類是禡」寫行軍之愼重其事，終至四方歸服。此章於伐崇分兩層寫：前段寫得整暇，後段寫得嚴厲。文王一怒而安天下之民，所謂王者之師也。「四方無侮」「四方無拂」，遙應首章之「監觀四方，求民之莫」，章法頗為整飭。

大雅中追敍周朝開國史蹟的，主要有生民、公劉、緜、皇矣、大明五篇，被稱爲詩經五史詩。生民專寫周室始祖后稷的神話；公劉寫后稷後裔公劉的遷豳；緜寫古公亶父太王的自豳遷岐，兼敍古公少子季歷娶大任而生文王；大明敍武王之伐紂而得天下，而歸功於其父文王之德以受天命，並追溯及於文王母大任、武王母大姒的天作之合。兩詩都是敍及三代的史詩。這篇皇矣敍太王及其長子太伯、少子季歷之德，以及季歷子文王之德及其伐密伐崇之事，也是敍及三代的史詩，並與大明篇均以詠文王爲重心。但若以五史詩分屬開國五階段，應以此詩代表文王。五階段的人物和事蹟，則爲：(1)生民篇的后稷受封；(2)公劉篇的公劉遷豳；(3)緜篇的太王遷岐；(4)皇矣篇的文王昌盛；及(5)大明篇的武王伐商，奄有天下。

牛運震詩志評皇矣曰：「一篇周本紀。鋪敍周家世德，明劃詳密，處處提掇天命帝鑒作主，奧闢警動。長篇結構，不蔓不複，此爲大手筆。」

【古　韻】

第一章：赫、莫、獲、度、廓、宅，魚部入聲；

第二章：屏、平，耕部上聲；

　　翳、栵，脂部去聲；

　　辟、剔，佳（支）部入聲；

　　椐、柘、路、固，魚部去聲；

第三章：拔、兌，祭部入聲；

　　對、季，微部去聲；

　　兄、慶、光、喪、方，陽部平聲；

第四章：心、音，侵部平聲；

　　悔、祉、子，之部上聲；

第五章：援、羨、岸，元部去聲；

　　恭、邦、共，東部平聲；

　　怒、旅、旅、祜、下，魚部上聲；

第六章：京、疆、岡、陽、將、方、王，陽部平聲；

阿、池，歌部平聲；

第七章：王、方、兄，（今本同爾兄弟）陽部平聲；

德、色、革、則，之部入聲；

衝、墉，東部平聲；

第八章：閑、言、連、安，元部平聲；

禡、附、侮，侯部去聲；

茀、仡、肆、忽、拂，微部入聲。

八、靈臺

詩人歌唱文王建造靈臺的經過。因爲文王愛民如子，民衆也就愛文王若父。民衆一聽到文王要興建觀天文氣象以察災祥的靈臺，都踴躍前來服役。文王雖囑咐他們慢慢工作，他們却一下子把臺造成。又在臺旁挖掘池沼，佈置成園囿，以供文王休閒觀游。於是民衆樂文王之有臺池鳥獸之樂，文王則樂民衆之樂，與民同樂。大學裏鐘鼓齊鳴，詩人也唱出了一片歡樂的歌聲。

原詩

經始靈臺，❶
經之營之。
庶民攻之，❷
不日成之。
經始勿亟，❸
庶民子來。❹
王在靈囿，❺
麀鹿攸伏。❻

今譯

開始計劃與建靈臺，
計劃着，營造着，測量安排。
老百姓一齊前來參加工作，
不幾天就完成了這座靈臺。
開始時雖告戒不要着急，
老百姓却像給父親做事般欣然湧來。
文王在靈囿裏徘徊，
看到母鹿安祥自在。

---

❶經始：開始量度；靈臺：文王臺名；靈、令古通，善也；靈臺，善美之臺。屈萬里說。
❷攻：作。
❸亟：急。
❹子來：言庶民樂爲，皆如子治父事者前來營作也。
❺囿：音又ㄧㄡˋ，養禽獸處。
❻麀：音憂ㄧㄡ，雌鹿；攸伏：言安其所處，見人不驚懼。

麀鹿濯濯，❼　母鹿長得肥美而光澤，
白鳥翯翯。❽　鳥羽也白得可愛而瑩潔。
王在靈沼，　文王走近園裏的池沼，
於牣魚躍。❾　啊，滿池的魚兒都在歡欣跳躍。

虡業維樅，❿　鐘磬架上的崇牙高聳，
賁鼓維鏞。⓫　架着大鼓又懸着大鐘。
於論鼓鐘，⓬　啊，節奏有序的鼓和鐘，
於樂辟廱。⓭　啊，大學辟廱裏樂融融。

❼朱傳：濯濯，肥澤貌。

❽翯：音鶴，翯翯：潔白貌。孟子引作鶴鶴。

❾於：音烏ㄨ，感歎詞。以下於均同此；牣：音刃ㄖㄣˋ，滿。

❿虡：音巨，鐘磬架的立木曰虡，橫木曰栒（音荀）；業：覆在栒上的大版；樅：音聰ㄘㄨㄥ，業上懸鐘磬處，以為崇牙。

⓫賁：音焚ㄈㄣˊ，大鼓；鏞：音庸ㄩㄥˊ，大鐘。

⓬論：即倫，言有序不紊也。

⓭辟：即璧（圓餅形中有圓孔之玉）；廱：音雍ㄩㄥ，水澤。辟廱或作辟雍，天子之學。大射行禮之處。水環丘如璧，以節觀者，故曰辟廱。

於論鼓鐘，　啊，節奏有序的鼓和鐘，
於樂辟廱。　啊，大學辟廱裏樂融融。
鼉鼓逢逢，⑭　鼉皮鼓的聲音響蓬蓬，
矇瞍奏公。⑮　盲樂師正奏這樂章來效忠。

【評解】

靈臺是文王之什的第八篇，共四章二十句，句四字，全詩共八〇字。前兩章每章六句，敍寫文王興建靈臺的情形。後兩章每章四句，則記述此詩在大學裏由盲樂師演奏的情形，讀起來比文王篇輕鬆活潑了不少。詩中兩王字指文王，是根據孟子的話。崔述以爲文王未及身稱王，詩中兩王字乃對時王之稱，故疑此詩非詠文王事。現在我們旣知文王已及身稱王，故仍從孟子，定爲公元前一一二三年的詩，惟三四兩章，或係後來所增添。

---

⑭ 鼉：音鼉ㄊㄨㄛˊ，鱷魚之屬，俗稱豬婆龍；鼉鼓：以鼉皮所冒之鼓；逢：音蓬ㄆㄥˊ，逢逢乃鼓聲。

⑮ 矇瞍：音蒙ㄇㄥˊ叟ㄙㄡˇ。有眸子而不能見物曰矇，無眸子之盲曰瞍者。古樂師皆以盲瞽充任，因爲他們善聽而審於音。呂氏春秋高誘注及史記集解引此詩，奏公皆作奏功；楚辭王逸注引作奏工。公、功、工三字古通，事也；指樂章。奏公，言矇瞍奏樂也。

孟子梁惠王篇引此詩首次兩章，以明「賢者而後樂此」曰：「文王以民力爲臺爲沼，而民歡樂之，謂其臺曰靈臺，謂其沼曰靈沼，樂其有麋鹿魚鼈，古之人與民偕樂，故能樂也。湯誓曰：『時日曷喪？予及女偕亡。』民欲與之偕亡，雖有臺池鳥獸，豈能獨樂哉！」我們讀了文王篇，知道文王之德在敬事上帝，卽敬天。郊祀祭天是形式上的敬天，更重要的是從事敬天的實際工作。尙書皐陶謨的古訓，說得最清楚：「天聰明自我民聰明，天明威自我民明威，達於上下，敬哉有土！」這無異說明國以民爲本，敬須達於上下，上須祀天，下須愛民。文王愛民如子，爲民除疾苦，謀幸福，所以民亦愛戴之若父，樂於爲其服役，而文王乃能與民偕樂。這是達於上下的實際效果。商紂的暴虐，是雖祭天而實違敬天之道，所以天命改歸於周，代商爲天子，是謂革命。易曰：「湯武革命，順乎天而應乎人」，其意卽如此。文王篇「敬」的意義，合靈臺而始明，所以我們應把靈臺和文王一同來欣賞。

大雅諸詩中，靈臺一篇技巧圓熟自然，最受讀者歡迎！最值得我們玩味！

明人王志良評此詩曰：「庶民子來，民之太和；麀鹿攸伏，於牣魚躍，物之太和也；於論鼓鐘，於樂辟廱，君臣之太和也。所謂太和在成周宇宙間也。」（詩經傳說彙纂引）

【古韻】

第一章：靈、經、營、攻、成，耕部平聲；

亟、來，之部入聲；

第二章：濯、翯、沼、躍，宵部入聲；

第三章：樅、鏞、鐘、雝，東部平聲；

第四章：鐘、雝、逢、公，東部平聲。

九、下武

這是讚美武王的文德能繼承先人之緒而有天下，以開後嗣天祐萬年之福的詩。

原詩	今譯
下武維周，❶	繼德業者唯周室，
世有哲王。	代有哲王降於世。
三后在天，❷	三后之靈在天上，

❶ 下：後。武：繼。言後人能繼德業者，維有周室。又，武：足跡，下武：後繼步武，猶言接踵，故下文言「世有哲王」也。

❷ 三后：三君，指太王、王季、文王。三后既歿，故曰在天。

王配于京。❸　我王之德配京師。

王配于京，　我王之德配京師，

世德作求。❹　能與世德相匹敵。

永言配命，❺　永遠配合上天命，

成王之孚。❻　建立王信成大功。

成王之孚，　建立王信成大功，

下土之式。❼　作爲天下好典型。

❸王：武王。京：鎬京。

❹世德：累世所成之德。或謂世世有德。作：則。求：當讀爲逑，配也。作求即作配。周書康誥：「我時惟殷先哲王德，用康民作求。」王國維曰：「求與逑及仇通，匹也。作求，猶作匹，作配，作對。」此謂作配於三后，言王所以配于京者，由其與世德相配合。

❺永：長。言：語辭。配命：配合天命。此與文王篇第六章第三句相同。

❻孚：信。謂信用。此句承上言，既能長配天命，故可成其王者之信。朱熹集傳雖云：「或疑此詩有成王字，當爲康王以後之詩」，但未採納，此句之成字，仍作動詞解。

❼式：法。下土對上天言，指人間。此句謂爲天下之法式也。

永言孝思，❽　永存孝敬先人思，
孝思維則。❾　孝敬之思是法式。
媚茲一人，❿　萬民愛戴王一人，
應侯順德。⓫　我王修德更謹愼。
永言孝思，　孝敬之思永不竭，
昭哉嗣服！⓬　光明繼承先人業！
昭茲來許，⓭　光明王德給後人，
繩其祖武。⓮　繼承先祖步後塵。

---

❽ 言長存孝敬先人之思。
❾ 則：法。謂其如此之孝思可爲法則。
❿ 媚：愛。一人：天子，指武王。謂萬民愛戴一人。
⓫ 應：當。侯：維，語詞。此句謂武王能當此順德。魯詩順作愼，愼德者，言官愛民戴武王，武王自應愼其修德。茲從之。
⓬ 昭：明。嗣：繼。服：事。謂光明地繼承先王大業。
⓭ 許：進。來進，謂後之來者。言昭明武王之德於後之來者。
⓮ 繩：繼。武：足跡。言繼承先祖之步武。

於萬斯年，⑮　　啊！從此之後億萬年，
受天之祜。⑯　　受天之福到永遠。

受天之祜，　　受天之福到永遠，
四方來賀。　　四方萬國都來賀。
於萬斯年，　　啊！從此之後億萬年，
不遐有佐！⑰　　不會再有疎遠國！

---

⑮於：音烏ㄨ，歎詞。

⑯祜：福。

⑰遐：遠。佐：助。胡承珙毛詩後箋：「傳：『遠夷來佐也。』箋云：『言其輔佐之臣，亦宜蒙其餘福也。』汪氏異義曰：『傳爲反言，言豈不有遠夷來佐助之乎？箋爲順文，言不遠其輔佐之臣，與之共蒙福祿。疏引書序：武王勝殷，西旅獻獒，巢伯來朝；及魯語：通道九夷，八蠻肅愼來賀，以證傳義。箋義則引自洛誥證之，說各有本，皆得通也。韓詩外傳述越裳氏重九譯而至獻白雉於周公，下引是詩，則意與毛同。』」屈萬里先生則謂不遐即「不啊」。又曰：「按佐字古但作左。國策魏策：『必右秦而左魏。』高註：『左，疏外也。』襄公十五年左傳：『天子所右。』疏云：『人有左右，右便而左不便，故以所助者爲右，不助者爲左。』此『不遐有佐』，承『四方來賀』言，意謂四方之民，雖千秋萬世，亦不致疎外周室也。」（見書傭論學集）亦通，茲從之。

下武是文王之什的第九篇，共六章，章四句，句四字。全篇合計九十六字。

【評解】

詩序：「下武，繼文也。武王有聖德，復受天命，能昭先人之功焉。」鄭箋：「繼文者，繼文王之王業而成之。」朱傳則云：「美武王能纘大王、王季、文王之緒而有天下也。」蓋首章明言「三后在天」，非專指繼文王也。但或解序之「繼文」爲文德，謂武王雖以伐商而謚曰武，而其伐商之所以成功，仍因其能繼承先人三世之文德，始有此成果。是序說仍可遵。故姚際恒通論曰：「小序謂『繼文』，是；蓋詠武王也。」並引嚴粲詩緝之解曰：「武王之心，上文不上武。」方玉潤原始亦云：「美武王上繼文德，以昭後嗣也。」並申述之曰：「武王伐殷而有天下，謚曰武，樂亦曰武，人幾疑其以武功顯而文德或有媿乎三后，殊不知其所稱善繼述者，乃在文德，而不在武功。故詩人特表而咏之。亦可謂深知武王者。以武王之德在『永孝思』。孝思之永，在求世德，以上合乎天理而下孚乎人心。故曰：『昭哉嗣服。』不但以其變侯化國爲能闡揚光大而已。……」

朱傳於篇末，加註異說：「或疑此詩有成王字，當爲康王以後之詩，然考尋文意，恐當只如舊說。」於是近人林義光、屈萬里二氏據之，以此詩爲美成王者，故釋「成王之孚」句的成王爲康王父姬誦之謚。屈先生於詩經釋義中並解「王配於京」的王，「媚茲一人」的一人，也都指成王。而「三后在天」的三后爲太王、文王、武王。屈氏謂詩爲美成王，意者，韓詩外傳所載越裳氏重九譯而至獻白雉於周公，引詩曰：「於萬斯年，不遐有佐。」事在成王三年，則韓詩或主此詩爲美成王者矣，仍可備一說。

輔廣詩童子問述各章要旨曰：「首章言武王能纘大王、王季、文王之緒而有天下。中三章言武王善繼善述之孝。又有常永不已之誠，故能成王者之信，爲天下之法，以致天下之愛戴如此。末兩章又言武王之成效大驗如此，則其後世子孫，亦將善繼其先人之緒，而久受上天之福，多得天下之助也。」

我們曾於文王篇的評解中，說啣尾體的形式是大雅的特色，並舉此詩「王配于京」「成王之孚」「受天之祜」等句是後章首句襲前章末句的代表。方玉潤亦注意及此。他於詩經原始加以眉批說：「前後四章，皆首句跟上蟬聯而下。中兩章忽用第三句相承，格又一變。」我們要補充的，第三章「永言孝思」句，非但與第四章第三句同，其第四句「孝思維則」，以「孝思」兩字的蟬聯，改變了三章與四章的啣尾；而四章末句「昭哉嗣服」與五章首句「昭茲來許」，僅一字相同，則格又一變。

牛運震評曰：「媚字寫愛戴入微，正與順德脗合。此隱指武王伐紂定天下事也。直說嗣服，不更作斡旋語，妙！」「伐紂定天下乃武王應天順人，繼志述事之大者。篇中本此立言，而以隱括出之，氣體高渾，包舉一切。」「蟬聯過遞，雅中多此體。」

元人陳櫟曰：「此詩美武王繼三后於已往，開後嗣於方來。惟以求世德永孝思，而上合天理，下孚人心者，爲之本耳。」（見詩經傳說彙纂）

【古韻】

第一章：王、京，陽部平聲；
第二章：求、孚，幽部平聲；
第三章：式、則，之部入聲；
第四章：德、服，之部入聲；
第五章：許、武、祜，魚部上聲；
第六章：賀、佐，歌部去聲。

十、文王有聲

這是歌頌文王遷豐，武王遷鎬的詩。

原詩

文王有聲，❶
遹駿有聲。❷
遹求厥寧，❸
遹觀厥成。❹
文王烝哉！❺

文王受命，❻
有此武功；❼

今譯

文王有賢名，
美譽很盛隆。
求得天下寧，
功業已有成。
文王好聖明啊！

文王受天命，
成就此武功；

❶有聲：有其聲譽。
❷遹：通聿，音玉，語詞。下同。駿：大。
❸求厥寧：謂文王求天下之安寧。
❹觀厥成：謂人觀文王之成功。
❺烝：美。下同。
❻受命：受天命。
❼武功：指伐崇事。

既伐于崇，❽　　既已討伐崇，
作邑于豐。❾　　豐邑作都城。
文王烝哉！　　文王好聖明啊！

築城伊淢，❿　　築城又挖河，
作豐伊匹。⓫　　豐邑相配合。
匪棘其欲，⓬　　並非急所欲，
遹追來孝。⓭　　追孝衆先祖。
王后烝哉！⓮　　文王獲美譽啊！

❽崇：國名，其國春秋時猶存，爲秦之與國。見宣公元年左傳杜注。
❾作邑：建都。豐：地名，在今陝西鄠縣，文王之都也。
❿伊：猶爲。淢：音洫ㄒㄩˋ，城外之溝，卽護城河。
⓫匹：配，相稱也。謂作豐之城與其溝相稱。
⓬棘：同急。此句謂非急於完成以遂己之欲也。
⓭追：猶愼終追遠之追。來：是。此句謂追承前王之志以致其孝思。
⓮王后：亦指文王。后：君也。下同。

王公伊濯，⑮　　文王功業輝煌，
維豐之垣。⑯　　築好豐邑城牆。
四方攸同，⑰　　四方都來朝見，
王后維翰。⑱　　文王是爲楨幹。
王后烝哉！　　文王令人頌贊啊！

豐水東注，⑲　　豐水往東流，
維禹之績。⑳　　大禹的成就。
四方攸同，　　四方都歸順，
皇王維辟。㉑　　武王嗣爲君。

---

⑮公：古通功。伊：語詞。濯：音卓ㄓㄨㄛˊ，大。

⑯垣：牆。謂城牆。

⑰攸：所。同：會。言四方之君來朝會。

⑱翰：幹。謂四方來歸以文王爲楨幹也。

⑲豐水：在豐邑之東，鎬京之西。豐水東北流經豐邑之東，入渭而注入於黃河。

⑳績：功。因禹治水，故云。

㉑皇王：指武王。辟：君。言武王嗣文王爲君。

皇王烝哉！　　武王令人尊啊！

鎬京辟廱，㉒　　鎬京建學宮，
自西自東，　　自西又自東，
自南自北，　　自南又自北，
無思不服。㉓　　無不來服從。
皇王烝哉！　　武王眞英明啊！

考卜維王，㉔　　武王龜卜吉凶，
宅是鎬京。㉕　　是想定都鎬京。
維龜正之，㉖　　龜兆指示正路，

㉒鎬京：西周之都城，在今陝西長安西。辟廱：音璧雍，辟：池沼也；廱：宮也。天子之學，學圓如璧，外環以水，故曰辟廱。

㉓思：語詞。此句謂無不臣服於周也。

㉔考：稽。考卜：稽之於龜卜也。此句倒文爲義，言維王稽卜也。所卜者，卽下文宅居鎬京之事。

㉕宅：居。以上二句謂問卜周王遷居於鎬京之吉否。

㉖正之：謂得吉兆。

武王成之。㉗　　武王卽予完成。

武王烝哉！　　武王建大功啊！

豐水有芑，㉘　　豐水都會長芑，

武王豈不仕？㉙　　武王怎會無事？

詒厥孫謀，㉚　　遺留子孫善謀，

以燕翼子。㉛　　子孫得以保護。

武王烝哉！　　武王有遠圖啊！

【評解】

文王有聲是文王之什的第十篇，分八章，章五句。除末章第二句爲五字外，餘均爲四字句。

㉗成之：成其功。

㉘芑：音起，正義引陸璣疏：「苦菜也。莖靑白色，摘其葉，白汁出，肥可生食。亦可蒸爲茹。」

㉙仕：事。言武王豈無所事乎？

㉚詒：同遺，謂遺留謀略與其子孫也。

㉛燕：安。翼：護。言以遺謀略者，用以安護其子孫也。

全詩共一百六十一字。

詩序云：「文王有聲，繼伐也。武王能廣文王之聲，卒其伐功也。」然詩中所言並非如詩序所云，而朱傳則曰：「此詩言文王遷豐、武王遷鎬之事。」確合詩意，故從之。

此詩前四章均稱頌文王之功業聲譽，其功業在求天下之安寧。唯其有此功業，故而有此聲譽。而其功業之最大者，乃伐崇（平亂）、定都（安民），以致四方來朝，唯文王是依。

後四章乃稱頌武王能繼文王之業，君臨天下，遷都於鎬。然人知武王之得天下在於武功，而不知天下之服武王由於文德，故於第六章特敘建學之事，致四方來服。

最後敍武王不只爲當代計，且爲子孫萬代計。故雖已得天下，四方賓服，而却不能稍安，猶計謀善策，以爲後世子孫所遵循而保護不墜。每章均以贊歎之語結之，構成詩篇之另一風格。

【古韻】

第一章：聲、聲、寧、成，耕部平聲；

第二章：功、豐，東部平聲；

第三章：洫（淢）、匹，脂部入聲；

欲、孝，幽部去聲；

第四章：垣、翰，元部平聲；

第五章：績、辟，佳（支）部入聲；

第六章：廱、東，東部平聲；

北、服，之部入聲；

第七章：王、京，陽部平聲；

正、成，耕部去聲；

第八章：芑、仕、謀、子，之部上聲。

一至八章：烝、烝、烝、烝、烝、烝、烝、烝，蒸部平聲；（遙韻）

一至八章：哉、哉、哉、哉、哉、哉、哉、哉，之部平聲。（遙韻）

大雅——生民之什

一、生民

周朝以農業興，以農業爲國本，追溯其歷史，以開創農業的后稷爲其始祖。這是祭祀周朝始祖時歌唱后稷神話的一篇自成一格的寶貴史詩。

原詩	今譯
厥初生民，❶	說起人類的祖先，
時維姜嫄。	便得追溯到姜嫄。
生民如何？	人類的來歷怎麼樣？

---

❶ 厥初生民：其始生人也。周人以其始祖后稷爲人類進入文明之始，故追溯及于后稷之母姜嫄；時：是也；維：爲也；姜：其姓；嫄：音原ㄩㄢˊ，其名。炎帝之後，有邰氏之女。

克禋克祀，❷　她虔誠祭祀許願望，
以弗無子。❸　爲求生子除不祥。
履帝武敏，　踏着了上帝拇指大脚印，
歆；❹　精神恍惚心歡欣；
攸介攸止，❺　停下脚來定定神，
載震載夙；❻　從此姜嫄有身孕；
載生載育，　後來孩子生下地，
時維后稷。❼　孩子就是那后稷。

❷克：能也；禋：音因ㄧㄣ，敬也，或以爲一種野祭，用火燒牲，使煙氣上冲於天；祀：一般祭祀。

❸弗：毛傳：「弗，去也」；鄭箋：「弗之言祓也」。祭祀以祓除不祥。朱傳：「弗之言祓也；祓無子，求有子也。」或以「弗」訓「未」，「以弗無子」謂因未嫁故無子。

❹履：踐；帝：上帝；武：足跡；敏：古讀如弭，拇的假借字，足大拇指；歆：欣也。史記周本紀：「姜嫄出野，見巨人跡，心忻然悅，欲踐之，踐之而心動如孕者」。

❺介：舍息。

❻載：則也；震：動也。或通娠，懷孕。夙：肅敬。此句謂心動而有孕。

❼后稷：名棄，相傳爲堯時稷官，爲周之始祖。故周人尊之曰后稷。姬姓之尊后稷，與姜姓之尊神農相仿，均所以追尊發明耕稼之祖先也。

誕彌厥月，　懷胎十月已足滿，
先生如達；❽　頭生孩子沒困難；
不坼不副，❾　沒破沒裂母體完，
無菑無害。❿　無災無難保平安。
以赫厥靈，　這是上帝把靈顯，
上帝不寧。　顯靈之後心不安。
不康禋祀，⓫　姜嫄的祭祀好靈驗，
居然生子！　居然無夫把子產！
誕寘之隘巷，⓬　把他棄置小窄巷，

---

❽誕：發語詞，下同；彌：滿，滿妊娠十月之期也；先生：謂第一胎所生；達：小羊。小羊易生，而人則頭胎難生，此言后稷爲第一胎而如小羊出生之易。因其有神異故。

❾坼：音撤ㄔㄜˋ；副：音皮ㄆㄧˊ，均破裂意。

❿菑：同災。

⓫不康：鄭箋：不安。徒以禋祀而無人道，居然生子懼時人不信也。

⓬寘：同置。

牛羊腓字之。⑬　牛兒羊兒來喂養。
誕寘之平林，　把他棄置樹林裏，
會伐平林。⑭　伐木樵夫來檢起。
誕寘之寒冰，　把他棄置在寒冰，
鳥覆翼之。　鳥兒張翼送溫情。
鳥乃去矣，　等到鳥兒遠飛開，
后稷呱矣。⑮　后稷呱呱哭起來。
實覃實訏，⑯　哭聲既長又響亮，
厥聲載路。⑰　一直響到大路上。
誕實匍匐，　剛剛開始會爬行，

⑬ 腓：音肥ㄈㄟˊ，庇也；字：乳也。

⑭ 會：值也；平林：林木之在平地者。

⑮ 呱：音孤，小兒啼聲。

⑯ 實：是也；覃：長也；訏：音虛，大也。言其聲長且大。

⑰ 載：滿也。

克岐克嶷，⑱
以就口食。
蓺之荏菽，⑲
荏菽旆旆。⑳
禾役穟穟，㉑
麻麥幪幪，㉒
瓜瓞唪唪。㉓
誕后稷之穡，
有相之道。㉔

就有知識很聰明，
懂得用口嚐東西。
會把大豆種下地，
大豆枝葉齊昂揚。
禾穗都盧列成行，
麻麥長得好茂盛，
瓜藤結果密層層。
后稷種地有道理，
先看土質宜不宜。

---

⑱ 嶷：音匿ㄋㄧˋ。岐嶷：有知識。
⑲ 蓺：種也；荏：音忍ㄖㄣˇ，荏菽：大豆。
⑳ 旆旆：枝葉揚起。
㉑ 役：列也；穟：音遂ㄙㄨㄟˋ；穟穟：苗美好貌。
㉒ 幪幪：茂盛。
㉓ 瓞：音迭ㄉㄧㄝˊ，瓜之小者；唪：音蚌ㄅㄥˋ。唪唪：多實貌。
㉔ 相：視也，視其土地之宜。

茀厥豐草，㉕　拔去雜草留禾苗，
種之黃茂。㉖　禾苗長得才豐茂。
實方實苞，㉗　先長幼芽苗發苞，
實種實褎，㉘　由短而長漸漸高，
實發實秀，㉙　發莖吐花長成穗，
實堅實好，　米粒硬來米粒美，
實穎實栗。㉚　禾芒長呀穗下垂。
即有邰家室。㉛　就在邰地立門楣。

㉕茀：拔也。

㉖黃茂：嘉穀也。或曰：黃茂猶言茂盛。

㉗方：始也，苗始吐芽也；苞：苗始生苞而未舒也。馬瑞辰說。

㉘種：上聲，苗出地尙短也；褎：音佑一ㄡˋ，苗漸長也。程瑤田說。或曰：種猶腫，言其肥；褎猶修，言其長。

㉙發：莖發高；秀：禾吐花而成穗。

㉚穎：禾末之芒；栗：衆多。此句言穗重而穎下垂也。

㉛即：就也；有：助詞無義，與有虞有夏之有同；邰：音台ㄊㄞˊ，后稷所封國，在今陝西武功縣境。此言其稼穡而創業。

誕降嘉種，　　上天降下優良種，
維秬維秠，㉜　　黑色黍子雙倍的收成，
維穈維芑。㉝　　還有紅色白色的禾莖。
恆之秬秠，㉞　　黑色黍子種滿野，
是穫是畝；㉟　　趕快收呀趕快割；
恆之穈芑，　　紅色白色的一大片，
是任是負。㊱　　背上背呀肩上擔。
以歸肇祀。㊲　　背回擔回祭祖先。

誕我祀如何？　　我把祖先怎樣祭？

㉜秬：音巨，黑黍；秠：音丕ㄆㄧ，一稃（殼）二米也。

㉝穈：音門ㄇㄣˊ，毛傳：赤苗也；芑：音起ㄑㄧˇ，毛傳：白苗也。陳奐云：「赤苗白苗，謂禾莖有赤白二種。本為苗之名，因為禾之名」。

㉞恆：徧也。

㉟畝：讀如米，作動詞用，謂收穫之後，堆於田畝中。

㊱任：鄭箋：猶抱也。負：古讀如尾。陳奐：「任負，猶負荷也。」

㊲歸：謂自田歸家；肇：始也；肇祀：始祭也。肇祀：謂開始祭祀或釋肇為語詞，無義。

或舂或揄，㊳　搗搗穀粒再盛起，
或簸或蹂；㊴　簸揚揉搓去糠粃；
釋之叟叟，㊵　用水叟叟淘洗淨，
烝之浮浮；㊶　熱氣騰騰鍋裏蒸；
載謀載惟，㊷　細心推算把吉日占，
取蕭祭脂，㊸　艾蒿油脂祭祖先，
取羝以軷；㊹　拿隻牡羊祭路神；
載燔載烈，㊺　熊熊烈火把肉薰，

㊳ 揄：音由一ㄡˊ，取米出臼。
㊴ 簸：用箕揚去糠；蹂：音柔ㄖㄡˊ，以手重搓米。
㊵ 釋：淘米；叟叟：淘米聲。
㊶ 烝：同蒸；浮浮：氣上浮。
㊷ 惟：思也。謀惟，謂諏日，卜吉日。
㊸ 蕭：蒿也。此句謂取蕭合脂燃之，使其氣味上達於神。
㊹ 羝：音低ㄉㄧ，牡羊，祭不用牝。軷：音拔ㄅㄚˊ，道祭。軷祭有二：其一爲出行時之祖祭；其二爲冬祭行（路）神。
㊺ 毛傳：「傳諸火曰燔，貫之加于火曰烈」。

以興嗣歲。㊻　　祝福年年豐收長歡欣。
卬盛于豆，㊼　　我把好菜盛在大碗裏，
于豆于登。㊽　　我把鮮湯舀在瓦盤裏。
其香始升，　　好菜鮮湯香氣往上升，
上帝居歆。㊾　　上帝心安也高興。
胡臭亶時！㊿　　菜湯味兒眞正香又甜！
后稷肇祀，　　自從祭祀后稷我祖先，
庶無罪悔，(51)　　庶幾代代無罪愆，

㊻ 嗣：繼也。此句係祝福語。謂興來歲以繼往歲也。

㊼ 卬：音昂ㄤ，我。

㊽ 豆、登：均祭器名，其形相似。毛傳：「木曰豆：瓦曰登。豆：薦葅醢也；登：大羹也」。登以盛肉汁。

㊾ 居：安也；歆：欣也，與❹同。此句「上帝居歆」與二章「上帝不寧」相呼應。

㊿ 胡：大也；臭：香味；亶：信也；時：善也。林光義訓亶爲但。曰：「亶讀爲但。猶云：何有于臭乎？惟其時耳。」

(51) 悔：猶罪也。

以迄于今！　直到如今長綿延！

【評解】

生民是大雅生民之什的第一篇。分八章，四章十句，四章八句。毛鄭舊本第三章八句，第四章十句，朱熹以第四章前兩句「實覃實訏，厥聲載路」改歸第三章，於是八章皆以十句八句相間爲次，第二章至第七章章首相同，均以「誕」字開頭，其後各家章句，皆從朱傳。全篇七十二句中有八句爲五言，詩長共三九六字，在詩經中爲長篇。第一章「履帝武敏歆」句，敏字古音與「祀」「子」「止」押韻，故顧炎武詩本音，卽以「歆」字屬下一句。其後詩經學者，或從顧氏以「歆攸介攸止」爲句，或仍從舊本以「履帝武敏歆」爲句，莫衷一是。亦有主張以「歆」字獨立爲一字句者，今姑從之。

詩序：「生民，尊祖也。后稷生於姜嫄，文武之功起於后稷，故以配天焉」。詩中追述周室始祖后稷神話，所以「尊祖」，但「后稷配天」爲周頌思文篇，此詩無配天語。朱熹曰：「此詩未詳所用」。今人已知風雅頌無嚴格的界限，故可就原詩詩意，以定爲周人祭祀始祖后稷的樂歌。

鄭玄以此詩爲成王時周公所作，後人疑之。此詩或係舊作經周公改定者，其寫定年代當在西周初年，約在公元前一一〇〇年前後。

在世界文學史上，希臘有公元前九世紀的兩大史詩「伊里亞特」和「奧德賽」，印度有公元前五世紀的兩大史詩「摩訶婆羅多」和「羅摩耶那」，而我國雖以詩歌爲文學的主流，却找不出一篇偉大的史詩來。一般的答覆是我國詩經大雅中也有許多篇史詩存在，如果把它們連接起來讀，也便很可觀了。那排列的次序可以是⑴生民（追述周朝始祖后稷開創農業立國於邰的故事）⑵公劉（追述公劉遷豳修復后稷之業的故事）⑶緜（追述太王遷岐民附周室始興的故事）⑷皇矣（追述太王遷岐以來泰伯王季之德及文王伐密伐崇的故事）⑸靈臺（追述文王築靈臺與民同樂的故事）⑹大明（追述王季之生文王以至武王克商而有天下的故事）⑺文王有聲（追述文王作邑于豐，武王遷鎬以成豐志的故事）以至雲漢之記旱災，江漢之平淮夷。

可是就這樣，還是懸殊太甚，不可並比。

第一、篇幅的長短無從相比。印度的摩訶婆羅多長達二十萬行，羅摩耶那長達四萬八千行；希臘的史詩較短，伊里亞特也有一萬六千餘行，奧德賽一萬二千行。他們的一行可作一句算。但我們把大雅三十一篇全部加起來，也只有一千六百十六句，僅及伊里亞特的十分之一長，簡直是小巫之見大巫。

第二、希臘印度的史詩，以神話出名，其瑰奇生動，無與倫比。大雅的史詩，只有生民一篇，稱得上是神話的作品，故事的描寫也較生動活潑，其餘各篇，無從談起。

我們的答覆是，中國古代文學最豐富的收穫，其實不是詩歌而是散文；散文方面最傑出而豐富的是歷史的傳記（包括書經、春秋三傳、國語、國策，以及論語、孟子等書）。中國古代有神話，但周朝初年便已揚棄神話的怪誕，而進入人文主義的新階段（這是中國文化比他人進步之處），其遺留下來的少數神話，也含蘊着人文主義的哲學在裏面，其本質上與希臘印度的神話有很大的區別。我們要舉出來和希臘印度史詩相比的，不是大雅，而是和印度史詩同時完成的左傳。左傳是一部寶貴的歷史，同時是一部文學的傑作。其長度可與希臘印度的史詩相比，其描寫的精彩生動，也決不相讓。而希、印的神話，雖稱史詩，實在只是文學，左傳却是文學的傑作，又是眞實的歷史。

關於我國古代神話，特別是大雅生民篇后稷的神話，錢賓四先生有很精闢的解釋。在他的「中國文學講演集」中，他說：

「歷史發展，並非先有一定的軌道，一定的程序，外歷史而存在。世界各地域，各民族，由於其自然環境之不同，以及其他因緣之種種相異，儘可發展出各異的路向，各異的內容。……文化發展，各地不同，殊難以一例相繩。而文學發展，自也無逃此大例。……中國古代，各地民間也未嘗無一些故事與神話。但每一處的民間故事，傳佈不到別處去，不能產生出像荷馬般遊行歌唱來把那些民間故事與神話，活潑豐富地發展成史詩。因此流傳在中國古代各處的那些民間故事與神話，全成爲簡樸的原始的。」（略論中國韻文起源）是的，希臘有民間遊行的盲詩人，印度宮庭慶典有聽唱史詩的習俗，而中國古代，兩者俱無。

又說：「中國古代神話，和其他民族的神話，就內涵意義上，即有甚深之不同。此一層，值得我們特別研討。……詩經大雅生民之詩，述及周氏族始祖后稷的許多神話。……首先提到厥初生民，這是人類原始的問題。在中國古人想像，人類始祖必然是男性的。因男性屬陽，乃首創者，乃主動者，故周氏族自述其第一祖先爲后稷。但此第一男性如何來，彼必有一母。母是女性，屬陰，在中國古人觀念裏，陰即是整個的自然，即天。所以姜嫄之生后稷，實出於天。

「然而后稷出生時，早已有人類了。后稷之爲周人始祖，乃是周人尊奉之爲始祖的。周人何以要尊奉后稷爲始祖？因其發明稼穡，粒我蒸民。用今語說之，后稷是一個劃時代人物。在后稷以前，人類只是自然人，原始人；在后稷以後，人類始是稼穡人，即文化人。人類始進入歷史時代。中國古人看重自己的歷史文化，故周人推尊后稷爲始祖，如商人之推奉契爲始祖，也是同樣的意見。

「然則人類的最先原始祖是誰呢？在中國人觀念裏，人之大原出於天，人類的始祖即是天。但天稷有父，稷父之父還有父，儘推上去，則人類必然出於天。而文化人之始祖則必然是一人。但天如何出生人類呢？此一問題遠在人類歷史文化之前，中國古人便不再在此上去推索了。因此在猶太人的舊約裏，說上帝在七天之內創造了此整個的世界；在希臘神話裏，宙斯神主宰了整個的宇宙。但中國古代，則不見有此等神話之流傳。盤古皇開天闢地，並非中國人自有的神話，但盤古皇還已是人了，由他來開天闢地，仍是由人自己來創造世界，創造歷史與文化，並非由天來創造出人類。

「希臘神話，普羅米休士神偷火到人間，因而熬受了無窮的苦難，但中國古史傳說，火之發明由燧人氏鑽木取火而得。燧人氏仍是人，而非神。又如倉頡造字，天雨粟，鬼夜哭，人類自從發明了文字，也得熬受種種苦難。但造字的還是倉頡，仍是人，而非神。在中國古人思想裏，人類創造歷史文化，本於天心。但天必假手於人。只有人來替天行事，更沒有天來替人行事。

「尤其顯然的，如大禹治水的故事。在古代世界各民族間，幾乎都有關於洪水的神話。但如中國堯舜鯀禹的記載，則明屬人事，非神話。但近代中國學術界，偏好以西方神話來一例相繩，如顧頡剛定要說夏禹僅是一隻大爬蟲，又要說夏禹乃神王，非人王了。

「現在再說到后稷，天意要發明稼穡，粒我蒸民，因此不得不假手於后稷。因此后稷的誕生，實出天意。但若后稷生後，不經歷許多磨難，還不見天心之眞誠。於是后稷的故事裏，便命該受苦了。最先，后稷是由履帝武敏歆的經過而得胎，其次，后稷是在不坼不副的情況下落地，於是后稷家人便把那可詫異的嬰孩扔棄了。先棄之隘巷，卻有牛羊來腓字他。又棄之平林，却正巧逢到有人來砍伐那平林。再棄之寒冰之上，却又有飛鳥來覆翼他。在這段經過裏，可見天意不讓后稷夭殤。但天究不能，或不肯，插手來處理人間事，於是仍只有假手於牛羊呀，砍林人呀，鳥呀，來替天行事，救護后稷。在中國古人的想像裏，似乎天與神，決不會插手來干預世間事，而在此世間，又處處有天心天意在照顧到。不僅人世間，乃至物世間同樣如是。因此，人與萬物實在是同處在一天心照顧的世間，而且同樣能代表天心，替天行事。所以說：民吾同胞，物吾與也。萬物一體，一視同仁。

「我們即據大雅生民之詩關於后稷的一些神話，便可來推想中國古人的宇宙觀，人生觀，乃及中國人所謂的天人之際。我們單看這一章詩，單看這一節故事，便可恍然明白到中國古代文學裏，何以不能有像西方古代般的神話題材了。」（中國古代文學與神話）

最後，錢先生說：「我們今天，該把中國古人那一套，細細洗發，來說明其所以然，却不該單看西方古代文學，有如許瑰奇生動的神話故事，便責怪中國古人不成器，沒有能像西方人般，來多編造些神話題材的文學呀！」（同上）

此外，我們還要一談生民篇的風格。

生民篇的組織很嚴整，敍事層次分明。前五章追敍后稷的神奇與業績，後三章描寫祭祀的過程。方玉潤有簡要的眉批曰：「一章受孕之奇；二章誕生之易；三章保護之異；四章嗜好天生；五章克勤人事，教種膺封；六章播種肇祀；七章報賽祈年；八章尊祖無怠。通篇層次井然，不待深求，而自然了了。唯八章中皆以八句十句相間，又二章以後，七章以前，每章起句均用誕字作首，另是一格。」

我們得補充的，是詩中「誕」字並不都在章首，但都在句首。除章首六誕字外，另兩「誕」字爲三章的「誕寘之平林」和「誕寘之寒冰」，這八個誕字，以及六個「以」字起句的句調，都與形成生民的特殊風格有關。而另外兩種句法，對形成生民篇的特殊風格，也有顯著的力量。那兩種句法是對句法和疊語法。

謝无量在他所著詩經研究中指出，對句法、疊語法能使聲調流麗，文格嚴整，詩經中常用這種修辭法。如小雅蓼莪：「父兮生我；母兮鞠我。」及「南山烈烈，飄風發發。」是對句。大雅公劉的「迺場迺疆，迺積迺倉。」江漢的「實墉實壑，實畝實籍。」是疊語。這兩種句法用得最多的要算這篇生民，俯拾卽是。對句如：四章的「荏菽旆旆，禾役穟穟，麻麥幪幪，瓜瓞唪唪。」七章的「釋之叟叟，烝之浮浮。」此等句非但是對句，而且都用疊字，音調格外好聽。疊語如：一章的「攸介攸止，載震載夙，載生載育」；二章的「不坼不副，無菑無害」；三章的「實覃實訏」；四章的「克岐克嶷」；五章的「實方實苞，實種實褎，實發實秀，實堅實好，實穎實栗」；六章的「維秬維秠，維穈維芑」；七章的「或舂或揄，或簸或蹂」，「載燔載烈」；八章的「于豆于登」等句。

又有疊語與對句兩法相間爲用的，如六章的「恆之秬秠，是穫是畝；恆之穈芑，是任是負」。這樣便成了兩句與兩句的排比。像這種排比的句法，修辭學上稱之爲「排句」。

本詩前五章敍述后稷故事，以第三章最爲生動。這一章先用那「誕寘之」三字開端的三組排句，寫天意護持這被棄的嬰兒，讀來已特別生動有力；接下去「鳥乃去矣，后稷呱矣！」點出后稷的安全得生，更是警句；後三章祭祀的描寫，傳達歡樂的氣氛，頗爲成功。

上述許多句法章法，都是構成這詩特殊風格的因素。詩中許多雙聲疊韻的字不備舉。

牛運震詩志評此詩曰：「一篇后稷本紀。此詩本爲尊祖配天而作，却不侈陳郊祀之盛，但詳敍后稷肇祀之典，故是高一層寫照法，極神怪事欲以樸拙傳之，莊雅典奧，絕大手筆。」

【古韻】

第一章：民、嫄，眞部平聲；

祀、子、敏、止，之部上聲；

夙、育、稷，幽部入聲；

第二章：月、達、害，祭部入聲；

靈、寧，耕部平聲；

祀、子，之部上聲；

第三章：字、翼，之部去聲；

林、林，侵部平聲；

去、呱、訏、路，魚部去聲；

第四章：匐、嶷、食，之部入聲；

旆、穟，祭部去聲；

幪、唪，東部平聲；

第五章：道、草、茂、苞、褎、秀、好，幽部上聲；
　栗、室，脂部入聲；
第六章：秠、芑、秠、畝、芑、負、祀，之部上聲；
第七章：揄、蹂、叟、浮，幽部平聲；
　惟、脂，微部平聲；
　軷、烈、歲，祭部入聲；
第八章：登、升，蒸部平聲；
　歆、今，侵部平聲；
　時、祀、悔，之部上聲。

二、行葦

這是祭畢燕父兄耆老的詩，燕中並舉行射禮。

原詩	今譯
敦彼行葦，❶	道旁蘆葦叢叢生，

---

❶ 敦：音團，叢聚貌。行：道路。行葦：道旁之葦。

牛羊勿踐履。　牛羊勿在上面行。

方苞方體，❷　開始發苞體成形，

維葉泥泥。❸　葉子長得很茂盛。

戚戚兄弟，❹　兄弟手足情意深，

莫遠具爾。❺　不可疏遠要親近。

或肆之筵，❻　有人負責設酒席，

或授之几。❼　有人負責擺桌几。

肆筵設席，　酒席桌几都擺設，

授几有緝御。❽　侍候的人兒多又多。

❷方：始。苞：發苞。體：成形體。

❸泥：同苨，音你，泥泥：茂盛貌。釋文云：「張楫作苨苨，云：草盛也。」

❹戚戚：親愛也。

❺具：俱。爾：邇，近也。遠謂疏遠，爾謂親近。（屈萬里詩經詮釋）

❻肆：陳列。筵：席也。古人席地而坐。

❼几：桌几，以供尊者憑依之用。

❽緝：續。御：侍。連上句謂肆筵、設席、授几，均有相繼侍候者。

或獻或酢，❾　賓主敬酒好熱鬧，
洗爵奠斝。❿　洗爵奠斝禮周到。
醓醢以薦，⓫　稀稠肉醬都獻上，
或燔或炙。⓬　或燒或烤味道香。
嘉殽脾臄，⓭　佳餚有脾又有臄，
或歌或咢。⓮　唱歌擊鼓共歡樂。
敦弓既堅，⓯　彫弓刻花又堅硬，

❾ 進酒於客曰獻，客答之曰酢。
❿ 奠：放置。爵、斝：均酒器。斝音甲。周人宴會之禮，主人敬酒先洗酒杯，然後斟酒敬客。客飲畢，則置酒杯几上。客敬主人亦然。
⓫ 醓：音坦ㄊㄢˇ，醢之多汁者。醢：音海，肉醬。薦：進。
⓬ 燔：燒肉。炙：烤肉。
⓭ 嘉：美。殽：同餚，葷菜。脾：音皮，切碎之胃。陳奐說。臄：音決，口上肉。
⓮ 咢：音鄂ㄜˋ，但擊鼓而不歌曰咢。
⓯ 敦：音彫ㄉㄧㄠ，下同。敦弓卽彫弓，畫弓也。天子所用之弓。

四鍭既鈞；⑯　四箭不輕也不重；
舍矢既均，⑰　發箭每人射一支，
序賓以賢。⑱　序賓座次按技藝。
敦弓既句，⑲　先把彫弓給張滿，
既挾四鍭；⑳　四人手中各拿箭；
四鍭如樹，㉑　四矢射中如栽樹，
序賓以不侮。㉒　對待賓客不輕侮。
曾孫維主，㉓　曾孫主祭做主人，

---

⑯ 鍭：音侯，以金爲箭頭而去其羽之矢。鈞：勻也。謂四箭之輕重均同。
⑰ 舍矢：射箭。均：遍。謂每人均射一箭。
⑱ 序：排列次第。以賢：以其射技之才能。
⑲ 句：通彀ㄍㄡˋ，張弓引滿。
⑳ 挾：持。謂四人均已持箭手中。
㉑ 樹：立也。形容射中之狀。
㉒ 侮：輕侮。謂對射者均有禮貌而不輕侮。（不以其射不中而輕侮之也。）
㉓ 曾孫：主祭者之稱。主：做主人。

酒醴維醹。㉔　甜酒美好又香醇。
酌以大斗，㉕　將酒斟滿用大斗，
以祈黃耇。㉖　祈求人人能長壽。

黃耇台背，㉗　黃耇台背年高壽，
以引以翼。㉘　須要牽引扶着走。
壽考維祺，㉙　祝你高壽又吉祥，
以介景福。㉚　以求大福福無疆。

【評解】

㉔醴：音里，甜酒。醹：音乳，酒味醇厚。
㉕大斗：柄長三尺之斗。
㉖黃耇：年老長壽之稱。耇：音苟。
㉗台：同鮐，魚名。台背：形容老年皮膚乾燥之狀如鮐魚之背，謂老壽之相也。
㉘引：在前引導。翼：在旁輔助。
㉙祺：吉也。
㉚介：音丐，求。景：大。

行葦是生民之什的第二篇，此詩毛分七章首章爲六句，次章四句，三章六句，後四章，章四句；朱傳分爲四章；鄭則分八章，章四句玆從鄭箋，除一、三兩章第二句及第六章末句爲五字外，餘均四字句。全詩共一百三十一字。

詩序云：「行葦，忠厚也。周家忠厚，仁及草木，故能內睦九族，外尊事黃耉，養老乞言以成其福祿焉。」但詩中只有「內睦九族，外尊事黃耉」之意，而無「養老乞言」之詞。故以朱傳之「疑此祭畢而燕父兄耆老之詩」爲長，玆從之。

詩先敘道旁之葦乃微賤之物，猶愛惜之欲其能遂其生長而禁牛羊踐踏，況於人類之有親情者乎！故下文言及燕饗兄弟和樂融洽之狀，並祈長壽大福。於敘射禮時雖係至親亦不失其禮。全詩充滿一片親愛祥和氣氛，故牛運震評之曰：「篤厚典雅。」

【古韻】

第一章：葦、履、體、泥，脂部上聲；

第二章：弟、爾、几，脂部上聲；

席、酢，魚部入聲；

第三章：御、斝，魚部去聲；

第四章：炙、臄、咢，魚部入聲；

第五章：堅、鈞、均、賢，眞部平聲；
第六章：句、鍭、樹、侮，侯部平聲；
第七章：主、醹、斗、耇，侯部上聲；
第八章：背、翼、福，之部入聲。

三、既醉

這是父兄用以答行葦篇的詩。

原詩	今譯
既醉以酒，	酒已喝得使我醉，
既飽以德。❶	又能飽受你恩惠。
君子萬年，❷	祝你長壽壽萬年，
介爾景福。	祈你大福福綿延。

❶ 德：恩惠。
❷ 君子：指主人，亦卽君王。

既醉以酒，　酒已喝得醉薰薰，
爾殽既將。❸　你的佳餚也列陳。
君子萬年，　祝你長壽壽萬年，
介爾昭明。❹　祈你光明又昭顯。

昭明有融，❺　光明昭顯很隆盛，
高朗令終。❻　聲譽高朗又善終。
令終有俶，❼　前人善終後善始，
公尸嘉告。❽　公尸美言嘉獎你。

其告維何？　嘉獎之言怎麼說？

---

❸將：進奉。

❹昭明：昭顯光明。

❺融：明之盛。有融：融然。

❻高朗：高明，謂聲譽。令：善。令終：當兼福祿名譽言之，謂好結果，圓滿而終。

❼有：又。俶：音觸，始。此句謂前輩以善終，後人又以善始。

❽公尸：君尸。古祭者，設生人為尸，以代神位受祭。嘉告：以善言告之。（尸代表神告之以嘉獎之言）。

籩豆靜嘉。❾　籩豆食物美又多。
朋友攸攝，❿　又有朋友來助祭，
攝以威儀。⓫　禮節完備有威儀。

威儀孔時，⓬　禮節完備很合宜，
君子有孝子。⓭　又有孝子來奠祭。
孝子不匱，⓮　孝子之心無乏匱，
永錫爾類。⓯　永賜幸福你族類。

其類維何？　賜福族類是怎樣？

❾靜嘉：靜：善；嘉：美。謂籩豆中之食物美好。
❿朋友：謂助祭之羣臣。攸：以。攝：輔佐。謂賓客在祭祀中輔佐主祭者。
⓫威儀：禮節。
⓬孔：甚。時：是，猶宜也。
⓭孝子：主人之嗣子。
⓮匱：音愧ㄎㄨㄟˋ，竭，虧缺。謂孝子之孝心無虧缺竭盡之時。
⓯錫：賜。類：族類。謂永賜家族以幸福。或釋類爲善，謂天賜你以善。亦通。

室家之壼。⑯　室家親睦很和祥。
君子萬年，　祝你萬年壽無盡，
永錫祚胤。⑰　永賜福祿給子孫。

其胤維何？　賜福子孫又如何？
天被爾祿。⑱　上天庇護福祿多。
君子萬年，　君子長壽壽萬年，
景命有僕。⑲　天命賜你有家眷。

其僕維何？　你的家眷是爲誰？
釐爾女士。⑳　賜你淑女爲匹配。

---

⑯壼：讀爲捆ㄎㄨㄣˇ，捆致也。捆致與悃至同，謂親睦。
⑰祚：福祿。胤：音印，後代子孫。
⑱被：覆蓋。祿：福。
⑲景命：大命，指天命言。僕：附屬，謂天命使汝有附屬之人。
⑳釐：賜予。女士：女子，謂妃也。賜汝以女士爲偶。

釐爾女士，　賜你匹配是淑女，
從以孫子。㉑　子孫緜延永繼續。

【評解】

既醉是生民之什的第三篇，分八章，章四句，除第五章第二句爲五字外，餘均爲四字句。全詩共一百二十九字。

詩序云：「既醉，大平也。醉酒飽德，人有士君子之行焉。」而朱傳則云：「此父兄所以答行葦之詩。」由詩本文體之，以朱傳之說較當，故採之。因是答上篇行葦之詩，故詩中均係感德祝福之辭。牛運震評之曰：「一篇祝釐之旨，却借公尸嘏辭發之。而以昭明高朗望其君，以孝子女士望其君之胤嗣，可謂善頌善禱。」

【古韻】

第一章：德、福，之部入聲；

第二章：將、明，陽部平聲；

第三章：融、終，中部平聲；

㉑從：隨。謂乃隨之而有子孫不絕焉。

俶、告，幽部入聲；
第四章：何、嘉、儀，歌部平聲；
第五章：時、子，之部平聲；
匱、類，微部去聲；
第六章：壼、胤，文部上聲；
第七章：祿、僕，侯部入聲；
第八章：士、士、子，之部上聲。

四、鳧鷖

這是祭畢之明日，又設禮以燕公尸，慰其辛勞的樂歌。

原詩	今譯
鳧鷖在涇，❶	鳧鷖游在涇水上，

❶鳧：音扶ㄈㄨˊ，野鴨。鷖：音衣，鷗鳥。涇：水名。

公尸來燕來寧。❷　公尸燕饗又安康。
爾酒既清，❸　你的美酒既清醇，
爾殽既馨。❹　你的佳餚又芳香。
公尸燕飲，　公尸燕飲很歡暢，
福祿來成。❺　大福大祿都能享。

鳧鷖在沙，　有鳧有鷖在沙地，
公尸來燕來宜。❻　公尸燕饗好舒適。
爾酒既多，　你的美酒既很多，
爾殽既嘉，　你的佳餚也好吃。
公尸燕飲，　公尸燕飲很開心，

❷來：是。
❸爾：指主人。
❹馨：香。
❺來：是。成：福祿成之。
❻宜：合宜，謂舒適也。

福祿來爲。❼　福祿都能加你身。

鳧鷖在渚，❽　有鳧有鷖在小洲，
公尸來燕來處。❾　公尸燕饗並停留。
爾酒既湑，❿　你的美酒已過濾，
爾殽伊脯。⓫　你的佳餚是肉脯。
公尸燕飲，　公尸燕飲好開心，
福祿來下。⓬　大福大祿都降臨。

鳧鷖在潀，⓭　鳧鷖在水交會處，

---

❼ 爲：施也，加也。謂福祿加於其身。
❽ 渚：音主，小洲。
❾ 處：止。謂居止之。
❿ 湑：音許，濾去渣滓。
⓫ 伊：是。脯：音甫，肉乾。
⓬ 來下：降下。
⓭ 潀：音中，兩水相會之處。

公尸來燕來宗。⑭　　公尸燕饗很歡娛。
既燕于宗，⑮　　既在宗廟相燕飲，
福祿攸降。⑯　　大福大祿就降臨。
公尸燕飲，　　公尸燕飲很歡洽，
福祿來崇。⑰　　大福大祿層層加。

鳧鷖在亹，⑱　　有鳧有鷖在水邊，
公尸來止熏熏。⑲　　公尸來到很歡顏。
旨酒欣欣，⑳　　美酒氣味很芬芳，

⑭宗：借為悰。說文：悰：樂也。
⑮宗：宗廟。
⑯攸：乃。
⑰崇：高，謂增高。
⑱亹：音門，湄之假借，水涯。
⑲止：止息。熏熏：和悅貌。
⑳欣欣：香氣盛也。

燔炙芬芬。㉑　　燒肉烤肉也很香。
公尸燕飲，　　公尸燕飲很喜歡，
無有後艱。㉒　　以後不會有災難。

【評解】

鳧鷖是生民之什的第四篇，分五章，章六句。每章第二句爲六字，餘均爲四字句。全詩共一百三十字。

這是慰勞公尸的詩，每章各以鳧鷖在涇、在沙、在渚、在潀、在亹等逍遙自在，甚得其樂的情形，興起公尸燕飲時安泰自然，心情歡娛之狀。而詩中前四章末句的來成、來爲、來下、來崇，皆卽今日之事言之，能歡樂燕飲，安泰康寧，卽爲幸福也。末章最後「無有後艱」一句，是期於未來以至永久，亦可謂善頌善禱矣。而詩之每章次句均爲六字，構成此詩之特殊風格。

【古韻】

第一章：涇、寧、清、馨、成，耕部平聲；

㉑ 芬芬：香味。
㉒ 後艱：以後之災難。

第二章：沙、宜、多、嘉、爲，歌部平聲；
第三章：渚、處、湑、脯、下，魚部上聲；
第四章：潨、宗、宗、降、崇，中部平聲；
第五章：亹、熏、欣、芬、艱，文部平聲。

五、假樂

這是一篇爲周王頌德祝福的詩。

原詩	今譯
假樂君子，❶	君子實在很美善，
顯顯令德。❷	令德光耀又燦爛。
宜民宜人，❸	宜於人民又宜臣，

❶假：借爲嘉，美也。君子：指周王。
❷顯顯：光顯。令德：美德。
❸民：人民。人：謂羣臣百官。

受祿于天。　　大福大祿受自天。
保右命之，❹　　上天命令助佑你，
自天申之。❺　　天命一再為你頒。

干祿百福，❻　　既有千祿又百福，
子孫千億。　　子孫繁衍至無數。
穆穆皇皇，❼　　威儀肅敬又堂皇，
宜君宜王。❽　　既宜為君又宜王。
不愆不忘，❾　　所作所為無差錯，
率由舊章。❿　　一切按照舊章做。

❹右：助。命：天命之。
❺申：重，謂天命自天重複而降也。
❻干：俞樾謂「干」當作「千」，形似而訛。千祿百福相對為文。
❼穆穆：肅敬。皇皇：光明。
❽宜於為君為王。
❾愆：過失。忘：通亡，失也。或讀為妄。此句意謂無過失也。
❿率：循。由：從。舊章：舊法度，謂先王之典章也。

威儀抑抑，⑪
德音秩秩。⑫
無怨無惡，⑬
率由羣匹。⑭
受福無疆，
四方之綱。⑮
之綱之紀，⑯
燕及朋友。⑰
百辟卿士，⑱

威儀謙遜又謹愼，
語言有序又有倫。
旣無怨恨無厭惡，
一切順應羣臣心。
接受大福福無疆，
是爲天下之紀綱。
是爲天下之紀綱，
使得羣臣得安康。
以致諸侯和卿士，

⑪抑抑：謙遜愼密。
⑫德音：語言。秩秩：有常度而無失。
⑬惡：讀如物，厭惡。
⑭羣匹：羣臣。以上二句謂君子無私心之怨惡，而皆循羣臣之公意。
⑮綱：綱紀，表率。
⑯之：是。
⑰燕：安。朋友：指羣臣。
⑱辟：君。百辟：謂衆諸侯。

媚于天子。⑲　都能愛戴我天子。

不解于位，⑳　勤于政事不懈怠，

民之攸塈。㉑　人民安居得依賴。

【評解】

假樂是生民之什的第五篇，分四章，章六句，句四字，全詩共九十六字。

這是祝頌周王的詩，但周王之得祝頌，在於他之「宜民宜人」，所以第一章就將本詩之主旨寫出。此君王既能上承先王之法制，又能採納賢臣之意見；且勤於政事，愼於出言。故而上天屢降福祿。所謂自求多福，所謂天助自助者。三章之「率由羣匹」，末章之「燕及朋友」，即首章之「宜人」；末章之「民之攸塈」即首章之「宜民」，前後照應，結構完整。

【古韻】

第一章：子、德，之部上聲；

---

⑲媚：愛戴。

⑳解：同懈，懈怠。

㉑攸：所。塈：音系，安息。謂安居也。

民、人、天、命、申，眞部平聲；

第二章：福、億，之部入聲；

皇、王、忘、章，陽部平聲；

第三章：疆、綱，陽部平聲；

第四章：紀、友、士、子，之部上聲；

位、塈，微部去聲。

六、公劉

公劉篇爲大雅中有名史詩之一，詳述周室祖先公劉遷徙豳地經過。舉凡開國宏規，遷居瑣務，無不備具，不啻一幅絕妙的遷徙圖。句調整齊而流暢，讀起來也使人有循序前進的感覺。

原詩	今譯
篤公劉，❶	篤厚的公劉愛民如子，

❶篤：厚，卽詩序云「厚於民也」，由下文所敍公劉作爲可證。公劉：王肅云：「公號名劉」，尙書傳云：「公爵劉名」是后稷裔孫。當在夏少康之時（張其昀先生著中華五千年史）。

匪居匪康，❷　爲他人民不安逸，

迺埸迺疆，❸　劃分疆域理田地，

迺積迺倉。❹　建造穀倉聚糧米。

迺裹餱糧，❺　就把乾糧裹在一起，

于槖于囊，❻　裝進大大小小米袋裏，

---

❷ 上一匪字爲彼義，全句謂他們住在那兒不安康，如此解釋，較「公劉自己不安逸」的講法更合詩意。毛傳：「公劉辟於部（在今陝西武功縣境）而遭夏人亂，迫逐公劉，公劉乃辟中國之難，遂平西戎而遷其民邑於豳（同邠，在今陝西栒邑縣西邠縣）焉。」姚際恆否定此說，他認爲「不窋（史記謂不窋爲后稷子，瀧川龜太朗則謂后稷不應只傳一世即失其官，斷定不窋非后稷親子，只其後代而已）以失官而犇于戎、狄之間；公劉爲不窋之孫，乃自戎狄處遷，非自部遷也。」

❸ 迺：即乃。埸：音易ㄧˋ，田畔。疆謂田間疆界。此處埸疆作動詞用，意思是修治田地（以便增產糧食，準備遷豳之用）。

❹ 田地治理好了才有糧食的堆積和穀倉的儲藏。

❺ 裹：包裹起來。餱：音ㄏㄡˊ，乾食曰餱。糧：出行所携之糧。因將遠行，乾糧携帶較方便。

❻ 于：放進。槖：音沱ㄊㄨㄛˊ，槖、囊，皆用以裹糧之具。毛傳：「小曰槖，大曰囊。」朱傳：「無底曰槖，有底曰囊。」無底者裝糧後則須將兩端紮緊，不如毛傳之說爲長。孟子引詩而釋之曰：「故居者有積倉，行者有裹糧也。然後可以爰方啓行。」胡承珙曰：「孟子以居者與行者並言，是公劉初遷之時，未嘗全棄其故都也。欲爲行者之利，先謀居者之安，所以爲厚。」

思輯用光。❼　　米糧積得滿滿的。
弓矢斯張，❽　　再把弓箭也備齊，
干戈戚揚，❾　　還有干戈斧鉞等武器，
爰方啓行。❿　　於是就往豳地移。

篤公劉，　　篤厚的公劉盡心力，
于胥斯原，⓫　　考察了這片平原地，
既庶既繁，⓬　　物產富庶人口密，

---

❼思：發語詞，經傳釋詞說。輯：集。用：以。光：廣，猶言多，謂集聚餱糧夠多。

❽斯：則，即。張：說文謂施弓弦也。此處意爲把弓箭準備妥當。

❾干戈戚揚：四種武器。戚是斧，揚是鉞，鉞大斧小。謂公劉遷徙時除携帶乾糧，尙須整備武器以開路去豳。

❿爰：於是。方：開始。行：音杭ㄏㄤˊ，啓行即啓程。

⓫胥：相，看。斯：此。

⓬庶：衆，多。庶繁舊說都解作人口衆多繁密。普賢按：考察土地遷徙，當然應注意該地物產是否富庶，故「庶」應指物產之富庶，「繁」始指人口之衆多。（高本漢即如此主張，請參閱下註。）

既順迺宣，⑬　　既合心意就告知，
而無永歎。⑭　　人民沒有長歎息。
陟則在巘，⑮　　登上小山看仔細，
復降在原。　　步下平原勘地勢。
何以舟之？⑯　　什麼用來做佩飾？
維玉及瑤，　　是用瓊瑤和玉石，
鞞琫容刀。⑰　　鑲嵌的刀鞘眞神氣。

---

⑬ 馬瑞辰謂：「宣之言通也，暢也。言民心既順其情乃宣暢也」意不明。普賢按：順非謂順民心，當是順公劉之意，卽合意。公劉觀察此地物產既富，人口又多，認爲合意之後，遂宣告人民，將定居於此。人民聽後都很贊成，反應良好，而無歎息後悔者，高本漢解「既庶既繁，既順迺宣」謂「……它富庶而繁盛，它很合宜，所以他就宣告（在此居住）」可謂實獲我心。高本漢謂庶字參看天保篇之「以莫不庶」。按庶：衆也。鄭箋：「莫，無也，使女每物益多，以是故無不衆也。」是知「人衆」「物衆」均可謂庶。

⑭ 新地使人民滿意，不再思舊地，故無永歎。永歎：長歎。

⑮ 巘：音演ㄧㄢˇ，毛傳：「小山別於大山也。」

⑯ 舟：毛傳：「舟，帶也。」汪中經義知新記云：「舟無佩義，必是服字，傳寫者脫其半耳。」服字小篆作𦨈，古文作𠬝，左偏旁是舟字，書寫者偶然漏掉右半邊，遂爲一舟字。服有佩帶意。

⑰ 鞞：音俾ㄅㄧˇ，琫：音菶ㄅㄥˋ，釋名云：「刀室曰削（俗作鞘），室口之飾曰琫，下末之飾曰琕。」琕與鞞同。容：飾。容刀：佩刀。佩刀所以爲容飾。連上句謂以玉及瑤作爲佩刀之裝飾。

篤公劉，　篤厚的公劉眞週詳，
逝彼百泉，⑱　百泉地方也去一趟，
瞻彼溥原。⑲　把那溥原細觀望。
迺陟南岡，　然後登上南山崗，
乃覯于京。⑳　看看京地是什樣？
京師之野，㉑　京師原野夠寬廣，
于時處處，㉒　就在這裏定了居，
于時廬旅。㉓　就在這裏把屋造。

⑱逝：往。百泉：嚴粲曰：「泉，水也。今地理家言衆水所聚爲得水也。」或曰百泉地名，未詳其處。
⑲溥：大，廣。溥原謂廣大之原野。屈萬里先生根據王國維克鐘克鼎跋謂係地名，卽克鼎「錫女田于陣原」之陣原。
⑳京：地名，馬瑞辰說。
㉑師：都邑之稱。京師：京之邑，猶洛邑亦稱洛師，馬瑞辰引吳斗南說。方玉潤謂：「京，高邱也。師，衆也。京師：高邱而衆居也。」
㉒時：是，此。處處卽居處。
㉓馬瑞辰引證國語齊語：「衞人出廬于漕」，管子小甲篇作：「衞人出旅于漕」謂「廬旅古同聲，通用，旅亦寄也。」于時廬旅，卽「在此寄居」。

于時言言，
于時語語。㉔
篤公劉，
于京斯依。㉕
蹌蹌濟濟，㉖
俾筵俾几。㉗
旣登乃依，㉘

就在這裏有說笑，
說說笑笑眞熱鬧。
篤厚的公劉有主意，
就靠這京邑定國基。
文武百官都來齊，
設了筵席擺桌几。
登上席位把桌几靠，

㉔ 朱傳謂直言曰言，論難曰語。故上句可講作「在此發佈命令」。命令只有服從，陳奐曰：「直言者，徒言之，不待辯也。」故曰言言。下句爲「在此討論商量」對於決策計謀則可集思廣益，互相討論，故曰語語。但高本漢認爲「言和語連用，當用平常的講法。」詩三家義集疏引黃山云：「言語以通情愫，詩謂民安其所，賓至如歸，歡然相親，樂其情話，視『而無永歎』又進也。」故言言語語，即可講作談論說笑。

㉕ 依：依之以居。

㉖ 濟濟：衆貌。蹌：音槍ㄑㄧㄤ，蹌蹌：趨進之貌。

㉗ 俾：音ㄅㄧˋ，使。俾筵俾几謂使人擺下筵席，使人放好桌几。

㉘ 登謂登筵，依謂依几。

乃造其曹，㉙　打發僕役們去豬牢，
執豕于牢。㉚　捉了豬來做佳餚。
酌之用匏，㉛　又用匏瓜當酒勺，

㉙ 高本漢謂「曹指一羣人，尤其是地位低的人，僕役、平民。漢代文獻中『諸曹』指低級官史……『造』字在本句是及物的使令動詞。」所以他解釋此句是「他打發他的（一羣）僕役（在圈裏捉一隻猪）。」毛傳訓「曹」爲羣。造，往。「乃造其曹」即「往猪羣之處」亦通。

㉚ 牢：猪圈。以上「既登乃依，乃造其曹，執豕于牢」三句，各家解說互異，茲將主要者列述於下，以資參考：㈠姚際恆引何玄子曰：「……人既依乎此，則宗廟之禮亦依乎此矣。故營建甫畢，即是舉遷廟之禮。蹌，動也。濟濟，言齊也。筵、几乃供神者。登謂登進神之衣服于坐也。依，神所依也。祭統云：『鋪筵，設同几，爲依神也』正此詩義。」㈡馬瑞辰亦曰：「此節于京斯依至既登乃依四句，何楷詩世本古義、錢澄之田間詩學，並以爲宗廟始成之禮是也。禮：君子將營宮室，宗廟爲先。公劉依京築室，宜莫先於宗廟。大戴禮：諸侯遷廟。禮曰：至於新廟筵於戶牖間。又曰：祝奠幣於几東。正與詩『俾筵俾几』合。祭統曰『鋪筵設同几，爲依神也。』與詩『既登乃依』合。」㈢詩三家義集疏：「馬瑞辰云：大祝掌六祈。二曰造，杜子春謂造祭於祖也。造者祰之叚借。說文：祰，告祭也。蓋凡告祭通曰造也。造亦通作告。阮氏積古齋鐘鼎款識載有衛公孫呂之告戈，告即造也。三家之告亦造之涫字耳。曹者禮之涫借，藝文類聚引說文祭豕先曰禮。廣雅：禮，祭也。玉篇，禮，豕祭也。廣韻禮祭豕先。據下云執豕于牢，知詩乃造其曹謂將用豕而先告祭于豕先，猶將差馬而先祭馬祖也。」㈣高本漢亦引馬瑞辰的說法，並謂「換言之，他在殺猪之前，先祭猪的祖先，以求赦罪。」

㉛ 謂以匏瓜所製之勺盛酒以飲。

食之飲之，　就着佳餚飲美酒，
君之宗之。㉜　一致擁護君主公劉。

篤公劉，　篤厚的公劉爲民想，
既溥既長。㉝　選擇的土地廣又長。
既景迺岡，㉞　根據日影看山崗，
相其陰陽，㉟　觀察方位定陰陽，
觀其流泉。㊱　再看水流旺不旺。
其軍三單。㊲　三支隊伍輪流替換工作忙。

㉜ 方玉潤曰：「君之宗之，謂公劉以一身爲羣臣之君宗也。以異姓之臣言稱君，以同姓之臣言稱宗。」

㉝ 溥：廣，謂所居之地廣而長。

㉞ 景：同影，以日影度山崗之方向。迺猶其，經傳釋詞說。

㉟ 相：看。按此句與上句意相連，謂既根據日影觀察山崗，於是就定其陰（山之北），陽（山之南），以爲居室方位。周語仲山甫曰：「國必依山川」即此義。故下文云「觀其流泉」。

㊱ 水利對民生甚爲重要，故須觀其流泉之水量是否充沛暢通。

㊲ 毛傳：「三單，相襲也」。俞樾曰：「傳讀單爲禪，禪有禪代之義，故云相襲也。公劉當日疑用計口出軍之法，三分其民以爲三軍而用其一軍，使之更番相代，故曰三單也。」馬瑞辰曰：「按逸周書大明武篇

度其隰原，㊳　測看低濕和高廣，
徹田爲糧。㊴　按照田畝好壞定稅糧。
度其夕陽，㊵　山的西邊也度量，
豳居允荒。㊶　豳地實在很空曠。

篤公劉，　篤厚的公劉胸中有主，
于豳斯館。㊷　就在豳地營造定居。

（續）『隳城湮溪，老弱單處。』孔晁注單處謂無保障，是單卽單處之謂。此詩徹田爲糧，承上度其隰原言；豳居永（允）荒，承上度其夕陽言，則知其軍三單亦承上相其陰陽、觀其流泉言之，謂分其軍或居山之陰，或居山之陽，或居流泉之旁，故爲三。公劉遷豳之始，無城郭保障之固，故謂其軍爲三單耳。」此說亦通。卽高本漢引孔疏釋作「他的軍隊是三個單行」之義，亦卽三支軍隊分別在三處也。分爲三處，輪流操作以更相休息，亦是寓兵於農的意思。

㊳ 度：量。隰：音息ㄒㄧˊ，低濕之地。原：廣而平坦之地。

㊴ 徹：取稅之稱。孟子滕文公：「周人百畝而徹」。趙注：「耕百畝者徹取十畝以爲賦，徹猶取也。」此處爲觀其田畝地勢之低濕高平以爲取稅標準，以求公允，亦見公劉爲民用心之苦。

㊵ 夕陽：山西曰夕陽。

㊶ 豳居：猶言豳地。允：信。荒：大。

㊷ 斯：此。館：舍，居。

涉渭為亂，(43)　　橫渡過渭水去，
取厲取鍛，(44)　　磨石搥石來撿取，
止基迺理，(45)　　打好地基就蓋屋，
爰衆爰有。(46)　　大夥兒都來這裏住。
夾其皇澗，(47)　　夾着皇澗蓋房屋，

(43) 亂：毛傳謂正絕曰亂。孔穎達曰：「水以流為順，橫渡則絕其流故為亂。」

(44) 厲即礪，用以磨擦之石。鍛：本作段，用以搥打之石。毛傳：「鍛，石也。」陳奐曰：「厲與礪同，鍛乃碫之假借字。傳訓鍛為石，則厲亦石也。」鄭箋則以鍛石為鍛質，即砧石之義。朱熹詩集傳訓鍛為鐵，近人且附會唯物史觀之說，以為周先人用鐵為農具，因而農業發達，終於取商而代之者。據高本漢考證除闢朱傳外，並遍查尚書費誓、周禮函人與考工記、莊子列禦寇篇、韓非子外儲說、孫子勢篇、廣雅及蒼頡篇等下結論說：「鍛的初文是段，指搥打的工具。初時搥打工具用石做，所以又加石旁作碫；（左傳人名公孫段即字子石）後來石頭為金屬所代，故又改作鍛。」普賢按：說文：「段，椎物也，从殳耑聲。」而殳字說文釋為「以杖殊人」。金文作段形（季良父壺），小篆始作段形，為手持物扑擊之狀，所以段乃耑聲殳義的形聲會意字。訓椎物，遂亦有截成幾「段」的另一義，以至於引申為鍛鍊之鍛。

(45) 止基即址基。理：治，言始建宮室。屈萬里先生說。

(46) 謂人民衆多。

(47) 皇澗：澗名。

遡其過澗，㊽　對着過澗也把宮室築，
止旅乃密，㊾　居住的人兒密又繁，
芮鞫之卽。㊿　水灣的裡外也住滿。

【評解】

公劉是生民之什的第六篇，共六章，章十句。每章第一句都是「篤公劉」三字，其餘均四字，共二三四字，句調整齊而有韻致。小序謂此詩是召康公所作以戒成王者，馬其昶毛詩學：「成王將涖政，戒以民事，美公劉之厚於民而獻是詩也。」但詩中並無戒辭。毛傳只謂係敘述公劉避夏亂由邰遷豳的詩，姚際恆則說係避狄之侵擾由戎狄之間遷豳，當以姚說是。至於公劉的年代，張其昀中華五千年史所敘爲夏少康時。我們從原詩中可看出公劉之盡忠職守，爲民設想的用心之苦及做事之週詳。因爲是大規模的遷徙，而路途又相當遙遠，這在那時的確是一件非常艱鉅的工作，所以必須事先有充分的準備。第一章就是敘寫未遷徙前的準備工作，既須預儲足夠的食糧，又要顧到人民的安全，可謂用心良苦。第二章寫對於所遷之地的考察工夫，一會兒登上小

㊽ 遡：向。過澗：亦澗名。

㊾ 止：居。旅：寄。此句謂居住之人繁密。

㊿ 芮：音瑞ㄖㄨㄟˋ，汭之假借，水灣之內。鞫：音鞠ㄐㄩˊ，水灣之外。卽：就，言就水灣內外而居。

山，一會兒步下平原，忙碌之情可知。並由公劉所佩帶鑲嵌美麗的刀鞘，反映出公劉身分的高貴，儀表的英俊，在詩人的筆下寫出了人民對公劉的敬愛之情。三章承二章而言，經過更進一步的觀察，於是決定在此定居，人民都因得其所遷，不但不後悔長歎，更因對新地的滿意而歡樂談笑。四章敍寫君臣宴飲以慶祝遷地的成功，表明對公劉的一致擁戴。我們好像看到了那盛宴的情況，也好像聽到了大家舉杯齊向公劉高呼「萬歲」的聲音，充滿一片歡樂融洽的氣氛。但公劉並不就此安逸享受，他還有許多公務待理。於是有五章的觀察陰陽方位，觀察流泉水利。訂定兵制，制定賦稅。末章敍寫渡過渭水，取得材料開始營建房屋。由於公劉的仁政，使得更多的人民願意在他的統治之下而來到此地，於是人口越來越密，以致水灣裏外也都住滿了。方玉潤評曰：「開國宏規，遷居瑣務，無不備具。」全詩可說是一幅絕妙的遷徙圖。

此詩記事的翔實，可比尙書各篇。其著作年代，也可與夏商書各篇取同一看法。卽史事發生當時，卽有史官或詩人牢記其事，以後口口相傳，雖有多少出入，仍可視作信史。但到周代用文字記錄下來時，所用已是周代語文。詩中段字寫作鍛卽其一例。

牛運震評之曰：「一篇樸厚文字，中間地脈形勝、田界水道、朝儀燕禮、兵制稅法，一一經緯如畫，寫來無不堅緻生動。」（詩志）

【古韻】

第一章：康、疆、倉、糧、囊、光、張、揚、行，陽部平聲；

第二章：原、繁、宣、歎、巘、原，元部平聲；

瑤、刀，宵部平聲；

第三章：泉、原，元部平聲；

岡、京，陽部平聲；

第四章：依、濟、几、依，微部平聲；

野、處、旅、語，魚部上聲；

曹、牢、匏，幽部平聲；

第五章：長、岡、陽，陽部平聲；

泉、單、原，元部平聲；

糧、陽、荒，陽部平聲；

第六章：館、亂、鍛，元部去聲；

理、有，之部上聲；

澗、澗，元部去聲；

密、即，脂部入聲。

七、泂酌

這也是頌美周天子的詩。

原詩	今譯
泂酌彼行潦，❶	取那流水往遠地，
挹彼注茲，❷	舀到這兒來存起，
可以餴饎。❸	可以蒸飯做酒食。
豈弟君子，❹	君子和樂而平易，
民之父母。	爲民父母當得起。

❶泂：音迥ㄐㄩㄥˇ，遠。酌：用勺酌取。行潦：流動之水，此句謂到遠處酌水於彼流水之中。

❷挹：音邑，舀取。注：灌入。茲：此。

❸餴：音分，蒸飯。饎：音斥，酒食。

❹豈弟：同愷悌，和樂平易貌。君子：指君上。

洞酌彼行潦，
挹彼注玆，
可以濯罍。❺
豈弟君子，
民之攸歸。❻

取那流水往遠地，
舀到這兒來存起，
可以用它洗酒器。
君子和樂而平易，
人民都能歸向你。

洞酌彼行潦，
挹彼注玆，
可以濯溉。❼
豈弟君子，
民之攸塈。❽

取那流水往遠地，
舀到這兒來存起，
可以用它洗酒卮。
君子和樂而平易，
人民生活都安逸。

---

❺濯：洗滌。罍：酒器。

❻攸：所。

❼溉：當讀爲概，盛酒之漆樽。

❽塈：音系，安息，安居。

【評解】

洞酌是生民之什的第七篇，分三章，章五句，除每章首句爲五字外，餘均爲四字句，全詩共六十三字。

此詩每章首二句均爲「洞酌彼行潦，挹彼注玆」。「洞酌」示誠，「行潦」示潔。誠潔始可事神，以興君子豈弟始可治民而爲民之父母。故下兩章云「民之攸歸」「民之攸塈」，是爲民父母之實效。可見民之休戚，係之於在上者之所爲，是寓勸於美，詩之深義在焉。有「羚羊掛角，無跡可求」之妙。

【古韻】

第一章：玆、饎、子、母，之部上聲；

第二章：玆、子，之部平聲；

罍、歸，微部平聲；

第三章：玆、子，之部平聲；

溉、塈，微部去聲。

八、卷阿

這是臣從王遊，作歌獻於王以爲頌揚的詩。

原詩	今譯
有卷者阿，❶	大陵曲曲又彎彎，
飄風自南。❷	旋風吹來自南邊。
豈弟君子，❸	君子和樂而平易，
來游來歌，	來游來歌伴隨你，
以矢其音。❹	唱出妙音悅你耳。

❶卷：音權，曲貌。有卷：卷然。阿：大陵。

❷飄風：旋風。

❸君子：指君王。

❹矢：陳。矢其音：發出其歌聲。謂我等從之游而獻其歌也。

伴奐爾游矣，❺　逍遙自在你遊歷呀，
優游爾休矣。❻　悠閑自得你休息呀。
豈弟君子，　君子和樂而平易，
俾爾彌爾性，❼　祝你長壽壽無期，
似先公酋矣。❽　先公大業由你繼呀。

爾土宇昄章，❾　你的地大國又顯，
亦孔之厚矣。❿　福祿很多很豐滿呀，
豈弟君子，　君子和樂而平易，
俾爾彌爾性，　祝你長壽壽無期，

---

❺伴：音畔，伴奐：優游閑暇之意。
❻優游：閑暇自得之貌。休：息。
❼俾：使。彌：久。性：生命。王國維與友人論詩書中成語書云：「彌性，即彌生，猶言永命矣。」蓋此祝其長壽也。
❽似：嗣續，繼承。先公：君子之祖先。酋：讀如猷，謀也。此謂君子繼承先公之事業。
❾土宇：可居之土，國土。昄：音板，大。章：著，謂疆域大而國顯。
❿厚：福祿厚。

百神爾主矣。⑪　　百神之祀你主祭呀。

爾受命長矣，　　你受天命很久長呀，

茀祿爾康矣。⑫　　有福有祿又安康呀。

豈弟君子，　　君子和樂而平易，

俾爾彌爾性，　　祝你長壽壽無期，

純嘏爾常矣。⑬　　大福也會常隨你呀。

有馮有翼，⑭　　既有輔佐有依傍，

有孝有德，⑮　　既有孝行有德望，

以引以翼。⑯　　引導在前扶在旁。

---

⑪百神爾主：爾主百神，謂做百神之主祭者。

⑫茀：通福。康：安也。

⑬純：大。嘏：音古，福也。常：常享之。

⑭馮：同憑，依也。翼：助。此句謂君子有可輔佐依靠之人。

⑮有孝：有孝行。有德：有德望。

⑯引：引導於前。翼：輔助於旁。以上數語謂諸臣多忠藎孝德之人，或導之於前，或輔之於左右也。

豈弟君子，　君子和樂而平易，
四方爲則。　四方都來效法你。
顒顒卬卬，⑰　性情溫和志高朗，
如圭如璋，⑱　純潔如圭又如璋，
令聞令望。⑲　既有美譽有聲望。
豈弟君子，　君子和樂而平易，
四方爲綱。⑳　天下四方你統理。
鳳凰于飛，㉑　鳳凰正在高飛翔，
翽翽其羽，㉒　翅膀忽忽作聲響，

---

⑰ 顒：音庸。顒顒：溫和貌。卬：音昂，卬卬：志氣高朗貌。
⑱ 圭、璋：均玉器。如圭如璋，謂其純潔也。
⑲ 令：善。聞：名譽。望：聲望。
⑳ 綱：綱紀。
㉑ 于：在。
㉒ 翽：音會，翽翽：鳥羽聲。

亦集爰止。[23]　　有時落下停樹上。
藹藹王多吉士，[24]　　王有盛多賢德士，
維君子使，[25]　　唯王之命聽役使，
媚于天子。[26]　　都很愛戴我天子。

鳳凰于飛，　　鳳凰正在高飛翔，
翽翽其羽，　　翅膀忽忽作聲響，
亦傅于天。[27]　　高高飛翔到天上。
藹藹王多吉人，　　王有盛多賢德臣，
維君子使，　　爲王役使盡忠心，
媚于庶人。[28]　　也能愛護衆人民。

---

[23] 亦：語詞。爰：于。謂集于所止之處。
[24] 藹：音矮。藹藹：盛多貌。吉士：善士，指王之羣臣。
[25] 君子：指周王。謂吉士唯聽周王之役使。
[26] 媚：愛戴。謂吉士均愛戴天子。
[27] 傅：附，至。
[28] 庶人：平民。

鳳凰鳴矣，
于彼高岡。
梧桐生矣，㉙
于彼朝陽。㉚
菶菶萋萋，㉛
雝雝喈喈。㉜
君子之車，
既庶且多；
君子之馬，
既閑且馳。㉝

鳳凰鳴叫聲嘹亮呀，
在那高高山岡上。
梧桐枝葉已生長呀，
在那高山山東方。
梧桐長得很茂盛，
鳳凰和鳴聲雝雝。
君子擁有大車坐，
君子的大車多又多；
君子之馬也很好，
步調閑熟能奔跑。

㉙ 傳說鳳凰非梧桐不棲，故言鳳凰言梧桐也。

㉚ 朝陽：山之東爲朝陽。

㉛ 菶：音ㄅㄥˇ，菶菶、萋萋，本形容草木茂盛貌。此指梧桐枝葉茂盛，以喻朝臣之盛。

㉜ 雝雝喈喈：均指鳳凰鳴聲和諧，以喻羣臣之和洽。

㉝ 閑：熟習。馳：疾馳。

矢詩不多，㉞　獻詩雖然不夠多，
維以遂歌。㉟　也可採納作成歌。

【評解】

卷阿是生民之什的第八篇，分十章，前七章章五句，後三章章六句。第二章、第三章、第四章之第一、二、四、五句，均爲五字，第七章、第八章之第四句爲六字，餘均爲四字句，全詩共二百三十二字。

詩序云：「卷阿，召康公戒王也。言求賢用吉士也。」朱傳則疑爲召康公從成王游，歌於卷阿之上，因王之歌而作此爲戒。姚際恆則曰：「或引竹書紀年，以爲成王三十三年遊于卷阿，召康公從。序附會此而云，不足信。」我們由詩本文體會，是爲一篇「臣從王遊，作歌獻於王以爲頌揚」的詩，固不必坐實爲何王何臣也。

此詩第一章就將出遊之地（有卷者阿）、時（飄風自南）、人（豈弟君子）及其事（來游來歌，以矢其音）寫出。以下各章卽分述對王之祝頌。從第七章至第九章更以鳳凰之亦飛亦止得其所，和鳴雝雝治其情，以喻羣臣能得君王之用，如鳳凰之非梧桐不棲，可謂得其所；而羣臣和睦

㉞ 矢：陳。
㉟ 遂：成。

融洽，又如鳳凰之能洽其情。君義臣忠，和樂融融，充滿一片昇平盛世景象。

末章以君王車馬衆多而閑習，以喻有足夠招徠賢者之具。並寫出此詩之作意在能採以爲歌，蓋有寓諫於頌之意。深得盛世大臣進言之體。而章法句法之不整齊，構成此詩之特殊風格。

【古韻】

第一章：阿、歌，歌部平聲；

第二章：游、休、酋，幽部平聲；

第三章：厚、主，侯部上聲；

第四章：長、康、常，陽部平聲；

第五章：翼、德、翼、則，之部入聲；

第六章：卬、璋、望、綱，陽部平聲；

第七章：止、士、使、子，之部上聲；

第八章：天、人、人，眞部平聲；

第九章：鳴、生，耕部平聲；

岡、陽，陽部平聲；

萋、喈，脂部平聲；

第十章：車、馬，魚部平聲；多、馳、多、歌，歌部平聲。

九、民勞

厲王時小人當道，勞苦百姓，天下騷動。其同列作詩以諫之，亦所以諫厲王也。詩中痛切陳辭，其憂時感事，忠愛惓惓之情，溢於言表，風格獨特，堪稱佳作。

原詩	今譯
民亦勞止，❶	人民實在太勞苦，
汔可小康。❷	庶幾可使稍安康。
惠此中國，❸	能夠加惠中原地，
以綏四方。❹	就可安撫定四方。

❶亦：語詞。止：語尾詞。

❷汔：音氣ㄑㄧˋ。鄭箋：「幾也」，猶言庶幾，希望之詞。

❸鄭箋：「惠，愛也。」毛傳：「中國，京師也。」

❹鄭箋：「康、綏，皆安也。」四方：四方之國。

無縱詭隨，❺　不要縱容詭詐人，
以謹無良。❻　無良之輩要謹防。
式遏寇虐，❼　遏止寇虐侵暴者，
憯不畏明。❽　不怕正道的強梁。
柔遠能邇，❾　遠者柔順近者安，
以定我王。　安定天下保君王。

民亦勞止，　人民實在太勞苦，
汔可小休。　庶幾可使得小休。
惠此中國，　能夠加惠中原地，
以為民逑。❿　就和萬民成好友。

❺經義述聞：「詭隨，謂譎詐謾欺之人。」
❻謹：慎。
❼式：語詞。遏：止。寇虐：寇侵暴虐之人。
❽憯：音慘ㄘㄢˇ，曾。明：光明，猶言正道。此句連上句讀，謂遏止寇虐而曾不畏光明正道之人。
❾柔、能：皆安義，馬瑞辰說。
❿屈萬里詩經釋義：「按：關雎『好逑』，猶言嘉偶；兔罝『好仇』（仇、逑通），猶言良伴。此民逑之逑，必當為名詞，意蓋謂民衆之友也。」

無縱詭隨，　不要縱容詭詐人，
以謹惽怓。⑪　搗亂分子要戒慎。
式遏寇虐，　遏止寇虐侵暴者，
無俾民憂。　不使人民受憂困。
無棄爾勞，⑫　效勞的機會勿放棄，
以爲王休。⑬　成就我王休美事。

民亦勞止，　人民實在太勞苦，
汔可小息。　庶幾可使得小息。
惠此京師，　能夠加惠京師地，
以綏四國。　撫綏四國得安逸。
無縱詭隨，　不要縱容詭詐人，
以謹罔極。⑭　對那壞蛋要戒慎。

⑪鄭箋：「惽怓，猶讙譁也。謂好爭者也。」惽音昏ㄏㄨㄣ，怓音撓ㄋㄠˊ。
⑫勞：功勞。
⑬休：美。二句謂無棄爾效勞立功之機會，以成王之美業。
⑭罔極：無良，爲惡無極止之人。

式遏寇虐，
無俾作慝。⑮
敬慎威儀，
以近有德。

遏止寇虐侵暴者，
不使為非又作惡。
敬謹戒慎你威儀，
戒慎威儀近有德。

民亦勞止，
汔可小愒。⑯
惠此中國，
俾民憂泄。⑰
無縱詭隨，
以謹醜厲。⑱
式遏寇虐，

人民實在太勞苦，
庶幾可使稍安歇。
能夠加惠中原地，
使民無憂又無禍。
不要縱容詭詐人，
謹慎防範衆醜惡。
遏止寇虐侵暴者，

---

⑮ 慝：音特ㄊㄜˋ，惡。
⑯ 愒：音氣ㄑㄧˋ，息。
⑰ 泄：散去。
⑱ 醜：衆。厲：惡。
⑲ 經義述聞：「正當讀為政。」敗：壞。

無俾正敗。⑲　　勿使政事遭摧折。
戎雖小子，⑳　　你雖年輕是小子，
而式弘大。㉑　　作用却是大又多。

民亦勞止，　　人民實在太勞苦，
汔可小安。　　庶幾可使稍安閒。
惠此中國，　　能夠加惠中原地，
國無有殘。　　國中無人被傷殘。
無縱詭隨，　　不要縱容詭詐人，
以謹繾綣。㉒　　戒愼反覆又多變。
式遏寇虐，　　遏止寇虐侵暴者，
無俾正反。㉓　　勿使政事被混亂。

---

⑳ 鄭箋：「戎猶女（汝）也。」

㉑ 式：用。弘：廣。二句謂汝雖小子，然因在官位，故作用甚大，此所以不可不愼者也。

㉒ 毛傳：「繾綣，反覆也。」繾音遣ㄑㄧㄢˇ，綣音權ㄑㄩㄢˊ，謂反覆無常之人。

㉓ 經義述聞：「正亦當讀爲政，謂政事顚覆也。」

王欲玉女，㉔　我王對你要成全，
是用大諫。　所以我才苦相勸。

【評解】

民勞是生民之什的第九篇，共五章，章十句，句四字。全篇合計二百字。詩序：「民勞，召穆公刺厲王也。」朱傳以為「同列相戒之辭。」其言曰：「序說以此為『召穆公刺厲王』之詩，以今考之，乃同列相戒之辭耳。未必專為刺王而發。然其憂時感事之意，亦可見矣。」姚論謂：「云『同列相戒』，稍寬泛。今合兩家之說，當云：『召穆公刺厲王用事小人，以戒王也。』」此詩確屬借同列相戒口氣以戒王之作，可能出於善諫的召虎，但無證不立，作者是誰，仍只能闕疑。

首章言民亦勞矣，宜可使之小作安息也。當愛此京師人民，以安四方。勿縱容詭詐邪佞之人，而愼防不良分子，遏止那些侵佔暴虐不畏天命的強梁之徒，才能安近柔遠，鞏固我王的天下。

第二章換韻重述首章之意。末言勿放棄你效勞的機會，來成就我王的光榮。

㉔朱傳：「玉，寶愛之意，言王欲以女（汝）為玉而寶愛之。」玉作動詞，女讀為汝，玉汝謂成全，重用。

第三章又換韻三唱前意。末言敬愼你的威儀，來親近有德之人。

第四章反覆再述前意。末言你雖是年輕小伙子，而關係重大，不可不愼。

末章仍重疊前數章辭意，末尾又叮囑說：「我王有意重用來成全你，所以我才苦口婆心的作此大諫來勸告你啊！」

牛運震詩志評曰：「似是風戒同官之詞，而憂時感事，忠愛惓惓，總爲規君而發，是謂善於立言。序以爲刺厲王，究得其旨。」「坦直沉摯，不作枝蔓語，中間自有委婉不盡處。」「篇中極小人之狀：一曰無良，二曰惛怓，三曰罔極，四曰醜厲，五曰繾綣，而皆曰無縱詭隨。故知詭隨者，乃小人蠹國病根。嚴氏曰：『詭隨，懷詐面從也。』沈靑崖釋之，謂『以隨爲詭，以詭爲隨』，曲得其旨。」

姚際恆詩經通論曰：「開口說『民勞』，便已淒楚。『汔可小康』，亦安于時運而不敢過望之辭。曰『可』者，又見唯此時爲可，他日恐將不及也，亦危之之辭。王所用之人，必陰爲詭隨以惑上意，而實爲寇虐以害生民，戒以無縱之而式遏之。每章皆提唱此二句，則其意最重乎此可知也。各章上八句皆一意，而以承接見變換。惟末二句則每章各出一義，此則正告之，望之以遠大也。」「五章『繾綣』字妙。小人之固結其君，君之留戀此小人，被二字描摹殆盡。末二句言王雖愛女而我用大諫者，述作此詩之旨也。」

【古韻】

第一章：康、方、良、明、王，陽部平聲；

第二章：休、逑、怓、憂、勞、休，幽部平聲；

第三章：息、國、極、慝、德，之部入聲；

第四章：愒、泄、厲、敗、大，祭部去聲；

第五章：安、殘、綣、反、諫，元部平聲。

十、板

這是諷諫同列並以戒王的詩。

原詩	今譯
上帝板板，❶	上帝乖戾違常道，

❶板板：乖戾反常。

下民卒癉。❷　　下民病痛受苦勞。
出話不然，❸　　說出話來不算話，
爲猶不遠。❹　　所訂計謀不遠大。
靡聖管管，❺　　聖哲之言不依從，
不實於亶。❻　　做事不照誠信行。
猶之未遠，　　因爲圖謀不夠遠，
是用大諫。❼　　所以做詩來諷諫。

天之方難，❽　　上天正在降災難，

---

❷卒：同猝，音粹ㄘㄨㄟˋ，病。癉：音旦，勞累病苦。
❸不然：不信，不講信用。
❹猶：謀。遠：遠大。
❺靡聖：無聖人之道。管管：無所依據。
❻實：忠實。亶：音膽，誠也。不忠實於誠信，謂不守誠信之道也。
❼是用：是以。
❽方難：正予人以災難。

無然憲憲；⑨
天之方蹶，⑩
無然泄泄。⑪
辭之輯矣，⑫
民之洽矣；⑬
辭之懌矣，⑭
民之莫矣。⑮

我雖異事，⑯

不要如此樂陶然；
上天正在反常道，
不要如此亂嘮叨。
要和氣說話呀，
民情才融洽呀；
言辭要好聽呀，
人民才安寧呀。

我們職務雖不同，

---

⑨無然：勿如此。下同。憲憲：猶欣欣，喜樂也。
⑩蹶：音貴，動也。指反常現象。
⑪泄：音亦。泄泄：喋喋多言。
⑫辭：言辭。下同。輯：溫和。
⑬洽：融洽。
⑭懌：音亦，和悅。
⑮莫：定。
⑯異事：職位不同。

及爾同寮。⑰　　却在一個辦公廳。

我卽爾謀，⑱　　我是爲你打算，

聽我囂囂。⑲　　你却不聽我勸。

我言維服，⑳　　我說的話很重要，

勿以爲笑。　　可別以爲是玩笑。

先民有言：　　先民曾經有言道：

「詢于芻蕘。」㉑　　「芻蕘之人可請教。」

天之方虐，　　上天正在施暴虐，

無然謔謔。㉒　　不要以爲可戲樂。

---

⑰ 寮：官。同寮卽同事。

⑱ 我卽爾謀：我爲你圖謀。

⑲ 囂囂：警警之假借，不聽人言。警：音敖。

⑳ 服：用，謂我言有用。

㉑ 芻：音除，割草者。蕘：音饒ㄖㄠˊ，採薪者。皆謂微賤之人。

㉒ 謔謔：戲樂。

老夫灌灌，㉓　老夫誠懇來勸導，
小子蹻蹻。㉔　小子態度很驕傲。
匪我言耄，㉕　我言非因老顛倒，
爾用憂謔。㉖　你以憂愁當玩笑。
多將熇熇，㉗　話說多了惹你惱，
不可救藥。㉘　實在無藥可救了。
天之方懠，㉙　上天正在發威怒，
無爲夸毗。㉚　別再諂媚去趨附。

㉓ 老夫：詩人自謂。灌灌：猶款款，情意懇切。
㉔ 小子：指年輕掌權者。蹻：音矯ㄐㄧㄠˇ，蹻蹻：驕傲貌。
㉕ 匪：非。耄：音冒，八十曰耄，謂非我之言因老而昏亂也。
㉖ 用：以。此句謂：你以可憂之事反以爲戲謔。
㉗ 多：謂進言之多。熇：音賀，熇熇：屈萬里云：「熇熇，當讀如周易家人之嗃嗃，嚴厲之貌。謂進言多則將使之發怒也。」（詩經詮釋）
㉘ 此以病爲喻，謂病患已深，不可以藥救之也。
㉙ 懠：音濟，憤怒。
㉚ 夸：借爲誇，誇大。毗：音皮，附和。夸毗：誇大其辭，逢迎諂媚。

威儀卒迷，㉛　　威儀迷亂失其正，
善人載尸。㉜　　善人無事徒有形。
民之方殿屎，㉝　　人民正發呻吟聲，
則莫我敢葵。㉞　　不敢追根究實情。
喪亂蔑資，㉟　　喪亂無財以維生，
曾莫惠我師。㊱　　無人惠愛我民衆。

天之牖民，㊲　　上天誘民趨善風，
如壎如篪；㊳　　如壎如篪唱和聲；

㉛卒：盡。迷：迷亂而失其正。
㉜載：則。尸：謂徒有其形，如行尸而已，不能有所作爲也。
㉝屎：音希，殿屎：呻吟。
㉞葵：借爲揆，度也。此句謂莫敢揆度其原因也。
㉟蔑：無。資：財。謂喪亂使人民無資財以維生也。
㊱惠：愛。師：衆。此句謂在位者曾不惠愛我民衆。
㊲牖：音有，誘導。
㊳壎：音熏。篪：音池。壎篪爲兩種合奏之樂器，壎唱而篪和。此句謂導民和諧如壎篪之合奏。

如璋如圭，39　　如璋如圭相配合，
如取如携。40　　如提如携相誘掖。
携無曰益，41　　因勢利導不扼制，
牖民孔易。42　　誘民向善很容易。
民之多辟，43　　人民今日多邪僻，
無自立辟。44　　在上勿更作壞事。

价人維藩，45　　武裝之士爲藩籬，
大師維垣。46　　人民大衆是牆壁。

39 半圭爲璋。此句謂如圭、璋之配合得宜。

40 取：提。謂上帝誘導人民如提攜之。

41 曰：語詞。益：讀爲搤ㄜˋ，同扼，謂提攜之而勿扼制之也。

42 孔易：甚易。以上二句謂：提攜人民能因勢利導，不加扼制，是很容易的。

43 辟：音譬，邪僻。

44 指在位者勿更作邪僻之事也。（蓋牖民孔易卽在於以身作則）

45 价：音介，价人：卽介人，披甲執銳之人，卽軍隊。或釋价爲善，价人卽善人，亦通。

46 大師：大衆，指人民。垣：牆。

大邦維屏，47　大邦諸侯爲屏障，
大宗維翰。48　大王嫡子是棟梁。
懷德維寧，49　有德可懷才安寧，
宗子維城。50　王之嫡子是堅城。
無俾城壞，　莫使堅城遭摧毀，
無獨斯畏。51　孤立無援才可畏。

敬天之怒，52　上天發怒須儆戒，
無敢戲豫。53　不敢逸樂而懈怠。

47 大邦：大國諸侯。屏：屏障。
48 大宗：大房，指王之同姓世嫡子。翰：榦，棟梁之意。
49 懷德：有德可懷。謂在上者有德可懷，則可得軍隊、人民、諸侯、宗族之擁護，國家始能安寧。
50 宗子：王之嫡子，卽太子。
51 無獨：勿孤立。此句謂孤立斯可畏也。
52 敬：儆，下同。儆戒上天之發怒。
53 戲豫：逸樂。

敬天之渝，54　　上天反常須戒懼，
無敢馳驅。55　　不敢駕車任馳驅。
昊天曰明，56　　等待老天清明時，
及爾出王；57　　同你出遊也不遲；
昊天曰旦，58　　等待老天清平日，
及爾游衍。59　　同你遊樂才愜意。

【評解】

板是生民之什的第十篇，分八章，章八句。除五章第五、六、八三句爲五字外，餘均爲四字句。全詩共二百五十九字。

首章言上天之反常，乃由於人謀之不臧。並點明作詩之由，意在諷諫。首二句爲一篇之綱。

---

54 渝：變。謂變常。
55 馳驅：駕車馳馬出遊。
56 曰：語詞。此句謂等昊天昭明時。（謂時世清平時也）。
57 王：通往。出王：謂出遊。
58 旦：明，亦指太平時。
59 游衍：遊樂。此章謂天方震怒變常，故應儆戒而勿敢逸樂馳驅；俟時世清平之時，當再與爾遊樂也。

次章至五章，一則歸咎於天，一則寄望於人。反覆勸諫，所謂愛之深而責之切也。六章則轉而寄望於天，欲其誘民向善，易亂以爲治也。七、八兩章更敍明天意更須配以人事：人事理則天意得，故人須以天意自警。全詩反覆敍述天人相應之理。總是一片忠誠懇摯之情，至爲感人。

【古韻】

第一章：板、癉、然、遠、管、亶、遠、諫，元部上聲；

第二章：難、憲，元部去聲；
　蹶、泄，祭部去聲；
　輯、洽，緝部入聲；
　懌、莫，魚部入聲；

第三章：事、謀、服，之部去聲；
　寮、囂、笑、蕘，宵部平聲；

第四章：虐、謔、蹻、耄、謔、熇、藥，宵部入聲；

第五章：懠、毗、迷、尸、屎、葵、資、師，脂部平聲；

第六章：篪、圭、携，佳（支）部平聲；

益、易、辟、辟，佳（支）部入聲；

第七章：藩、垣、翰，元部平聲；

屏、寧、城，耕部平聲；

壞、畏，微部去聲；

第八章：怒、豫，魚部去聲；

渝、驅，侯部平聲；

明、王，陽部平聲；

旦、衍，元部去聲。

大雅——蕩之什

一、蕩

這是西周詩人，根據周初聲討殷商的史料寫成用以警戒周室的詩。

原詩	今譯
蕩蕩上帝，❶	蕩蕩偉大的上帝，
下民之辟。❷	下民之君衆所依。
疾威上帝，❸	一旦震怒發威力，

❶蕩蕩：偉大之貌。
❷辟：音壁ㄅㄧˋ，謂君。
❸疾威：猶言暴虐。

其命多辟。❹　命令也就多怪僻。
天生烝民，❺　上天生下萬民來，
其命匪諶。❻　所得命運難信賴。
靡不有初，❼　開頭小心沒有不昌隆，
鮮克有終。❽　却很少能善始而善終。

文王曰：「咨！❾　文王說話發歎聲：
咨女殷商。❿　「殷商啊殷商你細聽。
曾是彊禦，⓫　你們做事太強橫，

---

❹ 辟：音僻ㄆㄧˋ，邪僻。
❺ 其命：謂天命。烝民：衆民。
❻ 諶：音忱ㄔㄣˊ，信賴。
❼❽ 鮮：少。二句謂國運初始無不隆盛，但却很少能善其終。
❾ 咨：嗟歎之詞。
❿ 女：同汝。
⓫ 經傳釋詞云：「曾，猶乃也。」高本漢謂作起句助詞用。彊禦：強横。

曾是掊克；⑫　　聚斂人民使困窮；
曾是在位，　　任用壞人在高位，
曾是在服。⑬　　任用壞人理朝政。
天降滔德，⑭　　上天降你壞品德，
女興是力。」⑮　　你就盡力去作惡。」

文王曰：「咨！　　文王說話發歎聲：
咨女殷商。　　「殷商啊殷商你細聽。
而秉義類，⑯　　你用善人理朝政，
彊禦多懟。⑰　　強橫之臣怨懟生。

---

⑫掊：音抔ㄆㄡˊ，掊克：聚斂。
⑬服：事。在服即在位。
⑭滔：朱傳作慆，慆：慢。滔德：慆慢不恭之德行。
⑮興：作。力：用力。意謂盡力為惡。
⑯秉：用。義類：善類，即好人。
⑰懟：音隊ㄉㄨㄟˋ，怨。

流言以對，⑱　　製造謠言來應答，
寇攘式內。⑲　　是把盜寇藏在家。
侯作侯祝，⑳　　惹得國人發詛咒，
靡屆靡究。」㉑　　無窮無極無日休。」

文王曰：「咨！　　文王說話發歎聲：
咨女殷商。　　「殷商啊殷商你細聽。
女炰烋于中國，㉒　　咆哮中國太驕氣，
斂怨以爲德。㉓　　聚斂怨恨以爲了不起。
不明爾德，㉔　　要是不修你品德，

---

⑱流言：浮浪無根之言，卽謠言。
⑲寇攘：盜竊。式：語詞。
⑳侯：維。作：音駔ㄗㄨˋ。通詛。詛祝：怨謗。
㉑屆：極。究：窮。
㉒炰：音庖ㄆㄠˊ。烋：音哮ㄒㄧㄠ。炰烋：同咆哮，志驕而氣健。驕縱怒吼。
㉓斂：聚。此句謂聚斂人之怨恨以爲己之美德。
㉔明：修明。

時無背無側；㉕
爾德不明，
以無陪無卿。」㉖

文王曰：「咨！
咨女殷商。
天不湎爾以酒，㉗
不義從式。㉘
既愆爾止，㉙
靡明靡晦。㉚

就沒良臣來輔佐；
你的品德不修好，
就沒忠心的大臣來效勞。」

文王說話發歎聲：
「殷商啊殷商你細聽。
上天沒有用酒沉醉你，
你就不應喝個不停止。
你的行爲既然沒節制，
不分黑夜和白日，

㉕時：是。無背、無側：謂身旁及背後無善臣，指小臣而言。
㉖陪：副。卿：卿士，指大臣而言。
㉗湎：音免ㄇㄧㄢˇ，沉迷其中。
㉘義：宜。式：用。謂不宜從而用酒。
㉙愆：過。止：容止。
㉚明：晝。晦：夜。

式號式呼，㉛　高聲叫喊瞎胡鬧，
俾晝作夜。」㉜　白天當作黑夜熬。」
文王曰：「咨！　文王說話發歎聲：
咨女殷商。　「殷商啊殷商你細聽。
如蜩如螗，㉝　人們的歎息似蟬鳴，
如沸如羹。㉞　人心的憂亂像羹湯在沸騰。
小大近喪，㉟　老老少少眼看就喪亡，
人尚乎由行。㊱　還是作惡照舊樣。
內奰于中國，㊲　怨怒之情遍全國，

㉛ 式：語詞。
㉜ 俾：使。使晝作夜，不空，正所謂靡明靡晦也。
㉝㉞ 蜩：音條ㄊㄧㄠˊ，蟬。螗：音唐ㄊㄤˊ，蟬之大而黑者。馬瑞辰云：「謂時人悲歎之聲，如蜩螗之鳴；憂亂之心，如沸羹之熟。」
㉟ 小大謂老少。近：幾乎。
㊱ 言人尚由此而行，不改舊惡。
㊲ 奰：音避ㄅㄧˋ，怒。

覃及鬼方。」㊳　　遠方的蠻邦也遭禍。」
文王曰：「咨！　　文王說話發歎聲：
咨女殷商。　　「殷商啊殷商你細聽。
匪上帝不時，㊴　　不是上帝不合理，
殷不用舊。㊵　　是你不用舊章和舊制。
雖無老成人，㊶　　老成之人雖凋謝，
尚有典刑。㊷　　尚有法則供你學。
曾是莫聽，　　你却不聽也不睬，
大命以傾。」㊸　　國運自然要傾敗。」

㊳覃：音潭ㄊㄢˊ，延及。鬼方：殷周間西北狄國之名。王國維觀堂集林：「鬼方、混夷、獯鬻、玁狁、匈奴：皆同種。覃及鬼方：謂惡行延及遠方之蠻邦，亦引起怨怒之情。

㊴時：是。

㊵舊：舊章。

㊶老成人：指舊臣。

㊷典刑：法則。

㊸大命：國運。

文王曰：「咨！　　文王說話發歎聲：
咨女殷商。　　「殷商啊殷商你細聽。
人亦有言：　　古人曾說這樣的話：
『顚沛之揭，㊹　　『大樹倒下連根拔，
枝葉未有害，　　並不是枝葉有傷殘，
本實先撥。』㊺　　只因樹根先折斷。』
殷鑒不遠，㊻　　殷人的借鑒不算遠，
在夏后之世！」㊼　　夏朝的教訓在眼前！」

【評解】

蕩是大雅蕩之什的第一篇，分八章，章八句。其中九個五字句，兩個六字句，餘均四字句，

㊹ 顚：仆倒。沛：拔。揭：樹根蹶起之貌。

㊺ 本：根。撥：絕。以上三句謂樹之仆倒，樹根蹶起，枝葉並未有病害，實因其根本先已斷絕，故樹必死。

㊻㊼ 鑒：鏡。二句謂殷人之借鏡並不遠，就在夏后之世。夏桀暴虐無道，而致亡國，足以爲殷之鑒戒。

全詩共二百六十九字。

此詩相傳是周厲王時召穆公所作。毛序曰：「蕩，召穆公傷周室大壞也。厲王無道，天下蕩蕩無綱紀文章，故作是詩也。」三家無異義。唐孔穎達疏曰：「傷者，刺外之有餘哀也。其恨深於刺也。」宋人范處義申序義曰：「是詩，意其作於厲王監謗益嚴之時，故所陳八章，皆不敢斥厲王。首章假上帝之蕩蕩以爲言，後七章則皆假文王之歎商以寓意，明乎此，則所謂天下蕩蕩無綱紀文章，乃序詩者發明言外之意也。」（見詩經傳說彙纂）朱熹詩集傳僅云：「詩人知厲王之將亡，故爲此詩，託於文王所以嗟歎殷紂者。」而不言召穆公作。但其辯說亦僅引蘇氏言：「蕩之名篇，以首句有蕩蕩上帝耳。序說云云，非詩之本意也。」而未明言作詩者非召穆公。故清人姚際恆方玉潤亦仍以此詩爲召穆公作，而僅論詩旨。姚氏曰：「此詩託言文王歎商，特借秦爲喻耳。或謂傷者，傷嗟而已，非諫刺之比。如此，殆類後世詞人弔古之作，非當時臣子惓惓之義也。」又曰：「作文王咨殷商之辭，猶後世指時事作詩而題爲詠史也。」方玉潤曰：「蕩，召穆公託古傷周也。」

現代詩經學者，大多推考詩篇原文及參考歷代主張，加以推論，而定其主旨、作者和作詩時代，意見未能一致。就我們手頭所有材料，列舉如下：①屈萬里「詩經釋義」曰：「此疑周初之詩，假文王語氣，以章殷人之惡，而明周人得國之正也。」②李長之「詩經試譯」以爲此乃周對殷之討伐詞，周人保存此史料，亦用以警戒自己。由此可知如何消滅殷人之反抗，爲周初之大周初聲討殷商的歌。」④王靜芝「詩經通釋」則曰：「此周之詩人引殷商之覆亡，以警當世，而假文王之言以咏之者也。詩序以此爲召穆公作，傷厲王之無道者。然無據也。揆其詞是懷古傷今，咏以警戒之義。當必在周之衰世，其時其人，未可遽定也。」

事。③李一之「詩三百篇今譯」以爲「周初聲討殷商的歌。」

我們考察以上意見，大概可以推定此詩係根據周初聲討殷商的史料改寫爲詩歌以自警者，即姚際恆所謂詠史詩。其作者與時代難於確定，惟召穆公作於厲王監謗之時，也可備一說。

此詩第二章至末章，每章均以「文王曰咨，咨女殷商」開始，第二章相連四句均用「曾是」二字開始，以及最後以「殷鑒不遠，在夏后之世」的警句來結束全篇等等，形成了一種動人的特殊風格。而第五章中「俾晝作夜」句造語之妙，亦別具風味。姚際恆引毛稚黃（先舒）曰：「『俾晝作夜』，不曰『俾夜作晝』，造語妙甚。此與『綢直如髮』同，非倒句，乃倒意也。」

【古韻】

第一章：帝、辟、帝、辟，佳（支）部去聲；

第二章：克、服、德、力，之部入聲；

第三章：類、懟、對、內，微部去聲；

祝、究，幽部去聲；

第四章：國、德、德、側，之部入聲；

明、卿，陽部平聲；

第五章：式、止、晦，之部上聲；

呼、夜，魚部去聲；

第六章：商、蜩、螗、羹、喪、行、方，陽部平聲；

第七章：時、舊，之部平聲；

刑、聽、傾，耕部平聲；

第八章：揭、害、撥、世，祭部入聲；

商、商、商、商、商、商、商，（二章至八章）陽部平聲。（遙韻）

二、抑

別人年老了，要倚老賣老，可是衞武公年紀九十五歲，還要教人朝晚儆戒他，並做了這篇自警詩，要臣下跟在他身邊向他誦讀。下面就是他的自警詩：

原詩

抑抑威儀，❶
維德之隅。❷
人亦有言：
「靡哲不愚。」❸
庶人之愚，
亦職維疾。❹
哲人之愚，
亦維斯戾。❺

今譯

外貌整飭有威儀，
品德嚴正相表裏。
有人曾說這樣的話：
「沒有哲人不傻瓜。」
常人的愚昧不稀奇，
那是天賦不相及。
明哲之人而愚昧，
那才眞和常情背。

❶抑抑：愼密之貌。
❷毛傳：隅：廉也。廉隅：方正有稜角意。高本漢以隅乃偶之假借字，偶爲配偶。謂威儀是品德的配偶，那就是說：內在的品德和外在的儀表相配合。
❸靡哲不愚：卽老子「大智若愚」意，亦論語「邦無道則愚」明哲保身之方，蓋亂世保持緘默如愚人，正是智者。惟此詩之「靡哲不愚」則爲譏評之語。
❹職：實；疾：猶今語所謂毛病。二句謂一般人之愚昧，實在是毛病。
❺戾：乖違，謂乖違常度。哲人本不愚，因身處亂世，不得不裝愚，故謂違反常態。

無競維人，❻
四方其訓之；❼
有覺德行，❽
四國順之。
訏謨定命，❾
遠猶辰告。❿
敬愼威儀，
維民之則。

美德無人可以比，
四方之人效法你；
偉大的德行天下聞，
四面鄰國都服順。
鴻圖大略國運安，
深遠的決策適時頒。
威儀謹愼而恭敬，
是爲人民好典型。

其在于今，
興迷亂于政。⓫

看看今日怎麼樣？
政治混亂無紀綱。

❻ 無競維人：謂其人之善，無人可與之競爭，即勝過一般人。
❼ 訓：古訓順通用。哀公二十六年左傳卽引作順。
❽ 廣雅：「覺，大也。」
❾ 訏：音吁ㄒㄩ，大。謨：謀。定命：安定國運。
❿ 猶：謀；辰：時。言遠大之計謀，能適時提出。
⓫ 興：舉，皆也。言皆迷亂於政。俞樾說。

顛覆厥德，⑫　敗壞了善良好德行，
荒湛于酒，⑬　只知飲酒不理政，
女雖湛樂從。⑭　你只把享樂去追蹤。
弗念厥紹，⑮　不思努力承先以啓後，
罔敷求先王，⑯　先王之道不普求，
克共明刑。⑰　也不恭謹明法而政修。

肆皇天弗尙，⑱　因此老天不幫忙，
如彼泉流，　會像那泉水滔滔向下淌，
無淪胥以亡。⑲　不論好壞一起冲走都淪亡。
夙興夜寐，　早起晚睡勤工作，

---

⑫顚覆：傾敗。厥：其。
⑬荒：荒於政。湛：音耽ㄉㄢ，耽樂於酒。
⑭雖：與惟通，獨也。經傳釋詞有說。言汝惟湛樂是從。
⑮紹：繼。謂繼承先人之業。
⑯⑰敷：普；共讀爲恭。刑：法。罔字通貫二句，言不普求先王之道，遂不能恭謹從事於賢明之法度。
⑱肆：語助詞，此處是「所以」之意。尙：爾雅：「尙，右」右卽佑助意。經義述聞有說。
⑲淪：率。胥：皆。淪胥以亡，謂相率敗亡，同歸於盡。因泉流挾泥沙俱下，以喻善惡同歸於盡。

洒掃廷內，⑳　　洒掃庭院不怠惰，
維民之章。㉑　　是爲人民好楷模。
脩爾車馬，　　修整你兵車和戰馬，
弓矢戎兵；㉒　　弓箭戈矛勤練習；
用戒戎作，㉓　　用以防備戰爭隨時起，
用逷蠻方。㉔　　用以懲治夷狄來侵襲。

質爾人民，㉕　　安定你全國的人民，
謹爾侯度，㉖　　謹守你諸侯的法度，

---

⑳ 廷內：庭院及宮室之內。

㉑ 章：表，今語所謂表率。

㉒ 戎兵：兵器。

㉓ 戒：備。戎：兵事。作：起。

㉔ 逷：音惕ㄊㄧˋ，毛傳作逖解，遠也；韓詩及鄭箋作剔解，治也。高本漢謂與魯頌泮水「狄彼東南」之狄字通。兩處講「遠離」或「懲治」都有證實，也都很順適。蠻方：猶言夷狄之國。

㉕ 質：定。

㉖ 侯：君，即諸侯。侯度：侯君之法度。

用戒不虞。　以備有意外的事故。
愼爾出話，　謹愼你出口的言語，
敬爾威儀，　敬肅你外表的容貌，
無不柔嘉。㉗　就樣樣做得都美好。
白圭之玷，㉘　白圭有瑕成缺點，
尙可磨也；　還可磨去使完善；
斯言之玷，　錯話一經說出口，
不可爲也。㉙　就此沒法可補救。
無易由言，㉚　不要輕易亂發言，
無曰苟矣。㉛　不要以爲可隨便。

㉗ 柔、嘉，皆釋爲善，馬瑞辰有說。
㉘ 圭：瑞玉，上圓下方。玷：音點ㄉㄧㄢˇ，玉之缺點，卽瑕。
㉙ 不可爲：謂其事已去，無可挽救。
㉚ 由：於。言勿輕易於出言。
㉛ 苟：且。勿曰可苟且如此。

莫捫朕舌，32　　沒人抓住我舌頭，
言不可逝矣。33　　話也不能隨便說出口。
無言不讎，　　沒有言語無回響，
無德不報。34　　沒有美德不報償。
惠于朋友，　　加惠你的朋友們，
庶民小子。　　衆民小子也受恩。
子孫繩繩，35　　子孫綿延無窮已，
萬民靡不承。36　　萬民也都愛戴你。
視爾友君子，　　你和君子相親善，
輯柔爾顏，37　　和顏悅色才好看，

---

32 捫：執持。朕：我。言無人執持我之舌，我固可隨意發言也。

33 逝：去。此句接上句，言「然而言語不可隨意放其去，言既出，則不能追及；不可不謹愼也。」

34 讎：對答。報亦答，二句言無有出言而無反應對答者，無有施惠而不獲答報者，此乃事之常理。

35 繩繩：不絕貌。

36 承：奉。以上四句言：如能惠愛朋友，以及衆民小子，則家國必昌，必致子孫繁盛，萬民承奉擁戴也。

37 輯、柔，皆和意。

不遐有愆。㊳　　不可對人有輕慢。

相在爾室，㊴　　注意獨處屋裏邊，

尙不愧于屋漏。㊵　　就在室內暗處也心不慚。

無曰：「不顯，　　別說：「反正很黑暗，

莫予云覯。」㊶　　人家把我看不見。」

神之格思，㊷　　神靈隨時會來到，

不可度思，㊸　　神靈的事情不可料，

矧可射思？㊹　　怎可厭倦不修好？

㊳遐：語詞。愆：過。謂不可有過錯。

㊴相：看，注視。如鄘風相鼠篇、小雅伐木篇、四月篇之相，高本漢謂此句詩爲「注意你在你的室內。」

㊵尙：庶幾，希冀之詞。屋漏：屋之西北角，隱暗之處。言雖無人處，亦必恭謹，庶幾乎能不愧於暗室也。

㊶顯：明；覯：見。

㊷格：至，神降臨曰格。思：語詞，下同。

㊸度：音墮ㄉㄨㄛˋ，揣知。

㊹矧：音審ㄕㄣˇ，況且。射：音亦ㄧˋ，厭倦意。

辟爾爲德，㊺　　人民把你做楷模，
俾臧俾嘉。㊻　　你要修行又修德。
淑愼爾止，　　行爲謹愼容止端，
不愆于儀。　　一舉一動無缺愆。
不僭不賊，㊼　　不做錯事不傷理，
鮮不爲則。　　就讓人樣樣可學你。
投我以桃，　　人家贈送我以桃，
報之以李。　　我就報答人以李。
彼童而角，㊽　　謊說那童牛童羊而有角，
實虹小子。㊾　　簡直是存心搗亂騙人的把戲。

㊺辟：法，謂效法爾之德。

㊻俾：使。臧、嘉，皆美善意。

㊼僭：差錯。賊：傷害。

㊽童：牛羊之無角者。

㊾虹：訌之假借，潰亂。以上四句謂能修德則人效法之。

荏染柔木，(50)　　柔軔的軟木彎又彎，
言緡之絲。(51)　　可以張弓來繫弦。
溫溫恭人，　　溫良君子行恭謹，
維德之基。　　是爲立德之根本。
其維哲人，　　只有賢哲明理人，
告之話言，　　告訴他善言和正論，
順德之行；(52)　　就把這善言去遵循；
其維愚人，　　只有愚昧無知人，
覆謂我僭，(53)　　反而說我話不眞，
民各有心。　　眞是人各有其心。

---

(50) 荏染：荏音忍ㄖㄣˇ，荏染：柔貌。

(51) 緡：音民，覆被，即加於其上，此謂以絲作成弦加之於柔木之上而成之，馬瑞辰謂以桐梓等爲柔木，可做成琴瑟。鄭箋則謂以絲被之柔木之上而成弓。

(52) 順德之行：謂行爲遵循美德。

(53) 覆：反。僭：不誠實。

於乎小子！　　啊呀你這個小子！
未知臧否。　　是好是壞都不知。
匪手攜之，　　不但用手來提攜你，
言示之事；54　　更舉事例詳分析；
匪面命之，　　不但當面下命令，
言提其耳。55　　而且提耳教細聽。
借曰未知，　　若說你年幼還無知，
亦既抱子。56　　你也早已抱兒子。
民之靡盈，57　　人能受教不自滿，
誰夙知而莫成？58　　又誰能開竅得早而成就得晚？
昊天孔昭，　　上天的道理很顯明，

54 二句謂不但以手攜之，而且指示以事之是非。
55 不但當面命令，且恐其聽之不清，故以手提其耳以告之。
56 既抱子即已爲人之父，非無知幼童。
57 盈：滿；靡盈：不自滿。
58 夙：早晨。夙知：早知。莫：古暮字，晚也。

我生靡樂。　我不敢逸樂混此生。
視爾夢夢，59　看着你渾渾又噩噩，
我心慘慘。60　我心中憂悶不快樂。
誨爾諄諄，61　誠誠懇懇教誨你，
聽我藐藐。62　你却聽來不愛理。
匪用爲敎，　不把我話當敎條，
覆用爲虐。63　反而當作開玩笑。
借曰未知，　若說你年幼無知，
亦聿既耄。64　你也已經七老八九十。
於乎小子！　啊呀你這小子！

---

59 夢夢：同懜懜，爾雅：「懜懜，惛也。」
60 慘慘：憂悶不樂。
61 諄：音ㄓㄨㄣ，諄諄：懇切勸告之貌。
62 藐藐：忽視不在意之貌。
63 覆：反。虐：讀爲謔ㄋㄩㄝˋ，謔爲戲謔。
64 聿：音玉ㄩˋ，語詞。耄：音冒ㄇㄠˋ，老，八十、九十曰耄。

告爾舊止。(65)　　告訴你舊章舊制。
聽用我謀，　　聽取我的謀畫，
庶無大悔。　　才不至悔恨交加。
天方艱難，　　天意正萬分艱難，
曰喪厥國？(66)　　難道要把國亡掉才算？
取譬不遠，　　要找事例並不遙遠，
昊天不忒。(67)　　上天的報施沒有差忒。
回遹其德，(68)　　德行若是一味邪辟猖狂，
俾民大棘。(69)　　會使人民大大遭殃。

【評解】

抑是蕩之什的第二篇，詩分十二章，前三章章八句，後九章章十句，一一四句中有九個五字

(65) 舊：舊章。止：語詞。
(66) 曰：語詞。
(67) 忒：音特ㄊㄜˋ，差錯。言天之報施無差錯。
(68) 遹：音玉ㄩˋ，回遹，邪惡。
(69) 俾：使。棘：困急。

句，二個六字句，其餘都是四字句，共計四六九字，其字數僅次於魯頌閟宮篇的四九二字，爲全詩經的第二長詩。

這詩的作者是衞武公，詩序：「抑，衞武公刺厲王，亦以自警也。」唐孔穎達疏曰：「案史記衞世家，武公者，僖侯之子，共伯之弟，以周宣王三十六年卽位。則厲王之世，武公時爲諸侯之庶子耳，未爲國君，未有職事，善惡無豫於物，不應作詩刺王，必是後世乃作追刺之耳。」但清儒陳奐詩毛氏傳疏，校正孔疏曰：「史記十二諸侯年表，武公和元年，宣王之十六年（公元前八一二年）至平王十三年（公元前七五八年）而卒。」並判斷衞武公作此詩年代爲入相於周之時，卽在幽王被弒，武公將兵往佐周平戎有功，平王始命武公爲公之後。此與原詩「亦聿既耄」句合。而國語楚語亦載武公年九十五作抑詩（卽懿戒），我們可假定此詩作於周平王三年，卽衞武公四十五年，公元前七六八年，而衞武公年壽也可推算爲一百零五歲。出生於周厲王十七年，卽公元前八六二年。

抑詩的作者與作詩年代，三家詩無異說。毛詩孔疏引侯包語曰：「侯包亦云：『衞武公刺王室，亦以自戒，行年九十有五，猶使臣日誦是詩而不離於其側。』」案隋書經籍志載韓詩翼要十卷侯苞撰，則侯苞爲韓詩學者，包亦作苞。此韓詩之說與毛詩同，但魯詩學者只說此詩爲自儆，不說刺王室。申論虛道篇曰：「昔衞武公年過九十，猶夙夜不怠，思聞訓道，命其羣臣曰：『無謂我老耋而舍我，必朝夕交戒。』又作抑詩以自儆。」至於明白提出此篇只是衞武公自警之辭，而非刺詩的，則自宋儒朱熹始。

他提出國語楚語所載以爲證據，並在詩集傳中說：「楚語：左史倚相曰：『昔衞武公年數九十五矣，猶箴儆於國曰：「自卿以下，至於師長士，苟在朝者，無謂我老耄而舍我，必恭恪於朝，朝夕以交戒我。在輿有旅賁之規，位宁有官師之典，倚几有誦訓之諫，居寢有暬御之箴，臨事有瞽史之道，宴居有師工之誦，史不失書，矇不失誦，以訓御之。」於是作懿戒以自儆。及其沒也，謂之睿聖武公。』韋昭曰：『懿讀爲抑』，卽此篇也。董氏（蓋指宋人董彥遠）曰：『侯包言武公行年九十有五，猶使人日誦是詩而不離於其側。』然則序說爲刺厲王者，誤矣。」

其實毛、韓、魯之說，均與楚語所載有關。毛、韓之所以於楚語自警之外，又增刺王之說，不過以爲要這樣解釋，諸侯之詩才配列入大雅。而此詩按排列先後，應在宣王之前，故毛序直以爲刺厲王耳。

其後淸儒姚際恆作詩經通論，持反朱傳兼反毛序之論，謂：「此刺厲王之詩，不知何人所作。」說：「懿、抑不相通，懿戒非抑詩，抑詩中無一語自警。」但方玉潤詩經原始仍採朱傳衞武公自儆之說，而指出姚說爲門戶之見，曰：「愚非佞序，更不宗朱，然平心而論，此詩之解，實以集傳爲得，而姚序並失焉。」馬瑞辰等亦以朱傳駁序爲是。今人屈萬里先生詩經釋義亦曰：「國語無刺王之說，而詩中有『謹爾侯度』之語，則所謂自儆之詩，大致可信。」至於懿抑通用，蓋取聲近字爲訓。

此詩首章自警檢點其威儀。言德行必須與威儀配合，而今之所謂哲人，未嘗有威儀，甚或不知修德，故有「無哲不愚」之歎。衞武公以爲哲人而愚，乃反常現象，非國家之福。宋呂祖謙曰：「此詩以威儀爲主，乃自古論修身者之所同。」

次章則以做到四方鄰國順從來自勵，其中「訏謨定命，遠猷辰告」兩句，最爲東晉謝安石所欣賞，蓋謀國之士，自當有此抱負也。

第三章以勿「荒湛于酒」自我警戒，以「克共明刑」自勉，衞武公作此詩，使人日誦於其側以自警，詩中凡「女」（汝）「爾」「小子」均自命之辭。

第四章警告「無淪胥以亡」。要不淪亡，則內而庭除之近，外而蠻方之遠，細而寢興灑掃之常，大而車馬戎兵之變，無一不當整飭。

第五章自己告戒「謹爾侯度」，更叮嚀於「愼爾出話，敬爾威儀」二語。論語先進篇載南容三復白圭之詩，孔子便將哥哥的女兒嫁給他。「白圭之玷，尙可磨也；斯言之玷，不可爲也。」只是「愼爾出話」四字的申述。南容以愼言自惕，孔子便斷定他可以「邦有道不廢，邦無道免於刑戮」（公冶長）所以放心把姪女嫁給他。

第六章提出「無言不讎，無德不報」二語，蓋重申前章的愼言之意，而並述德惠及於朋友，以至庶民，則子孫萬民，無不承福了。

第七章更自愼言進一層注意愼獨，要做到自省而「不愧于屋漏」的地步。這正是中庸不睹不聞而戒懼之事。所以朱子讚美道：「此正心誠意之極功，而武公及之，則亦聖賢之徒矣。」方玉潤曰：「承容止順推入微，聖學存養工夫，數語括盡，大學誠意，中庸愼獨，從此而出，却無半點理障氣，所以爲高。」

第八章言修德而人法之，猶投桃報李之合於常情；謂不修德而可以服人，則猶言童牛童羊而有角，只是騙人的話而已。此以修德自勉，以不修德自戒也。

第九章言柔韌之木，可以繫弦爲弓，寬柔之人，溫良而恭謹，可以入德，聞善言即能遵循。而愚昧之人，不信我言，蓋人各有心，愚智不同也。宋人輔廣曰：「武公三以溫柔爲言：『無不柔嘉』也，『輯柔爾顏』也，至此又明言溫柔爲進德之基。蓋人纔溫柔，則便消磨了客氣，消磨得客氣，則其德方可進。故明道（程顥）謂：義理與客氣常相勝，只看消長分數，爲君子小人之別，消盡者爲大賢。而橫渠（張載）亦言：學者先須去其客氣，惟溫柔則可以進學。」明人鄒泉曰：「上數章皆言德之當修，此章言聽言又爲修德之要機。此章以下，皆欲其聽言以修德也。」

第十章言既已手攜示事，又耳提面命，所以喻之者詳且切矣。人若不自滿而能受教戒，則早晨有知，不待日暮即有成矣。輔廣曰：「武公老而使人謂其小子，可謂不自盈滿矣。只此便見其溫柔之意。」明人唐汝諤曰：「上言哲人惟不自滿，故能進德。今告以臧否而不自知者，非由於知識之未開，正以滿假之爲累也。」

第十一章方玉潤曰：「十、十一兩章皆欲其聽言以修德。前章耳提面命，是正說；後章諄諄藐藐是反說。一層深似一層。」輔廣曰：「此章又言其不能聽受人言者以自警，其意尤切。「我」，使誦詩之人自我也，武公豈有是哉？惟無是而自以為有是，此聖賢兢業之心也。」「誨爾諄諄，聽我藐藐」，為人父母師長者苦口婆心，明知白費唇舌，還是不能放棄責任。後人應用為「言者諄諄，聽者藐藐」則又活畫出一般不受教子弟的形態來。詩經給我們創造出不少辭彙。「耳提面命」「諄諄藐藐」，便是大家所習用的成語。

末章最後結以前所言均據舊事之已驗者，「聽用我言，庶無大悔」；但看天之禍福不忒，自有懍然不可怠者也。方玉潤曰：「末用危言自警，愈見修省之切。」

抑詩反覆告誡以自警，對後人修身進德，影響極大。第七章「屋漏」「不顯」之句，又為大學誠意、中庸愼獨之所出，實在是詩經中重要的一篇章。許謙曰：「武公晚年，自為箴戒之詞，惓惓於威儀言語，而其工夫所及於聖賢者，乃受教聽言之功。十章之言，是成德所自乎？其次第先後，味詩可見。」嚴粲曰：「抑詩多自警之意，所言修身治國平天下之道，與中庸大學相表裏。」汪應蛟曰：「抑戒聖學也。近而威儀言語，遠而謨令政刑，細而寢興洒掃，大而車馬戎兵，顯而賓友臣庶，微而暗室屋漏，凜凜乎若師保在前，天威在上。旣耄如此，敬義之功，於是為至矣。」（均見詩經傳說彙纂引）都是簡要的批評。張其昀先生則在他所著中華五千年史中列舉抑篇的許多詩句總評說：「均為極有意義之座右銘。」

【古韻】

第一章：隅、愚、愚、愚，侯部平聲；

疾、戾，脂部入聲；

第二章：訓、順，文部去聲；

告、則，幽部入聲；

第三章：酒、紹，幽部上聲；

王、刑，陽部平聲；

第四章：尙、亡，陽部去聲；

寐、內，微部去聲；

章、兵、方，陽部平聲；

第五章：度、虞，魚部去聲；

儀、器、磨、爲，歌部平聲；

第六章：舌、逝，祭部入聲；

讎、報，幽部平聲；

友、子，之部上聲；

繩、承，蒸部平聲；

第七章：顏、慫，元部平聲；

漏、覯，侯部去聲；

格、度、射，魚部入聲；

第八章：嘉、儀，歌部平聲；

賊、則，之部入聲；

李、子，之部上聲；

第九章：絲、基，之部平聲；

僭、心，侵部去聲；

第十章：子、否、事、耳、子，之部上聲；

盈、成，耕部平聲；

第十一章：昭、樂、懆、（慘）藐、敎、虐、耄，宵部平聲：

第十二章：子、止、謀、悔，之部上聲；

難、遠，元部平聲；

國、忒、德、棘，之部入聲。

三、桑柔

這是傷歎君昏臣邪，民風敗壞的詩。

原詩

菀彼桑柔，❶
其下侯旬。❷
捋采其劉，❸
瘼此下民。❹
不殄心憂，❺
倉兄填兮。❻

今譯

那桑葉茂盛又柔嫩，
桑葉成蔭佈均勻。
採來採去遭摧殘，
苦了在下乘涼人。
內心憂煩沒個完，
憂煩悵恨病纏身。

❶菀：音玉，茂盛貌。桑柔：柔桑，謂桑之嫩葉。
❷侯：維。旬：均也。謂樹蔭均佈。
❸捋：音勒ㄌㄜˋ，採取。劉：凋殘。言桑樹被捋採，其葉殘而蔭不均。
❹瘼：音莫，病。下民：息於桑下之民。
❺殄：音忝ㄊㄧㄢˇ，絕。此句謂心憂不絕。

倬彼昊天，❼　　光耀明察老天爺，
寧不我矜。❽　　竟不對我加憐憫。
四牡騤騤，❾　　四匹公馬很盛壯，
旟旐有翩。❿　　旟旐旗子齊飄揚。
亂生不夷，⓫　　災亂發生不平定，
靡國不泯。⓬　　沒有那國不淪亡。
民靡有黎，⓭　　人民已經不太多，
具禍以燼。⓮　　劫灰餘燼在苟活。

❻ 倉兄：音愴ㄔㄨㄤˋ況ㄎㄨㄤˋ。倉兄同愴怳，悵恨不適意。填：病。
❼ 倬：音卓，明貌。
❽ 寧：乃。矜：哀憐。
❾ 騤：音奎ㄎㄨㄟˊ，騤騤：馬強壯貌。
❿ 旟：音于，旗之畫鷹鳥者。旐：音兆，旗之畫龜蛇者。有翩：翩然，飄動貌。
⓫ 夷：平。
⓬ 泯：滅。二句謂亂生而不平定，無國不滅亡也。
⓭ 黎：衆。言喪亂之餘，民已不多也。
⓮ 具：俱。燼：灰燼。言民俱遭禍，所存者如焚餘之燼也。

於乎有哀！⑮　嗚呼可歎又可哀！
國步斯頻。⑯　國家命運太危殆。
國步蔑資，⑰　眼看國運已無望，
天不我將。⑱　老天不肯來幫忙。
靡所止疑，⑲　沒有地方可安身，
云徂何往？⑳　安身之所何處尋？
君子實維，㉑　君子眞能多考慮，
秉心無競。㉒　無人勝過他計謀。

⑮於乎：嗚呼。有哀：可哀。
⑯國步：猶國運。下同。斯：是。頻：急蹙，危急。
⑰蔑：無。資：助。
⑱將：扶助。
⑲疑：定。止疑：停息。此句謂無處可以安身。
⑳云：語詞。徂：往。言欲徂則何往乎？謂無安樂之所也。
㉑君子：指當政者。維：惟之假借，思惟也。
㉒秉心：持心，存心。無競：無人可與之競勝。

誰生厲階？㉓　是誰惹起這禍端？
至今爲梗。㉔　多災多難到今天。

憂心慇慇，㉕　內心憂愁又傷感，
念我土宇。㉖　懷念故國和家園。
我生不辰，　生不逢時命好苦，
逢天僤怒。㉗　遇到老天正盛怒。
自西徂東，　西邊找了東邊尋，
靡所定處。　沒有地方可安身。
多我覯痻，㉘　我遭病苦多又多，

㉓厲：惡。階：階梯。厲階：進於惡之階梯，即禍端也。
㉔梗：病苦，猶災難。
㉕慇慇：憂傷貌。
㉖土宇：土地房屋，指家園。
㉗僤：音旦，僤怒：盛怒。
㉘覯：遭遇。痻：音昏，病苦，災難。

孔棘我圉。㉙　邊疆禍亂很緊迫。
爲謀爲毖，㉚　計謀如果愼思慮，
亂況斯削。㉛　禍亂自會削減去。
告爾憂恤，㉜　告你何事當憂恤，
誨爾序爵。㉝　教你選賢班爵序。
誰能執熱，㉞　誰能手中拿熱物，
逝不以濯？㉟　不沖涼水減熱度？
其何能淑？㊱　否則怎能獲改善？

㉙孔棘：很急。圉：音雨，邊疆。此句謂邊疆甚緊急，指禍亂深也。
㉚毖：音必，謹愼。爲毖之「爲」，如也。（屈萬里詩經詮釋）
㉛亂況：亂狀。削：減。
㉜憂恤：可憂之事。
㉝序爵：辨別賢否，以序次爵祿之事。
㉞執熱：手中執持熱物。
㉟逝：語詞。濯：用水冲洗，以減其熱度。以喻爲政必以其道。
㊱淑：善。

載胥及溺。㊲　只有牽引水中陷。

如彼遡風，㊳　像那迎面吹來風，

亦孔之僾。㊴　使人氣悶難適應。

民有肅心，㊵　人民雖有向善心，

荓云不逮。㊶　不能達到徒遺恨。

好是稼穡，㊷　專好聚斂刮民脂，

力民代食。㊸　使民出力代民食。

稼穡維寶，㊹　聚斂民脂當作寶，

㊲ 載：則。胥：皆。溺：溺於水，以喻喪亡。

㊳ 遡：音素，遡風：迎面吹來之風。

㊴ 僾：音愛，悶氣，呼吸短促。

㊵ 肅：進。肅心：上進求善之心。

㊶ 荓：音俜ㄆㄧㄥ，使。云：語詞。不逮：不及。此二句謂民有向善之心，使其不能達也。

㊷ 好：音號。此句謂王惟喜好稼穡之所穫。指聚斂賦稅而言。

㊸ 力民：使民出力。代食：民之食不得自食，在上者代之而食。

㊹ [illegible]謂惟以聚斂為寶。

代食維好。㊺　代替民食以爲好。

天降喪亂，　喪亂是從天上降，

滅我立王。㊻　天降喪亂滅我王。

降此蟊賊，㊼　又降蟊賊害禾苗，

稼穡卒痒。㊽　禾苗受害都病倒。

哀恫中國，㊾　中國實在可哀傷，

具贅卒荒。㊿　連年都在鬧災荒。

靡有旅力，(51)　人已無力能挽救，

以念穹蒼。(52)　只求上蒼來幫忙。

㊺不以代食爲非，而以爲好。

㊻立王：所立之王。

㊼蟊：音毛，蟲之食苗根者曰蟊，食節者曰賊。

㊽卒：盡。痒：音羊，病。

㊾恫：音通，痛也。

㊿具：俱。贅：音墜，連屬。卒：盡。荒：荒年，謂連年災荒也。

(51)旅：同膂，旅力：體力。

維此惠君，53　只有順理之君王，
民人所瞻。54　才爲人民所仰望。
秉心宣猶，55　秉心光明又通達，
考愼其相。56　愼選賢相輔佐他。
維彼不順，　只有無道之昏君，
自獨俾臧。57　以爲獨力可治民。
自有肺腸，58　別具肺腸與人異，
俾民卒狂。59　使民狂惑都迷失。

52 謂已無力挽救，唯念上天，冀其止亂耳。
53 惠：順，順於義理。或釋惠爲愛。惠君，愛民之君也。
54 瞻：仰望。
55 秉心：持心，存心。宣：光明。猶：通達。
56 考：明辨。愼：謹愼。相：輔佐之人。
57 自獨：自我獨斷獨行。俾臧：使善，使其做好。此句謂「以爲獨力可將民治好」。
58 謂別具肺腸，與他人不同。
59 卒：盡。狂：惑。謂使民盡入於迷惑狂亂。

瞻彼中林，
甡甡其鹿。60
朋友已譖，61
不胥以穀。62
人亦有言：
「進退維谷。」63

看那樹林林之中，
鹿兒成羣樂融融。
朋友之間不信任，
不能相待以善心。
人們曾經這樣說：
「進退兩難路斷絕。」

維此聖人，
瞻言百里；64
維彼愚人，
覆狂以喜。65

只有聖人最明智，
眼光遠大看百里；
唯有愚人最無知，
反倒狂惑而自喜。

60 甡：音申，甡甡：衆多貌。

61 譖：通僭ㄐㄧㄢˋ，不信。

62 胥：相。以：與。穀：善。

63 谷：山谷。山谷不易行進，謂進退皆難也。

64 言：語詞。瞻百里：謂眼光遠大。

65 覆：反。以上二句謂愚人所見者近，反以爲得計而狂惑自喜。

匪言不能，66　並非不能說出來，
胡斯畏忌？67　何所畏忌口不開？

維此良人，　善良之人有才能，
弗求弗迪；68　不去尋求不任用；
維彼忍心，69　殘忍之人太貪瀆，
是顧是復。70　眷顧留連不撤去。
民之貪亂，71　人民亟欲有大亂，
寧爲荼毒！72　同歸於盡也甘願！

66 匪：非。言：說。謂有遠見者，非不能預言大禍之將臨。
67 胡：何。斯：是。是何所畏忌而不敢言耶？（蓋畏忌君王之暴虐也）
68 迪：音笛，進。謂進用之。
69 忍心：殘忍之人。
70 顧、復：眷顧留戀之，不使其去。
71 貪：欲。
72 寧：寧願。荼毒：痛苦。以上二句謂民意欲其大亂，寧受同歸於盡之痛苦。（痛恨之極，寧願與之偕亡也）。

大風有隧，73
有空大谷。74
維此良人，
作爲式穀。75
維彼不順，76
征以中垢。77

大風有隧，
貪人敗類。78

大風疾馳向前衝，
出自深山空谷中。
善良之人有善名，
所作所爲依善行。
不義之人逆理作，
作爲如在汚垢中。

大風奔衝向前吹，
貪婪之人敗善類。

---

73 隧：古謂衝風曰隧。有隧：隧然，奔衝而至之貌。

74 有空：空然。空谷易於來風，故云。

75 式：效法。穀：善。

76 不順：不順義理之人。

77 征：行。垢：汚垢。中垢：垢中。言不順義理之人，其所行如在汚垢之中。

78 類：善，謂貪婪之人，能敗壞善人。

79 聽言：好聽之言。對：對答。

聽言則對，79　好聽之言則回答，
誦言如醉。80　諷諫之言則如醉。
匪用其良，　賢良之人不任用，
覆俾我悖。81　反而使我悖理行。

嗟爾朋友，　唉！朋友你們細聽着，
予豈不知而作？82　我豈不知而亂作？
如彼飛蟲，83　像那飛鳥在天空，
時亦弋獲。84　有時也能被射中。
既之陰女，85　我來是爲庇護你，

80 誦：諷。言聞諷諫之言，則昏然如醉而不省也。
81 覆：反。俾：使。悖：悖逆。謂反使我爲悖逆之事。
82 作：爲也。謂我豈不知時局之難救而作此詩？
83 飛蟲：飛鳥。
84 弋：音亦，繳射，以繩繫矢而射。獲：得。此二句謂空中飛鳥，有時而射中。以喻我之所言，亦或有用也。即「千慮一得」之意。
85 之：往。陰：覆陰，庇護也。女：汝。

反予來赫。86　你反對我生大氣。

民之罔極，87　人民作惡沒個完，

職涼善背。88　在上涼薄又善變。

爲民不利，89　所作所爲不利民，

如云不克。90　唯恐力量不用盡。

民之回遹，91　人民所以會邪僻，

職競用力。92　主要競相取私利。

民之未戾，93　人民不能得安定，

86 赫：盛怒貌。

87 罔極：無所止極。謂爲非作惡，無有止極之時。

88 職：專主。涼：薄。善背：善於反覆。謂由於在上者專主於涼薄而善於反覆也。

89 謂在上者作不利於民之事。

90 云：語詞。不克：不勝。以上二句謂作不利於民之事，有如不能勝者。極言其致力之多也。

91 遹：音玉，回遹：邪僻。

92 職：專主。以上二句謂：民之所以歸於邪僻者，由此輩惡人專主用力競取私利以致之也。

93 戾：定。

職盜爲寇。94　在上如盜太橫行。

涼曰不可，95　涼薄待人不可以，

覆背善詈。96　何況背逆行事且善詈。

雖曰「匪予」，97　雖說「此事非我作」，

既作爾歌！98　我已爲你作此歌。

【評解】

桑柔是蕩之什的第三篇，分十六章，前八章章八句，後八章章六句，除第十四章第二句爲六字外，餘均爲四字句，全詩共四百五十字。

詩序云：「桑柔，芮伯刺厲王也。」此據左傳文公元年引「大風有隧，貪人敗類」等六句，謂爲芮良夫之詩。芮良夫係周厲王時卿士。據逸周書芮良夫篇，自稱「小臣良夫」。潛夫論遏利

---

94 職：專主。以上二句謂民之未能安定，主因於在上者如盜而爲寇賊以致之也。

95 涼：薄。曰：語詞。

96 詈：音力，罵也。以上二句謂涼薄待人，固不可矣，又背逆行事且好罵人，則事之敗毀必矣。應上章「職涼善背」句。

97 匪予：謂推諉之曰：「此禍非予所爲」也。

98 此句承上句謂「而我已爲爾作此歌矣。」言得其情，事已著明，不可掩飾也。

篇云：「昔周厲王好專利，芮良夫諫而不入，退賦桑柔之詩以諷。」但詩中有「天降喪亂，滅我立王」之語，則似厲王被逐，或幽王之後傷時之作，非刺厲王也。

首章由桑柔起興，桑葉柔嫩茂盛，樹蔭均勻，民得休憩其下。但如加以捋採摧殘，則無蔭可庇。以喻由於當時君臣的昏邪，使民處於病困之中，是以詩人爲之憂慨不已，以至於病，不得已而發出怨天之言。

次章述國家征役不息，民不聊生。詩人發出沉痛的呼號。亂不平，國必滅，僅餘的人民已在苟延殘喘，國運已甚危殆，實在可歎可哀！

三章四章乃征夫所發怨天尤人之辭。天不我助，人謀不臧，致我常年征役在外，居無定所，災難頻仍，戰亂不已。生不逢時，自歎命苦！

五章寄望於當政者，治國必以其道。如手執熱物，涼水冲洗，則不受傷害，否則何能有善政？最後唯有相率趨於滅亡而已。

六章怨賦斂之重，用民之力，食民之食。而尚自鳴得意。人民處於艱困之中，正如向風而立，爲之氣悶，不得自由喘息。

七章言我王被滅，稼穡盡病，災難皆由天降，人事已無能爲力，不得不仍寄望於上天之救助。

八章言順義理行事之君，始得民心；不肖之君則致民於眩惑狂亂。暗諷當政者，冀其有所改變也。

九章言人不如獸，朋友亦不可信賴，眞無所容於斯世也。

十章述聖愚之別。然處此亂世，有遠見之聖者亦不敢預言大禍之將臨。是何所畏忌耶？蓋畏忌君王之暴虐也。

十一章：由於當政者之昏庸，不知用賢。對殘忍之輩却眷顧留連，不予撤去。致政亂民困，怨聲載道，寧願大亂發生，同歸於盡。其怨恨之情，已達極點矣。

十二章謂疾馳之大風，係出自深谷。正如善惡之人，各有其行事之道。暗喻何當政者不知有所分別，寧為惡人而胡作耶？

十三章謂大風之來，旣有其因；喪亂之成，亦有其理。貪婪之惡人得志，善人自必遭殃。而在上者更不聽納諫言，不用賢良，反使我為悖逆之事。其昏庸愚昧，如是其極，是致亂之因也。

十四章述詩人用心良苦，謂「我並非不知時局之難救而尙作此詩，但總抱一線希望。蓋我之言也許有『千慮一得』之效。如射空中飛鳥，也有時而射中。」詩人一片赤誠愛護之意，却惹來對方盛怒相待。詩人之痛苦，可想而知矣。

十五章述民之所以邪僻，總由在上者之涼薄善變，壓榨人民以圖私利所致。

十六章承前章而言，總之，民之不得安定，主要由於在上者之行徑如盜寇。涼薄固已不可，何況倒行逆施，且善罵詈乎！雖推諉以上種種非汝所為，然我已為汝作此歌矣，尙圖掩飾抵賴乎！

全篇總是一片沉痛悲憤之情，而詩人之赤膽忠誠，溢於言表矣。

【古韻】

第一章：柔、劉、憂，幽部平聲；

旬、民、塡、天、矜，眞部平聲；

第二章：騤、夷、黎、哀，脂部平聲；

翩、泯、燼、頻，眞部平聲；

第三章：將、往、競、梗，陽部上聲；

第四章：慇、辰、痻，文部平聲；

宗、怒、處、圉，魚部上聲；

第五章：削、爵、濯、溺，宵部入聲；

僾、逮，微部去聲；

第六章：風、心，侵部平聲；

穡、食，之部入聲；

寶、好，幽部上聲；

第七章：王、痒、荒、蒼，陽部平聲；
　賊、國、力，之部入聲；
第八章：相、臧、腸、狂，陽部平聲；
第九章：林、譖，侵部平聲；
　鹿、穀、谷，侯部入聲；
第十章：里、喜、忌，之部上聲；
第十一章：廸、復、毒，幽部入聲；
第十二章：谷、穀、垢，侯部入聲；
第十三章：隧、類、對、醉、悖，微部去聲；
第十四章：作、獲、赫，魚部入聲；
第十五章：極、背、克、力，之部入聲；
第十六章：可、歌，歌部上聲。

四、雲　漢

雲漢詩所記是周宣王禳旱祈雨的自禱詞。從詩中我們體會到久旱不雨，民不聊生，宣王率羣臣救災用盡各種方法，各種祭物，祭遍天地諸神和祖先，祈求甘霖的一片憂國憂民，焦灼悲苦的心情來。

原詩	今譯
倬彼雲漢，❶	看那似雲的天河多光亮，
昭回于天。❷	燦爛地迴轉在天上。
王曰：「於乎！❸	天王說話發歎聲：
何辜今之人！	「今人何罪太不幸！
天降喪亂，	天上降下喪亂來，
饑饉薦臻。❹	饑饉連年沒個停。
靡神不舉，❺	沒有神靈不祭祀，

---

❶ 倬：音卓ㄓㄨㄛˊ，明。說文通訓定聲：「倬當訓大，明者，焯字之訓。」是倬爲焯之假借，焯：明貌。
雲漢：天河。曹粹中曰：漢之在天，似雲而非雲，故曰雲漢。

❷ 昭：明，光。回：轉，言其光隨天而轉。

❸ 於乎：音義均同嗚呼。

❹ 薦：重複；臻：至。

❺ 舉：舉辦，指祀神。

靡愛斯牲。❻　沒有犧牲不供奉。
圭璧既卒，❼　圭璧寶物既用盡，
寧莫我聽！❽　我的祭禱就是不聽從！

「旱既大甚，　「旱災已經很嚴重，
蘊隆蟲蟲。❾　暑氣熏蒸仍旺盛。
不殄禋祀，❿　祭天祀地從不斷，
自郊徂宮。⓫　從郊到廟祭個遍。
上下奠瘞，⓬　天神地祇都供奉，

---

❻ 愛：吝惜。

❼ 圭、璧：皆朝聘祭祀所用之瑞玉。璧，平圓形中有孔，所以象天；圭，上圓下方，以法天地。圭璧合形，於六寸璧上琢出一五寸之圭者，亦曰圭璧。卒：盡。

❽ 經傳釋詞：寧，乃也。

❾ 蘊隆：馬瑞辰謂暑氣鬱積而隆盛。蟲：即爾雅之爞，蟲蟲：燻熱。

❿ 殄：音忝ㄊㄧㄢˇ，絕。禋祀：祭祀。全句謂不斷地祭祀。

⓫ 郊：祭天地。徂：往。宮：宗廟。

⓬ 上謂祭天，下謂祭地。奠：置之地上。瘞：音亦ㄧˋ，埋，皆指祭品言。黃佐曰：「奠是方祭時事，瘞是祭畢時事。」

靡神不宗。⑬	沒有神靈不尊崇。
后稷不克，⑭	后稷不來管，
上帝不臨。	上帝不來看。
耗斁下土，⑮	殘害下土降災殃，
寧丁我躬！⑯	竟然落在我身上！
「旱既大甚，	「旱災已經很厲害，
則不可推。⑰	趕不走也推不開。
兢兢業業，	兢兢業業心裏怕，
如霆如雷。	像怕那雷霆打下來。
周餘黎民，⑱	周室所餘老百姓，

⑬ 宗：尊。

⑭ 克：肩，任。馬瑞辰說。不克即不負責、不管之意。

⑮ 斁：音妒ㄉㄨˋ，敗。

⑯ 寧：乃。丁：當。

⑰ 推：去。

⑱ 周室所餘之衆民。

靡有孑遺。⑲　已經沒有半個剩。
昊天上帝，　老天上帝何殘忍，
則不我遺。　使我人民沒留存。
胡不相畏，⑳　怎不令人膽戰又驚心，
先祖于摧？㉑　先祖的祭祀要絕盡？

「旱旣大甚，　「大旱的災情太兇狠，
則不可沮。㉒　任何阻擋都沒用。
赫赫炎炎，㉓　赫赫炎炎暑氣蒸，
云我無所。㉔　教我無所逃避無所容。

---

⑲ 說文：孑，無右臂形。孓，無左臂形。靡有孑遺：沒有半個人的留存，極言災情慘重。
⑳ 胡：何。
㉑ 摧：折，斷絕。
㉒ 沮：止。
㉓ 赫赫：旱氣，陽光顯耀貌；炎炎：熱氣。
㉔ 云：語詞。

大命近止，㉕　眼看國運將終止，
靡瞻靡顧。　諸神不睬也不理。
羣公先正，㉖　歷代先公和羣臣，
則不我助。　也不助我可憐人。
父母先祖，　還有父母和先祖，
胡寧忍予！　怎麼忍心看我陷絕路！

「旱既大甚，　「旱災已然很嚴重，
滌滌山川。㉗　山山光禿河底都裂縫。
旱魃爲虐，㉘　旱魃肆虐施殘暴，
如惔如焚。㉙　乾旱的天氣似火燒。

㉕大命：國運。止：終。
㉖羣公：周之諸先公。正：官長。先正：指先公之諸臣。
㉗滌滌：猶濯濯，乾淨之意。
㉘魃：音跋ㄅㄚˊ，旱神。孔穎達曰：神異經曰：「南方有人長二三尺，袒身而目在頂上，走行如風，名曰魃，所見之國大旱，赤地千里。一名旱母。」蓋鬼魅之物。
㉙惔：音談ㄊㄢˊ，燒。

我心憚暑，　　我眞怕這炎熱天，
憂心如熏。　　心似火燻眞憂煩。
羣公先正，　　歷代先公和羣臣，
則不我聞。30　　對我不聞也不問。
昊天上帝，　　老天上帝把你問，
寧俾我遯？31　　怎樣使我能逃遁？

「旱既大甚，　　「旱災已然很厲害，
黽勉畏去。32　　爲怕旱災拼命快逃開。
胡寧瘨我以旱？33　　旱災爲何來苦我？
憯不知其故。34　　原因實在無從說。

---

30 聞：恤問，慰問。經義述聞有說。
31 寧：乃。遯：同遁，逃。
32 黽勉：又見邶風谷風及小雅十月之交二篇，均爲勉力意。畏去：畏旱而逃去。
33 瘨：音顚ㄉㄧㄢˇ，病苦。
34 憯：音慘ㄘㄢˇ，曾。

祈年孔夙，㉟　　老旱就曾祈豐年，
方社不莫。㊱　　方祭社祭都沒遲延。
昊天上帝，　　我的老天啊上帝，
則不我虞。㊲　　並不助我一臂力。
敬恭明神，　　恭恭敬敬祀明神，
宜無悔怒。㊳　　不宜生氣發怨恨！

「旱既大甚，　　「旱災已然很嚴重，
散無友紀：㊴　　羣臣灰心亂鬨鬨：

㉟ 祈年：春日祭上帝以求豐年之祭。夙：早。

㊱ 方、社：皆祭名。方，祭四方之神；社，祭土神。莫：同暮，晚。

㊲ 虞：助，經義述聞有說。

㊳ 悔：恨。

㊴ 鄭箋以「友」指王之羣臣。朱傳：友紀猶言綱紀。「友」疑作「有」，馬瑞辰證「友」「有」同聲通用。高本漢以爲仍以友指羣臣爲當。姚際恒曰：「君以臣爲友，今以旱故，將離散無紀矣。亦倒字句，謂『友散無紀』也。」

鞫哉庶正，㊵
疚哉冢宰。㊶
趣馬師氏，㊷
膳夫左右；
靡人不周，㊸
無不能止。㊹
瞻卬昊天，
云如何里？㊺

衆官之長已技窮呀，
管事的冢宰也疲病啦。
還有掌馬和師氏，
以及膳夫和近侍；
人人出力去救濟，
仍然災情不能止。
仰首瞻望大青天，
我的心裏好憂煩？

「瞻卬昊天，

「仰首瞻望大青天，

㊵ 鞫：音局ㄐㄩˊ，窮。庶正：衆官之長。

㊶ 疚：病。冢宰：官名，職如後代之宰相。

㊷ 趣馬：掌馬之官。師氏：集傳謂掌以兵守王門者。梁益曰：「朱子於小雅十月之交傳云：師氏掌司朝得失之事。此云掌以兵守王門者，各以職之所在而分言之。」

㊸ 鄭箋：「周，當作賙。」救濟意。

㊹ 無：貧，馬瑞辰說。

㊺ 云：語詞。里：同瘇，憂。

有嘒其星。[46]　滿天星斗光閃閃。
大夫君子，[47]　在朝大夫衆君子，
昭假無贏。[48]　祈神降臨不遺餘力。
大命近止，　國家大命雖將終止，
無棄爾成。[49]　仍不放棄各人的職事。
何求爲我？　那裏是爲我心憂煩？
以戾庶正。[50]　只爲安定衆官員。
瞻卬昊天，　仰首請問大青天，
曷惠其寧？」[51]　何時才肯賜平安？」

---

[46] 嘒：明貌。有嘒：嘒然。

[47] 君子：指有官爵者。

[48] 昭假：昭，明。假，音格，至。昭假，謂神靈昭然降臨。神降臨曰昭假，祭祀以祈神降臨亦曰昭格，此謂祭祀。贏：餘。

[49] 成：成功，意謂勿棄爾成功之希望。

[50] 戾：定。二語謂所求何曾爲我個人，而是爲安定衆官也。

[51] 曷：何時。惠：嘉惠。

【評解】

雲漢是蕩之什的第四篇，分八章，每章十句，八十句中七十七句都是四字，只有首章六章的第四句，皆多一字，六章的第三句多二字，所以全詩共三百二十四字，爲三百篇中第七長詩。

這詩是一篇周天子禳旱祈雨的自禱詞。毛詩序：「雲漢，仍叔美宣王也。宣王承厲王之烈，內有撥亂之志，遇災而懼，側身修行，欲銷去之。天下喜於王化復行，百姓見憂，故作是詩也。」鄭箋指仍叔爲周大夫。孔疏曰：「仍氏，叔字。」雲漢詩的年代，毛序說：「宣王承厲王之烈，遇災而懼。」則詩中所記旱災，是在周宣王初年，這事有佐證，可以採信。司馬遷史記周本紀雖未載宣王時有旱災事，但西漢初年董仲舒的春秋繁露郊祀篇和東漢王充論衡須頌篇，均載周宣王時有大旱，宣王爲西周中興英主，本篇全詩寫旱災嚴重，天子仰天祈禱，一片憂國憂民的眞誠，與宣王初年作風符合，所以大家公認這詩卽詠周宣王初年旱災事。至於雲漢詩作於那一年，據晉皇甫謐帝王世紀載宣王元年天下大旱，三年不雨，至六年乃雨。所以後來歷史家，遂推定雲漢詩作於周宣王六年，卽公元前八二二年。這一推算，是可以讓我們作爲一個假定的年份的。至於作者是否仍叔，姚際恆詩經通論譏其未有考，應該存疑。方玉潤詩經原始指出篇中所言非美王意，乃王自禱詞。我們看全詩八十句，僅開頭兩句是以寫景代敍事，以下七十八句，都是天子禳旱祈雨的禱詞，所以方玉潤所定「雲漢，宣王爲民禳旱也」是對的。尙書是記言體的史書，雲漢則是記言體的史詩，在詩經的敍事詩中，別成一格。但如以此推想是當時史官所記，則也沒有例證可使人採信；若說記下宣王的禱詞，讓我們從禱詞中體會出宣王憂國憂民的一片眞誠來就是「美宣王」，這樣從推求作品的效果來獲得詩人言外之意，則是進一步深一層的看法，那是我們應該認可的。

雲漢是記言體的史詩，技巧相當高，所記也相當眞實，成爲周代文獻中一件最寶貴的史料。

先談開頭兩句「倬彼雲漢，昭回于天」，我們說是「以寫景代敍事」，其關鍵在第一句的「雲」字，和第二句的「回」字。天河通稱「天漢」，因其發白光，亦稱「銀漢」。第一句形容天河的光容，應該說「倬彼銀漢」，才能把天河的煥美表達出來，但詩中却說「倬彼雲漢」，爲什麼不用「銀」字而用「雲」字呢？這是寫出有人在向夜空搜索雲影，因爲有雲才會有雨。而現在只找到似雲之天漢，宣王求雨的心情，首句「倬彼雲漢」四字，便已表露出來。因此就摘取這首句中「雲漢」兩字作詩題，也有了特別的意義。第二句用一「回」字，表現了天河的廻轉移動。所以寫出宣王眺望夜空已有幾個時辰之久。這兩句所寫的景中隱藏着以周宣王爲主的一羣人久久地在搜索夜空，所以表面寫景，實際是敍事。景中之人，呼之欲出，寫得多麼眞切！多麼高超！

其次再談第三句「王曰於乎」以下七十八句禱詞，我們覺得宣王在這夜空底下所發一大篇漫長的禱詞，非但說得反覆累贅，而且有些零亂。但這正是如實地表現了一個人祈禱時那種焦灼與悲苦的心情來。而且我們分章來看，這詩却秩然有序，條理分明，仍可找出各章重點所在。

此詩全篇八章，中間六章都用「旱既大甚」四字作章首，而末章開頭「瞻卬昊天，有嘒其星」兩句，「瞻卬昊天」句既從前一章末尾承接而來，又與末章的末尾（第九句）成叠句，有前提後挈之效。「有嘒其星」句則與首章開頭兩句遙遙呼應，星漢相映，更顯出了結構的完整與優美。全篇八章，每章末句都用感歎或問句來表情，更把全篇風格貫穿到底。

全詩八章的重點：第一二兩章自禱詞的重點，都在一句中，那是「靡神不舉」和「靡神不宗」兩句。第一章的「靡神不舉」緊接於「天降喪亂，飢饉薦臻」兩句破題之後，接着是臚陳「犧牲」與「圭璧」等祭品來敘述。第二章則先列舉「禋」「祀」「郊」「宮」等祭祀的名稱和地點，然後再以「靡神不宗」總括之。兩章的重點都在「神」這方面。三四兩章的重點則在「人」。三章說「周餘黎民，靡有孑遺」，偏於「人民」；四章「羣公先正」「父母先祖」則偏於「祖先」，五六兩章的重點是「土」，五章寫「滌滌山川」，是山川的旱像；六章寫「方社不莫」是四方土地之神。七八兩章的重點是「羣臣」的救災，以第二句爲總提示，七章的「散無友紀」是灰心離散；八章的「大夫君子」是勗勉復合。所以用一個字來代表兩章重點的是「散無友紀」的「紀」字。七章「散無友紀」所接各句列舉「冢宰」「趣馬」「師氏」「膳夫」等官名以實之；八章「大夫君子」所接則述羣臣之繼續努力不懈。所以詩中雖只述天子一人的禱詞，在夜空底下，陪着宣王的，應該還有冢宰等一批大臣的身影。而貫串着八章重點的是宣王「如霆如雷」又急又怕的一片憂國憂民的赤忱。

經過這樣一番解析，我們可以整理出全詩的大意如下：

在一個晴朗的夜空底下，有一羣人——天子和衆官員——焦急地搜索着天上雲影的出現，久等之下，似乎見到了微雲的浮動。唉！那不是浮雲，只是似雲的天河之難於察覺的移轉。唉！大旱渴盼雲霓，却竟無一絲雨意！於是天子仰天長嘆一聲，傾吐出他一篇悲號呼天，惻怛哀矜的禳旱祈雨禱告詞來。他說：人民何辜，天降災殃，連年饑饉。我們戰戰兢兢地把所有的神靈都祭過，所有的祭品都供奉，然而祖先神祇，仍不顧念人民的苦痛，烈日炎炎，旱魃肆虐，山禿川涸，赤土千里，人民流散死亡，無有殘餘。在朝上下羣臣，都爲救災奔命，仍然無濟於事。雖然憂急萬分，但人事已盡，天不見憐，還是莫可奈何！仰首望天，看看光閃閃的滿天星斗，明知國運將絕，可是總望天意回轉，甘霖於沛降！於是甘霖終沛降，詩人記其事如此。

元人許謙評此詩曰：「宣王遇災憂懼，始祈於外神，次祈於宗廟。旣而無驗，則自揆事神之誠或未至。誠旣盡則又盡人事以聽天命也。其恐懼修省之意，仁愛惻怛之誠，反覆淫溢於言辭之間，宣王之所以賢可見矣。」明人朱善亦云：「讀是詩，見宣王有事天之敬，有事神之誠，有恤民之仁。敬畏以事天而天監之，虔恭以事神而神享之，惻怛以恤民而民懷之。蘊隆之氣消，豐穰之效著。內治旣修，外攘斯舉。中興之業，皆自雲漢一念之烈而基之也。」（均見詩經傳說彙纂）他們的議論都很精闢，這就是代表讀者讀後讚美宣王的話了。

孟子萬章篇在孟子答弟子咸丘蒙的一段話中，曾提舉雲漢詩爲例來指示讀詩的方法說：「故說詩者，不以文害辭，不以辭害志，以意逆志，是爲得之。如以辭而已矣，雲漢之詩曰：『周餘黎民，靡有孑遺。』信斯言也，是周無遺民也。」照字面講，「孑」字是缺右臂，但「孑遺」，不解爲缺右臂者的留存，要活用作「半個人的留存」講，這叫做「不以文害辭」。而「靡有孑遺」，只是形容災情的慘重，並非眞的「沒有半個人的留存」，這叫做「不以辭害志」。像本詩中「散無友紀」，也不是羣臣眞的離散，只是灰心而已。而全詩沒有一個「雨」字，連一個「災」字也未用，但我們玩味詩意，知道全篇禱詞，只在爲旱「災」求「雨」，這就叫做「以意逆志，是爲得之」。所以我們讀詩，重在玩味原詩字句，以推求詩意。至於前人成說，如詩序所提供的各篇時代與作者以及詩旨等，我們要小心求證，無證不信。沒有佐證，寧可闕疑。求證則要向鄭玄以前的古籍中去探尋，魏晉以來新發現的材料，可靠性較弱，不可輕易採信。這是我們研讀詩經所要遵守的方法。

【古韻】

第一章：天、人、臻，眞部平聲；

牲、聽，耕部平聲；

第二章：蟲、宮、宗、臨、躬，中部平聲；

第三章：推、雷、遺、遺、摧，微部平聲；

第四章：沮、所、顧、助、祖、予，魚部上聲；

第五章：川、焚、熏、聞、遯，文部平聲；

第六章：去、故、莫、虞、怒，魚部去聲；

第七章：紀、宰、右、止、里，之部上聲；

第八章：星、贏、成、正、寧，耕部平聲。

五、崧　高

周宣王徙封他的元舅申伯於謝邑，並命召伯爲之築城建屋，以爲南方的屏藩。宣王在郿地餞行，詩人吉甫卽作此詩相贈以送別。

原　詩	今　譯
崧高維嶽，❶	吳嶽巍峨又高聳，

❶ 崧：音松ㄙㄨㄥ，毛傳：「山大而高曰崧。」嶽：山之尊者。舊解：嶽指東岱、南衡、西華、北恒四岳。新解：嶽指吳嶽，一名吳山，亦卽禹貢之岍山，在岐周境內，今陝西隴縣東南。馬瑞辰、屈萬里並有說。

駿極于天。❷　　高聳一直達天庭。
維嶽降神，　　吳嶽降神神有靈，
生甫及申。❸　　仲山甫申伯都降生。
維申及甫，　　降生了申伯和山甫，
維周之翰。❹　　是爲周室大臺柱。
四國于蕃，❺　　能爲四國做屛藩，

❷毛傳：「駿，大。極，至也。」

❸相傳堯之時，姜姓爲四伯，掌四嶽之祀，述諸侯之職。周之申、甫、徐、許，即四嶽之官苗裔。德當嶽神之意，故福興其子孫，而生申及甫也。朱傳：「甫，甫侯也，即穆王時作呂刑者，或曰此是宣王時人，而作呂刑者之子孫也。申，申伯也。甫、申，皆姜姓之國。」方玉潤詩經原始辨之甚詳：「此詩與下篇烝民同爲尹吉甫贈送之作：一送申伯，一送仲山甫。以二臣位相亞，名相符，才德又相配，故於二臣之行也特贈詩以美之。於申伯則曰嶽降；於山甫則曰天生。二詩發端皆極意經營，工力亦極相敵，是二詩者，尹吉甫有意匹配之作也。蓋二臣皆爲宣王中興生色，……呂氏祖謙亦曰：『甫、申，意者皆宣王時賢諸侯，同有功於王室者……』當時仲山甫爲相，申伯亞于山甫，借山甫以大申伯也。且申伯光輔中興而遠取周道始衰之甫侯以匹之，非所以褒揚申伯也。」茲從之。

❹翰：榦，屛，猶言棟梁。

❺四國：四方之國。于：馬瑞辰謂當讀「爲」，下句同。蕃：屛藩。

四方于宣。❻
能爲四方做牆垣。

亹亹申伯，❼
申伯勤勉又奮勵，

王纘之事。❽
王使繼承他先世。

于邑于謝，❾
徙封謝地建都城，

南國是式。❿
作爲南國好法式。

王命召伯，⓫
王命召伯去負責，

定申伯之宅。⓬
去爲申伯定住宅。

---

❻宣：與蕃對言，爲垣之假借。說文：垣，牆也。以上二句猶板詩之「价人維藩，大師維垣。」馬瑞辰有說。

❼亹：音尾ㄨㄟˇ，亹亹：黽勉，謂勤勉奮勵。申伯，卽申侯，宣王之元舅，宣王以爲南國之侯伯，故稱申伯。

❽纘：音纂ㄗㄨㄢˇ，繼。纘之事謂使繼其先人之職事。

❾于：助詞。邑：都城，作動詞用。于邑于謝，卽邑於謝。謝：邑名，朱傳王風揚之水、小雅黍苗，以謝在信陽；而崧高以謝在南陽。文開另文研判，考定爲今河南省南陽縣。

❿南國：謝在周之南方，故云。式：法。以作南國之法式。

⓫召伯：召穆公虎。

⓬定：相定，選定。

登是南邦，⑬　使他進駐南方地，
世執其功。⑭　世守功業勿墜失。

王命申伯：　天王命令申伯說：
「式是南邦，⑮　「要做模範在南國，
因是謝人，　憑藉謝地人民力，
以作爾庸。」⑯　建立你的大功業。」
王命召伯，　王命召伯去謝地，
徹申伯土田。⑰　劃分田畝定稅制。
王命傅御，⑱　王命申伯的傅御，

⑬ 登：進，往。登是南邦：使他進駐南方。
⑭ 世世執守其功，以傳之子孫。功謂政事，功業。
⑮ 式是南邦卽上章之南國是式，爲南邦之法式。
⑯ 庸：功。以上二句謂憑藉謝地之民力，以成就申伯之事功。
⑰ 毛傳：「徹，治也。」鄭箋：「治者正其井牧，定其賦稅。」屈萬里先生謂徹爲孟子「周人百畝而徹」之徹，取稅之稱。此謂定賦稅之法。
⑱ 朱傳：「傅御，申伯家臣之長。」

遷其私人。⑲　幫助遷徙他家屬。
申伯之功，　為成申伯大事功，
召伯是營。　先派召伯去經營。
有俶其城，⑳　謝地城垣已修好，
寢廟既成，㉑　前廟後寢也蓋成，
既成藐藐。㉒　寢廟蓋成很完美。
王錫申伯，㉓　王錫申伯增光輝，
四牡蹻蹻，㉔　四匹公馬很壯健，

---

⑲私人：陳奐謂傅御之家人。普賢按：「其」字應指申伯而言。故私人謂申伯之家人。與上章文法用字正同。上章末句「其」字亦指申伯而言。唯私人除指家人，僕隸當亦在內。蓋徹土田王者之大法，故以命之大臣；遷私人，王者之私恩，故以命之傅御。

⑳俶：音觸ㄔㄨˋ，善。有俶即俶然，城修之貌。善之言繕修，馬瑞辰說。

㉑寢廟：前廟後寢。寢：人所處；廟，神所處。

㉒藐：音秒ㄇㄧㄠˇ，藐藐：美貌。

㉓錫：賜。

㉔牡：雄馬。蹻：音矯ㄐㄧㄠˇ，蹻蹻：壯健貌。

鉤膺濯濯。㉕　馬腹帶鉤光閃閃。

王遣申伯，　王派申伯去謝地，

路車乘馬：㉖　賞他高車馬四匹：

「我圖爾居，㉗　「我圖你居爲你謀，

莫如南土。　你居最好是南土。

錫爾介圭，㉘　賜你大圭你收好，

以作爾寶。　大圭作爲你國寶。

往近王舅，㉙　去吧王舅多珍重，

㉕鉤：帶鉤。人之帶有鉤，馬帶亦應有之。參陳奐說。膺：當馬胸之大帶。濯：音濁ㄓㄨㄛˊ，濯濯：光潔貌。

㉖路車：大路之車，諸侯所乘者。乘：音剩ㄕㄥˋ，四匹。即上章之四牡蹻蹻。

㉗圖：圖謀。

㉘爾雅釋詁：「介：大也。」圭：上圓下方之瑞玉。諸侯之圭，亦得稱介圭。馬瑞辰有說。

㉙近：迒字之誤，音記ㄐㄧˋ，鄭箋：「近，辭也，聲如彼記之子之記。」語詞無義，此句言往矣王舅。申伯爲宣王之舅，故呼之。

南土是保。」　珍重去把南土保。」

申伯信邁，㉚　申伯遵命卽啓程，

王餞于郿。㉛　王在郿地爲餞行。

申伯還南，　申伯回返南方去，

謝于誠歸。㉜　眞正回返去謝城。

王命召伯：　王命召伯有任務：

徹申伯土疆，㉝　申伯土疆收田賦，

以峙其粻，㉞　糧食儲備才充裕，

㉚ 信：誠。邁：行。申伯誠然啓行。

㉛ 郿：音眉ㄇㄟˊ，卽今陝西郿縣，在鎬京之西。曹粹中曰：「禮記祭統曰：『明君爵有德而祿有功，必賜爵祿於太廟，示不敢專也。』郿近岐周，先王之廟在岐，申伯之受封，則册命於先王之廟，故王在岐而飲餞於郿也。」（詩經傳說彙纂引）朱傳亦云：「郿縣在鎬京之西，岐周之東；而申在鎬京之東南，時王在岐周，故餞於郿也。」

㉜ 卽誠歸于謝之意。

㉝ 徹：謂徵稅。

㉞ 峙：音至ㄓˋ，積，準備。粻：音張ㄓㄤ，糧。二句謂：「爲申伯劃定田地，收取賦稅，以儲積糧食。」

式遄其行。㉟	使他安心快上路。
申伯番番，㊱	申伯勇往向前行，
既入于謝，	既已進入了謝城，
徒御嘽嘽。㊲	徒御浩蕩氣勢盛。
周邦咸喜，㊳	周邦人民都欣慶，
戎有良翰。㊴	欣慶你有好藩屏。
不顯申伯，㊵	申伯偉大又光顯，
王之元舅，㊶	爲王元舅爲楨榦，

㉟式：語詞。遄：音傳ㄔㄨㄢˊ，速。謂一切準備就緒，申伯即可疾速前往矣。

㊱番：音波ㄅㄛ，番番：勇武貌。

㊲徒：徒行者。御：御車者。嘽：音貪ㄊㄢ，嘽嘽：衆盛貌，謂隨從申伯之人衆聲勢浩蕩。

㊳周邦：謂周，就京師之人而言。

㊴戎：汝。二句乃借周人語謝人，王國咸慶之曰汝有良翰，自此可紓南顧憂矣。此正應「維周之翰」意。見毛詩會箋。

㊵不：音義同丕ㄆㄧ，大。不顯謂偉大而光顯。

㊶元：長。

文武是憲。㊷　文武之德是典範。
申伯之德，　申伯之德了不起，
柔惠且直。㊸　溫柔和順又正直。
揉此萬邦，㊹　安撫萬邦都歸心，
聞于四國。　聲名遠播天下聞。
吉甫作誦，㊺　吉甫作誦好歌唱，
其詩孔碩。㊻　詩體正大義深長。
其風肆好，㊼　詩義深長又美好，
以贈申伯。　送給申伯把情意表。

㊷ 文武：毛傳：「有文有武也。」憲：法，表式。義與小雅六月「文武吉甫，萬邦爲憲」同。

㊸ 柔惠：和順。

㊹ 揉：同「柔遠能邇」之柔，安慰。高本漢有說。

㊺ 毛傳：「吉甫，尹吉甫也。」誦：可誦之詩。

㊻ 孔：甚。碩：大。言其詩之意甚美大。蓋詩中皆國家治安之計，天下重遠之任，非徒頌美之詞也。參毛詩會箋。

㊼ 會箋云：「風，泱泱大風之風，言聲調也。」又古人於詩亦謂之風。見傅孟眞「詩經講義稿」。說文：「肆，極也。」「肆好」與「孔碩」相對成文。肆好卽極好。見毛詩會箋。

【評解】

崧高是蕩之什的第五篇，共八章，章八句。除次章、三章、六章第六句均爲五字外，餘皆四字句，全篇合計二百五十九字。

詩序：「崧高，尹吉甫美宣王也。天下復平，能建國親諸侯，褒賞申伯焉。」詩中明言申伯出封於謝，吉甫作詩以贈，必曰美宣王，其意未免迂曲。故朱熹詩集傳逕解爲：「宣王之舅申伯出封于謝，而尹吉甫作詩以送之。」

此詩第一章泛稱申、甫之德，謂嶽神有靈，降生了申伯、仲山甫以爲周室之楨榦，四方之屛藩。以仲山甫陪襯申伯作起。

第二章才落實到申伯身上，敍宣王使繼其先人之業，徙封於謝，而命召伯爲之築城造屋。

第三章敍宣王命申伯遷居於謝，因謝人以建業，作爲南國的典範。

第四、五兩章敍宣王對申伯寵賜有加，寄望亦高。

第六、七兩章敍申伯出發，宣王餞行，吉甫亦祝福其一路順風，馬到成功，爲民愛戴。

第八章即以頌揚語引出吉甫自己因之而作成好詩來相贈以送行作結。

牛運震詩志評其起結云：「從山川鍾靈源頭說來，神奇高肅，撐得起，壓得住，雙起陪襯有法。嶽即吳嶽，西周之鎭也。感風土，毓名臣，言有本據，甫指仲山甫，舊解多誤。公然自贊妙，爲其詩占身分，卽爲申伯增品目，格意高甚。古人自愛其詩文而品評之如此。司馬子長、韓退之以文章自負，猶其後來爾。」總評曰：「屢提王命、王遣、王錫云云作眼目，錯綜有法，鄭重有體。只是元舅出封一事，敘得國典主恩，莊重款洽，格體高雅，風諭含蓄，故知是大手筆。」

在此順便一提「伯」字在詩經中之意義：

伯字之甲骨文、金文均爲白字之重文，古以白通伯，象手握拳而翹起大拇指形，表示第一之義。說文訓爲長，以指人子之長與兄弟之長而言。以所指爲人，故從人。古兄弟卽以伯仲叔季排行，伯卽長兄、老大。後來引伸而對有地位的首長也稱伯，出類拔萃者亦被尊稱爲伯，並成爲爵位的名稱之一。而一方諸侯之長的州牧也稱方伯。周代公侯伯子男的伯爵，爵位低於侯爵，但這方伯的地位就高於侯爵了，所以也稱侯伯。而地位比方伯更高的王朝二伯，則稱東西二大伯。在這篇崧高詩中，一共用了十八個伯字，其中十四個申伯，四個召伯。申伯舊解或以爲伯爵，或以爲方伯；召伯則爲王朝的二大伯之一。蓋西周時周公召公共輔王政，嘗以陝邑分東西：陝東諸侯之事由周公處理；陝西則歸召公。詩中召伯卽此王朝大伯召穆公虎。申國之事，卽歸他處理。大雅中江漢篇征服南方淮夷的召虎，也就是這詩的召伯。是以十五國風中南國之詩，亦分周召二南。召南中之甘棠篇卽追思這位召伯之詩。詩經三〇五篇中，凡用伯字四十五次。本詩便用了十八次，占其十分之四。所以順便在此談一談詩經伯字考察。

詩經四十五個伯字，分佈在四十五句中，卽每句一個伯字，無一句兩伯或三個伯字的。但其中有三組相同句，那便是本詩中有「王命召伯」句三次，衞風伯兮篇有「願言思伯」句兩次，和「叔兮伯兮」句在邶風旄丘篇出現了三次，鄭風蘀兮篇、丰篇各出現了兩次。共出現了七次。這三組的相同句共占了十二個伯字。其餘三十三個伯字，則都不在相同句中。例如甘棠篇的「召伯所茇」，「召伯所憩」，「召伯所說」，雖每句都有三字相同，且句中都用召伯兩字，但有一字更換，就不算相同句了。

我們統計這四十五句中四十五個伯字，兩字連用，構成人名的，共二十七句，卽召伯九句，申伯十四句。家伯一句，郇伯一句，大伯一句，程伯一句，這六個人名中的伯字意義有別：召伯的伯是王朝大伯，申伯的伯是一方的侯伯，程伯的伯是伯爵，郇伯的伯非實際的方伯或伯爵，只是尊稱，大約是從春秋齊桓、晉文之稱伯而來。大伯卽泰伯，是兄弟排行伯仲叔季的伯。十月之交的家伯，實爲其人之字，箋云：「皇父、家伯、仲允皆字。」正義云：「皇父及伯仲是字之義，故知皇父、家伯、仲允，皆字。蓋與后（褒姒）同姓。」旣稱伯仲，則伯亦爲長幼之序，排行中之老大也。

詩經除詩句中有四十五個伯字，篇名亦有伯兮、巷伯兩篇用伯字的。伯兮係摘篇首兩字而得；巷伯則非詩句中字，而係別人給的詩題，實係對作詩者寺人孟子的尊稱。巷伯者，宮中永巷之長也。

其餘詩經中伯字單獨作名詞用的有萚兮、丰、旄丘三篇中「叔兮伯兮」的伯。伯兮篇「伯兮朅兮」「伯也執殳」「自伯之東」「願言思伯」之伯，正月篇「將伯助予」的伯，何人斯篇「伯氏吹壎，仲氏吹篪」的伯，載芟篇「侯主侯伯」的伯，都是解爲老大。而泉水篇「遂及伯姊」的伯，是形容詞，伯姊卽長姊。韓奕篇「因以其伯」的伯是動詞，其伯卽伯之，意卽使爲之長。吉日篇的「旣伯旣禱」的伯，也是動詞，意爲祭馬神。馬神稱伯，亦猶河神稱河伯，均爲對神的尊稱。故馬神亦稱馬祖，卽天駟房星之神。

【古韻】

第一章：天、神、申，眞部平聲；

　　翰、蕃、宣，元部平聲；

第二章：伯、宅，魚部入聲；

　　事、式，之部去聲；

　　邦、功，東部平聲；

第三章：邦、庸，東部平聲；

　　田、人，眞部平聲；

第四章：營、城、成，耕部平聲；

藐、蹻、濯，宵部入聲；
第五章：伯、馬、土，魚部上聲；
寶、舅、保，幽部上聲；
第六章：郿、歸，脂部平聲；
疆、粻、行，陽部平聲；
第七章：番、嘽、翰、憲，元部去聲；
第八章：德、直、國，之部入聲；
碩、伯，魚部入聲。

六、烝民

周宣王命仲山甫築城于齊，以懷柔東方諸侯，出發之日，吉甫送行，贈此詩以慰之。

原詩	今譯
天生烝民，❶	上天生我們人類，

❶烝：韓詩作蒸，衆也；烝民：衆民，謂人類。

有物有則；❷
民之秉彝，❸
好是懿德。❹
天監有周，
昭假于下；❺
保茲天子，
生仲山甫。❻

仲山甫之德，
柔嘉維則。

有事物就有法則；
人類所秉賦的常性，
是喜歡這美好的道德。
上天臨視着周朝的疆域，
光明就到達了人間下土。
保祐我們這位天子，
誕生了王佐仲山甫。

說到仲山甫的美德，
是能遵從柔嘉的法則。

❷物：事；則：法。
❸秉：持；彝：魯詩作夷，常也。
❹好：去聲，喜歡；懿：美也。
❺昭假：卽昭格；昭：明；格：至；下：謂至人間，對上天言而爲下土。
❻仲山甫：人名，國語周語稱樊仲山甫，又稱樊穆仲；晉語簡稱樊仲。蓋周宣王時天子之卿士食邑於樊者。樊邑在周東都之畿內；穆：諡；仲山甫，字也。毛傳以仲山甫爲樊侯，考畿內之國，無稱侯者，毛傳樊侯係樊穆仲之誤。馬瑞辰有說。

令儀令色，❼　他面容和藹儀表好，
小心翼翼。❽　他內心恭敬人品高。
古訓是式，❾　學問古訓作法式，
威儀是力。❿　禮儀修習也盡力。
天子是若，⓫　於是天子看中了他，
明命使賦。⓬　就叫他把政令來頒發。

王命仲山甫：　宣王囑咐仲山甫說：
「式是百辟，⓭　「做個百國之君好楷模，

❼令：善；儀：儀表；色：顏色。
❽翼翼：恭敬貌。
❾古：魯詩作故；式：法也。
❿力：盡力。
⓫若：擇也。說文云：「若，擇菜也，从艸，从右。」右手也。引申之訓若爲擇。
⓬命：令也；賦：布也。敷之假借字。
⓭式：法也；百辟：猶諸侯。釋詁「辟，君也」，百辟謂百國之君。

纘戎祖考，⑭
王躬是保。
出納王命，
王之喉舌。⑮
賦政于外，
四方爰發。」⑯
肅肅王命，⑰
仲山甫將之。⑱
邦國若否，⑲

繼承你祖先的官位做太保，
盡心盡力把王躬保護好。
接納王命又出命，
王的喉舌你擔承。
政令布達京畿外，
四方諸侯執行快。」
王命莊嚴而肅穆，
仲山甫奉行不含糊。
邦國的政績好不好，

---

⑭ 纘：繼；戎：汝。此句言繼承汝先祖先父之官職，下言「王躬是保」，則仲山甫與其父祖，三世爲太保矣。

⑮ 毛傳：「喉舌，冢宰也。」此謂爲王之代言人。

⑯ 發：執行。

⑰ 肅肅：嚴也。齊詩作赫赫。

⑱ 將：行。

⑲ 爾雅釋詁「若，善也。」若否猶臧否，謂善惡。

仲山甫明之。
既明且哲，⑳
以保其身。
夙夜匪解，
以事一人。

仲山甫觀察很清楚。
既明理來又知人，
才能安然保其身。
起早磨夜不懈怠，
事奉天子一個人。

人亦有言：
「柔則茹之，㉑
剛則吐之。」
維仲山甫，
柔亦不茹，
剛亦不吐；
不侮矜寡，

人家也有這樣的話：
「軟的吞下去，
硬的吐掉牠。」
可是我們的仲山甫，
軟的也不吞，
硬的也不吐；
鰥寡不欺凌，

⑳ 哲：知也。書臯陶謨「知人則哲。」
㉑ 茹：食也。

不畏彊禦。㉒	強橫不畏懼。
人亦有言：	人家也有這樣的話：
「德輶如毛，㉓	「道德之輕像羽毛，
民鮮克舉之。」	很少有人舉得高。」
我儀圖之，㉔	我們只把空話來說，
維仲山甫舉之。	仲山甫舉德又修道。
愛莫助之。㉕	可惜沒人能助一手。
袞職有闕，㉖	天子做事有疏漏，
維仲山甫補之。	只有仲山甫來補救。

㉒ 矜寡：即鰥寡；彊禦：強橫之人。

㉓ 輶：音酉ㄧㄡˇ，輕也。

㉔ 儀圖二字同義，揣度也，爲古人之複語。馬瑞辰說。

㉕ 鄭箋「愛，惜也。」

㉖ 袞：袞衣，天子之服。袞職：天子所做之事。闕：缺失。

仲山甫出祖，㉗
四牡業業，
征夫捷捷，㉘
每懷靡及；
四牡彭彭，㉙
八鸞鏘鏘。㉚
三命仲山甫：
「城彼東方。」㉛

仲山甫祖祭出遠門，
四匹公馬好神氣，
征夫駕車疾如飛，
時刻擔心趕不及；
四馬前驅彭彭響，
八鸞鈴聲鏘鏘鳴。
宣王命令仲山甫，
「遠征東方去築城。」

㉗ 祖：出行之祭，出門而後祖祭，故曰出祖。

㉘ 業業、騤騤：皆盛貌，見小雅采薇。捷捷，疾貌。韓詩作倢倢。

㉙ 彭彭：高本漢謂係摹聲詞。

㉚ 八鸞：鸞通作鑾。說文「鑾，鈴也，象鸞鳥之聲。」商頌烈祖「八鸞鶬鶬」，鄭箋「鸞在鑣，四馬則八鸞。」車上設鈴者曰鸞車，禮玉藻「在車則聞鸞和之聲。」注：「鸞在衡，和在軾。鸞和皆鈴也。」天子之車八鸞。此八鸞言馬鑣之鸞鈴也。鏘鏘：鈴聲。

㉛ 屈萬里曰：「東方謂齊也。史記齊世家謂：太公封營丘，至五世胡公，徙都薄姑；子獻公，徙治臨菑，事在獻公元年，當夷王之時。魏源詩古微，據水經注胡公銅棺，以胡公爲六世，知史記胡公前缺一世；以爲獻公嗣位徙都，約當宣王之初。按：國語記樊穆仲譽魯孝公事，在宣王三十二年，以此推之，魏氏說蓋是。」

四牡騤騤，
八鸞喈喈。㉜
仲山甫徂齊，
式遄其歸。㉝
吉甫作誦，㉞
穆如清風。㉟
仲山甫永懷，

四匹公馬眞神氣，
八鸞和鳴聲喈喈。
仲山甫出發去齊國，
一定很快就歸來。
吉甫做詩來相送，
歌調和穆像清風。
仲山甫長念這詩篇，

㉜ 騤騤：見注二八；喈喈：和鳴聲。

㉝ 式：語詞；遄：速也。

㉞ 舊說以吉甫爲尹吉甫，王國維以爲卽作兮甲盤之兮甲，字伯吉父。詞經中吉甫之名凡四見。大雅崧高與本篇均有「吉甫作誦」之句，則吉甫係二詩之作者；小雅六月有「薄伐玁狁，至于大原，文武吉甫，萬邦爲憲」及「吉甫燕喜，既多受祉，來歸自鎬，我行永久」之句，則吉甫爲宣王將兵伐玁狁有功而受賞者。吉甫文武兼備，爲萬國敬仰，周宣王時之傑出人物也。誦：謂可誦之辭，指詩之辭句。

㉟ 穆：和也。高本漢謂「穆如」作「穆然」解。風卽十五國風之風，作「風格」「聲調」講，齊風衞風卽齊國的風格，衞國的聲調，「穆如清風」作「清越的風調很美」講。普賢按此說解崧高篇「吉甫作誦，其詩孔碩，其風肆好」爲勝義，（這三句可譯作「吉甫作歌辭，這篇詩很偉大，它的風調很好。」但此處「穆如清風」講作「和穆像清風」較爲自然。）

以慰其心。　念着詩篇心懷寬。

【評解】

烝民是蕩之什的第六篇。分八章，每章八句。除九句五言，兩句六言外，其餘都是四字句，全篇共二六九字。

三百篇雖然是文學作品，不是說理的書，儒家自孔孟以下，發表言論時，却都喜歡引詩爲證。當然，春秋時代諸大夫燕享，賦詩贈答，本來只是斷章取義；孔子的啓發弟子，也偏重於因詩悟道。但大雅的這篇烝民詩，一開頭便大發議論，一路夾議夾敍，理精而詞粹，確實爲孟子性善說建基，爲宋朝說理詩開路，故有「三百篇說理第一」之稱。所以我們就作爲說理詩的代表來欣賞。

孟子告子篇：「詩云：『天生烝民，有物有則；民之秉夷，好是懿德』孔子曰：『爲此詩者，其知道乎！故有物必有則，民之秉夷也，故好是懿德。』」烝民詩首章開頭四句便以慧眼來觀察人類，得到秉常懿德的結論。儒家性善之說，已建基於此。於是二章敍仲山甫之德，三章四章敍仲山甫之職以承之。五章六章再借「人亦有言」發表他有力的議論，以讚美仲山甫之德。文開曰：「或言儒者儒也。這不是孔子『殺身成仁』，孟子『捨生取義』和『富貴不能淫，貧賤不能移，威武不能屈』的儒家之大丈夫。儒家的精神，應該是此詩『柔亦不茹，剛亦不吐』八個字。」第七章方寫作詩正題，周宣王給仲山甫的新任命是築城于齊，以懷柔東方諸侯，而描寫出祖的場面。末章吉甫自敍贈詩送別作結。全篇議論以「懿德」爲中心，篇法極爲整飭。可是前段議論，必須最後兩章的描寫和抒情爲殿，方不失詩歌本色。送行場面描寫生動，贈詩送別，情意深長，一轉換間，便補救了說理之偏。宋詩之流弊，就在連篇陳腔腐論，偏枯乏味。此詩「四牡八鸞」兩聯，非但描寫生動，音調諧美，且爲對偶句中最早以數字相對者。

大雅詩是西周朝廷的大手筆，而三十一篇中確知作者的，只有崧高和這烝民二詩的作者吉甫一人而已。此詩說理精微，尤爲孔子所稱道。吉甫允文允武，功業炳彪，文章千古，不特是歌唱宣王中興的大詩人，而且就是宣王中興的偉人之一呢！

【古韻】

第一章：則、德，之部入聲；

下、甫，魚部上聲；

第二章：德、則、色、翼、式、力，之部入聲；

若、賦，魚部入聲；

第三章：考、保，幽部上聲；

舌、外、發，祭部入聲；

第四章：將、明，陽部平聲；
身、人，眞部平聲；
第五章：茹、吐、甫、茹、吐、寡、禦，魚部上聲；
第六章：舉、圖、舉、助、補，魚部上聲；
第七章：業、捷、及，葉部入聲；
彭、鏘、方，陽部平聲；
第八章：騤、喈、齊、歸，脂部平聲；
風、心，侵部平聲。

七、韓奕

這是韓侯初立，朝見天子，娶妻而歸，詩人歌詠其盛的詩。

原詩	今譯
奕奕梁山，❶	梁山高大好神氣，

❶ 奕奕：大。梁山：韓境之山，在今河北固安縣東北，非韓、趙、魏之韓，說詳朱右曾詩地理徵。

維禹甸之，❷　大禹曾經來治理，
有倬其道。❸　治理的事情了不起。
韓侯受命，❹　韓侯接受天王封，
王親命之：　天王當面賜寵命：
「纘戎祖考，❺　「繼續你父祖大事業，
無廢朕命：❻　不要忘記我囑託：
夙夜匪解，❼　早早晚晚不懈怠，
虔共爾位，❽　恭敬誠懇盡職責，
朕命不易。❾　我的命令才不更改。

❷甸：治。毛傳：「禹治梁山除水災。」
❸倬：音卓ㄓㄨㄛˊ，有倬即倬然，明貌。韓詩作晫，音義同。道：謂行事之道。
❹韓侯：謂封於韓國之君，侯爵。其姓名及諡號已不可考。受命：謂受王命封於韓。
❺纘：音纂ㄗㄨㄢˇ，繼。戎：汝。祖考：先祖先父。
❻朕：我。
❼解：音義同懈。
❽虔：敬。共：音義同恭。
❾易：改易。按：此句應屬上讀，謂韓侯如能「纘戎祖考，無廢朕命。夙夜匪解，虔共爾位。」則王命不

榦不庭方，⑩　勸導不來朝的邦君，
以佐戎辟。」⑪　輔佐你君王盡忠心。」

四牡奕奕，⑫　四匹公馬眞健壯，
孔脩且張。⑬　體魄高大又修長。
韓侯入覲，⑭　韓侯京師來朝見，
以其介圭，⑮　帶着大圭來奉獻，
入覲于王。　朝見天王增榮顯。
王錫韓侯：⑯　天王有命賞韓侯：

（續）變更（否則卽改變命令，廢除韓侯之封爵。）。
⑩榦：治。不庭方：不來朝之國。王國維有說。
⑪戎：汝。辟：君。
⑫四牡奕奕：四匹公馬長而大。
⑬脩：長。張：大。
⑭覲：諸侯朝見天子曰覲。
⑮介圭：大圭。
⑯錫：賜。

淑旂綏章，⑰　好看的彩旂配綏章，
簟茀錯衡，⑱　竹席車簾配采衡，
玄袞赤舃，⑲　黑色袞衣赤色履，
鉤膺鏤鍚，⑳　還有鉤帶和鏤鍚，
鞹鞃淺幭，㉑　光潔皮革淺毛幭，
鞗革金厄。㉒　金飾轡頭金環軛。
韓侯出祖，㉓　韓侯祭了路神就上路，

---

⑰淑：善。旂：旗上繪有交龍之文。綏章：染鳥羽或旄牛尾爲之，注於旗竿之首，爲表章者。

⑱簟：音店，ㄉㄧㄢˋ，方文竹蓆。茀：音孚ㄈㄨˊ，車蔽。錯：文采。衡：音杭ㄏㄤˊ，轅前端之橫木。

⑲玄衮：玄色畫有卷龍之衣。赤舃：赤色之履。

⑳鉤膺：馬腹之帶，有鉤以拘之，施之於胸部。鏤：刻。鍚：音陽ㄧㄤˊ，馬額上之金屬飾物。

㉑鞹：音擴ㄎㄨㄛˋ，去毛之皮革。鞃：音坑ㄎㄥ，車軾蒙革。鞹鞃：即以去毛之皮，施於軾之中央，以使車牢固。淺：謂淺毛虎皮。幭：音密ㄇㄧˋ，覆。淺幭：以淺毛虎皮覆於軾。

㉒鞗：音條ㄊㄧㄠˊ，轡首之飾，以金屬爲之。革：謂轡首，以皮爲之。金：以金屬爲飾。厄：即今之軛字，在車衡兩端扼馬頸者。

㉓韓侯出祖：韓侯覲見天子之後，而首途就國。祖者，行路祭道路之神，而出發，故曰出祖。

出宿于屠。㉔　走到屠地暫歇宿。
顯父餞之，㉕　顯父為他來餞行，
清酒百壺。　清酒百壺表深情。
其殽維何？㉖　下酒的葷菜有甚麼？
炰鼈鮮魚。㉗　蒸煮的鼈肉和鮮魚。
其蔌維何？㉘　下酒的蔬菜是什麼？
維筍及蒲。㉙　美味的竹筍和嫩蒲。
其贈維何？　又有什麼來相贈？
乘馬路車。㉚　四匹大馬和路車。

㉔屠：地名，即杜，漢書地理志云：「古杜伯國，漢宣帝葬其地，因曰杜陵，在長安南五十里。」
㉕顯父：周之卿士。卿士皆地位顯達之人，故曰顯父。父音甫ㄈㄨˇ，男子之美稱。
㉖殽：葷菜。
㉗炰：音庖ㄆㄠˊ，煮。
㉘蔌：音速ㄙㄨˋ，蔬菜。
㉙蒲：蒲蒻，蒲之幼嫩者，可食。蒻音ㄖㄨㄛˋ。
㉚乘：音ㄕㄥˋ，四馬曰乘。路車：諸侯所乘之車。

籩豆有且，㉛　籩豆器物排得滿。
侯氏燕胥。㉜　來和韓侯共歡宴。

韓侯取妻，㉝　韓侯此來是娶妻，
汾王之甥，㉞　娶的是汾王外甥女，
蹶父之子。㉟　就是蹶父的掌上珠。
韓侯迎止，㊱　韓侯親自來迎娶，
于蹶之里。　來到蹶父的里居。
百兩彭彭，㊲　百輛大車彭彭響，

㉛ 籩：音邊ㄅㄧㄢ，禮器，祭時盛物以獻，竹製曰籩，木製曰豆。且：音居ㄐㄩ，多貌。有字爲副詞，有且即且然。

㉜ 侯氏：謂韓侯。燕：燕樂。胥：互相。

㉝ 取：音義同娶。

㉞ 汾王：厲王，流於彘，在汾水之上，故時人稱爲汾王，汾音墳ㄈㄣˊ。

㉟ 蹶父：周之卿士。蹶音貴，父音甫ㄈㄨˇ。子：兒、女。

㊱ 止：語詞。

㊲ 兩：音義同輛。彭彭：狀車行盛大之聲。彭音旁ㄆㄤˊ。

八鸞鏘鏘，㊳　八只鸞鈴叮叮噹，
不顯其光。㊴　偉大顯耀增榮光。
諸娣從之，㊵　諸妹陪嫁來相從，
祁祁如雲。㊶　陪嫁的諸妹如雲衆。
韓侯顧之，㊷　韓侯親自來相迎，

㊳鏘鏘：車鈴之響聲。

㊴不顯：即丕顯，大顯。

㊵娣：音弟ㄉㄧˋ，娣爲女弟，即妹。妹之從姊同嫁其夫者稱娣。古時諸侯娶妻，則妻之妹及姪女亦有隨同陪嫁作妾者，謂之媵。歷史學者，稱此爲娣媵制。李宗侗中國古代社會史謂周代娣媵制只能娶嫡之若干女弟，非同時娶嫡之所有女弟。日人竹添光鴻考證並加以推斷，媵非陪嫁之妾，僅係送親之女。婚禮完畢，仍返本國。諸娣從之，只是諸妹隨行送嫁。見所著毛詩會箋江有汜及本篇。但此句既稱「從之」，就文意看，不是「送之」，應是陪嫁。考我國清儒已認爲媵者，只以庶出之娣姪陪嫁，現在竹添光鴻更推其意，以爲所稱娣姪，猶門人之於師自稱弟子，非眞弟子，娣姪亦然。不過母家以他女爲媵，稱爲娣姪而已。我們知道太古時代，有羣婚制之流行。傳說中舜娶堯之二女，而舜弟象，亦要求二嫂侍奉他。而到春秋時，尙有羣婚制的遺留，那是晉文公流亡到秦國，秦穆公以懷嬴等五女嫁給他。而此懷嬴又曾是文公姪懷公之妻。所以娣媵之制，必是古代曾流行過，到春秋時代已變化得幾乎僅存其名而已。

㊶祁祁：盛多。

㊷顧：曲顧，觀迎之禮。

爛其盈門。㊸　光輝燦爛盈門庭。

蹶父孔武，　蹶父勇敢武力高，

靡國不到。　沒有那國不走到。

爲韓姞相攸，㊹　爲給愛女選處所，

莫如韓樂。　莫如韓國更安樂。

孔樂韓土，㊺　韓國眞是安樂土，

川澤訏訏，㊻　川澤廣大又富庶，

魴鱮甫甫，㊼　肥大的魴魚和鱮魚，

㊸爛其：卽爛然，燦爛。

㊹爲：去聲ㄨㄟˋ，姞：音吉ㄐㄧˊ，蹶父之姓，韓姞卽蹶父之女，案周代習慣，男子稱氏，女子稱姓。女子未嫁時往往於姓上加孟、叔、季等以別之，例如孟姜，卽姜姓長女，叔姬卽姬姓第三女，出嫁後卽以夫區別之，故姞姓女嫁韓侯，卽稱韓姞。相：去聲ㄒㄧㄤˋ，視。攸：所。相攸謂擇可嫁之所。

㊺孔：甚。

㊻訏：音吁ㄒㄩ，訏訏：大。

㊼魴：ㄈㄤˊ。鱮：音ㄒㄩˋ，皆魚名。甫甫：大。

麀鹿噳噳，㊽　麀鹿成羣又成伍，
有熊有羆，㊾　既然有熊又有羆，
有貓有虎。㊿　還有山貓和老虎。
慶既令居，51　慶幸得此好居處，
韓姞燕譽。52　韓姞安樂享大福。
溥彼韓城，53　韓城高大氣象宏，
燕師所完。54　燕國羣衆所造成。
以先祖受命，55　因有先祖大功德，

㊽ 麀：音憂ㄧㄡ，牝鹿。噳，音語ㄩˇ，噳噳：衆多。
㊾ 羆：音皮ㄆㄧˊ，熊之大者。
㊿ 貓：今之山貓。
51 慶：喜。令：善。
52 燕：安。譽：樂。
53 溥：大。
54 師：衆。燕師：燕之衆人。此韓近燕，故以燕衆城之。

因時百蠻。56　　受命來長蠻夷國。
王錫韓侯，　　天王有命賜韓侯，
其追其貊，57　　追貊二國也兼有，
奄受北國，58　　北國的土地都接受，
因以其伯。59　　封爲一方之伯好把土地守。
實墉實壑，60　　修築城牆鑿溝池，
實畝實籍。61　　治理田畝定稅制。
獻其貔皮，62　　進貢貔皮作獻禮，

---

55 以：因。先祖：韓之先祖，武王之子。韓侯因先祖之功德以受命。

56 因：憑藉，依靠。時：是。高本漢謂：「這裏表示一個國君以他的臣民爲依憑」，故釋此句爲「他憑那許多蠻族（做他的臣民）」。

57 追、貊，皆戎狄之國。貊音莫ㄇㄛˋ。

58 奄：覆。奄受：盡受。

59 因以其伯：因使其爲伯，伯：一方諸侯之長。

60 實：是。下同。墉：音庸ㄩㄥˊ，城。壑：溝池。此處二字皆作動詞用，謂築城挖池。

61 畝：治田畝。籍：定稅法。

62 貔：音皮ㄆㄧˊ，猛獸名，豹屬。

赤豹黃羆。　　還有赤豹和黃羆。

【評解】

韓奕是蕩之什的第七篇，分六章，章十二句。除第五章第三句爲五字句外，其餘均爲四字句，全詩共二八九字。

詩序說這是尹吉甫美宣王能賜命諸侯的詩。但詩中並沒有那一點可證明作者必爲尹吉甫。朱熹詩集傳謂：「韓侯初立來朝，始受王命而歸，詩人作此詩以送之。」說法較爲客觀。至於此詩的時代，應屬宣王時代的作品，因詩中有「汾王之甥」句，鄭箋：「汾王，厲王也。厲王流于彘，彘在汾水之上，故時人因以號之。」汾王既爲流放以後之厲王，則詩中賜命之王，自應是共和以後之宣王。不言時王（宣王）之表妹，而言汾王之甥者，所以提高韓侯所娶妻之身分。

周宣王時代北有玁狁，南有荆蠻，東南有淮徐等外夷，時常侵略中原。且宣王承厲王衰敗之後，極力想有所作爲。於是他對內安撫人民，度過了嚴重的旱災（大雅雲漢）；對外則建立藩屏，抵禦外侮，保衞國土。封申伯所以懷柔南方諸侯（大雅崧高）；命仲山甫城齊，所以懷柔東方諸侯（大雅烝民）；本篇賜命韓侯，則所以懷柔北方諸侯。而對韓侯，更是恩威並施：一方面給予嚴格的命令，一方面又賜予許多寶物，更把蹶父的女兒嫁給他以聯姻。於是韓侯成了貴戚，自當捍衞王室。這樣就鞏固了北方的邊防。宣王爲國的一片苦心，終至完成了中興大業。

首章敍韓侯來朝受天子之命；二章敍既朝後得天子之賜；三章敍韓侯將歸，卿士顯父餞送情形，場面熱鬧；四章五章敍韓侯與貴戚聯姻，韓侯親迎蹶父之女以歸，更爲顯赫，盛況空前；六章敍因韓侯祖先的封土，而更擴充了他今日的轄區，並修城池，治田畝，正稅法，貢土物，以盡其職，以完成首章賜命之意。全詩寫來一路舖張，但前後照應，脈絡貫通，主題仍很明顯。

中國語文，易成對偶，歌唱出對句來，是自然的趨勢。詩經時代，三百篇中已經出現許多對句。像本篇的「百兩彭彭，八鸞鏘鏘。」數目字百與八對，車輛與鸞鈴對，叠字彭彭與鏘鏘對。相似的數字對，本篇前一篇的烝民，就有「四牡彭彭，八鸞鏘鏘」；「四牡騤騤，八鸞喈喈」兩聯。不過周代詩人，不重逐字的詞性相對，更不講求平仄的互換，所以其中也有些只是似是而非的對仗而已。可是後世講求對句的律詩、絕句，以及駢體文、八股文和聯語等的雛形，在詩經中都已具備了。

這裏，順便談一談詩經中的對句。

(甲)單句對　文開曾說過，詩經形式的特性是聯綿體，對句就是聯綿句的一種。用叠字的單句對，可使文句在聯綿中又顯露了嚴整性。除前舉大雅烝民和本篇的三聯，是數目字兼叠字的單句對外，本篇的「川澤訏訏，魴鱮甫甫」，也是叠字單句對。其他各篇的叠字單句對，也幾乎俯拾卽是。玆就風雅頌，各舉數例於下：

(1)喓喓草蟲，趯趯阜螽。（召南草蟲）

(2)曀曀其陰，虺虺其靁。（邶風終風）

(3)鶉之奔奔，鵲之彊彊。（鄘風鶉之奔奔）

(4)汶水湯湯，行人彭彭。（齊風載驅）

(5)伐木丁丁，鳥鳴嚶嚶。（小雅伐木）

(6)南山烈烈，飄風發發。（小雅蓼莪）

(7)雝雝在宮，肅肅在廟。（大雅思齊）

(8)明明在下，赫赫在上。（大雅大明）

(9)麀鹿濯濯，白鳥翯翯。（大雅靈臺）

(10)威儀抑抑，德音秩秩。（大雅假樂）

(11)菶菶萋萋，雝雝喈喈。（大雅卷阿）

(12)厭厭其苗，緜緜其麃。（周頌載芟）

(13)鍾鼓喤喤，磬筦將將。（周頌執競）

(14)龍旂陽陽，和鈴央央。（周頌載見）

(15)穫之挃挃，積之栗栗。（周頌良耜）

(16)其馬蹻蹻，其音昭昭。（魯頌泮水）

(17)赫赫厥聲，濯濯厥靈。（南頌殷武）

一句中相同兩字相叠，稱叠字；相同兩字重複而不相叠，稱複字。像本篇的「有熊有羆，有貓有虎」，「實墉實壑，實畝實籍」兩聯是單句對，不用叠字而用複字的，其他風雅頌各篇，也各舉例於下：

(1)是刈是濩，爲絺爲綌。（周南葛覃）

(2)飲之食之，敎之誨之。（小雅緜蠻）

(3)有孝有德，以引以翼。（大雅卷阿）

(4)匪且有且，匪今斯今。（周頌載芟）

(5)不虧不崩，不震不騰。（魯頌閟宮）

(6)不競不絿，不剛不柔。（商頌長發）

不用叠字的樸素單句對，也相當多，本篇有「汾王之甥，蹶父之子」等聯。其他風雅頌各篇的樸素單句對，也各舉兩三例於下：

(1)鸛鳴于垤，婦嘆于室。（豳風東山）

(2)東有啓明，西有長庚。（小雅大東）

(3)發彼小豝，殪此大兕。（小雅吉日）

(4)君子所履，小人所視。（小雅大東）

(5)四黃旣駕，兩驂不猗。（小雅車攻）

(6)鳶飛戾天，魚躍于淵。（大雅旱麓）
(7)柔則茹之，剛則吐之。（大雅烝民）
(8)載戢干戈，載櫜弓矢。（周頌時邁）
(9)順彼長道，屈此羣醜。（魯頌泮水）
(10)徂來之松，新甫之柏。（魯頌閟宮）
(11)庸鼓有斁，萬舞有奕。（商頌那）
(12)松桷有梴，旅楹有閑。（商頌殷武）
(13)冬之夜，夏之日。（唐風葛生）
(14)投我以木瓜，報之以瓊琚。（衞風木瓜）
(15)維昔之富不如時，維今之疚不如玆。（大雅召旻）

（乙）雙句對　雙句對卽前兩句與後兩句各相對，其意境較爲複雜，而其表情也更爲深刻。舉例如下：

(1)南有喬木，不可休思；漢有游女，不可求思。（周南漢廣）
(2)于以盛之？維筐及筥；于以湘之？維錡及釜。（召南采蘋）
(3)誰謂雀無角？何以穿我屋？誰謂女無家？何以速我獄？（召南行露）
(4)我心匪石，不可轉也；我心匪席，不可卷也。（邶風柏舟）

(5)豈其食魚，必河之鯉？豈其取妻，必宋之子？（陳風衡門）

(6)糾糾葛屨，可以履霜；摻摻女手，可以縫裳。（魏風葛屨）

(7)子有衣裳，弗曳弗婁；子有車馬，弗馳弗驅。（唐風山有樞）

(8)昔我往矣，楊柳依依；今我來思，雨雪霏霏。（小雅采薇）

(9)奕奕寢廟，君子作之；秩秩大猷，聖人莫之。（小雅巧言）

(10)爾羊來思，其角濈濈；爾牛來思，其耳濕濕。（小雅無羊）

(11)誰謂爾無羊？三百維羣；誰謂爾無牛？九十其犉。（小雅無羊）

(12)溥天之下，莫非王土；率土之濱，莫非王臣。（小雅北山）

(13)曾孫之稼，如茨如梁；曾孫之庾，如坻如京。（小雅甫田）

(14)鳳凰鳴矣，于彼高岡；梧桐生矣，于彼朝陽。（大雅卷阿）

(15)無競維人，四方其訓之；不顯維德，百辟其刑之。（周頌烈文）

(16)有飶其香，邦家之光；有椒其馨，胡考之寧。（周頌載芟）

(17)念茲皇祖，陟降庭止；維予小子，夙夜敬止。（周頌閔予小子）

至於大東的「維南有箕，不可以簸揚；維北有斗，不可以挹酒漿。」下聯多一字，就是似是而非的對句。周頌清廟篇的「對越在天，駿奔走在廟。」情形相同。這也就是周代詩人的對句，並非刻意求對，是自然的趨向的例證。

（丙）排句對　雙句對連續成排，稱爲排句。三排的如：

⑴知子之來之，雜佩以贈之；知子之順之，雜佩以問之；知子之好之，雜佩以報之。（鄭風女曰雞鳴）

四排的如：

⑵其殺維何？炰鼈鮮魚；其蔌維何？維筍及蒲；其贈維何？乘馬路車。（大雅韓奕）

⑶東人之子，職勞不來；西人之子，粲粲衣服；舟人之子，熊羆是裘；私人之子，百僚是試。（小雅大東）

⑷作之屏之，其菑其翳；修之平之，其灌其栵；啓之辟之，其檉其椐；攘之剔之，其檿其柘。（大雅皇矣）

（丁）當句對　還有在一句的本句之中，其字詞自作對者，謂之句內對，也稱當句對。詩經中當句對很多，都是第一、二字與第三、四字相對，也就是一、二兩字的詞類與三、四兩字的詞類相對，例如：

⑴唐風羔裘篇的「羔裘豹袪」，衞風碩人篇的「螓首蛾眉」，竹竿篇的「檜楫松舟」，都是實物對。

⑵衞風氓篇的「夙興夜寐」，小雅鹿鳴篇的「鼓瑟吹笙」，鄭風清人篇的「左旋右抽」，都是動作對。

⑶唐風揚之水的「素衣朱襮」，鄭風出其東門的「縞衣綦巾」，魯頌閟宮的「朱英綠縢」，及本篇的「玄袞赤舄」，都是顏色對（朱傳：縞，白色；綦，蒼艾色）。

⑷鄭風清人篇的「二矛重英」和「二矛重喬」則是數字對。

不過，到六朝駢儷體發達以後，當句對除句內自爲對仗以外，又與第二句的當句對，相對成聯。所以一聯之中，有兩重的相對。例如王勃的「滕王閣詩序」一文，就有當句對組成的八聯，其第一聯與第三聯爲：

上聯——襟三江而帶五湖，（當句對）
下聯——控蠻荊而引甌越。（當句對）
}單句聯三字內對式。

上聯——騰蛟起鳳，孟學士之詞宗，
下聯——紫電青霜，王將車之武庫。
}雙句聯二字內對式。

像這種的當句對成聯的兩式，在詩經中還勉強可以找到：

⑸是刈是濩
爲絺爲綌
}周南葛覃——單句聯二字內對式。

(6)日居月諸，東方自出；
父兮母兮，畜我不卒。}邶風日月——雙句聯一字內對式。

詩經中其他當句對（句內對），可參閱普賢著「駢儷體句內對研究」專文（輯入商務人人文庫中之「中印文學研究」書中）此處從略。

【古韻】

第一章：甸、命、命、命，眞部去聲；
　　道、考，幽部上聲；
　　解、易、辟，佳部入聲；
第二章：張、王、章、衡、錫，陽部平聲；
　　舄、幭、厄，祭部入聲；
第三章：祖、屠、壺、魚、蒲、車、且、胥，魚部平聲；
第四章：子、止、里，之部上聲；
　　彭、鏘、光，陽部平聲；
第五章：到、樂，宵部去聲；
　　土、訏、甫、噳、虎、居、譽，魚部上聲；

第六章：完、蠻，元部平聲；

貊、伯、壑、籍，魚部入聲；

皮、羆，歌部平聲。

八、江漢

周宣王命召穆公虎平定淮夷，歸受上賞。召虎銘勳於器，祭祀宗廟，追孝祖先，並祝頌天子。詩人作詩記其事以美之。

原詩	今譯
江漢浮浮，❶	江水漢水流不停，
武夫滔滔。❷	武夫衆多又勇猛。
匪安匪遊，❸	不是玩樂不遨遊，

❶❷ 王引之經義述聞以爲此兩句猶「枕流漱石」之爲移花接木格。當作「江漢滔滔，武夫浮浮。」滔滔，水廣大貌；浮浮，武夫衆強貌。

❸ 安：安樂；遊：遨遊。

淮夷來求。❹　爲把淮夷來尋求。
既出我車，　我的兵車已派出，
既設我旟，❺　我的旗幟已建樹，
匪安匪舒，　不敢安閒不怠慢，
淮夷來鋪。❻　爲伐淮夷除禍患。

江漢湯湯，❼　江水漢水浩蕩蕩，
武夫洸洸。❽　武夫威嚴氣勢壯。
經營四方，　經營天下服四方，
告成于王。❾　就把成功報告王。

❹淮夷：淮河流域之夷人。來：是。求：尋求。此句謂尋求淮夷以平定之。
❺旟：音與ㄩˊ，旗之畫鳥隼者。
❻來：是。鋪：毛傳：「病也。」屈萬里先生謂「伐，懲處。」見詩經釋義雨無正及江漢、常武等篇。
❼湯：音傷ㄕㄤ，湯湯：大水疾流貌。
❽洸：音光ㄍㄨㄤ，洸洸：武貌。
❾成：成功。

四方既平，
王國庶定。⑩
時靡有爭，⑪
王心載寧。⑫

江漢之滸，⑬
王命召虎，⑭
式辟四方，⑮
徹我疆土。⑯

四方既然已敉平，
王國庶幾可安定。
國家安定無戰爭，
我王心裏才安寧。

在那江水漢水邊，
我王就把命令頒，
命令召虎闢四方，
又訂徹法納稅糧。

⑩庶：幸，希冀之詞。
⑪時：是。靡：無。爭：戰爭。
⑫載：則。
⑬滸：水邊地。
⑭召虎：召穆公名虎。
⑮式：語詞。辟：音義同闢，開闢。
⑯徹：取。此謂取稅，即定稅法。

匪疚匪棘，⑰　不是病民不急困，
王國來極。⑱　是以王國做標準。
于疆于理，⑲　劃定疆界理土田，
至于南海。　一直到達南海邊。

王命召虎：　我王命令召虎說：
「來旬來宣。⑳　「巡察民情王命宣。
文武受命，㉑　文武受命受自天，
召公維翰。㉒　曾任召公做楨榦。

⑰疚：病。棘：困急。

⑱來：是。極：中，正，即標準之意。此二句謂並非使（淮夷）病痛，並非使困急，但使其取正於王國而已。

⑲于：助詞。疆、理：謂畫疆界治土宜。

⑳來：是。旬：通徇，巡察。馬瑞辰說。宣：示。胡承珙說。來旬來宣謂巡察民情宣達王命。

㉑文武：文王武王。

㉒召公：召虎之祖先召康公奭。翰：榦。二句謂昔文王武王受天命，召康公爲楨榦。

無曰：『予小子』，㉓　不要自卑稱『小子』，

召公是似。㉔　召公事業由你繼。

肇敏戎公，㉕　你能計謀建軍功，

用錫爾祉。㉖　就此賞賜你福祉。

釐爾圭瓚，㉗　賜你寶物是圭瓚，

秬鬯一卣，㉘　賜你黍酒一大罎，

告于文人。㉙　告祭文人衆先賢。

㉓此句謂不必自卑而稱「予，小子也。」

㉔毛傳：「似：嗣。」謂繼續。

㉕肇敏戎公：屈萬里詩經釋義：「金文中亦常見此語。肇：謀。敏字金文或作勄，或作誨，于省吾讀為謀，是也。肇敏，猶言圖謀。公字金文或作工，或作攻。戎工：兵事。王國維與友人論詩書中成語書有說。」

㉖錫：賜。祉：福。

㉗釐：音離ㄌㄧˊ，賜。圭瓚：祭時行祼禮之器，勺狀有柄，以圭為柄，以黃金為勺。（祼：音義古同灌ㄍㄨㄢˋ，謂灌鬯。祭之禮，以鬯酒獻尸，尸受酒而灌於地以降神。）

㉘秬：音巨ㄐㄩˋ，鬯：音暢ㄔㄤˋ，秬鬯：黑黍酒，祭祀時用以降神。卣：音酉ㄧㄡˇ，酒器。

㉙文人：有文德之人，謂祖先。

錫山土田，　賜你山陵和土田，
于周受命，㉚　你往岐周去受命，
自召祖命。」㉛　用你祖先召公之大典。」
虎拜稽首：㉜　召虎拜謝行叩首：
「天子萬年。」　「恭祝天子萬年壽。」

虎拜稽首，　召虎拜謝行叩首，
對揚王休。㉝　答謝王命稱王休。
作召公考，㉞　又對召公表孝思，
天子萬壽。　並壽天子萬年期。

㉚ 鄭箋：「周：岐周」。

㉛ 鄭箋：「自：用也。」召祖：召康公奭。箋云：「宣王欲尊顯召虎，故如岐周，使虎受山川土田之賜，命其用祖召康公受封之禮。岐周，周之所起，爲其先祖之靈，故就之。」

㉜ 稽：音啓ㄑㄧˇ，留。稽首謂頭至地稽留多時不即起，爲至敬之禮。

㉝ 對：答。揚：稱揚。休：美。二句謂召虎拜謝叩首以答謝並稱揚天子之美命。

㉞ 于省吾以爲考孝金文通用，作召公孝，即作孝召公之倒文。作孝，猶言追孝。

明明天子，㉟　英明睿智我天子，
令聞不已；㊱　美譽稱頌頌不止；
矢其文德，㊲　又能廣佈其文德，
洽此四國。㊳　普天之下受恩澤。

【評解】

江漢是蕩之什的第八篇，分六章，章八句。除四章第五句爲五字句外，餘均四字句，全詩共一九三字。

詩序云：「江漢，尹吉甫美宣王也。能興衰撥亂，命召公平淮夷。」但詩中並未言作者爲誰，故朱傳云：「宣王命召穆公平淮南之夷，詩人美之。」

第一章浮浮滔滔四字，已領起全篇精神。以水勢之奔流澎湃，興起武夫之衆多勇猛。所謂水光兵氣，聲勢浩蕩，銳不可當。然而師行有節，雍容有制，雖舒緩而非安遊，表現出王師之訓練

㉟　明明：英明，賢明。
㊱　令：善。聞：音問ㄨㄣˋ，聲聞。令聞謂美譽。
㊲　矢：施布。
㊳　此句謂和洽天下四方，使皆蒙其德澤。

有素，大將之穩重沉着。而兩提淮夷，說明此行目的，專在討伐淮夷，爲國除患。

故次章卽寫此役之成功，而仍以水勢興起武夫之勇猛。至此四方旣平而無戰爭之時，王心才得安寧。可見宣王能以天下之心爲心，而召虎又能以宣王之心爲心也。

三章寫善後事宜。善後以安民爲要，而安民之要在於興復井田，淸釐賦稅。將新闢之地以王國制度爲標準，並非擾民也。

第四章以召康公之德業勗勉召虎。牛運震評之曰：「惓惓以召公爲言，令召虎不得不爲名臣。『無曰予小子』云云，篤厚謙婉，勅命中脫略形迹語。」

第五章繼以王命受賞。「于周受命，自召祖命。」更見宣王對召虎之寵渥。牛運震評此章曰：「肅重篤愼，凝然穆然，誦之有勃勃忠孝之氣，如此方許作廟堂文字。」（詩志）

末章揭出此詩之作在「對揚王休」並「作召公考」，祖德君恩雙收，而以銘勳於器爲主。最後更以文德規諫。蓋討伐淮夷固恃武功；然武功不可長恃，惟文德爲能久遠。忠耿之情，溢於言表。

【古韻】

第一章：浮、滔、游、求，幽部平聲；

車、旟、舒、鋪，魚部平聲；

第二章：湯、洸、方、王，陽部平聲；

　平、定、爭、寧，耕部平聲；

第三章：滸、虎、土，魚部上聲；

　棘、極、理、海，之部入聲；

第四章：宣、翰，元部平聲；

　子、似、祉，之部上聲；

第五章：人、田、命、命、年，眞部平聲；

第六章：首、休、考、壽，幽部上聲；

　子、已，之部上聲；

　德、國，之部入聲。

九、常武

這是敍述周宣王親征徐國的詩。全詩結構嚴密，章法整齊，描寫生動，而句調又奇妙有變化，不失爲大雅中一篇成功的好詩。

原詩

赫赫明明，❶
王命卿士：❷
南仲大祖，❸
大師皇父。❹
整我六師，❺
以脩我戎。❻
既敬既戒，❼

今譯

王命顯赫又嚴明，
太祖廟裏頒命令：
命令南仲爲卿士，
命令皇父做太師。
整我天子六軍，
脩我武庫兵器。
都已部署戒備好，

❶赫赫：威嚴貌。此句形容王命的嚴明。

❷卿士：最廣義的用法泛指卿大夫士，一般用以指卿之執政掌事者。狹義用法，治國謂之卿，治軍謂之士，卿而有軍行者稱卿士。此處指後者。

❸南仲：人名，卽出車篇的南仲，漢書人表列南仲爲宣王時人。鄦惠鼎銘文中有南中，王國維以爲卽出車常武之南仲。太祖謂太祖之廟。言告祭於太祖之廟，命南仲爲元帥。

❹命皇父爲太師。十月之交篇的皇父，疑卽此皇父。蓋皇父至幽王時已成大權在握之元老重臣。

❺六師：天子六軍，一軍萬二千五百人。

❻戎：兵器，兵事。

❼敬：警。戒：備。

惠此南國。　好把南方國家保。

王謂尹氏，⑧　王命尹氏去傳話，

命程伯休父，⑨　程伯休父做司馬，

左右陳行，⑩　左右行列排整齊，

戒我師旅：⑪　告誡軍旅來誓師：

「率彼淮浦，⑫　「沿着淮水水邊路，

省此徐土，⑬　巡視徐方的領土，

⑧尹氏：官名，掌命卿士。或謂此詩之尹氏卽太師皇父，以竹書紀年幽王元年有「王錫太師尹氏皇父命」爲證。當存疑。蓋太師尹氏均官名也。

⑨命程伯休父爲大司馬。國語楚語載觀射父言程伯休父當宣王時爲司馬氏。韋注：程：國；伯：爵；休父：名。按：程故城在今河南洛陽境。又考休父卽休盤之走馬休。依周禮大司馬之屬有趣馬，卽此走馬。惟趣馬見於詩者其位頗高。十月之交篇中與卿士、司徒並列；雲漢篇中與冢宰並列。休盤之走馬休所受錫命亦甚隆，而周禮以趣馬僅爲下士，蓋休父在此詩中亦由掌命卿士之尹氏命爲卿士也。

⑩陳行：陳列。

⑪戒：勅。言使其士衆左右陳列而勅戒之，相當於後世之誓師。

⑫率：循。淮浦：淮水之涯。

⑬省：音醒ㄒㄧㄥˇ，巡視。徐土：徐夷之地。徐方：卽徐夷，淮夷之一，在淮水之北。以周京而言，方向在南，故前章稱「南國」。

不留不處。」⑭　　不停留也不久處。」
三事就緒。⑮　　三卿相從都就緒。

赫赫業業，⑯　　軍容赫赫而壯盛，
有嚴天子，⑰　　天子威嚴自帶領，
王舒保作。⑱　　王師舒徐而安行。
匪紹匪遊，⑲　　不逍遙呀不遊蕩，
徐方繹騷。⑳　　徐方騷動要膺懲。
震驚徐方，　　王師震驚徐方，

⑭ 意謂不長久佔據其地。卽此次征徐，目的不在佔領其土地也。
⑮ 三事謂三卿備戰之事。三卿卽指大將南仲、監軍皇父、司馬休父。王親征，故三卿從王。
⑯ 業業：盛貌。此句形容軍容之壯盛。
⑰ 嚴：威嚴。有嚴卽嚴然。
⑱ 毛傳：「舒：徐也。保：安也。」鄭箋：「作：行。」言王徐緩安行也。
⑲ 匪：非。紹：舒緩。
⑳ 繹騷：擾動，馬瑞辰說。

如雷如霆，㉑　有似雷霆震響，
徐方震驚。　徐方震動驚慌。
王奮厥武，　天王奮勇顯威武，
如震如怒。㉒　如雷震動如發怒，
進厥虎臣，　指揮虎臣齊進攻，
闞如虓虎。㉓　咆哮之聲似猛虎。
鋪敦淮濆，㉔　摧殺敵人淮水濆，
仍執醜虜。㉕　屢屢擒捉衆俘虜。
截彼淮浦，㉖　淮水兩岸都平定，

㉑霆：疾雷。

㉒震：震動。

㉓闞：音看ㄎㄢˋ，虎怒貌。虓：音哮ㄒㄧㄠ，虎鳴。

㉔朱傳：「鋪：布也。布其師旅也。」鄭箋：「敦：當作屯。」孔疏：「敦，王（肅）申毛如字，厚也。」故朱傳：「敦：厚也，厚集其陳也。」今據屈萬里先生考證，鋪敦應爲殺伐之義。濆：音墳ㄈㄣˊ，涯。

㉕仍：數，屢。醜虜：醜惡之虜。或：「醜：衆也」，醜虜卽衆俘虜。

㉖截：治，謂平治。浦：水濱。

王師之所。㉗　　平定王師所到處。

王旅嘽嘽，㉘　　王師前進軍容盛，

如飛如翰，㉙　　迅疾有如鳥掠空，

如江如漢。㉚　　似江似漢勢洶湧。

如山之苞，㉛　　靜守有如山之固，

如川之流。㉜　　衝鋒好似水奔騰。

緜緜翼翼，㉝　　連緜不絕又整飭，

不測不克，㉞　　不可測度不可勝，

㉗所：處。謂王師所至之處。

㉘嘽：音灘ㄊㄢ。嘽嘽衆盛貌。

㉙翰：羽，此作動詞用，言其疾如飛。

㉚言其盛大。

㉛苞：本，言其固。

㉜言其暢行無阻，不可禦止。

㉝緜緜：連緜不絕。翼翼：整飭。

㉞不測：人不可測度之，指用兵之法。不克：人不可戰勝之，指作戰之勇。

濯征徐國。㉟　　平定徐國洗穢腥。

王猶允塞，㊱　　王道謀略眞有用，
徐方既來。㊲　　徐方已經來服從。
徐方既同，㊳　　徐方已經來朝貢，
天子之功。　　天子親征成大功。
四方既平，　　四方悅服天下平，
徐方來庭。㊴　　徐國覲見來王庭。
徐方不回，㊵　　徐國永遠不違背，
王曰：「還歸。」㊶　　王說：「班師奏凱歸。」

㉟ 濯：音酌ㄓㄨㄛˊ，大。姚際恆謂濯征有洗濯其腥穢之意。
㊱ 毛傳：「猶，謀也。」朱傳：「猶，道。」允：信。塞：實。言王之謀，誠爲切合於實行。
㊲ 來：來歸順於王，荀子議兵篇引作「徐方其來」，「既」「其」相通。
㊳ 同：會同，謂會同來朝。
㊴ 來庭：來王庭。
㊵ 回：違。
㊶ 還歸：還音旋ㄒㄩㄢˊ，還歸：勝利而歸。

常武是蕩之什的第九篇，分六章，章八句。除次章「命程伯休父」句五字外，餘均四字句。全篇共一百九十三字。

【評解】

詩序：「常武，召穆公美宣王也。有常德以立武事，因以爲戒然。」正義曰：「常武詩者，召穆公所作以美宣王也。經無常武之字，故又解之云：美其有常德之故，以立此武功征伐之事，故名爲常武。非直美之，又因以爲戒，戒之使常然。」朱熹詩集傳雖不採召穆公作詩說，而僅謂「詩人作此以美之」，而又隱以王道爲常德，故改釋末章首句「王猶允塞」爲「王道信實」，而追踪孟子王道之說於詩經。並於傳尾云：「言王道甚大，而遠方懷之，非獨兵威然也，序所謂『因以爲戒』者，是也。」清儒姚際恆則均以「腐儒之見」斥之。

姚氏之言曰：「小序謂『召穆公美宣王』，此臆說。大序謂『有常德以立武事，因以爲戒然』，尤屬影響之論。詩起句無常武字，必因其『赫赫明明』皆爲雙字，故不可用，名爲常武耳。武字是已；常字，作者之意不可知。大序因謂『有常德以立武事，因以爲戒然。』按詩中極誇美王之武功，無戒其黷武意。毛、鄭亦無戒王之說。然則作序者其爲腐儒之見明矣。集傳于末章云：『言王道甚大，而遠方懷之，非獨兵威然也。序所謂「因以爲戒」者是也。』又其言曰：『詩中無常武字，召穆公特名其篇。』集傳謂『詩人作此』；此又依序，謂召穆公作，何也？蓋有二義：有常德以立武則可；以武爲常則不可。此所以有美而有戒也。』故予謂倭序者莫若朱也。蓋喜其同爲腐儒之見耳。」故屈萬里先生詩經釋義常武篇僅云：「宣王親征徐方，詩人作此詩以美之。」而不釋此詩何以名常武。

至於篇名何以名常武？查詩中第四章首句「王奮厥武」有武字，是名篇者摘此一武字，以表宣王之威武，而另加一常字以爲區別，亦猶小雅小旻、小弁之摘篇首旻字弁字，另加一區別字小字爲篇名，周頌小毖則摘次句「而毖後患」之毖字，又加小字合成篇名也。惟常字之義，則近代學者，多不採常德義，姚際恆謂「常字作者之意不可知」，王靜芝謂「何以冠以常字，則議者雖多，愚意皆未敢信，臆度之辭，實浪費筆墨，不必求其義也。」鄙意方玉潤以常武爲宣王中興之樂，來比於武王大武之樂之說，可以參考。

方氏之言曰：「周之世，武功最著者二：曰武王，曰宣王。武王克商，樂曰大武；宣王中興，詩曰常武。蓋詩卽樂也。此名常武者，其宣王之樂歟？殆將以示後世子孫，不可以武爲常，而又不可暫忘武備，必如宣王之武而後爲武之常然，變而不失其正焉者耳，而豈以武爲常哉？又豈如序所云之有常德以立武事之謂哉？」以宣王中興常武之樂，比之武王克商大武之樂，其說可取。而對常武兩字之解釋，尙不中肯。鄙意武王克商，乃周代開國革命非常之大武功，故其樂曰大武；而宣王中興，則可以代表周室維繫常態守常之武功，故其樂曰常武。但三百篇中周王頌詩至宣王時已絕跡，故不再如大武樂章之編入周頌，而常武詩體亦似大雅，故卽編爲大雅樂章耳。

大武樂章共六章，編爲舞曲，以首章首句「於皇武王」讚語中摘武字另加大字以表其非常之武功，常武樂章亦製成六章，以四章首句「王奮厥武」讚語中摘武字另加一常字以表其守常之武功，其後亦編爲舞曲，故墨子有「舞詩三百」之語也。

宣王中興事業，史記周本紀僅書：「宣王卽位，二相輔之脩政，法文、武、成、康之遺風，諸侯復宗周。」二十三字，其事蹟如北逐玁狁，南征荆蠻，及吉甫、方叔之倫，賴大小雅詩八篇得以流傳。崔述豐鎬考信錄以小雅六月、出車二篇爲詠宣王征西北之事；大雅崧高、烝民、韓奕三篇爲詠宣王經略中原一帶之事；而小雅采芑、大雅江漢、常武三篇爲詠宣王經略東南之事。我們若益之以逐玁狁之采薇，與崧高相表裏之黍苗兩小雅，則大小雅各五篇，已足代表宣王中興事蹟。近人稱大雅生民、公劉、緜、皇矣、大明五篇爲詠周代先祖源流以迄建立王朝之史詩，然則此大小雅十篇者，實亦詠宣王中興之史詩也，其先後次序大概依西北、中原、東南爲三階段。蓋采芑篇稱方叔「征伐玁狁，蠻荆來威」，是玁狁之征伐，在東南用師之前。江漢篇稱「經營四方，告成于王」；常武篇稱：「四方既平，徐方來庭」。是徐淮之役，在四方略定之後。若以其理推之，西戎逼近畿甸，患在切膚，自當先務；封申城齊，皆關東之事，可以稍緩；至於淮漢荆徐，距京畿較遠，則可以緩圖也。而平徐一役，爲中興事業最後之成功，又係宣王親征，故以此詩爲代表，特命其樂章曰常武，以比美武王伐商之大武也。

常武第一章敍宣王決心出兵南征，在太廟任命將帥，採直起法，而末二句牛運震謂「敬戒以惠南國爲一篇之旨。」

第二章變換筆法，寫轉由尹氏置副，任命三卿士就緒而列隊誓師，點出進軍路線與討伐目標。

第三章敍宣王親征，一路浩浩蕩蕩，先聲奪人，使徐方未臨陣而先震驚。寫出天子威靈遠布。是稱頌天子親征應有的恭維語。牛運震謂赫赫業業「另起一頭，與赫赫明明二語兩峯對立」「震驚徐方，徐方震驚，顚倒疊頓，聲勢悚厲。」

第四章寫宣王奮勇威武，親自指揮，將士用命，虎虎有生氣，大軍壓境，克敵制勝，僅予簡敍。末二句收得住，屹然壁立。

第五章方特寫王師節制之精神，連用數如字，將兵勢盛大之概念，作成具體而予客觀化，氣吞山河，筆力千鈞，令人驚心動魄，獲致誇大得法之效果。有一路掃蕩，席捲而來之感。而緜緜翼翼，又極幽細。末句濯征徐國，姚際恆謂：「有洗濯其腥穢之意。」

第六章敍平徐凱旋，以「王猶允塞」總束前數章。中間句調再變。徐方二字連環使用，奇絕！妙絕！方玉潤謂：杜甫「卽從巴峽穿巫峽，便下襄陽向洛陽」之句，有此神理。而五「徐方」各有不同意象爲其主腦，故不嫌重複。而但見其饒有恣態，姚際恆評爲「絕奇之調」。韓愈平淮西碑，大體模仿此詩，尤以碑文結尾一段，最與此詩神似。歸功天子仍結明自將，亦得體。帶言四方，妙點徐方之後服。「徐方不回，王曰還歸」，結束全詩，最見輕快。蓋服則去之，不顯武也。亦所以呼應首章「惠此南國」及二章「不留不處」之旨。牛運震曰：「通篇屢提王命、王謂、王旅、王猶云云，而以天子之功結之，構法緊密老健。」

綜觀全詩，結構嚴密，章法整齊，描寫生動，而句調又奇妙有變化，不失爲大雅中一篇成功的好詩。

最後一談本詩的詩旨，詩序標美宣王有常德以立武事，朱子更進而印證孟子王道主張。姚際恆雖譏其迂腐，但詩中以征徐之擧爲「惠此南國」，則實亦非無根之談。第四章「鋪敦淮濆，仍執醜虜」舊解有兵不血刃之概。而末章「王猶允塞」，朱子解爲「王道信實」，訓詁上也言之成理。所以牛運震可以發揮他的見解爲本詩作總評說：「敬戒允塞，王師無敵之本，開端拈『惠此南國』爲主，而以『王曰還歸』終之。仁人不以兵毒天下之意，隱然可見。序謂因以爲戒，深得其旨。始則揚兵以懾之，旣乃據險厚陣以克之。已克，則屯兵以待其服。旣服，則振旅去之。此征徐用兵次序也。挨順寫來，井井可指。雄大藏於沈渾，是軍旅詩却無旗鼓兵戈氣。」（詩志）

我們先看「王猶允塞」句猶字的訓詁。猶通猷。毛傳解猶爲謀固順，朱傳解猶爲道也有根據。小雅小旻：「匪大猶是經」，鄭箋：「不循大道之常。」小雅巧言：「秩秩大猷。」鄭箋：「猷，道也。」我們全篇註釋，多採高本漢的抉擇。而高書此句未加研判，不過，有此二例，已足證猶之可訓道。蓋道本路線意，與謀略可相通。考王道卽王天下之道，典出尙書洪範：「無偏無黨，王道蕩蕩；無黨無偏，王道平平；無反無側，王道正直。」並無仁心仁術，不事殺戮之意。今朱子於三百篇中發現常武詩爲標榜孟子王道之詩，確也是經學發展史上一件可以一書之事。但今經屈萬里先生考證，「鋪敦淮濆」句，鋪敦爲殺伐義，故棄舊解而採新義。蓋孟子之王道，亦僅謂「不嗜殺人者能一之」，「國人皆曰可殺則殺之」，非絕對不殺伐之意。今日世界日見文明，已懸廢除死刑之人道目標，但也仍在不得已而用之。所以我們「王猶允塞」句的譯文，仍將朱子王道義納入。而解題則不必如詩序的轉彎抹角，直解爲美宣王的守常武功可也。

【古韻】

第一章：祖、父、武（武字今本詩經作「戎」），魚部上聲；

戒、國，之部去聲；

第二章：父、旅、浦、土、處、緒，魚部上聲；

第三章：赫、作，魚部入聲；（按本章今本詩經作「赫赫業業」，江氏云：「當作業業赫赫」，故與第三句作字韻）

遊、騷，幽部平聲；

霆、驚，耕部平聲；

第四章：武、怒、虎、虜、浦、所，魚部上聲；

第五章：嘽、翰、漢，元部去聲；

苞、流，幽部平聲；
翼、克、國，之部入聲；
第六章：塞、來，之部入聲；
同、功，東部平聲；
平、庭，耕部平聲；
回、歸，微部平聲。

十、瞻卬

這是一篇譏刺幽王寵幸褒姒以致亂的詩。

原詩	今譯
瞻卬昊天，❶	仰首瞻望老天爺，
則不我惠。❷	竟然不肯惠愛我。

❶ 卬：同仰。
❷ 惠：愛。

孔塡不寧，❸　病苦已極不安寧，
降此大厲。❹　降此大亂太狠凶。
邦靡有定，　國家不能得安定，
士民其瘵。❺　人民陷於病痛中。
蟊賊蟊疾，❻　蟊賊害人太凶殘，
靡有夷屆。❼　兇殘害人沒個完。
罪罟不收，❽　罪網高張不收起，
靡有夷瘳。❾　人民病痛無痊日。
人有土田，　人有土地和田畝，

---

❸孔：甚。塡：通瘨ㄉㄧㄢ，病苦。
❹厲：惡。
❺瘵：音債，病。
❻蟊：音毛，害苗之蟲。賊：殘害。疾：病苦。
❼夷：平息。下同。屆：終止。
❽罟：音古，網。罪罟：罪網。收：收起不用。
❾瘳：音抽，病癒。

女反有之；⑩ 反而爲你強佔去；
人有民人，⑪ 人有人民供役使，
女覆奪之。⑫ 你却奪去屬自己。
此宜無罪， 這人本來沒犯罪，
女反收之；⑬ 你却把他收押起；
彼宜有罪， 那人有罪該受罰，
女覆說之。⑭ 你却反而赦免他。
哲夫成城，⑮ 智士成城衞國家，
哲婦傾城。⑯ 哲婦却把國弄垮。

---

⑩ 女：汝。下同。有：取。
⑪ 民人：人民，或謂指奴隸。
⑫ 覆：反。下同。
⑬ 收：拘捕。
⑭ 說：同脫，開脫，赦免。
⑮ 哲：智。城：喻國。
⑯ 哲婦：指褒姒。傾：毁敗，傾城：謂禍國。

懿厥哲婦，⑰　可歎這種壞哲婦，
為梟為鴟。⑱　如同鴟梟太可惡。
婦有長舌，　婦有長舌亂發言，
維厲之階。⑲　信口雌黃造禍端。
亂匪降自天，　禍亂不是天上來，
生自婦人。　是由婦人心太壞。
匪教匪誨，⑳　不須教導他就會，
時維婦寺。㉑　就是那婦侍小人嘴。
鞫人忮忒，㉒　惡意中傷太可惡，

---

⑰懿：通噫，歎聲。或釋為抑，轉折詞。厥：其。

⑱梟、鴟：均惡鳥，貓頭鷹之屬，混名之曰鴟鴞。其聲惡，俗謂聞其聲者則主凶喪。此喻褒姒之言惡。

⑲厲：禍亂。階：階梯。以上二句謂其多言，實為禍亂之階梯也。（即構成禍亂之因）

⑳匪：非。

㉑時：是。婦寺：婦侍，寵暱之婦人。以上二句謂不待教誨而能為禍亂者惟婦侍也。

㉒鞫：音舉，窮究。鞫人：極力說人壞話之人。忮：音至，手段。忒：音特，惡毒。

譖始竟背。㉓　毀謗之言事不符。
豈曰不極？㉔　那能責他不應該？
「伊胡為慝」！㉕　「這樣怎麼算是壞」！
如賈三倍，㉖　如同商賈三倍利，
君子是識。㉗　君子也懂不相宜。
婦無公事，㉘　婦人不應問公事，
休其蠶織。㉙　製造禍端休蠶織。

㉓ 譖：音ㄗㄣˋ，毀謗。竟：終於。背：違。言其始毀謗他人之言，終究發現與事實相反。

㉔ 不極：不正，不是。

㉕ 伊：語詞。胡：何。慝：音特，惡也。意謂「此何足為惡哉！」

㉖ 賈：音古，商賈，做生意。三倍：利潤三倍。

㉗ 君子：指有官爵者。識：知其道。以上二句謂賈人獲三倍之利，乃賈人之事，非在官者所當為。而今君子竟識其道，是不宜也。謂官吏兼營商之不該，以起下二句。

㉘ 公事：朝廷之事。

㉙ 休：停止。謂朝廷之事，非婦人所可參與，而今竟休其蠶織之本務參與公事，是如有官爵者之從事商賈之不當也。

天何以刺？㉚ 上天何以責王降禍殃？
何神不富？㉛ 諸神何不賜福予我王？
舍爾介狄，㉜ 捨棄大患不過問，
維予胥忌。㉝ 只知把我來忌恨。
不弔不祥，㉞ 不知悲憫大災難，
威儀不類。㉟ 王的威儀太不善。
人之云亡，㊱ 賢人相繼都逃亡，
邦國殄瘁。㊲ 國運將絕遭病創。

㉚刺：譴責。
㉛富：借為福。以上二句謂天何以降譴責乎？神何以不賜福乎？意謂咎由自取也。
㉜舍：捨棄。介：大。狄：夷狄之患。又，俞樾謂當作逖，惕之或體，憂也。言捨爾之大憂（謂日非之國事），而維於予相忌恨也。亦通。
㉝胥：相。忌：忌恨。
㉞弔：憫。不祥：災難。
㉟類：善。
㊱人：謂賢人。亡：逃亡。
㊲殄：音忝ㄊㄧㄢˇ，絕。瘁：病。

天之降罔，㊳
維其優矣。㊴
人之云亡，
心之憂矣。
天之降罔，
維其幾矣。㊵
人之云亡，
心之悲矣。

觱沸檻泉，㊶
維其深矣。㊷

天降罪網夠寬大，
罪網寬大輕責罰。
賢人相繼都逃亡，
這才令人心憂傷。
上天降下罪網來，
也許可以躲得開。
賢人相繼都逃亡，
這才令人心悲傷。

泉水泛濫滾滾流，
只因它有深源頭。

㊳罔：同網，謂罪網。下同。
㊴優：寬大。
㊵幾：庶幾。謂庶幾可逃避也。
㊶觱：音必，觱沸：泉湧貌。檻：讀爲濫，泛濫也。
㊷謂泉水之能湧出，以其源深也。

心之憂矣，　內心憂愁悲戚戚，
寧自今矣！　豈是才從今日始！
不自我先，　既不在我生前有，
不自我後。㊸　也不生在我死後。
藐藐昊天，㊹　藐藐高遠的大青天，
無不克鞏。㊺　沒有不能安固的國難。
無忝皇祖，㊻　切莫辱及你先祖，
式救爾後。㊼　後代子孫要救助。

【評解】

瞻卬是蕩之什的第十篇，分七章，一、二及末章爲十句，三、四、五、六四章爲八句。除第三章第五句爲五字外，餘均爲四字句。全詩共二百四十九字。

㊸ 以上二句謂我生正當禍亂之時也。
㊹ 藐藐：高遠貌。
㊺ 克：能。鞏：固。謂高遠之天，神明莫測，雖危難之國，亦無不能鞏固之者，要在自奮耳。
㊻ 忝：辱。皇祖：先祖。
㊼ 式：以。或釋爲語詞。後：後嗣。

首章述禍亂之形成，旣自天，亦由人。故有怨天尤人之申訴。然天意源於人事，故以下專主於人事反覆言之，以明禍亂之根源所在。

自二章以下均述人謀之不臧，倒行逆施。而人事之中以褒姒爲罪魁禍首。故二、三、四，三章均強調褒姒之惡。五、六兩章承以上各章而言，由於褒姒禍國，致賢人逃去，國運危殆。然詩人仍寄予一線希望。故於末章謂禍亂之形成，雖由來有自，然王如能及時覺悟，上天自會助之而挽救國運。蓋不僅爲一身計，而更要莫辱祖先，庇蔭後人也。知其不可爲而仍寄望之，是詩人之忠厚也。故牛運震評之曰：「終篇致意，冀王一悟。眞忠厚。幽王何等肺肝，猶望其能改，詩人之志，亦可憫哉！」又曰：「孤憤幽痛，結成奧語險調。咏歎處亦自欷歔深長。其情抑塞，其氣荒蹙，周於是不可復矣。」

【古韻】

第一章：厲、瘵，祭部去聲；
　疾、屆，脂部入聲；
　收、瘳，幽部平聲；

第二章：田、人，眞部平聲；
　有、收，之部上聲；

奪、說，祭部入聲；
罪、罪，微部上聲；
成、城、傾、城，耕部平聲；
第三章：鴟、階，脂部平聲；
誨、寺，之部去聲；
天、人，眞部平聲；
第四章：識、織，之部入聲；
倍、事，之部上聲；
第五章：刺、狄，佳（支）部去聲；
富、忌，之部去聲；
祥、亡，陽部平聲；
類、瘁，微部去聲；
優、憂，幽部平聲；
第六章：罔、亡，陽部上聲；
罔、亡，陽部上聲；
幾、悲，微部平聲；

第七章：深、今，侵部平聲；
後、後，侯部上聲。

十一、召旻

幽王任用小人，天下飢饉，人民流亡，國土日削，兢兢業業者反被貶官，因此作詩悲嗚，慨嘆文、武開國時召康公日闢地百里，今非昔比也。

原詩	今譯
旻天疾威，❶	老天嚴厲施暴虐，
天篤降喪。❷	降下喪亂多又多。
瘨我饑饉，❸	使我挨餓受折磨，

❶ 此句與小雅小旻首句相同。尙書多士篇馬融注以爲「旻」是「秋之殺氣」。故「旻天」爲嚴厲的天。高本漢有說。旻音民ㄇㄧㄣˊ。疾威：猶暴虐。鄭箋謂：「天斥王也。」

❷ 篤：厚。篤降喪謂重降喪亂。

❸ 瘨：音顚ㄉㄧㄢ，病。謂病我以饑饉。

民卒流亡。❹　人都流亡逃各處，
我居圉卒荒。❺　我的境內都荒蕪。
天降罪罟，❻　上天降下罪網來，
蟊賊內訌。❼　蟊賊內部相陷害。
昏椓靡共，❽　昏亂造謠不敬業，
潰潰回遹，❾　潰亂邪僻當權者，
實靖夷我邦。❿　使我邦國遭夷滅。

---

❹ 卒：盡。

❺ 圉：猶域。居圉：謂居住的區域，卽境內之意。圉：音玉ㄩˋ。或如毛傳：「圉，垂也。」指邊陲亦通。故正義釋此章曰：「言比旻天之王者，其爲政教乃急疾而行此威虐之法；比天之王者，又厚下與民喪亂之教而病害我國中以饑饉。今國中之民盡流移而散亡，以此故令我所居中國至於四境邊陲，民皆逃散而盡空虛，是王暴虐所致之。」

❻ 罟：網。

❼ 蟊賊：喻惡人。訌：音紅ㄏㄨㄥˊ，爭訟誣陷。

❽ 昏：譁亂。椓：諑之假借，造謠陷人。共：恭。馬瑞辰說。靡共謂無敬事之心，專爲惡求利。

❾ 潰潰：亂貌。回遹：邪僻。遹：音遇ㄩˋ。

❿ 毛傳：「靖，謀。夷，平也。」普賢按：夷當爲滅意。故鄭箋云：「(當權者)皆潰潰然維邪是行，皆謀夷滅王之國。」

皋皋訿訿，⑪　互相欺騙互謗訕，
曾不知其玷。⑫　却不自知他缺點。
兢兢業業，⑬　賢人戒懼又警惕，
孔塡不寧，⑭　却受病苦不安逸，
我位孔貶。⑮　我的職位遭貶斥。

如彼歲旱，　像那大旱壞年景，
草不潰茂。⑯　草木衰萎不茂盛。
如彼棲苴，⑰　像那水草生於樹，

⑪皋皋：相欺。訿訿：毀謗。並馬瑞辰說。訿音子ㄗˇ。
⑫玷：音店ㄉㄧㄢˋ，缺點。
⑬兢兢：戒愼。業業：危懼。
⑭塡：屈萬里先生謂「讀爲瘨，病也。」
⑮貶：黜。此章言皋皋訿訿之人，曾不自知其失；而小心戒愼之我，却病苦不安，官位且被貶黜。
⑯潰：鄭箋：「潰當作彙，茂貌。」
⑰毛傳：「苴，水中浮草也。」鄭箋：「王無恩於天下，天下之人如旱歲之草，皆枯槁無潤澤如樹上之棲苴。」苴音居ㄐㄩ。

我相此邦，⑱　　我看這國的前途，
無不潰止。⑲　　無不潰亂而竭枯。

維昔之富，　　從前生活很富庶，
不如時。⑳　　不似今日之貧苦。
維今之疚，㉑　　今世雖也有病痛，
不如茲。㉒　　不似當前之嚴重。
彼疏斯粺，㉓　　壞人好人清楚分，
胡不自替？㉔　　壞人何不自引退？

---

⑱ 相：視。

⑲ 鄭箋：「潰，亂也。」止：語詞。

⑳ 時：是。感歎昔日之好景今已無之也。

㉑ 疚：病。

㉒ 茲：此。蘇轍詩傳云：「昔時富樂，未有如是之貧困；今世疲病，亦未有如是之甚者。」

㉓ 彼：指小人。鄭箋：「疏，麤也，謂糲米也。」喻小人。粺：音敗ㄅㄞˋ，精米。喻君子。朱傳：「彼小人之與君子，如疏與粺，其分審矣。」

㉔ 替：廢。

職兄斯引！㉕　　專負重責又連任！

池之竭矣，　　池水枯竭池水乾，
不云自頻？㉖　　不由濱涯水源斷？
泉之竭矣，　　泉水乾涸泉不流，
不云自中？㉗　　不因泉中沒源頭？
溥斯害矣，㉘　　災害普遍災害深，
職兄斯弘！㉙　　大權重責由他任！
不烖我躬？㉚　　災害能不落我身？

㉕ 鄭箋：「職，主也。」經典釋文：「兄，音況。下同。」毛傳：「況，茲也。引，長也。」二句謂小人無能而任事，且長久不肯引退。

㉖ 毛傳：「頻，厓也。」鄭箋：「頻當作濱。」

㉗ 毛傳：「泉水從中以益者也。」朱傳釋此四句曰：「池，水之鍾也；泉，水之發也。故池之竭由外之不入；泉之竭由內之不出。言禍亂有所從起而今不云然也？」

㉘ 鄭箋：「溥，猶徧也。」通普。謂災害已普遍。

㉙ 職、兄：見前註㉕。弘：大。謂大權。

㉚ 烖：災本字。我躬：我身。

昔先王受命，㉛	昔日先王受天命，
有如召公。㉜	有那賢臣像召公。
日辟國百里，㉝	日闢國土上百里，
今日蹙國百里。㉞	今則日損國土百里地。
於乎哀哉！	嗚呼哀哉好傷痛！
維今之人，㉟	傷痛現今在位人，
不尚有舊。㊱	不及從前那德政。

㉛ 鄭箋：「先王受命，謂文王武王時也。」
㉜ 召公：召康公奭。
㉝ 辟：音義同闢。
㉞ 蹙：縮小。
㉟ 謂今日在位之人。
㊱ 屈萬里詩經釋義：「尙：上也，加也；有：于也。不尙有舊，言趕不上（不及）舊時也。」

【評解】

召旻是蕩之什的第十一篇，也就是大雅三十一篇排在最後的一篇，共七章。四章章五句，三章章七句。除首章、次章末句，三章次句，末章首句、三句各五字，五章二、四句各三字，末章四句七字外，餘均四字。全篇合計一百七十字。

詩序：「召旻，凡伯刺幽王大壞也。旻，閔也。閔天下無如召公之臣也。」朱傳謂：「此刺幽王任用小人，以致飢饉侵削之詩也。」朱子詩序辨說云：「旻閔以下，不成文理。」蓋朱子旻訓幽怨，不訓閔。又其解題曰：「因其首章稱旻天，卒章稱召公，故謂之召旻，以別小旻也。」至於凡伯，據毛詩正義乃周公之後封伯爵，入為王卿士者。春秋隱七年：「天王使凡伯來聘，世在王朝。」蓋凡為周東都畿內之國。但朱子僅謂「此刺幽王」，未云作者為凡伯，蓋因無據而存疑也。今人多捨詩序而採朱子之說。

召旻首章言天降飢饉，人民流亡，致舉國內外空虛。

次章言小人為禍，所以致亂。

三章言王是非不明：頑慢之徒，務為毀謗，王乃重用；若我之兢兢業業者，反遭貶黜。

四章言衰敗之象，正如歲旱草枯，我視此邦，無非潰亂。

五章言今不如昔。昔日富樂，今已不再。今之病禍，仍無已時。精粗比較，極為明顯，而明為粗者，不自廢退，且主重任而久於其位！

六章言禍來有自。池之竭，由於外之不入；泉之竭，由於內之不出，事出必有因。今日之禍，為害亦大矣，其來亦有因也。然為禍之小人，且將更見其主大任，能不災及我身乎？

七章言今無賢臣。昔先王文武之世，受命開國，有賢臣如召公者，故能日闢百里。今則日蹙百里。嗚呼哀哉！今世之人，眞無如往昔可用者耶？

牛運震詩志評之曰：「悲音促節，斷續似不成聲。却自有極雋永處。」又曰：「一意反復，總在疾王任用小人。結處以舊人共政望之，靈警圓切。」

【古韻】

第一章：喪、亡、荒，陽部平聲；

第二章：訌、共、邦，東部平聲；

第三章：玷、貶，談部上聲；

第四章：茂、止，幽部去聲；

第五章：時、茲，之部平聲；

富、疚，之部去聲；

粺、替，佳（支）部去聲；

第六章：竭、竭、害，祭部入聲；

中、躬，中部平聲；

第七章：命、人，眞部去聲；
里、里、哉、舊，之部上聲。

周頌——清廟之什

一、清廟

這是祭祀文王的樂歌。

原詩	今譯
於穆清廟，❶	哦，多麼深邃而清靜的宗廟啊，
肅雝顯相。❷	陪祭的顯要們肅敬而又雍和。
濟濟多士，	執事的人士，濟濟一堂，
秉文之德。	也都秉奉着文王的美德。
對越在天，❸	順承發揚那在天之靈的意旨，

❶ 於：音ㄨ，感歎詞，相當於後世所用於戲或嗚呼；穆：深遠；清廟：清靜之廟。

❷ 肅：敬；雝：和；相：助；指助祭的公卿諸侯。

❸ 對越：猶對揚；對越在天：言順承而發揚彼在天者之意旨。

駿奔走在廟。❹　爲在廟之主的使命大事奔跑。
不顯不承，❺　偉大的顯耀要有偉大的繼承，
無射於人斯。❻　這樣神靈不會厭棄我們了。

【評解】

清廟是周頌清廟之什的第一篇，也是周、魯、商三頌的第一篇。我們欣賞詩經，不能不先談一談詩經的六義四始等基本知識。前面我們說過，四始是國風的關雎，小雅的鹿鳴，大雅的文王，頌的清廟四篇。其中關雎、鹿鳴、文王三篇，我們已經欣賞過，現在我們再來欣賞四始的最後一篇清廟。

清廟既是頌的第一篇，我們就先談頌。朱熹說：「頌者，宗廟之樂歌，大序所謂美盛德之形容，以其成功告於神明者也。蓋頌與容，古字通用，故序以此言之。周頌三十一篇，多周公所定，而亦或有康王以後之詩。魯頌四篇，商頌五篇，因亦以類附焉。」頌是宗教詩，是祭禮或慶祝典禮所用的樂歌，而以有關宗廟爲主，所以朱子說是宗廟的樂歌。阮元釋頌，頌卽容，是歌而兼舞

---

❹ 駿：迅速。
❺ 不：二「不」字皆讀爲丕ㄆㄧ，大也；顯：謂文王之德的顯耀；承：謂後人的繼承。
❻ 射：音亦ㄧˋ，厭也，言神不厭棄後人而加以保祐也。

之義，所以頌的特徵之一是有舞的樂歌。本來風雅頌，只是三種音樂的分類。雅頌都是王朝的樂歌，原是天子的禮樂。雅是政事方面的禮樂，小政普通宴會等禮樂所用樂歌爲小雅；大政官式朝會等禮樂所用樂歌爲大雅。頌則天子祭禮頌神頌祖所用的樂章。宗教儀式，常配以舞蹈，所以頌是音樂歌舞三者的綜合藝術，而雅是音樂與歌唱的配合。只有風是各地民間歌謠，原係清唱，所用語言是方言，與雅之中原（夏）官話不同。采自各國民間，後也配以弦樂來歌唱，所以多少已加以整理潤飾了。周朝所採集的國風得以保存的有十五單位，雅分大小二雅，頌分周、魯、商三頌。因此風雅頌三類細分之，又有十五國風，二雅，三頌之稱。現在綜合詩經六義概要列表如下：

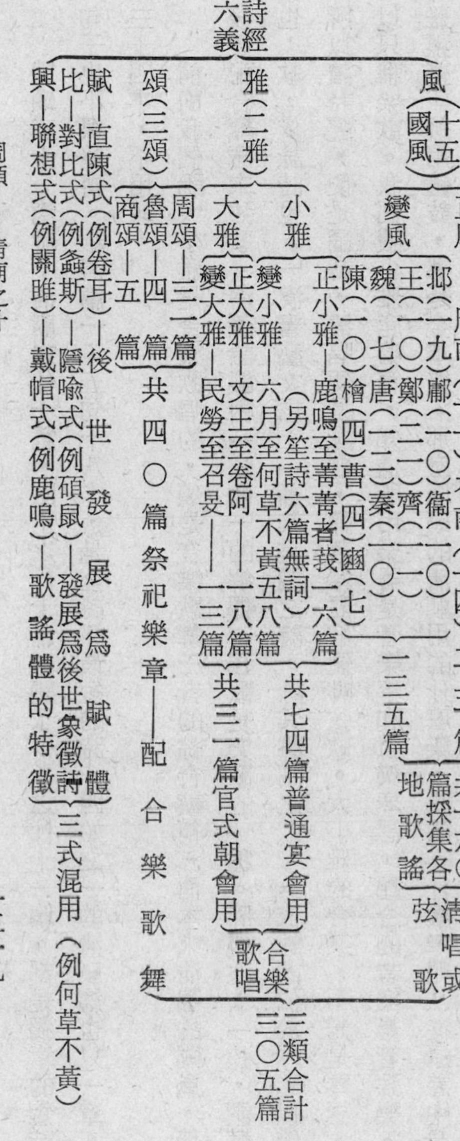

周頌三十一篇計：清廟之什十篇，臣工之什十篇，閔予小子之什十一篇。都是獨章的短詩，句子也不很整齊。維清篇一章五句十八字，是全詩經最短的詩，四始之一的清廟篇也只一章八句三十四字，不用韻。

前面我們說大小雅是合樂歌唱的，頌是音樂歌舞三者的綜合藝術，而本來清唱的國風，採集後便配合琴瑟來弦歌。清孫詒讓對「弦歌」的解釋，弦歌是樂歌的一種。周禮注：「弦，謂琴瑟也；歌，依詠詩也。」漢書藝文志：「誦其言謂之詩，詠其聲謂之歌。」依詠謂依於琴瑟以節。所以讀詩經，便是誦詩，清唱便是詠歌，彈着琴唱歌便叫弦歌。大小雅的合樂，不光是琴瑟，所以只稱樂歌。我們讀小雅鹿鳴篇，知道所用樂器是管樂笙和弦樂琴瑟，配合的音樂是管弦樂。大雅靈臺，所用鐘鼓，那是金革樂。那麼周頌的清廟用的什麼樂，跳的是什麼舞呢？從原詩中我們無法推求。

歷代的詩經研究者，都說清廟是周公旣成東都洛邑而朝諸侯，因率諸侯以祀文王的樂歌。而以祭宗廟之盛，歌文王之德，莫重於清廟，故爲周頌之首。至於用什麼樂器？禮記樂記曰：「清廟之瑟，朱弦而疏越，一倡而三歎，有遺音者矣。」牛運震亦曰：「不必鋪揚文德，從助祭之人看出秉德無射，自然深厚。對神之詞，文不得，淺不得，妙在質而能深。沉奧動盪，有一唱三歎之音。」（詩志）那末清廟所用樂器爲瑟。由一人首唱，三人從而歎之。禮記明堂位曰：「升歌清廟，下管象，朱干玉戚，冕而舞大武。皮弁素積，裼而舞大夏。」（文王世子、仲尼燕居、祭統等篇有類似的記載。）毛詩小序：「維清奏象舞也。」維清為周頌清廟之什的第三篇，正義云：「維清詩者，謂文王時有擊刺之法，武王作樂象而為舞，號其樂曰象舞，至周公成王之時，用而奏之於廟。」於是周公作維清詩以為象舞之節，歌以奏之。（胡承珙說）孫希旦謂下管象，即以簫管之屬奏維清之詩，於是我們可以知道，周代祭宗廟時升樂工於堂上弦歌清廟之詩，再在堂下用簫管奏維清之詩而舞象，然後著袞冕之服，手執赤盾玉斧而舞武王伐紂的樂大武，又服皮弁裼衣而舞夏后氏的大夏之樂。但一般經學家，都以為「下管象」非奏維清之樂，而係奏周頌臣工之什的第十篇「武」詩。「武」就是周公象武王之功的大武舞的第一章歌辭。這樣堂上歌文王的清廟之歌，堂下奏武王的大武之樂，才合父子上下之分，我們現在暫時不討論二說孰是孰非。總之，周頌三十一篇，並非每篇樂、歌、舞三者兼備的，其中只有舞象的「維清」，舞大武首章的「武」，舞大武第三章的「賚」，舞大武第六章的「桓」，舞勺的「酌」等詩篇是有歌有樂有舞的綜合藝術，但沒有舞的清廟等詩，還是和其他舞蹈配合着應用的。這是我們對周頌的理解。

至於清廟詩的內容很簡單，只是要文王的子孫和諸侯繼承文王的美德而已，但周公制禮作樂對我國文化的偉大貢獻，却不很簡單了。

【古韻】

（無）

二、維天之命

這是康王以來祭祀文王之詩。

原　詩	今　譯
維天之命，	皇天降大命，
於穆不已。❶	啊！休美無盡窮。
於乎不顯！❷	偉大呀！顯赫呀！
文王之德之純。❸	文王盛德多純精！
假以溢我，	對我的好處眞正大，
我其收之。❹	我應把它來繼承，

---

❶於：音烏，感歎詞；穆：美；不已：無窮意。

❷於乎：即嗚呼；不：讀爲丕，大。

❸純：純粹。

❹假：大；溢：益；收：受。

駿惠我文王，❺　文王給我們大德惠，

曾孫篤之。❻　子孫敬守到永恆。

【評解】

維天之命是清廟之什的第二篇。一章八句，第四句六字，第七句五字，餘六句均四字，全篇共三十五字。

這篇也是祭祀文王的樂歌。毛序三家詩相同，朱傳亦採此說。明人季本詩說解頤，合清廟、維天之命、維清共三章爲一篇，何楷世本古義從之。清人魏源詩古微，且定三詩均爲周公營洛攝祭文王廟之作。日人林泰輔著「周公」一書，亦引仁井田好古之毛詩補傳曰：「清廟之宗祀於文王，周公之特制，則清廟之詩，周公之所作，與維天之命、維清三篇相連，則亦同時之作，其出於一手，可類推矣。」而定此三詩均係周公之作。其實三詩雖相連，都是祭文王之詩，但並非「同時之作」此詩本文明言「曾孫篤之」，則此詩卽係康王以來祀文王的新詩，此時周公已卒，決非周公所作可知。

❺ 駿：大；惠：德惠。此句言文王之德惠盛大。

❻ 曾孫：自孫之子而下皆可稱曾孫。篤：厚，此謂虔誠守持不變意。高本漢解此二句爲：「大大的給我們好處的是文王，子孫們要穩重地保持它。」

禮記中庸篇引此篇詩句而解之曰：「詩云：『維天之命，於穆不已。』蓋曰天之所以爲『天』也。『於乎不顯，文王之德之純。』蓋曰文王之所以爲『文』也，純亦不已。」而中庸的開頭兩句，就是「天命之謂性，率性之謂道。」所以鄭玄箋云：「命，猶道也。」朱熹詩集傳也就說：「天命，卽天道也。」並引程子語釋之。姚際恆詩經通論指出，三百篇中「天命」係指受天命而爲王，與中庸談理的「天命」不同，中庸引詩，乃斷章取義，不可據以解詩，他慨乎言之曰：「自鄭氏依中庸解詩，『天命』乃訓爲『道』，嗟乎！詩之言『天命』者多矣，何以彼皆不訓『道』，而此獨訓『道』乎！歐（陽修）蘇（轍）爲前宋之儒，故尙能闢鄭，不從其說，猶見詩之眞面目；後此之人，陷溺理障，卽微鄭亦如是釋矣，況又有鄭以先得我心，于是毅然直解，更不復疑。至今天下人從之，乃盡沒詩之眞面目，可嘆哉！」姚氏反朱最烈，找到一點毛病，就大做其文章，雖不免文人習氣太深，但我們仍得體認，釋詩之難，重要關頭是一字之辨，也馬虎不得的。

宋人眞德秀評此詩曰：「純是至誠，無一毫人僞。惟其純誠無雜，自然能不已。如天之春而夏，夏而秋，秋而冬，晝而夜，夜而晝。循環運轉，一息不停，以其誠也。聖人自壯而老，自始而終，無一息之懈，亦以其誠也。旣誠自然能不已。」（詩經傳說彙纂引）

【古韻】　命、純，眞部去聲；

收、篤，幽部平聲。

三、維清

這也是祭祀文王的樂歌。

原詩

維清，❶
緝熙文王之典。❷
肇禋，❸
迄用有成，
維周之禎。❹

今譯

政治清明萬民頌，
文王法則永光明。
自從祭典初舉行，
至今萬事都有成，
眞是我周的大吉慶。

---

❶清：清明。
❷緝：續；熙：明；典：法則。
❸肇：開始；禋：音因，說文：「禋，潔祀也。」此句謂始祀文王。
❹禎，三家詩作祺，均吉祥義。作禎，則與成字押韵。

【評解】

維清是清廟之什的第三篇，只有五句十八字，不分章，是詩經三〇五篇中最短的一篇。朱熹疑其有闕文。舊章句一句二字，四句四字，姚際恆以「維清」二字爲句，改定爲兩句二字，兩句四字，一句六字，重訂後句調長短有致。

維清篇內容是周朝後代天子祭祀文王的樂歌。毛序：「維清，奏象舞也。」朱熹辯說：「詩中未見奏象舞之意」。姚際恆曰：「小序謂『奏象舞』，妄也。朱仲晦不從，以爲詩中無此意，是已。」

三家詩魯說曰：「維清一章五句，奏象武之所歌也。」昔人以爲象武即「象舞」，象用兵刺伐之舞，或指卽「大武」之舞。然齊說僅曰：「武王受命作象樂，繼文以奉天」，其說與詩本文相符，則可證魯說之「象武」卽「象樂」，亦僅謂象武王受命之樂歌，而不及舞容，並可校正毛序之「奏象舞」之訛也。

嚴粲評此詩曰：「此詩言清緝熙者，備舉文王之德。而以典言之者，謂其德寓於法也。文王有典則以貽後人，王業雖未成，而禋祀之禮，已肇始於此。遂至於後而有成焉。是文王之典，爲周之禎祥也。」（詩緝）

【古韻】

典、禋，元部上聲；

成、禎，耕部平聲。

四、烈文

這是祭祀周之先公，並藉以告戒時王的詩。

原詩	今譯
烈文辟公，❶	先公大功又大德，
錫兹祉福。❷	將這福祉賜給我。

❶ 烈：功業。文：文德。辟公：馬瑞辰云：「天子曰辟王，諸侯曰辟公。」此謂周之先公。屈萬里詩經詮釋：「以金文中習見之文祖文考，及江漢之文人例之，凡以『文』字形容人者，多謂已故之人。此烈文辟公，謂周之先公也。」

❷ 錫：賜。茲：此。言先公賜此福祿也。

惠我無疆，❸　對我愛護無窮盡，
子孫保之。❹　子孫永保不失墜。
無封靡于爾邦，❺　不要損壞你邦國，
維王其崇之。❻　我王更應奮勉做。
念茲戎功，❼　不忘建樹大戰功，
繼序其皇之。❽　發揚祖業更光榮。
無競維人，❾　無人能與你相競，
四方其訓之。❿　四方諸侯都順從。
不顯維德，⓫　大大顯耀你文德，

❸惠：愛。無疆：無邊、無盡。
❹保之：謂保此績業。
❺封：大。靡：損壞。
❻崇：崇尙。此下爲戒時王之辭，言王勿大損壞於爾邦，應更奮勉使國運隆盛超過前人也。
❼戎：大。戎功：指兵事。
❽序：緒。皇：大。言繼先人之緒而更光大之也。
❾無競維人：無人能與之相競，意卽勝過衆人也。
❿訓：順。此句謂四方諸侯都能順從之。以上二句已見大雅抑篇。
⓫不：丕，大。謂大顯其德。

百辟其刑之。⑫　百官諸侯向你學。

於乎！⑬　嗚呼！先王眞偉大，

前王不忘。⑭　永遠不能忘記他。

【評解】

烈文是淸廟之什的第四篇，一章十四句，計：二字者一句，四字者八句，五字者四句，六字者一句，全詩共六十字。魯詩分爲十三句，卽將末二句合爲一句。朱傳從之。

詩序云：「烈文，成王卽政，諸侯助祭也。」魯說、韓說同。歐陽修依序說，但分爲兩章：以「繼序其皇之」以上爲君敕其臣之辭；「無競維人」以下爲臣戒其君之辭。姚際恆則以爲一詩作兩人語，未免武斷。

朱傳則謂：「此祭於宗廟而獻助祭諸侯之樂歌。」不言成王。王靜芝詩經通釋則謂序說成王卽位無確據；朱傳之言「似亦未甚妥」。我們由詩文推究，當係祭祀周之先公，因之以戒時王的詩。

⑫ 百辟：百官諸侯。刑：效法。

⑬ 於乎：同嗚呼。

⑭ 謂不忘前王之德。

首先推崇先公之功業及文德，嘉惠周人甚多。此皆由先王之得人心所致。故接言告戒時王，應念先王之業績，並發揚光大之。以得諸侯之順從，以爲諸侯之典型。最後再重申應不忘前王之偉大，以喻得人心之重要。

【古韻】公、疆、邦、崇、功、皇，東部平聲；人、訓、刑，眞部平聲；王、忘，陽部平聲。

五、天作

這是祭祀太王的詩。

原詩	今譯
天作高山，❶	上天造了高高山，

❶高山：指岐山。

大王荒之。❷　　太王率衆此地遷。
彼作矣，❸　　他把荒地先開墾，
文王康之。❹　　文王才能得平安。
彼徂矣，❺　　自從他往此地來，
岐有夷之行。❻　　岐山大道才平坦。
子孫保之。❼　　子孫永保長緜延。

【評解】

天作是清廟之什的第五篇。全篇一章雖只七句，句法却頗不齊。計：一、二、四、七，四句各四字；第三、第五句各三字；而第六句則爲五字。全詩共二十七字。

此詩朱傳於第五、六句，斷句爲「彼岨矣岐」「有夷之行」。並從沈括夢溪筆談改「徂」爲

---

❷大：音太，太王卽文王之祖父古公亶父。荒之：奄有之也。公劉遷于豳，太王始遷於岐。
❸彼：指太王。下同。作：開墾。
❹康：安。謂使人安居。
❺徂：往。「矣」，韓詩作「者」。
❻岐：岐山。夷：平。行：大路。二句謂太王往岐山之後，岐山始有平坦之大路。
❼保之：保有此績業。（蓋岐山爲周之發祥地也。）

「岨」。（普賢按：中華書局版詩集傳又擅改「徂」爲「岨」）故姚際恆曰：『「徂」沈括筆談改作「岨」，妄改經文，以就我解，最爲武斷。集傳從之，何也？』王伯厚曰：「筆談引朱浮傳作『彼徂者岐』今按後漢書朱浮傳無此語。西南夷傳：朱輔上疏曰：『彼徂者岐，有夷之行』注云：『徂，往也。』蓋以朱輔爲朱浮，亦非『岨』字。」普賢則認爲應於「矣」字斷句，與第三句之「彼作矣」正是平行句法，義亦通順。此詩首謂天造自然之勢，尙須人力經營。太王開墾在先，有蓽路藍縷之功，文王始得康寧而居之。自從太王來此之後，岐山始有平坦大道。故子孫應念先人創業之艱，而永保勿墜。是念往者以勗來玆也。

牛運震評之曰：「只就岐山寫出大王、文王之功，極有渾灝草昧之氣。」

【古韻】

荒、康、行，陽部平聲。

六、昊天有成命

祭祀成王，讚美他能敬承文武功業，發揚光大。

原詩

昊天有成命，❶
二后受之。❷
成王不敢康，❸
夙夜基命宥密。❹
於緝熙，❺
單厥心，❻
肆其靖之。❼

今譯

上天降下大命，
文王武王接承。
成王不敢懈怠，
勤奮敬慎始命。
啊！繼續發揚光大，
盡心努力從公，
以求國家康寧。

❶昊：音浩ㄏㄠˋ，昊天即上天；成、明二字通義，成命，明命也。馬瑞辰說。

❷賈誼新書曰：「后，王也。二后：文王、武王也。成王者，武王之子，文王之孫也。文王有大德而功未既；武王有大功而治未成。及成王承嗣，仁以涖民，故稱『昊天』焉。」

❸康：安泰。

❹夙夜：古人往往以夙夜二字作敬勤之義，屈萬里說。基：始；宥、有通，又也。密讀爲毖ㄅㄧˋ，愼。言夙夜敬勤其始受之命，而又謹愼也。

❺於：音烏ㄨ，歎詞；緝熙：繼續光明。

❻單：厚；厥：其。

❼肆：語詞；靖：安。

【評解】

昊天有成命是淸廟之什的第六篇，一章七句。此詩甚短，句法却很複雜。只七句三十二字，而每句由三字、四字、五字以至六字不等，可說是短詩中句法變化最多的一篇。此詩讚美成王能上承文武功業而繼續勤公。

牛運震詩志評之曰：「於緝熙以下寫出艱難勤苦，妙在以歎息頓挫出之，篤勉後世之旨，言外可想。」姚際恆更以四字評此篇謂：「通首密練。」

【古韻】

（無）

七、我將

這是祭祀文王的詩。

原詩	今譯
我將我享，❶	我來進奉我獻享，

❶ 將：進奉。享：獻。

維羊維牛。　　獻享犧牛和犧羊。
維天其右之。❷　　祈求上蒼保安康。
儀式刑文王之典，❸　　善於效法文王好典型，
日靖四方。❹　　四方就可很昇平。
伊嘏文王，❺　　大哉文王了不起，
既右饗之。❻　　勸尸進食表孝思。
我其夙夜，❼　　我該早晚都戒懼，
畏天之威，❽　　畏天之威不怠忽，
于時保之。❾　　永保上天文王所降福。

❷右：助。
❸儀：善。式、刑：皆效法義。典：法則。
❹靖：治。
❺伊：語詞。嘏：音古，大。伊嘏文王：猶言大哉文王。
❻右：侑，勸飲食也。言勸尸使饗食之也。
❼夙夜：早晚用心戒懼。
❽此句謂畏天命之威，蓋應敬天行事也。
❾于時：於是。保之：保有天與文王所降予我者。

【評解】

我將是淸廟之什的第七篇，一章十句，除第三句爲五字，第四句爲七字外，餘均爲四字句。全詩共四十四字。

詩序云：「我將，祀文王於明堂也。」漢書郊祀志更云：「周公相成王，王道大洽，制禮作樂，天子曰明堂辟雍，諸侯曰泮宮。宗祀文王於明堂以配上帝，四海之內，各以其職來助祭。」是我將乃祀文王之樂歌也。

東萊呂氏評此詩曰：「於天維庶其饗之，不敢加一辭焉。於文王則言儀式其典，日靖四方。天不待贊，法文王所以法天也。卒章惟言畏天之威。而不及文王者，統於尊也。畏天所以畏文王也，天與文王一也。」（呂氏家塾讀詩記）

方玉潤評之曰：「首三句祀天，中四句祀文王，末三句則祭者本旨，賓主次序井然。」（詩經原始）

牛運震則云：「語拙氣柔，理專情充，如此文字，眞可格天。」（詩志）

短短篇章，却能面面俱到。詩人手筆，令人激賞。

【古韻】

牛、右，之部平聲；

方、王、饗，陽部平聲。

八、時邁

這是祭祀武王之詩，何楷以爲是大武樂的第五樂章。

原詩	今譯
時邁其邦，❶	巡行邦國有定時，
昊天其子之，	上天視之如其子，
實右序有周。❷	眞正助周繼王職。
薄言震之，	周王威嚴人震懼，

❶ 邁：行也。謂武王按時巡行於邦國也。

❷ 右，佑之省。序，卽緒，承繼也。高本漢解「實右序有周」爲：「天眞的助惠周而使它承繼王位。」

莫不震疊。❸　諸侯沒有不懾服。
懷柔百神，❹　周王美行慰百神，
及河喬嶽，　河嶽之靈也歡欣，
允王維后。❺　眞不愧爲天下君。
明昭有周，　有周的光明照四方，
式序在位。❻　承受天命爲天王。
載戢干戈，❼　收好干戈不再戰，
載櫜弓矢。❽　袋子裝起弓和箭。
我求懿德，❾　我們努力求美德，

---

❸薄言：句首助詞。毛傳：震：懾；疊：懼。此二句言王震懾他們，沒有一個不受震懾而駭怕。

❹懷柔：慰安。

❺允：信；后：君。言信哉王不愧爲君也。

❻式：語詞。此句言承繼而在王位。

❼載：則，乃；戢：聚。

❽櫜：音高，盛弓矢於囊。以上二句言不復用兵。

❾懿：美。

肆于時夏，⑩　　美德施布遍中國，

允王保之。　　天王眞能保天祚。

【評解】

時邁是清廟之什十篇的第八篇，一章十五句。除第二三兩句五字外，餘均四字句，共六十二字。姚際恆分爲兩章，第一章八句，第二章七句。而方玉潤以其章法長短不齊，文氣亦覺緊緩不順，仍從舊不分章。

毛序：「時邁，巡守告祭柴望也。」鄭箋：「巡守告祭者，天子巡行邦國，至於方嶽之下而封禪也。書曰：『歲二月東巡守，至于岱宗柴望秩于山川，徧于羣神。』」孔疏曰：「時邁詩者，巡守告祭柴望之樂歌也。謂武王既定天下，而巡行其守土，諸侯至于方岳之下，乃作告至之

---

⑩ 肆：布陳；夏：大，指中國諸夏而言。時夏：此中國，又鄭箋以樂歌之大者亦稱夏。孔疏周禮有九夏，知此夏爲樂歌也。春官鍾師，凡樂事以鐘鼓奏九夏：王夏、肆夏、昭夏、納夏、章夏、齊夏、族夏、祴夏、驁夏。杜子春曰：「王出入奏王夏，尸出入奏肆夏，牲出入奏昭夏，四方賓來奏納夏，臣有功奏章夏，夫人祭奏齊夏，族人侍奏族夏，客醉而出奏祴夏，公出入奏驁夏。」國語曰：金奏肆夏，樊、遏、渠，天子以饗元侯也。韋昭注云：肆夏一名樊，韶夏一名遏，納夏一名渠，即周禮九夏之三也。呂叔玉云：「肆夏、繁、遏、渠，皆周頌也。肆夏，時邁也；繁遏，執競也；渠，思文也。」則此詩因「肆于時夏」一句，又名肆夏，爲九夏樂之一。

祭，爲柴望之禮，柴祭昊天，望祭山川。巡守而安禮百神，乃是王者盛事。周公旣致太平，追念武王之業，故述其事而爲此歌焉。宣公十二年左傳云：「昔武王克商作頌曰：『載戢干戈』，明此篇武王事也。國語稱周文公之頌曰：『載戢干戈』，明此詩周公作也。」

三家詩魯說：「時邁一章十五句，巡狩告祭柴望之所歌也。」齊說：「時邁者，太平巡狩祭山川之樂歌。」韓說：「美成王能奮舒文武之道而行之。」蓋韓詩以時邁爲成王巡守，王先謙曰：「三家大恉無相違者。此詩似不合，而實非也。武王克殷周公始作此歌以頌武王。及成王巡狩，乃歌此詩以美成王。與淸廟頌文王，仍兼祀武王，又祀周公相同。」

朱熹集傳：「此巡守而朝會祭告之樂歌也。此詩乃武王之世，周公所作。」

姚際恆詩經通論：「周禮：『鍾師九夏：王夏、肆夏、昭夏、朝夏、章夏、齊夏、族夏、祴夏、驁夏。』予曰：九夏卽襲左傳『肆夏』及『三夏，天子所以享元侯』而附會爲說，以三作九；肆夏襲左傳、禮記諸篇；王夏、昭夏、納夏、章夏、齊夏、族夏，俱杜撰；祴夏襲燕禮『賓醉而出，奏陔；陔作』，以『陔』作『祴』，取音近；驁夏襲大射儀『公入驁』其二『夏』字皆增。計九夏惟一肆夏，餘杜撰者六，又本非『夏』名而妄加者二，則周禮九夏，可置而弗道矣。惟左傳云：『金奏肆夏之三』，國語云：『夫先樂，金奏肆夏，繁遏、渠』，玉藻云：『行以肆夏』，郊特牲云：『賓入大門而奏肆夏』，又云：『大夫之奏肆夏，自趙文子始也』，儀禮大射、燕禮皆云『奏肆夏』，則肆夏者，春秋時用之；或卽此詩與否，不可知。然係後來所用，與初製此詩之旨原無交涉，可不必論。」

凡詩篇必先就本文及可靠記載，求得其最初製作之由，然後明其應用之演變，姚際恆、王先謙均有此見地。何楷之列此詩爲大武的第五樂章，係成王旣治，周公製禮作樂時採武、酌、賚、般、時邁、桓諸詩合成大武舞樂之考察。誠如王先謙所云，此詩成王巡守時採用之，故其樂記記其舞容爲分周公左召公右也。其所用樂器，參考左傳國語等書所記「金奏肆夏」，及周禮的「以鍾鼓奏九夏」則大概是配的鐘鼓之樂。

牛運震詩志曰：「一『其』字自謙自任俱有。震疊懷柔，兼德威言之，寫人鬼受職，開國規模不凡。『懷柔百神』二句正爲莫不震疊作襯托，直寫得精神寂寞，性情動盪，『懿德』字渾括淵微，『求』字別有深妙之旨。寫歸馬放牛心事氣象俱出。『允王維后』，『允王保之』此自臣下頌君之詞，故傳以爲周公作也。

【古韻】

嶽、后，侯部入聲；

位、矢，微部去聲。

九、執競

這是祭祀武王、成王、康王的詩。

原詩

執競武王，❶
無競維烈。❷
不顯成康，❸
上帝是皇。❹
自彼成康，
奄有四方，❺

今譯

武王主戰去伐商，
功業無人比得上。
偉大顯赫的成康，
上帝嘉美福祿降。
自從成王康王時，
擁有四方天下地，

❶ 執競：執持競爭之事，指伐商也。
❷ 無競：無人與之競爭。烈：功業。
❸ 不：丕，大。成康：成王、康王。
❹ 皇：嘉美。
❺ 奄有：擁有。

斤斤其明。❻　明察幽微辨事理。
鐘鼓喤喤，❼　鐘鼓齊敲聲喤喤，
磬筦將將，❽　磬筦合奏聲鏘鏘，
降福穰穰。❾　降下盛多大福祥。
降福簡簡，❿　降福既大又豐盛，
威儀反反。⓫　威儀肅穆又嚴整。
既醉既飽，　既已酒醉也吃飽，
福祿來反。⓬　福祿自然都來到。

❻ 斤斤：明察貌。
❼ 喤喤：大聲也。
❽ 磬：樂器，以石爲之。筦：同管，竹製管樂器。將：讀爲鏘ㄑㄧㄤ，將將：形容聲音盛多。
❾ 穰：音穰ㄖㄤˊ，穰穰：衆多。謂成王康王之神降福於祭者。
❿ 簡簡：大貌。
⓫ 反反：愼重貌。見小雅賓之初筵毛傳。
⓬ 來：是。反：歸。謂福祿歸於祭者。

【評解】

執競是淸廟之什的第九篇，一章十四句，句四字，全詩共五十六字。

詩序云：「執競，祀武王也。」三家詩無異義。毛傳則釋成康爲「成其大功而安之。」朱傳謂「此祭武王、成王、康王之詩。」姚論謂無三王並祭之禮。牛運震則調合之曰：「朱傳以執競爲祭武、成、康之詩。按三王無合祭之禮。當是一詩而各歌於三王之廟耳。若序以爲祭武王，毛鄭解成康爲成大功而安之，則失之矣。」是仍採朱傳而參以牛說可也。牛運震並評全詩曰：「『執競』『無競』互應，句法廉奧有神。篇幅不長，却極鋪張揚厲之勢。」

【古韻】

王、康、皇、康、方、明、喤、將、穰，陽部平聲；

簡、反、反，元部上聲。

十、思文

這是一篇祭祀頌美周人始祖后稷的詩。民以食爲天，后稷教民播種，民得以生，所以若干年之後仍被稱頌不已。

原詩	今譯
思文后稷，❶	后稷的文德了不起，
克配彼天。❷	功業彪炳與天齊。
立我烝民，❸	爲了奠定萬民的生計，
莫匪爾極。❹	無不盡心又盡力。
貽我來牟，❺	上帝命你把麥賜給我，

❶ 思：語詞；文：文德。

❷ 克：能。

❸ 立：猶定；經義述聞，馬瑞辰並有說，或以「立」爲「粒」之省文，亦通，意謂給我萬民以糧食也；烝民：萬民。

❹ 匪：非；極：此字各家解釋不一，普賢按：「莫匪爾極」即「爾莫匪極」之意，是承上啓下的句子。極者，極盡其心力。所以下文說明萬民的生計是有麥可食，全民得以養育，所盡心盡力者是不分畛域，一視同仁，普天之下，均得其惠也。

❺ 麥爲牟來之合聲，牟來倒爲來牟，合之卽麥字，焦循說。又有以來爲小麥，牟爲大麥之說，此處採前說。

帝命率育。❻　　天下萬民得生活。
無此疆爾界，　　不分疆界和地域，
陳常于時夏。❼　　播種的常理佈邦國。

【評解】

思文是清廟之什的第十篇，一章八句，前六句句四字，後兩句句五字，共四十四字。姚際恆謂孝經「昔者周公郊祀后稷以配天」卽指此。又因國語有「周文公之爲頌曰『思文后稷，克配彼天』」之語，證明此詩爲周公所作，係贊美后稷能播種五穀，養育萬民，而且不分疆界地域，均敎之以播種之道，是其德業可以配天也。前四句虛寫，後四句實敍。全篇結構緊密，層次分明。

【古韻】

稷、極，之部入聲；
天、民，眞部平聲。

---

❻帝：上帝。朱傳：「率，徧也」。育，養。謂后稷是遵奉上帝之命，敎民播種，有麥可食，萬民遂得生活。

❼陳：佈；常：常道，指播種五穀以育萬民之道理；時：是，卽這個；夏：謂中國（中原地帶）。古代以天下卽中國，中國卽天下。此句承上文「無此疆爾界」句，旣無疆域之分，故遍天下各邦國皆敎之以播種之道，更見出后稷之偉大。

周頌——臣工之什

一、臣工

這大約是耕籍禮中所歌戒農官而祈豐年之詩。

原詩	今譯
嗟嗟臣工，❶	啊呀百官羣臣們，
敬爾在公。❷	你們，公家的任務要敬愼。
王釐爾成，❸	王對你們成就有獎賞，

❶嗟嗟：重歎之詞。工：官，臣工：羣臣百官，此特指農官。

❷敬：敬愼。公：公家，言敬愼爾在公家的職務。

❸釐：音離ㄌㄧˊ，賞賜。成：成功，指穀物豐熟。

來咨來茹。❹　農田的事情來商量。
嗟嗟保介，❺　啊呀正副農官們，
維莫之春。❻　現在三月已暮春。
亦又何求？　有何要求如何做？
如何新畬？❼　新田畬田怎樣耕？
於皇來牟，❽　美哉小麥和大麥，
將受厥明。❾　眼看豐稔好收成。
明昭上帝，　上帝明昭天有眼，
迄用康年。❿　庶幾賜福得豐年。

❹咨：詢。茹：度，言詢問商討農事。

❺保介：農官之副手。陳奐以爲元日祈穀祭後，天子乃擇日親耕籍田，公卿大夫副之。此保介謂三公以下諸臣。

❻莫：讀作暮ㄇㄨˋ，夏曆三月爲暮春。

❼畬：音余ㄩˊ，田已墾二歲曰新，三歲曰畬。

❽於：音烏ㄨ，嘆詞。皇：美。於皇即美哉。來：小麥。牟：大麥。

❾明：古通成。成謂年穀豐熟。經義述聞之說。

❿迄：當讀爲汔ㄑㄧˋ，庶幾也，希冀之詞。用：以。康：樂。康年即孟子所謂樂歲。

命我衆人，
庤乃錢鎛，⓫
奄觀銍艾。⓬

命令我等農民們，
鍤啦鋤啦準備好，
轉眼刈割揮鐮刀。

【評解】

臣工是周頌臣工之什的第一篇，共一章十五句，句四字，合計六十字。

詩序：「臣工，諸侯助祭，遣於廟也。」朱子謂「序誤」，集傳以爲：「此戒農官之詩。」姚論云：「集傳謂『戒農官之詩』，則當在雅，何以列于頌乎？鄒肇敏曰：『明堂朝覲，則我將、載見諸詩是已。至耕籍，豈容無詩？「嗟臣工」，正指公、卿、大夫之屬；至「嗟保介」，則義益顯然。其爲耕籍而戒農官，益可據矣。』其說近是。」詩中明言時在暮春，而語多祈豐收，故屈萬里詩經釋義謂：「此疑春祈穀時所歌之詩。」然則此蓋耕籍禮中所歌戒農官而祈豐年之詩也。

牛運震詩志評曰：「嚴重眞摯中間，正有閒逸生動處。」

⓫ 庤：音峙ㄓˋ，具。錢：鍤，掘土之農具。鎛：音博ㄅㄛˊ，鋤類，除草農具。
⓬ 奄：忽，謂不久。銍：音至ㄓˋ，短鐮。艾：通刈，收穫。

【古韻】　工、公，東部平聲。

二、噫嘻

這是春天開始播種百穀時祈禱豐收的樂歌。

原詩	今譯
噫嘻成王，❶	啊，成王廟裏我祈禱，
旣昭假爾！❷	顯赫的神靈就來到！
率時農夫，❸	領導我們的農夫們，

❶ 噫嘻：猶嗟嗟，贊歎聲；成王：周武王之子，康王之父。毛傳訓成王爲「成是王事」，朱子集傳始定此詩成王爲人名。

❷ 昭假：猶昭格，神昭然降臨也；爾：經傳釋詞：「爾，猶矣也」。

❸ 時：是也。

播厥百穀。

駿發爾私，❹

終三十里。❺

亦服爾耕，❻

十千維耦！❼

播種百穀在今朝。

趕快翻耕你們的私田，

三十里地都耕好。

耕田種地你們勤工作，

對對農夫百倍的收穫！

❹ 駿：疾也；發：發土，即耕田也。或謂開發義。私：民田，對公田而言爲私田。毛傳曰：「私，民田也。言上欲富其民，而讓於下，欲民之大發其私田耳。」

❺ 終：竟也。毛傳曰：「終三十里，言各極其望也。」孔疏曰：「各極其望，謂人目之望所見極于三十里。」鄭玄以周禮注詩，故鄭箋云：「周禮曰：凡治野田：夫間有遂，遂上有徑；十夫有溝，溝上有畛；百夫有洫，洫上有塗；千夫有澮，澮上有道；萬夫有川，川上有路。此萬夫之地，方三十三里少半里也。耜廣五寸，二耜爲耦，一川之間萬夫，故有萬耦耕。言三十里者，舉其成數。」姚際恆駁之曰：「萬耦，當云五千耦。」「傳疏之說甚明，詩意只如此，非可鑿然以典制求之。……周禮之說，本襲考工記匠人『九夫爲井』句，而增廣爲此說，必不可據。詳見周禮通論。孟子曰：『方里而井』，則三十里爲三十井。一夫百畝，一幷八夫，三十里之地，僅二百四十夫耳，安得有萬夫？」姚鄭計算法不同，姚說僅三十方里，鄭說方三十三里，乃一千餘方里，然姚指鄭說爲鑿，有卓見。

❻ 亦：語詞；服：事也。

❼ 耦：耦耕，二人爲耦並耕也。十千：舊解爲萬，謂耦耕者萬夫。高本漢詩經注釋則解「十千」爲以十抵一千，即百倍。他說：『小雅甫田『歲取十千』的意思是『每年有百倍的收成。』這裏的意思也是一樣說到收成豐足的希望。因爲兩個農夫一同耕作，所以說：「每一對農夫有百倍的收成！」此詩爲禱辭，應採高說。

【評解】

噫嘻是臣工之什的第二篇，共一章八句。每句四字，共三十二字。無韻。

方玉潤詩經原始曰：「噫嘻，春祈穀也。小序謂春夏祈穀于上帝是也。姚（際恆）氏駁之以為春祈穀，夏則雩矣。其實雩、祈穀義本相通，故可並，勿庸疑也。唯（朱子）集傳以為戒農官之詩，則非。戒農官何必禱及成王，此易辨者。乃又云：『成王始置田官』，則尤謬。季明德曰：『農事古人所急，治農之官自古有之，況武王所重者民食，豈待成王而始置哉？』何玄子亦曰：『此康王春祈穀也。既得卜于禰廟，因戒農官之詩。……愚以此詩章首有成王昭格之語，是此詩作于康王之世（公元前一〇六七至一〇四二年），乃主作龜禰宮而言，不然，周自后稷以農事開國，卽欲敕農官，何不于始祖之廟，舉始祖為辭，而顧于成王何取乎？』此論較是，然非戒辭，乃祝辭，故入頌也。」

方氏於此詩的出處辨析甚明。這是周康王春天開始播種百穀時，龜卜于成王之廟，所用的祈禱豐收的樂歌。可是因為詩中屢用「爾」字，而且歷來說詩者無法從詩中找出祈禱語來，所以朱子解成「戒農官之詩」。現在得高本漢「十千」的新訓，方玉潤的祝辭入頌之說，才得一圓滿的解釋。

明人朱善評此詩曰：「成王既置田官而戒命之，後王復遵其法而重戒之。『率時農夫』農官之職也；『播厥百穀』，農夫之事也。『終三十里』，欲其地之無遺利也；『十千維耦』，欲其人之無遺力也。地無遺利，人無遺力，此豐穰之所以可必也。」（詩經傳說彙纂引）

猶太人舊約中的雅歌（約當公元前九六〇至七二二年），印度人吠陀經中的梨俱讚歌（約當公元前一五〇〇至一〇〇〇年），和我國詩經（約當公元前一一一〇至五二〇年），都是世界最古詩歌的輯集。雅歌（分八章共一一七節）和詩經中的國風（分十五地區共一六〇篇）都是美妙的男女情詩，均因被尊爲經典，卽曾被曲解被穿鑿附會到毫無文學的情趣，至近世才重新認識其本來面目，從文學欣賞的態度來給與新的評價。雅歌與國風同以男女情歌聞名於世，歌詞均美妙動人，其不同之處甚多，像國風有獵人而雅歌則無之；雅歌有葡萄園而國風無之，難於一一列舉，我們只簡單地指出最重要的兩點於下：

(1)背景的不同　國風的背景，主要是農業社會，詩中多黍稷離離（王風黍離）禾麻菽麥（豳風七月）之描寫。情人之幽會在桑中（鄘風桑中）；情人去採葛，一日不見，便如三月別離的相思之苦（王風采葛）；思念遠人則以「無田甫田」爲比；情人之偕逝，亦在「十畝之間」，（魏風十畝之間）。雅歌的背景則有畜牧社會的濃重色彩，以牧人爲戀愛對象的詩，便有第一章的七八兩節，第二章的十六節，第六章的二三兩節等好幾處，茲摘錄第一章兩節，以見一斑。

〔問〕：我心愛的啊！求你告訴我你在何處牧羊？晌午在何處叫羊歇下躺？……

〔答〕：你這女子中極美麗的！你若不知道，只跟隨着羊羣去追踪；放牧你的小山羊，在牧人的帳棚旁。

⑵風格的差異　國風溫柔敦厚，其音中正。鄭風被目爲淫詩，而男女戀愛均有節制情感的修養。男的說：「有女如雲，匪我思存」；（出其東門）女的說：「將仲子兮，無踰我牆！」（將仲子）這樣，高級情操的培養，引導中國社會，趨向於和諧有秩序的禮樂之邦。

雅歌的風格，則熱烈芬芳。而且是恣情的，肉感的。恣情到有如我國的子夜歌，肉感更甚於我國的香艷詩。

你看，雅歌一開頭（第一章第二節）便是姿情的歌唱：

「讓我酣飲他嘴上的甜吻，因你的愛情比美酒更芳醇。」

再試讀第七章的前三節，又是何等的香艷：

「王女啊！你的脚在鞋子中何其美好！你的大腿圓潤像美玉，是巧匠的手所作成；你的肚臍如圓杯，不缺調和的酒；你的兩乳好像一對小鹿，那母鹿的雙生子。」

他們的愛情熾烈到：「泉水不能息滅，洪水也不能淹沒。」（第八章第七節）而且「愛情如死之堅強，嫉恨如陰間之殘忍」（第八章第六節），已發展到登峯造極。

可是愛情而偏向肉慾方面發展，便會顯得心靈的空虛，因而他們又容易有宗教情操的產生，以宗教信仰來謀求心靈的充實。一轉向便寄託他們的愛情於上帝，而滿足於：「新郎怎樣喜悅新婦，你的上帝也要照樣喜悅你」（以賽亞書六二章第五節）

關於雅歌的話說多了，以下梨俱讚歌和詩經只能更簡單的比較一下。

梨俱讚歌（分十卷共一〇一七篇）和詩經中的周頌（分三什共三一篇）都是祭祀用的頌歌，但梨俱讚歌偏重在對自然界諸神的讚美和祈禱。他們對每個神都有禱告，其中有通篇纍牘的祈禱語，像第七卷第四十篇的「水神頌」，便每一頌（雙行）的末句，都有相同的禱語：「這裏，讓那些女神保護我！」周頌則偏重在對祖先功德的歌頌和祭祀者的自我警惕，很少祈禱之辭。我們檢視周頌三十一篇，只有這噫嘻和載芟兩篇是祈禱詩。雖是祈禱詩，而仍含盡人事以求多福之意。

周頌重自勵，自勵於盡人事；梨俱重祈禱，祈禱獲神祐。盡人事，發展而爲人文主義的文化；祈神祐，發展而爲以神話爲歷史的世界。這是中印文學最初的歧異，知道已是中印文化分道揚鑣的開始了。

【古韻】

（無）

三、振　鷺

這是夏殷二王之後來周助祭的詩。

周頌——臣工之什

原詩	今譯
振鷺于飛，❶	白鷺成羣在飛翔，
于彼西雝。❷	飛在西雝水澤上。
我客戾止，❸	我有貴客來駕臨，
亦有斯容。	儀表光潔有精神。
在彼無惡，❹	神靈對他們不嫌棄，
在此無斁。❺	他們在此無倦意。
庶幾夙夜，	早晚勤謹不怠惰，
以永終譽。❻	庶幾能夠長安樂。

❶振：羣飛貌。鷺：白鳥。于：正在。

❷雝：音雍ㄩㄥ，澤。西雝：澤名，雍水停瀦所成，在岐周西南。朱右曾說。

❸客：指二王之後，夏後爲杞，殷後爲宋。廟祭時，二王之後助祭，待之以客而不以臣。戾：至。

❹彼：指神而言。

❺此：指二客而言。斁：音亦一ˋ，厭倦。謂二王助祭無厭倦。

❻屈萬里先生曰：「古以夙夜之語示敬謹之意。永終連言，終亦永也：于省吾說。譽：樂也。二句連讀，庶幾二字貫下文，言能早夜敬慎，則庶幾永安長樂也。」

【評解】

振鷺是臣工之什的第三篇。一章八句，句四字，共三十二字。

詩序：「振鷺，二王之後來助祭也。」鄭箋：「二王，夏殷也。其後，杞也，宋也。」正義：「史記杞世家云：『武王克殷，求禹之後，得東樓公封之於杞，以奉夏后氏之祀。』是杞之初封，卽爲夏之後矣。其殷後，則初封武庚於殷墟，後以叛而誅之，更命微子爲殷後，成王始命之也。……所存二王之後者，命使郊天，以天子禮祭其始祖受命之王，自行其正朔服色，此之謂通天三統，是言王者立二王後之義也。」毛傳標此詩爲興。箋云：「興者，喻杞宋之君，有絜白之德來助祭於周之廟，得禮之宜也。其至止亦有此容，言威儀之善如鷺然。」魯詩獨斷文亦曰：「振鷺，二王之後來助祭之歌也。」宋朱熹詩集傳改標此詩爲賦，而詩義仍從毛序曰：「此二王之後來助祭之詩。言鷺飛于西雝之水而我客來助祭者，其容貌脩整，亦如鷺之潔白也。或曰興也。」

至明始有異議。清姚際恆詩經通論敍之曰：「小序謂『二王之後來助祭』，宋人悉從之，無異說。自季（本）明德（詩學解頤）始不從，曰：『序似臆說。武王旣有天下，封堯後于薊，封舜後于陳，封禹後于杞，而陳與杞、宋爲三恪。此來助祭，獨言二王之後，何爲不及陳耶？竊意此詩必專爲武庚而發，蓋武庚庸愚不知天命，故使之觀樂辟雝以養德，庶幾其能忠順耳。』鄒肇斂（詩傳聞）踵其意而爲說曰：『武王西雝之客，蓋指祿父，而夏之後不與。何者？鷺，白鳥也。殷人尙白，武王立受子祿父爲殷公，以撫殷餘民，而不改其色，故「亦有斯容」與「亦白其馬」皆不改色之證也。後儒見武庚以叛見誅，舉而棄之不屑道，必以「我客」屬嗣封之微子。夫由後而知鴟鴞毀室，罪存不貫。由武王之世觀之，則武庚固殷之冢嗣，亦由丹朱在虞，商均在夏，三恪莫敢望焉。周之嘉賓孰先武庚者，無問其賢否也。』較季說尤爲宛轉盡致矣。何（楷）玄子（詩經世本古義）又踵兩家之意而別爲說曰：『周成王時，微子來助祭于祖廟，周人作詩美之。此與有瞽、有客皆一時之詩，爲微子作也。何以知其爲微子也？微子之封宋也，統承先王，修其禮物，作賓于王家，故有客之詩曰：「亦白其馬」。商尙白也，鷺乃白鳥，而「我客」「有客」似之。意者其衣服、車旂之類皆用白與？此以知其爲微子也。何以知其在成王時來助祭也？書序曰：「成王旣黜殷命，殺武庚，命微子啓，作微子之命，是則微子之封宋自成王始命之，此以知微子在成王時來助祭也。」愚按，微子之命篇語乃僞古文，不足據。若以尙白爲言，則武庚亦必仍舊制，安見非武王時武庚來助祭，而必成王時微子來助祭乎？是仍與季、鄒揣摩之說無異也。總之，序說原有可疑者三：周有三恪助祭，何以獨二王後，一也。詩但言『我客』，不言『二客』，二也。此篇言有振鷺之容，白也；有客篇明言『亦白其馬』，似指殷後而不指夏後，三也。有此三者，故或以爲武庚，或以爲微子，所自來矣。以今揆之，微子之說較優于武庚；且有左傳以證：左傳皇武子曰：『宋，先代之後，于周爲客：天子有事，膰焉；有喪，拜焉。』按周之隆宋自愈于杞，蓋一近一遠，近親而遠疎，亦理勢所自然也。商頌亦稱『嘉客』，指夏後；此稱『客』，指殷後也。宋國之臣言宋事，則宜爲微子而非武庚也。『有事膰焉』，亦來助祭之證。集傳引序說者，乃引左傳『天子有事，膰焉；有喪，拜焉。』之語，然則只說得宋，遺却杞矣。」謂微子之說，較優於武庚，至方玉潤詩經原始而斷爲「振鷺，微子來助祭也。」

但現代詩經學者大多仍主夏殷二王之後助祭樂歌者。蓋三恪乃追溯前三代，不如三統之以夏商周三代之皆得用天子之禮樂，故周廟之助祭，獨以客待杞、宋二國之君，而陳國不與也。至服色言，夏尚黑，殷尚白，周尚赤。此詩以西雝之鷺，象徵我客，並未如有客之以白馬明言殷後之白色服飾。故毛傳標爲興，箋言喻杞宋之君有絜白之德，威儀之善如鷺然，不必去尙黑之杞君，亦甚妥。而魯詩亦以爲二王後也。興詩不可求甚解，所以我們也同意屈萬里詩經釋義、王靜芝詩經通釋的仍解爲二王後之助祭。

因此詩涉及客字問題，我們特把詩經中的客字再來一番研究。查詩經三百零五篇中共有十個客字，計小雅三見，爲吉日篇四章之「以御賓客」，白駒篇二章之「於焉嘉客」，及楚茨篇三章之「爲賓爲客」。周頌六見，爲有客篇之「有客有客」，「有客宿宿」，「有客信信」，及振鷺有瞽兩篇的各有「我客戾止」一句。另商頌那篇的「我有嘉客」一見。因小雅兩次賓客並見，所以又查三百零五篇中賓字出現情形。結果知賓字出現於詩經共二十一次，都在大小雅詩中。是以知賓字只出現於雅樂的燕飮詩中，廟祭之頌詩中竟無賓字。則知在詩經中，賓、客之必有區別，不似今日之賓卽客，客卽賓也。查辭海：「賓，客也」；「客，賓也。」以二字互訓。查中文大辭典賓客條始有「析言之，客小於賓；渾言之則無別。」引論語公冶長篇：「子曰：『赤也束帶立於朝，可使與賓客言也。』」之疏云：「可使與鄰國之大賓小客言語應對也。」而未提詩經中用法。再查詩經各代注疏本，僅於竹添光鴻毛詩會箋楚茨篇「爲賓爲客」句之箋有云：「賓者，客中之上首一人，其餘爲客。所謂衆賓是也。賓客或單稱，或雙稱，本無別異，此獨兩以爲字間之，因其有別，或分二王之後，與衆助祭言。殆亦正義所謂對文則各有專屬，散則通者也。」因知賓大客小者有二義。若前義，意爲天子宴飲時以首席之主客一人爲賓則可，若後義意爲助祭時以二王之後爲賓，其他諸侯爲客，則不然。蓋後一義與周頌中之助祭者以夏殷後爲客不爲賓實不符也。我們覺得楚茨篇應以朱傳：「此詩述公卿有田祿者力於農事以奉其宗廟之祭」爲正解，公卿宗廟之祭，可以助祭者中尊一二人爲賓。若王者宗廟之祭，則證之周商二頌，則有客無賓。天子燕飲，則諸侯羣臣均得爲客，可尊一二人爲賓，小雅吉日之「以御賓客」句卽其證也。簡單地說：在詩經的頌詩中，有客而無賓，因爲在天子祭祖的廟中，助祭者均爲臣，僅二王之後，以客禮待之。一般公卿的宗廟祭祀中，助祭人之非其臣屬者，則自可有客而亦有賓。至天子之歡宴羣臣，則均不以臣禮待之，故亦當有賓有客，或均稱嘉賓。故大小雅詩中賓字十九見，而客字僅三見也。至詩經以外，尙書益稷篇有「祖考來格，虞賓在位」之句，乃虞代禮制，不可一概而論。若卽依詩例推論，則此乃夔總述樂之功，宜分別言之。上句謂此樂可用於宗廟時祭祀祖先，下句言也可用於燕享的招待賓客也。

此詩姚際恆評其首二句云：「全在意象之間，絕不著迹。」牛運震則曰：「此興體也。頌中特見之清新恬雅。」

【古韻】

雝、容，東部平聲；

惡、射、夜、斁，魚部去聲。

四、豐年

這是豐年秋冬祭神的詩。

原詩	今譯
豐年多黍多稌，❶	豐年多黍又多稻，
亦有高廩，❷	穀倉堆得大又高，

❶ 稌：音途，稻。

❷ 亦：語詞。廩：音凜ㄌㄧㄣˇ，米倉。

萬億及秭。❸　萬億及秭好豐饒。
為酒為醴，❹　用來釀酒又釀醴，
烝畀祖妣，❺　酒醴用來獻祖妣，
以洽百禮。❻　並能合乎各禮儀。
降福孔皆。❼　福祿就能普徧至。

【評解】

豐年是臣工之什的第四篇，一章七句，除第一句為六字，餘均為四字句。全詩共三十字。詩序云：「豐年，秋冬報也。」鄭箋：「報者，謂嘗也，烝也。」按：秋祭曰嘗，冬祭曰烝。故豐年為秋冬祭神之詩。

朱傳謂此秋冬報賽田事之樂歌。然方玉潤曰：「集傳定為報賽田事之樂歌，蓋指田祖先農方

❸秭：音子，萬萬曰億，萬億曰秭。言其收穫之多也。
❹醴：甜酒。
❺烝：進奉。畀：音必，予。烝畀謂祭祀享獻也。
❻洽：合。百禮：言禮之多。
❼孔：甚。皆：嘉也。或釋為徧，謂神降福很普徧。

社之屬。然詳觀此詩言黍稌之多，倉廩之富，而得爲此酒醴以饗祖考，洽羣神，祀事無缺，而百禮咸備，皆上帝之賜。故曰降福孔皆也。是詩概爲報祭之樂章，故序不明斥所祭爲何神也。」

明人朱善曰：「收入之多，而祭禮之無不備；祭禮之備，而福祿之無不徧。此方社之賜也，而亦田祖先農之力也。秋而報焉，則方社之謂也；冬而報焉，則蜡祭百神之謂也。以其同謂之報祭，故同歌是詩也。」（詩經傳說彙纂引）

【古韻】

黍、稌，魚部上聲；

秭、醴、妣、禮、皆，脂部上聲。

五、有瞽

這是周公攝政六年制禮作樂，諸樂初成，大合奏於祖廟時特備之歌。

原詩	今譯
有瞽有瞽，❶	瞎眼的瞽矇樂師們，

❶ 瞽：目盲。古之樂官，以瞽人爲之。周禮春官之屬有瞽矇。注云：「凡樂之歌，必使瞽矇爲焉。命其賢

在周之庭。　聚集在周王的廟庭。
設業設虡，❷　橫木架上建鐘虡，
崇牙樹羽。❸　崇牙懸磬插彩羽。
應田縣鼓，❹　大鼓小鼓都架起，
鞉磬柷圉。❺　鞉磬柷敔也擺齊。
既備乃奏，　樂器既然全具備，

知者以爲大師、小師。鄭司農云：『無目眹謂之瞽，有目眹而無見謂之矇。』」眹：音朕ㄓㄣˋ，眼珠，即瞳、眸。釋名：「瞽，鼓也。瞑瞑然目平合如鼓皮也。」

❷ 虡：音巨ㄐㄩˋ，懸鐘之立木。業：栒上之大板。栒：虡之橫木。參看大雅靈臺篇。

❸ 崇牙：即樅，業上懸鐘磬處，以彩色爲大牙，其狀隆然，故名崇牙。樹：立。樹羽：立五彩之羽於崇牙之上。

❹ 應：小鞞，小鼓之橫懸者。田：大鼓。縣：同懸，縣鼓乃周制。

❺ 鞉：音桃ㄊㄠˊ，同鼗，如鼓而小，有柄兩耳，持其柄而搖，則兩耳擊鼓有聲，如今小兒之搖鼓。磬：石製敲擊樂器。柷：音祝ㄓㄨˋ，木製樂器，如漆桶，方二尺四寸，深一尺八寸，中有椎柄，連底，推引而動之，令左右擊。奏之初，先擊柷以起樂者也。圉：音語ㄩˇ，亦作敔，狀如伏虎，背上有二十七鉏鋙（木鋸齒），以木盡擊其齒，自首至尾，其木聲連綴戛然。圉，止樂之樂器，樂終則一聲長畫，戛然而止。柷圉均於合樂時用之。

簫管備舉。❻　簫管也都一齊吹。
喤喤厥聲，　其聲喤喤百樂鳴，
肅雝和鳴，　其音和諧又肅敬，
先祖是聽。　恭請先祖來試聽。
我客戾止，　杞宋貴客也到臨，
永觀厥成。❼　一直觀樂到禮成。

【評解】

有瞽是臣工之什的第五篇。一章十三句，句四字，全詩共五十二字。

詩序：「始作樂而合乎祖也。」鄭箋：「王者治定制禮，功成作樂。合者，大合諸樂而奏之。」孔疏：「正義曰：有瞽詩者，始作樂而合於太祖之樂歌也。謂周公攝政六年，制禮作樂，一代之樂功成而合於太祖之廟，奏之告神，以知善否。詩人述其事而爲此歌焉。」魯詩獨斷文亦曰：「有瞽一章十三句，始作樂，合諸樂而奏之所歌也。」朱傳從之。姚際恆予以糾正云：「小

❻ 簫：編小竹爲一排，管之長短各不同，以分音階，捧而左右移動吹奏之。管：竹製樂器，長尺圍寸，如笛形小，其孔有六八兩說，或云有底，或云無底，或云單管，或云併兩管而吹之。其器漢代已失傳。

❼ 樂終謂之成。此句謂長觀斯樂也。

序謂：『始作樂而合乎祖』，近是。『祖』，文王也；成王祭也。何玄子因以爲『大祫』，祫亦合也。又曰：『序意謂成王至是始行合祖之禮，大奏諸樂云爾，非謂以新樂始成之故合乎祖也。』」方玉潤遂謂：「有瞽，成王始行祫祭也。」

案：祫音洽，大祫事見春秋公羊傳文公二年。經：「八月丁夘，大事于大廟，躋僖公。」傳曰：「大事者何？大祫也。祫者何？合祭也。其合祭奈何？毀廟之主，陳於大祖；未毀之廟之主皆升，合食於大祖，五年而再殷祭。躋者何？升也。何言乎升僖公？譏。何譏爾？逆祀也。」鄭康成曰：「魯禮，三年喪畢而合於太祖。明年春，禘於羣廟，自此之後，五年而再殷祭，一祫一禘。」此大祫者，乃爲僖公卒於前年十二月乙巳，至此三年喪畢而合於大祖之祭也。然則魯禮非天子之禮。周禮「三歲一祫」，或卽據此，故段氏以爲注也。禮記王制：「天子犆礿，祫禘、祫嘗、祫烝，諸侯礿，犆；禘，一犆一祫；嘗，祫；烝，祫。」注云：「犆，猶一也。祫，合也。天子諸侯之喪畢，合先君之主於祖廟而祭之，謂之祫。」以此知後世以周代天子與諸侯之祭禮雖不盡同，而均以三年之喪畢，合先君之主於祖廟而祭稱祫祭。

祫祭之義旣明，我們再考察毛魯二家，以此詩爲周公攝政六年，制禮作樂，諸樂初成，風雅頌之四始已備時，合奏於太祖之廟以告神，因又作此歌以告成功。而何楷以爲此詩爲非「始作樂」，乃武王三年之喪畢，成王始行祫祭之樂歌。姚際恆之意，二者均近似。而方玉潤遂斷此詩爲祫祭，以爲祫祭大典才會有助祭者來，故詩云：「先祖是聽，我客戾止」也。我們覺得祫祭是常禮，而周公制禮作樂，乃周代大事，其樂成而告於祖廟，自有詩記其盛事，此詩可以當之。且此詩文字，其重點正是獨斷文所謂「合諸樂奏之」的描寫，而分毫不及祫祭之種種。不說「先祖來格」，而云「先祖來聽」，尤表此詩之特性。以始作樂之成功告於祖廟，這種大典，例亦應有稱爲客之二王後的觀禮，故詩云：「我客戾止，永觀厥成」，正記其盛爾。此詩處處切合周公作樂始成合奏於廟之義，且描寫極爲生動。結穴三句，尤爲精到。何楷何得以「合樂」與「合祖」徒有一合字之相同，而附會爲祫祭耶？所以研判之後，我們斷然站在以攻序出名而此詩仍從序之朱傳方面，而否決何楷、方玉潤的新義。

關於評論此詩技巧的，我們舉牛運震的詩志爲代表。他說：「開端有瞽云云，便有神人凝注光景。臚樂有次第，有過節。『肅雝和鳴』精深雅啓，覺樂記語繁。我客句榮幸甚厚。此初合樂爾，便以永觀厥成言之，寫得正極精神。」其總評爲：「淨鍊之極，自然濃緻，亦古韻琅琅可誦。」至於姚際恆以商頌那篇爲此詩之藍本，這是未知商頌之年代，後於周頌之故。其實那篇的音樂描寫是有瞽篇發展出來的。「我有嘉客，亦不夷懌」兩句也是。

有瞽篇的年代，可定爲周成王六年，即公元前一一一〇年。

【古韻】 鼓、虡、羽、鼓、圉、舉，魚部上聲；

庭、聲、鳴、聽、成，耕部平聲。

六、潛

這是周王用魚類祭祀宗廟的樂歌。

原詩	今譯
猗與漆沮，❶	啊！漆沮波紋盪悠悠呀，
潛有多魚。❷	成羣的魚兒在水底游啊。
有鱣有鮪，❸	大鱣小鮪在一起，
鰷鱨鰋鯉。❹	還有鰷鱨和鰋鯉。
以享以祀，❺	用來奉獻來祭祀，

❶猗：讀爲漪，音衣，水波動貌。與：借爲歟。猗與：歎美水之波動。漆、沮：二水名。

❷潛：水深隱藏之處。謂水深之處藏有多魚也。

❸鱣：音占，黃色大魚。鮪：音偉，似鱣而小之魚。

❹鰷：音條，白條魚。鱨：音常、鰋：音晏、鯉：均魚名。見小雅魚麗篇。

❺享：獻。

以介景福。❻　以期求得大福祉。

【評解】

潛是臣工之什的第六篇，一章六句，句四字，全詩共二十四字。

詩序云：「潛，季冬薦魚，春獻鮪也。」集傳曰：「季冬命漁師始漁，天子親往，乃嘗魚，先薦寢廟。季春薦鮪于寢廟。此其樂歌也。」姚際恆駁詩序及集傳曰：「此周王薦魚于宗廟之樂歌。小序謂『季冬薦魚，春獻鮪。』按月令，季冬曰：『乃命魚師始漁，天子親往，乃嘗魚，先薦寢廟。』又季春曰：『薦鮪于寢廟。』序全襲之爲說，則知作小序者漢人也。以秦月令釋周詩，謬一。一詩當冬、秋兩用，謬二。上云『多魚』，下二句以六魚實之，『鮪』在六魚之內，而云『春獻鮪』，謬三。孔氏曰：『冬月魚不行，乃性定而肥，故特薦之。』此釋『潛』之義。今又引月令季春薦鮪之說，則魚是時已不潛矣，與詩意違，謬四。集傳直錄月令之文以釋詩，謬。竊取序意，若示與序別者，尤陋。」可謂有識之論。故直謂此詩乃周王用魚祭祀宗廟之樂歌即可，不煩多言也。

---

❻　介：借爲丐，求。景：大。

【古韻】

與、沮、魚，魚部平聲；

鮪、鯉、祀、福，之部上聲。

七、雝

這是武王祭祀文王的詩。

原詩	今譯
有來雝雝，❶	助祭的諸侯和雝雝，
至止肅肅，❷	來到宗廟都肅敬。
相維辟公，❸	助祭的諸侯容止端，

---

❶ 有來：謂諸侯之來助祭者，雝：音雍ㄩㄥ，雝雝：和貌。

❷ 至：至於宗廟。止：語詞。肅肅：敬貌。

❸ 相：音向，下同。指助祭者。維：語詞。辟公：諸侯。

天子穆穆。❹　天子肅穆又莊嚴。
於薦廣牡，❺　啊！且來進獻大犧牲，
相予肆祀。❻　幫我排列祭品供。
假哉皇考，❼　大哉皇考在天靈，
綏予孝子。❽　安綏孝子保後生。
宣哲維人，❾　皇考爲人很明智，
文武維后。❿　允文允武了不起。
燕及皇天，⓫　上能安樂上帝，
克昌厥後。⓬　下能昌大後嗣。

❹天子：主祭之周王。穆穆：容止端莊恭敬。
❺於：音烏，歎詞。薦：進獻。廣：大。牡：雄牲。
❻相：助。予：我。肆：陳列，謂陳列祭品。
❼假：大。皇考：稱亡父曰皇考，此指文王。
❽綏：安。孝子：武王自謂。
❾宣：明。哲：智。言皇考爲人明智。
❿后：君。此句謂爲君則允文允武也。
⓫燕：安。皇天：上帝。
⓬昌：大，盛。厥：其。以上二句謂文王能事上帝，使之安樂，故能昌大其後嗣也。

綏我眉壽，⓭　賜我能享高壽，
介以繁祉。⓮　各種福祉都有。
既右烈考，⓯　皇考在天蒙照顧，
亦右文母。⓰　文母之靈也保護。

【評解】

雝是臣工之什的第七篇。一章十六句，句四字，全詩共六十四字。姚際恆詩經通論分為四章各四句。方玉潤從之。

詩序云：「雝，禘大祖也。」姚際恆謂周之大祖為后稷。禮記祭法：「周人禘嚳而郊稷」。詩中無及于嚳、稷。是知非禘祭也。朱傳云：「此武王祭文王之詩。」茲從之。

雝詩是用之於徹俎時之樂歌。孔子曰：「以雍（同雝）徹」可證。詩中有「相維辟公，天子穆穆」句，故孔子以魯三家僭以雝詩徹祭，而引此句斥之曰：「奚取於三家之堂？」是雝詩唯天子能用之。

⓭綏：安。眉壽：高壽。
⓮介：助。繁祉：多福。
⓯右：佑，保佑。下同。烈：功業。考：稱亡父。
⓰文母：有文德之母，指武王母太姒。以上二句謂上帝既保佑我有功業之父，亦保佑我有文德之母。

牛運震評此詩曰：「全篇音節遒壯，意象悚穆，全從深孝篤誠發出一段和愉祥藹之氣。」

【古韻】

雝、公，東部平聲；

肅、穆，幽部入聲；

牡、考，幽部上聲；

祀、子，之部上聲；

人、天，眞部平聲；

后、後，侯部上聲；

壽、考，幽部上聲；

祉、母，之部上聲。

八、載　見

這是成王初卽位，諸侯來朝，始助祭於武王廟的詩。

原詩

載見辟王，❶
曰求厥章。❷
龍旂陽陽，❸
和鈴央央，❹
鞗革有鶬，❺
休有烈光。❻
率見昭考，❼

今譯

諸侯始來朝君王，
以求法度和典章。
交龍旗子很鮮亮，
和鈴齊響丁令當，
鑾首的裝飾聲鏘鏘，
華美光彩耀輝煌。
率領諸侯祭武王，

❶載：始。辟王：天子，此謂成王。
❷曰：語詞。厥：其。章：典章法度。
❸龍旂：旗上繪交龍者。陽陽：鮮明貌。高亨周頌考釋中：「陽陽，猶飄飄也。字借爲颺。說文：『颺，風所飛揚也。』」
❹和鈴：掛在旂上之鈴曰鈴，掛在軾前之鈴曰和。央央：鈴聲。
❺鞗：音條，鞗革：鑾首之飾。有鶬：鏘然有聲。鶬：音鏘。
❻休：美。烈光：光彩。
❼昭：光顯。昭考：謂武王。周制：王七廟，太祖居中，在東三廟爲昭（左昭），在西三廟爲穆（右穆）。文王當穆，武王當昭。此句謂成王率諸侯祭武王也。

以孝以享，⑧　以表孝思以獻享，
以介眉壽。　以求長壽壽無疆。
永言保之，⑨　永遠保有不失去，
思皇多祜。⑩　保有既大又多福。
烈文辟公，⑪　功業文德諸先公，
綏以多福，⑫　能以多福安後生，
俾緝熙于純嘏。⑬　持續光明福無窮。

【評解】

載見是臣工之什的第八篇。一章十四句，除末句爲六字外，餘均四字句，全詩共五十八字。

詩序云：「諸侯始見乎武王廟也。」孔疏：「載見詩者，諸侯始見武王廟之樂歌也。」謂周

⑧ 此句謂：以致孝子之事，以獻祭祀之禮。
⑨ 言：語詞。
⑩ 思：語詞。皇：大。祜：福。二句謂永保有大而多之福。
⑪ 烈：功業。文：文德。辟公：先公。當指諸侯之先人。
⑫ 綏：安。
⑬ 俾：使。緝：繼續。熙：光明。純嘏：大福。言諸侯之先人，綏安諸侯以多福，俾其大福繼續不絕也。

公居攝七年而歸政成王。成王卽政，諸侯來朝，於是率之以祭武王之廟。詩人述其事而爲此歌焉。」三家詩無異義。朱傳云：「此諸侯助祭于武王廟之詩。」姚際恆則云：「當云成王朝諸侯，始來助祭乎武王廟之詩也。」

此詩首句之「載」字，毛鄭訓「始」，而朱傳則訓「則」，又曰發語詞。方玉潤曰：「毛萇訓載爲始，朱子以爲恐未然，故以載作發語詞。姚氏謂集傳旣訓載爲則，則不當云發語詞。若爲虛字之則，則乃承接之辭，豈可作發語用？一虛字也，而諸儒辯論莫定，其他可知。然從毛鄭訓始者多，則以下文『率見昭考』與首句相應故也。彙纂亦曰『成王新卽政，率是百辟，見於昭廟，以隆孝享。一以顯耆定之大烈彌光；一以彰萬國之歡心如一。有丕承王業，畏懷天下氣象，故曰始也。若泛言諸侯助祭，則烈祖有功德之廟多矣，何獨詣武王一廟而作此歌乎？』案此乃作詩大旨。亦存詩者之微意也，而集傳必欲訓載爲發語詞者何哉？」方玉潤又曰：「朱氏善曰：『諸侯之來朝，將以稟受法度也，而我乃率之以祀武王，何也？蓋先王者，法度之所從出，而宗廟者，又禮法之所由施也。』此又讀書別有所見，亦實詩中要義，不可不參觀而並詳焉者也。」

【古韻】　王、章、陽、央、鶬、光、享，陽部平聲；

壽、保，幽部上聲；

祜、嘏，魚部上聲。

九、有客

這是微子來朝見於周天子祖廟的詩。

原詩	今譯
有客有客，❶	有客遠來自宋國，
亦白其馬。❷	也騎白馬殷服色。
有萋有且，❸	隨從衆多好壯盛，

❶春秋隱公三年八月庚辰宋公和卒，公羊傳云：「宋稱公者，殷後也。王者封二王之後，地方百里，爵稱公，客待之而不臣也。」周天子待宋公微子以客禮，故云有客。微子名啓，紂王之庶兄，初封於宋。周既平管蔡之亂，殺武庚，因命宋爲殷後，以祀其先王。微子既受命來朝，見於周祖廟也。

❷春秋隱公三年春王二月公羊傳云：「二月三月皆有王者。二月，殷之正月也；三月，夏之正月也。王者存二王之後，使統其正朔，服其服色，行其禮樂，所以尊先聖，通三統師法之義，恭讓之禮。」殷尙白，殷後武庚來朝騎白馬。今微子亦乘白馬也。

❸萋：盛貌。且：音阻，多貌。有萋有且，即萋然且然，以狀從者之盛多。

敦琢其旅。❹
有客宿宿，❺
有客信信。❻
言授之縶，❼
以縶其馬。
薄言追之，❽
左右綏之。❾
既有淫威，❿
降福孔夷。⓫

都是精選的羣英。
客住一夜又一夜，
客住兩夜再兩夜。
快快拿過繩索來，
把他馬兒拴起來。
客人走了去追回，
客人的左右也安慰。
祝你既有大威德，
洪福天降也易得。

❹ 敦：音堆，治也。敦琢：即棫樸篇之追琢，引申爲精選之意。旅：衆。
❺ 留住一夜曰宿。
❻ 再留住一夜曰信。魯說宿宿爲再宿，信信爲四宿。見公羊傳隱公三年何休解詁。
❼ 縶：繫馬之索。下一句縶作動詞繫用。
❽ 薄言二字皆語詞。追之：朱傳曰：「已去而復還之，愛之無已也。」
❾ 綏：安。
❿ 淫：大。威：德威。
⓫ 孔：大。夷：易。此爲祝福語。

【評解】

有客是臣工之什的第九篇，一章十二句，句四字，共四十八字。朱傳分三節解之。姚論卽分爲三章，章四句，今從朱傳不分章。魯詩獨斷文謂有客一章十三句，則首句以有客兩字爲一句矣。

詩序：「有客，微子來見祖廟也。」鄭箋：「成王旣黜殷命，殺武庚，命微子代殷後。旣受命，來朝而見也。」魯說：「有客，微子來見祖廟之所歌也。」（蔡邕獨斷文）朱傳亦云：「此微子來見祖廟之詩。」姚論曰：「小序謂：『微子來見祖廟』，向來從之。惟鄒肇敏曰：『愚以爲箕子也。書載武王十三祀，王訪于箕子，乃陳洪範。此詩之作，其因來朝而見廟乎？……』此說甚新，存之。蓋謂微子則當爲成王之朝；謂箕子，則當爲武王之朝，故此說與序說皆可通。」竹添光鴻毛詩會箋云：「序云：『來見祖廟』，則非助祭，蓋及其歸，歌諸廟餞之也。助祭則歌振鷺之詩矣。」

朱傳以此詩首四句爲一節，言微子之始至；以中四句爲一節，言其將去；而末四句一節，爲留之之辭。脈絡極分明。蓋首節寫微子之來作客，所騎白馬係殷代所尙之潔白服色，隨從之盛多，皆精選之英俊；中節寫其逗留之久，欲去而又挽留之；末節寫其旣去又追之使還，並安撫其左右，挽留不成，方祝福而送別。其禮遇之隆，情意之重如此。

姚際恆評其「起得翩然。」牛運震則曰：「就白馬生情，妙！亦字艷異之甚。敦琢字新。愛其馬，美其旅，襯托入妙。」又云：「風致婉秀，絕似小雅。周家忠厚，微子高潔，此詩俱見。」

王鴻緒詩經傳說彙纂引朱公遷曰：「有客一詩，既足見微子之賢，尤足以見周家之厚。」竹添光鴻毛詩會箋引姜炳章亦曰：「晉魏以來，禪代革命之際，視故主遺育，如芒刺在身，必去後已。至有生生世世願無生帝王家者，亦可哀矣。觀振鷺有客之詩，愛敬交至，不啻若自其口出。非大公無我之聖人，何能如是哉！延祚八百，雖以秦政之暴，猶有南君之封，天道不誣也。」

【古韻】

馬、旅、馬，魚部上聲；

追、綏、威、夷，微部平聲。

十、武

這是讚美武王武功的頌歌。何楷以為是大武樂的第一樂章。

原詩	今譯
於皇武王，❶	哦，武王偉大而輝煌，
無競維烈。❷	功業無人比得上。
允文允王，	文王文德眞隆昌，
克開厥後。	後代的基業他開創。
嗣武受之，❸	繼繩步武重任當，
勝殷遏劉，❹	戰勝殷紂止殺傷，
耆定爾功。❺	武功奠立名聲揚。

【評解】

武是臣工之什的第十篇，一章七句，每句四字，共二十八字，無韻。

❶於：音烏，感歎詞。皇：大也。

❷烈，業也。此句謂其功業之大，人莫與競也。

❸武：迹也；受：承受。

❹遏：止也；劉：殺也。馬瑞辰以遏劉爲同義字，訓滅殺。

❺耆：音只，致也。此句魯詩爾作武。

武是讚美武王武功的頌歌。這頌歌的演奏，有音樂，有歌辭，也有舞蹈的配合，總稱爲大武舞樂。一般說來，武篇是大武的部分歌辭，但今則以武篇代表大武。其製作的時代在西周初年，作者是周公姬旦。但還有些紊亂的頭緒，須待爬梳；混淆的地方，須待澄清。

現在我們試臚列歷代的重要文獻整理如下：

㈠左傳宣公十二年載：「楚子（莊王）曰：『非爾所知也。夫文，止戈爲武，武王克商，作頌曰：「載戢干戈，載櫜弓矢，我求懿德，肆于時夏，允王保之。」又作武，其卒章曰：「耆定爾功」；其三曰：「鋪時繹思，我徂惟求定」；其六曰：「綏萬邦，屢豐年。」夫武：禁暴、戢兵、保大、定功、安民、和衆、豐財者也。故使子孫，無忘其章。』」

楚莊王所引「載戢干戈」五句爲清廟之什時邁篇十五句的末五句；「耆定爾功」一句，就是這臣工之什武篇七句的末一句；「鋪時繹思」二句爲閔予小子之什賚篇六句的中二句；「綏萬邦」二句爲閔予小子之什桓篇九句的首二句。

這是最早有關武篇的記載與解釋。武詩既有三章六章，又有卒章，似乎至少有七章，今本的武篇只是武詩的一章。但今本的詩經周頌，都以章爲篇，分此三章爲三篇，除武篇保留原名外，其三章六章，就另給了「賚」和「桓」的篇名，而且排列的次序既顛倒，而相隔的距離也與三六之數不符。又，孔穎達對「卒章」二字另有解釋，他說：「頌皆一章，言『其卒章』者，謂終章之句也」，所以朱熹以爲「耆定爾功」是首章，而武詩的章數，也就可能是六章了。但我們查杜預注左傳，是主張「其三」「其六」非章次而係篇次的，蓋以「卒章」之章字指「樂章」，又說：「此三六之數，與今詩頌篇次不同，蓋楚樂歌之次第也。」而日人竹添進一郎左傳會箋，則謂杜預以三六之數爲楚樂歌次第，「亦未必然」。可是我們却要說：「亦未必不然」。蓋孔子當時雅頌的次序已混亂，故孔子正樂，而「雅頌各得其所」，詩經雅頌的排列次序，是經過孔子的校訂的，因此與楚莊王所言就不同了。而雅頌的次序經過孔子校訂後，大約遭受秦火之災，又有些零亂了。至於大武包括那些頌詩？排列的次序怎樣？我們將根據何楷魏源等的主張，另作討論。

㈡毛詩序：「武，奏大武也。」鄭玄箋：「大武，周公作樂所爲舞也。」唐孔穎達疏：「武詩者，奏大武之樂歌也。謂周公攝政六年之時，象武王伐紂之事作大武之樂，旣成而於廟奏之，詩人覩其奏而思武功，故述其事而作此歌焉。」

左傳無「大武」之稱，毛詩序「大武」的名稱，始見於公羊、周禮與禮記。公羊傳昭公二十五年：「朱干玉戚，以舞大夏，八佾以舞大武，此皆天子之禮也。」周禮春官大司樂：「以樂舞教國子，舞雲門、大卷、大咸、大磬、大夏、大武。」禮記明堂位：「升歌淸廟，下管象，朱干玉戚，冕而舞大武。」而呂氏春秋古樂篇記大武製作經過曰：「武王卽位，以六師伐殷，六師未至，以銳兵克之於牧野，歸乃薦俘馘於京太室，乃命周公作爲大武。」鄭玄箋與呂覽符合。孔疏云「周公攝政六年之時」，後儒因之定此年爲周公製禮作樂之年。

㈢宋朱熹詩集傳：「周公象武王之功爲大武之樂，言武王無競之功，實文王開之，而武王嗣而受之，勝殷止殺，以致定其大功也。」又曰：「春秋傳以此爲大武之首章也。大武，周公象武王武功之舞，歌此詩以奏之。禮曰：『朱干玉戚，冕而舞大武。』然傳以此詩爲武王所作，則篇內已有武王之謚，而其說誤矣。」

朱子提出了武詩作者問題，否定了作者是武王而肯定是周公。但沒有論及孔穎達不說武王，也不說周公，却泛指詩人作此歌。於是武詩作者是⑴武王⑵周公⑶周公攝政時的詩人三說，我們得加以研判。研判的結果，朱子定爲周公之說是對的。但他說：「傳以此詩爲武王所作」乃是誤解左傳傳文。因爲左傳說：「武王克商，作頌曰……又作武。」本可解釋作詩時間是於武王克商之後，而非指武王作此詩。這可將呂氏春秋古樂篇作證，在那裏已經有很清楚的補充資料供我們採擇。至於孔穎達不說作者是武王，也不說是周公，而泛指說詩人作歌，這是孔氏的細心處。因爲周公定禮樂，參與的人當然很多，周公雖主其事，但此詩不一定由周公自己起草，故孔疏泛指詩人。但我們以爲像這種大典所用的歌辭，大半是周公所自作，即使先由別人起草，最後的修改核定，還是周公。我們知道，古代集體創作的作品，其名常歸諸主持人，唐代玄奘譯經即其例。（五經正義之稱孔疏，孔穎達不過因年老望重，故列名最前，後代也就把孔穎達作爲這集體創作的代表人了。）所以此詩作者定爲周公是不錯的。反之，孔疏以爲既奏大武的舞樂，詩人才補寫歌辭，那是不合情理的。

㈣宋李樗毛詩解：「案禮記，總干而山立，武王之事也；發揚蹈厲，太公之志也；武亂皆坐，以象周召之治。言大武始則持盾正立，以待諸侯；旣而戰鬥，旣而又使行列皆坐，以見爲止戈之武也。大武之舞，在於止戈；大武之詩，在於止殺，其類一也。」

這是對大武舞容的推測。我們從禮記與公羊傳的記載中，已確定大武的舞容是由六十四人排成八行（八佾）手持赤盾（朱干）玉斧（玉戚），由冕服者指揮，作戰鬥狀態的動作，以象牧野之戰的。這裏又將舞容詳述爲⑴持盾正立，列陣如山，⑵斧伐盾禦的戰鬥場面，⑶解甲息兵，行列皆坐的三個階段。

㈤清陳喬樅魯詩遺說考：「蔡邕獨斷：『武一章七句，奏大武，周武所定一代之樂之所歌也。』今考春秋繁露言：『文王受命作武樂，制文禮以奉天；武王受命作象樂，繼文以奉天；周公輔成王受命成文武之制，作汋樂以奉天。』直以武爲文王樂者，按白虎通義禮樂篇：『周樂曰大武，象；周公之樂曰酌；合曰大武。象者，象太平而作樂，示已太平也；合曰大武者，天下始樂周之征伐行武，故詩人歌之：「王赫斯怒，爰整其旅」，（大雅皇矣）當此之時，天下樂文王之怒以定天下，故樂其武也。』據此，是文王已作武樂，及武王克殷繼文而卒成武功，又定大武之樂，故魯詩序云：『周武所定一代之樂』。不言周武所作者，明文王已作武樂也。大武爲武王所定，卽傳爲武王樂，猶咸池本黃帝所作樂，堯增修而用之曰「大咸」，而咸池亦得爲堯樂也。」王先謙詩三家義集疏引之，並作案語曰：「愚案：大武者，祀周武王所定一代之樂歌，周公作也。大武之樂，亦爲象，象用兵時刺伐之舞，禮仲尼燕居鄭注：『武，象武王之大事也。』明堂位鄭注：『象，謂周頌武也。』繁露言『文王受命作武樂』，是武王未克殷時已祀文王而作武樂，但未制象舞耳。」

這裏對春秋繁露的解釋，陳喬樅的意思是：武樂始作於文王之時，武王克殷，卒成武功，增修而爲大武之樂，故蔡邕獨斷文說大武爲武王所定，而不曰作。王先謙則綜合前代的文獻，說大武是祭祀周武王所定的樂歌，爲周公所作。他的意見可以整理成這樣：繁露所言「文王受命作武樂」，是武王未克殷時祀文王所作，未配舞；「武王受命作象樂」，是武王旣克殷，將武樂增加了象用兵時刺伐之舞；最後周公輔政時又增加了「酌樂」的部分，合稱爲「大武」。而「武樂」「象樂」「酌樂」的作者，都是周公。但現在周頌的武篇，只是大武歌辭的一部分，係武王克殷後所增，並非最初的「武樂」。

最後我們簡單的結論是周頌武篇是讚美武王武功的頌歌，係周公所作大武舞樂的一部分。其製作年代，可假定爲孔疏所說的周公攝政的六年（卽成王六年）。大武的舞容，則爲朱干玉戚，八佾而舞。

【古韻】

（無）

周頌——閔予小子之什

一、閔予小子

這是武王既歿，其子誦，卽年幼的繼承人成王，守喪七月而葬，奉其神主入祀於祖廟時所作的樂歌。

原詩	今譯
閔予小子！❶	可憐我這小子啊！
遭家不造。❷	遭逢家運不濟。
嬛嬛在疚。❸	使我孤苦無依。

❶閔，與憫通，可憐。予小子，成王自稱。

❷造：善也。不造，猶言不善，不淑。馬瑞辰說。

❸嬛：音瓊，與煢同。嬛嬛，孤獨無依貌。疚：病。

於乎皇考！❹	啊呀我的皇考！
永世克孝，❺	終身克盡孝道，
念玆皇祖，❻	思念着我先祖，
陟降庭止。❼	降神往來庭戶。
維予小子，	現在我這小子，
夙夜敬止。❽	早晚恭敬戒懼。
於乎皇王！❾	啊呀我的父祖！
繼序思不忘。❿	願我永遠永遠繼續。

---

❹ 於乎，即嗚呼，歎詞。皇考，父死稱皇考，指武王。

❺ 永世：終身。

❻ 皇祖：指文王。

❼ 陟：升。陟降：猶往來。止：語詞。言皇祖文王之神，往來於庭。

❽ 敬：敬愼。

❾ 皇王：兼指文王武王。

❿ 序：緒。思：語詞。忘：與亡通用。言繼祖考之緒不失墜。屈萬里先生說。

【評解】

閔予小子是周頌閔予小子之什的第一篇。全篇一章十一句，除末句五字外，餘皆四字句，共四十五字。

詩序：「閔予小子，嗣王朝於廟也。」鄭箋：「嗣王者，謂成王也，除武王之喪，將始卽政，朝於廟也。」魯詩蔡邕獨斷文也說：「閔予小子一章十一句，成王除武王之喪，將始卽政，朝於廟之所歌也。」朱熹詩集傳則補充說：「此成王除喪朝廟所作，疑後世遂以爲嗣王朝廟之樂，後三篇仿此。」那末，這閔予小子和以下訪落、敬之、小毖三篇，都是成王居父喪期滿，吉祭於武王之廟，告除喪時所作樂歌。後來成王駕崩，康王嗣位時除成王之喪，朝廟吉祭時，就沿用此樂歌。昭王除康王喪，穆王除昭王喪，也仍用之。詩中「予小子」等語，雖爲幼年的成王所專用，而後代嗣王，也沿用不改。閔予小子之什的第二篇訪落，第三篇敬之，第四篇小毖也是這樣。這四篇是同一時期作品。但清姚際恆詩經通論，將這四篇再加分析，謂第一篇閔予小子首三句爲方在喪之辭。故曰：「嬛嬛在疚」，第二、三篇訪落、敬之則旣除喪，將始卽政而朝於廟，以咨羣臣之辭。第四篇小毖，則成王懲管蔡之禍而自儆之辭。同一時期，而分爲三層次以解之，較舊說更爲精細，所以我們採用姚說。

姚氏云：「小序謂『嗣王朝於廟』，然不言何時。何玄子引殷大白副墨曰：『武王旣葬，而祔主于廟』，似爲得之。蓋以首三句爲方在喪之辭，曰：『嬛嬛在疚』……必非除喪之辭。」方玉潤詩經原始從之，曰：「閔予小子，祔武王主于廟也。……蓋首三句方在喪中，下又將有事朝政，故知其爲既葬而祔主于廟之時耳。然詩似祝辭，非頌體，而亦列之頌者，頌之變也。」按祔，音附，祭名，奉後死者神主祭於祖廟也。說文：祔，後死者合食於先祖，从示付聲。禮記王制：天子七日而殯，七月而葬。則此詩作於死後七月也。

此詩以語意哀痛惕勵，誠摯、眞切勝。而全篇重心，在一敬字，與大雅文王篇同。文王曰：「於緝熙敬止」，此則云：「夙夜敬止。」方玉潤謂：「周家聖聖相承，家學淵源，不外一敬字。」明人朱善則合孝敬爲一理，其言曰：「自繼述而言謂之孝，自存主而言謂之敬。敬其身，即所以孝於親；孝於親，未有不敬其身者也。」

牛運震詩志對此詩評賞曰：「開口一閔字，多少愴痛！不造猶言無祿，遭家不造二語，寫得孤怯蒼涼。只歎皇考之孝，悚慕惻動。陟降庭止一語，靈悅溫切，依依如目。終以永歎愾摯之思，含蓄無限！」又云「兩於乎頓挫愾篤，語語有孤危荒懼之神。」

【古韻】

子、疚，之部上聲；

造、考、孝，幽部上聲；

庭、敬，耕部平聲；
王、忘，陽部平聲。

二、訪落

這是成王除喪，始卽政而朝於廟，與羣臣謀政之詩。

原詩	今譯
訪予落止，❶	我諮問最初的政事，
率時昭考。❷	當遵循昭考的法制。
於乎悠哉！	啊！那是多麼悠遠，
朕未有艾。❸	我沒那種才幹。

❶ 訪：問。落：開始。止：語詞。此句謂問教於羣臣有關開始之政事也。

❷ 率：循。時：是。昭考：謂先父武王。廟制：太祖居中，左昭右穆，太王之左爲季歷，右爲文王。則武王又當昭。

❸ 朕：我。艾：與乂通，音亦，治才。

將予就之，❹　　但我將盡量做好，
繼猶判渙。❺　　繼先德圖謀完善。
維予小子，　　想我這孤苦小子，
未堪家多難。　　不堪家國的多災多難。
紹庭上下，❻　　請求不斷在庭戶上下，
陟降厥家。　　神靈往來於其家。
休矣皇考！　　美哉皇考！
以保明其身。❼　　保我身發揚光大。

【評解】

訪落是閔予小子之什的第二篇。一章十二句，二句五字，餘均四字，全篇共五十字。

詩序：「訪落，嗣王謀於廟也。」魯詩蔡邕獨斷文亦曰：「成王謀政於廟之所歌也。」姚際恆云：「此成王既除喪，將始卽政而朝于廟，以咨羣臣之詩。集傳曰：『成王既朝於廟，因作此

❹就：成就。
❺猶：圖。判：分。渙：散。此句謂：我必將繼承先德，以圖收我所失之分散者，以成其完美。
❻紹：繼。
❼其身：嗣王自謂。可以大雅烝民：「既明且哲，以保其身」解此句意。

詩以道延訪羣臣之意。』何玄子曰：『此詩雖對羣臣而作，以延訪發端，而意止屬望昭考；至小毖篇始道其延訪羣臣之意耳。』如此讀詩，細甚。」方玉潤從之。

姚際恆評此詩謂：「多少宛轉曲折。」牛運震則曰：「俯仰跌頓，幽邃靈悚，數十字中，多少開合轉折。」又曰：「陡然一歎，愾動深遠。朕未有艾，作窮蹙語，是求助眞情懇結處。將予就之云云，所謂欲從末由也，寫得微至靈怳，有情有景，離合閃忽，非親歷不能道。昭庭上下倒句古，又插入皇考，寫得精神飛越。」

【古韻】

止、考，之部上聲；
艾、渙、難，元部去聲；
下、家，魚部上聲。

三、敬之

前篇訪落，成王旣咨詢羣臣，接着此詩即記羣臣規戒之言及其自勵的答辭，歌以告祭於廟，以示鄭重，而垂示子孫也。

原詩

「敬之！敬之！❶
天維顯思。❷
命不易哉！❸
無曰：『高高在上。』
陟降厥士，❹
日監在茲。」❺
「維予小子，
不聰敬止？❻
日就月將，❼

今譯

「應恭敬呀應恭敬！
天道眞是很顯明。
天命保住不容易，
勿謂：『高高在上不注意。』
上下省察就是天的事，
日日監視在這裏。」
「想我這小子啊，
能不恭聽而誠敬？
但願日有成就月有進，

❶敬：恭謹戒愼。
❷顯：明。思：語詞。
❸易：容易。
❹士：事。
❺監：視。
❻聰：聽。敬：愼。
❼就：成。將：進。

學有緝熙于光明。❽　學有續進於光明。

佛時仔肩，❾　諸君有輔助的重責，

示我顯德行。」❿　指示我光明的德行。」

【評解】

敬之是閔予小子之什的第三篇，毛詩、魯詩、朱傳，均分為一章十二句。除七字、六字、五字各一句外，餘九句均四字，全篇共五十四字。姚際恆詩經通論分為二章各六句，其追蹤者方玉潤的詩經原始未從之。

詩序：「敬之，羣臣進戒嗣王也。」魯詩獨斷文亦曰：「羣臣進戒嗣王之所歌也。」朱傳於前六句下謂：「成王受羣臣之戒而述其言。」後六句下云：「此乃自為答之之言。」姚際恒本之，而更辨析曰：「此羣臣答訪落之意，而成王又答之也。小序謂：『羣臣進戒嗣王』，只說得上半。集傳于上章云：『成王受羣臣之戒而述其言』；于下章云：『此乃自為答之之言。』愚向者，亦不敢以一詩硬作兩人語，惟此篇則宛肖。上章先以「敬之」直陳，意甚警切，下皆規戒之

---

❽緝：續。熙：明。

❾佛：音義同弼ㄅㄧˋ，輔助。時：是。仔肩：責任。

❿德行：進德之路。

辭；下章則純乎成王語。故敢定爲此說。今皆以爲成王，謂其旣受羣臣之戒而述其言，又述其自答之言，豈不迂而且拙乎？且凡頌詩豈必王者自作，大抵皆臣工述之耳。『日就月將，學有緝熙于光明』，此三百篇言學之始。」一惟近人多主全篇均周王祭祀時自戒自勵之詩。案朱傳謂述羣臣之規戒又以自勵答之，後王又沿用之，當然成爲周王自戒自勵無疑。姚論謂此詩應爲臣工所記臣戒及成王答自勵之語，然臣工乃代成王作詩，此詩作者名義，仍可歸之成王，則朱傳之說亦仍可通也。

頌卽容，頌爲舞容，最早的周頌，理論上應該都是舞曲，但現在已難一一確指。大概大武舞曲一組六篇，是大家承認的。何楷以爲是武、酌、賚、般、時邁、桓六篇，而王國維以爲是昊天有成命（卽武宿夜）、武、酌、桓、賚、般六篇，又以酌爲勺舞，以桓、賚、般三篇爲象舞。（舊以維清爲象舞）還有被指以三篇四篇爲組曲的，有載芟、良耜、絲衣三篇爲稷田之舞，閔予小子、訪落、敬之、烈文四篇爲嗣王踐阼之舞。另外時邁被指爲肆夏舞曲，而呂叔玉以爲肆夏與執競、思文共爲一組曲。然則周頌舞曲以三篇爲一組，象舞、肆夏舞、稷田之舞皆然。大武舞則武宿夜三篇昊天有成命、武、酌一組，又加象舞三篇桓、賚、般一組合兩組曲而成。嗣王踐阼舞曲亦應爲閔予小子、訪落、敬之三篇爲一組，因烈文篇詩序也說是：「成王卽政，諸侯助祭」，故被列入。但朱傳不言成王，又辯說謂「詩中未見卽政之意」。姚論亦謂「不必卽政」，所以嗣王踐阼舞曲或僅三篇，而無烈文也。

此詩姚際恆於「命不易哉」句下評云：「直起，妙！」牛運震亦曰：「『敬之！敬之！』疊呼危悚，便覺通篇精神。」又曰：「聰敬二字連得深微，大有悟性。」

【古韻】

之、之、思、哉、士、茲、子、止，之部平聲；

將、明、行，陽部平聲。

四、小毖

武王崩，周公攝政，成王中管、蔡流言之毒而疑周公，終於釀成管、蔡、武庚叛亂的大禍。周公東征平亂後，即歸政成王。成王祭於廟而歌此詩以自儆。

原詩	今譯
予其懲，	我該戒愼自警，
而毖後患。❶	謹防後患叢生。

❶ 毖：音必ㄅㄧˋ，愼防。

莫予荓蜂，❷　不要讓它成爲毒蜂，
自求辛螫。❸　而自找辛螫的苦痛。
肇允彼桃蟲，❹　初時信它是小小的鷦鷯，
拚飛維鳥，❺　後竟翻飛成猛鷙的大鳥。
未堪家多難，　不堪家國的災難頻仍，
予又集于蓼。❻　我又處身蓼菜的辛苦之中。

【評解】

小毖是閔予小子之什的第四篇。一章八句，三句五字，五句四字，全篇共三十五字。

詩序：「小毖，嗣王求助也。」魯詩獨斷文亦曰：「嗣王求忠臣助己之所歌也。」鄭箋則云：「成王求忠臣早輔助己爲政，以救患難。」又云：「始者，管叔及其羣弟流言於國，成王信

❷荓：音乒ㄆㄧㄥ，使。
❸螫：音釋ㄕˋ，毒蟲刺人。
❹肇：始。允：信。桃蟲：鷦鷯，鳥之小者。俗謂鷦鷯生鵰，故易林云：「桃蟲生鵰。」
❺拚：音翻ㄈㄢ，飛貌。初信其爲鷦鷯小鳥，後竟翻飛而爲猛鷙大鳥。牛運震詩志曰：「猶言先爲鼠，後爲虎也，不必作鷦鷯生鵰解。」
❻蓼：音了ㄌㄧㄠˇ，水葒，水中所生苦菜，故以蓼喻辛苦。

之，而疑周公。至後三監叛而作亂，周公以王命舉兵誅之，歷年乃已，故今周公歸政，成王受之，而求賢臣以自輔助也。」正義曰：「小毖詩者，嗣王求助之樂歌也。謂周公歸政之後，成王初始嗣位，因祭在廟而求羣臣助己，詩人述其事而作此歌焉。……毛以上三篇亦爲歸政後事，於訪落言謀於廟，則進戒求助亦在廟中，與上一時之事，鄭以上三篇居攝之前，此在歸政之後。然而頌之大列，皆由神明而興，此蓋亦因祭在廟而求助也。」姚論亦曰：「小序謂『嗣王求助』，集傳謂『亦訪落之意』，皆近混。此爲成王既誅管蔡之後，自懲以求助羣臣之詩。」惟詩中無求助語，故近人如王靜芝詩經通釋，馬持盈詩經今註今譯均僅云：「這是成王懲管蔡之禍而自儆之詩。」

閔予小子之什的前四篇，我們可作爲一組詩來看。第一篇居喪時作，第二三篇管蔡亂時作，此詩則管蔡既誅後作。其內容可聯貫，而其句調亦連屬。前三篇有相同句「維予小子」，這一篇小毖，亦與第二篇訪落有「未堪家多難」句相同。「維予小子」顯示是成王幼沖時詩，「未堪家多難」顯示了管蔡流言與叛亂。而貫徹四篇的則都是憂患之辭，且成爲與箴銘相近的性質，所以已是頌的變體。雖其中亦有「於乎皇王」、「休矣皇考」等頌揚祖德的話。

此詩姚際恆評云：「憤懣、蟠鬱，發爲古奧之辭；偏取草蟲作喻，以見委致，尤奇。」方玉潤則曰：「筆意淸矯，思致纏綿，四詩實出一手。至今讀之，令人想見其憂深慮遠，道醇術正氣象。」至牛運震更一叠聲的讚美不止說：「一句一折，一聲一痛，披瀝之詞，動人惻隱。三喻錯出，奇極！語語爲親者諱，却自躍然。可想至誠深切，雖隱文諱詞，意思自然明透。不得以艱僻目之。沉痛慘切，居然鵰鶚之志，鍾惺云：『創鉅痛深，傷弓之鳴。』古拗奧闢，此爲絕調。」

至於三百篇篇名，大多摘取詩文中字名之。例如關雎之摘取首句「關關雎鳩」中兩字，騶虞摘取章末「于嗟乎騶虞」句中兩字。而本篇小毖，詩文中有毖字而無小字，詩序鄭箋曰：「毖，愼也，天下之事當愼其小。小時而不愼，後爲禍大。」孔疏卽以此釋篇名云：「箋以經文無小字而名曰小毖，故解其意。此意出於『允彼桃蟲，翻飛維鳥』而來也。」朱傳亦引蘇轍語爲釋云：「小毖者，謹之於小也。謹之於小，則大患無由至矣。」文開撰有「詩經篇名問題初探」一文，解三百篇篇名相同問題之原則，以十五國風、大小雅、三頌各爲一單位，不同一單位不避同名，同一單位則避之。例如邶鄘爲二單位，故各有柏舟篇名不避，鄭風有二「叔于田」，則後者加一大字稱「大叔于田」以避之。此則周頌有兩毖篇，此加一小字以避之，惟今另一毖篇已逸失耳。

【古韻】　鳥、蓼，幽部上聲。

五、載芟

這是一篇描寫農田耕耘之歌，傳斯年以為周頌稷田之舞樂章之一。

原詩	今譯
載芟載柞，❶	除去了雜草和樹木，
其耕澤澤。❷	再把土地耕鬆散。
千耦其耘，❸	千對的農夫同耕耘，
徂隰徂畛。❹	鋤遍田間和田畔。
侯主侯伯，❺	既有戶主和長子，

❶ 載：則。芟：音ㄕㄢ，除草。柞：音作ㄗㄨㄛˋ，除木。

❷ 澤澤：同釋釋，經典釋文即讀「澤」爲「釋」，是知澤爲釋之假借。管子乘馬篇之「雪釋」，大戴禮夏小正篇即作「雪澤」可證。釋釋：土質鬆散。

❸ 耦：二人並耕，耕謂犁田。耘：去苗間之草，即鋤。

❹ 徂：音ㄘㄨˊ，往。隰：音昔ㄒㄧˊ，指田間低下之處。畛：音診ㄓㄣˇ，田間之路，即田畔。

❺ 侯：維。主、伯：毛傳：「主，家長也；伯，長子也。」

侯亞侯旅，⑥　又有二叔和子弟，
侯彊侯以。⑦　還有幫工和傭役。
有嗿其饁，⑧　大家一同來進食，
思媚其婦，⑨　婦送飯來喜相迎，
有依其士。⑩　愛戀丈夫情意濃。
有略其耜，⑪　耕作的農具很銳利，
俶載南畝，⑫　南田的工作就開始。
播厥百穀，⑬　百穀的種子撒下地，
實函斯活。⑭　水土滋潤有生機。

⑥亞、旅：毛傳：「亞，仲叔也；旅，子弟也。」
⑦彊：民之有餘力來助者。以：用，謂僱用之人，即僱工。
⑧嗿：音坦ㄊㄢˇ，衆食聲。有嗿即嗿然。饁：音葉一ㄝˋ，家人送至田畝之飯。
⑨思：語詞。媚：愛。此句謂婦人來田中送飯，其夫見之，欣然迎接，以示媚愛。
⑩依：愛。士：夫。此句謂婦人亦表示其愛依丈夫之情。
⑪略：利。耜：音似ㄙˋ，農具。
⑫俶：音處ㄔㄨˋ，朱傳：「俶：始；載：事。」
⑬厥：其。
⑭實：穀實。函：謂土包函之。活：生。此句謂穀種播於地中，受水土之滋潤遂有生機而發芽。

驛驛其達，⑮　田地漸漸生禾苗，
有厭其傑。⑯　先出的禾苗分外好。
厭厭其苗，⑰　禾苗一片長得齊，
緜緜其麃。⑱　仔細鋤草勤清理。
載穫濟濟，⑲　收穫就會很豐盛，
有實其積，⑳　大個的穀穗高高堆起，
萬億及秭。㉑　穀穗收穫萬萬億。
爲酒爲醴，㉒　做成美酒和甜醴，
烝畀祖妣，㉓　把來祭獻給祖妣，

⑮ 驛驛：繹繹之假，苗接續出生貌。達：從地生出。
⑯ 厭：壓之省，好貌。有厭卽厭然。傑：先長出之苗。
⑰ 厭厭：卽稖稖之假借，苗齊等之貌。
⑱ 緜緜：詳密。麃：穮之省，音標ㄅㄧㄠ，卽耘。
⑲ 濟濟：衆多貌。
⑳ 實：大，有實卽實然。積：謂堆積之穗。
㉑ 萬億及秭：萬萬曰億，萬億曰秭。秭音姊ㄗˇ。
㉒ 醴：甜酒。
㉓ 烝：進；畀：予。烝畀：謂祭祀享獻。畀音閉ㄅㄧˋ。祖妣：屈萬里詩經釋義小雅斯干篇注「按：古者祖母以上皆謂之妣，祖父以上皆謂之祖。」

以洽百禮。㉔　用以舉行百般禮。
有飶其香，㉕　美好的氣味很芳香，
邦家之光。　是我邦家大榮光。
有椒其馨，㉖　馥郁的香味兒眞好聞，
胡考之寧。㉗　老人享用保安康。
匪且有且，㉘　豐收不只在此地，
匪今斯今，㉙　豐收不從今日始，
振古如茲。㉚　自古以來就如此。

【評解】

載芟是閔予小子之什的第五篇，一章到底，共三十一句，句四字，全詩共一百二十四字。

㉔洽：合。
㉕飶：音必ㄅㄧˋ，芳香。有飶即飶然。
㉖椒、馨皆謂香。椒形容詞，馨名詞。
㉗胡：大。考：老年。胡考卽年老大壽之意。之：是。
㉘且：音居ㄐㄩ，此。匪且有且謂非此處有此豐收。
㉙匪今斯今：非獨今年始有如今日之豐收。
㉚振古：自古。如茲：如此。

詩序說這是「春籍田而祈社稷」的詩。范處義曰：「月令：天子躬耕帝籍，在孟春。此詩之序，言籍田而祈社稷，皆歌此詩。」但朱傳謂「此詩未詳所用」。而姚際恆詩經通論却說「今按詩無耕籍事，亦未見有祈意。」所以他以爲這只是一篇歌詠農村耕種情形的詩。但我們細味此詩上半段所詠爲農田耕耘播種之歌，下半段所詠豐收而獻祭，實乃祈禱之辭，的確可能是春天籍田所用的樂章，但取籍田的用意，不必實寫籍田的典禮也。

周頌是周代的祭祀樂章，配有歌舞。傅孟眞先生周頌說，謂現存三十一章是零亂的。如大武之舞六章，現尙可見其零亂的三章，像勺舞、象舞，也有不很清楚的遺留，而以載芟、良耜、絲衣三篇爲稷田之舞的樂章。他說：「稷田是當時的大事，自可附以豐長的舞容。」

傅先生說：「載芟是耕耘，良耜乃收穫，絲衣則收穫後燕享，三篇合起來有如七月。絲衣一章，恰像七月之辭，不過七月是民歌，此應是稷田之舞。」

載芟詩是周頌中描寫得頗爲生動活潑的詩。上半段寫砍樹除草，農夫千耦同耕，男人父子叔侄一家下田，婦女做好飯菜前來送食。一片男女老幼同心協力，從事田畝工作的情形，躍然紙上，更反映出家庭和睦，社會安康樂利太平盛世的景象來。下半段寫百穀播種後，就會有欣欣向榮大獲豐收的希望。豐收以後，就可釀酒祭祖，而且要處處年年，有此歡樂享受。就點出這是祝禱之意來了。

陸侃如在他的中國詩史中說：「就文學的技巧說，周頌價值是不高的。第一個缺點是堆砌。

（例如有瞽篇樂器和潛篇魚名的堆砌）第二個缺點是頌聖的句子太多。（例如敬之、執競）這些都不能感動讀者，而予以深刻的印象。最佳之作，當推載芟與良耜敍農家的生活，較之他篇，眞有天淵之別。」

【古韻】

柞、澤，魚部入聲；
耘、畛，文部平聲；
主、旅，侯部上聲；
以、婦、士、耜、畝，之部上聲；
活、達、傑，祭部入聲；
苗、麃，宵部平聲；
濟、秭、醴、妣、禮，脂部上聲；
香、光，陽部平聲；
馨、寧，耕部平聲。

六、良耜

這是一篇慶祝秋收的詩，傳斯年以爲稷田之舞樂章之二。

原詩	今譯
畟畟良耜，❶	拿着堅利的掘土臿，
俶載南畝，❷	開始南田去掘地，
播厥百穀，	把那百穀都播種，
實函斯活。❸	水土滋潤有生機。
或來瞻女，❹	有人爲你來送飯，

❶ 畟：音測ㄘㄜˋ。畟畟謂農具之鋒利能深入土中者，故訓爲鋒利的。耜：音似ㄙˋ，耒下刺土之臿，古用木製，後世用金屬。

❷❸ 見載芟注。

❹ 或：或人，卽有人。瞻：馬瑞辰以爲贍的假借字。或來瞻女（汝）卽有人來供給你（指下文「載筐及筥」）禮記大傳篇的「無不贍」，釋文錄有或體「瞻」（食豔反）「或人瞻汝」謂有人送飯至田中，卽饁。

載筐及筥，❺　帶了筐子和圓簍，
其饟伊黍。❻　黍米飯菜裝得滿。
其笠伊糾，❼　飯後斗笠繫戴好，
其鎛斯趙，❽　拿起鋤頭再鋤草，
以薅荼蓼。❾　各種野草都除掉。
荼蓼朽止，❿　荼草蓼草都枯槁，
黍稷茂止。　黍稷才會長得茂。
穫之挃挃，⓫　收割的聲音吱吱響，
積之栗栗。⓬　收穫的穀類堆滿場。

---

❺ 載：音在ㄗㄞˋ，携來。筐：方形竹簍；筥：音莒ㄐㄩˇ，圓形竹簍。
❻ 饟：音賞ㄕㄤˇ，與餉同。指所送來之食物。伊：維，是。黍：用黍所煮成之飯。
❼ 糾：纏結。「其笠伊糾」是說以繩糾結於項下。
❽ 鎛：音博ㄅㄛˊ，鋤類。趙：毛傳：「刺也。」馬瑞辰說：「三家詩作掤。掤之言撥也。說文廣雅並曰：撥，刺也。故掤亦為刺耳。」
❾ 薅，音蒿ㄏㄠ，拔田草。荼：音塗ㄊㄨˊ，陸地之草。蓼：音聊ㄌㄧㄠˊ，水邊之草。
❿ 止：語詞。
⓫ 挃：音至ㄓˋ，挃挃：割禾之聲。
⓬ 栗栗：衆多。

其崇如墉，⑬　堆得高高像城牆，
其比如櫛，⑭　接連排比似梳篦，
以開百室。⑮　打開百屋儲藏起。
百室盈止，　百間房屋裝得滿，
婦子寧止。⑯　婦孺生活才得安。
殺時犉牡，⑰　宰殺公牛來祭獻，
有捄其角。⑱　牛角長得彎又彎。
以似以續，⑲　用來繼承祖先業，
續古之人。⑳　祭祀的香火不斷絕。

⑬崇：高。墉：城牆。
⑭比：密接。櫛：音節ㄐㄧㄝˊ，梳子。
⑮開百室以收藏穀類。
⑯寧：安。
⑰時：是。犉：音淳ㄔㄨㄣˊ，脣黑而體黃之牛。牡：雄牲。
⑱捄：音求ㄑㄧㄡˊ，彎。有捄即捄然，彎彎的。
⑲似：嗣。故似續二字同義，皆指祭祀之事。說文：「祀祭無巳也。」祭無巳，故為似續。
⑳古之人：謂先祖。「續古之人」謂繼續古人之祭祀。

【評解】

良耜是閔予小子之什的第六篇，也是一章到底，共二十三句，句四字，全詩共九十二字。

詩序說這是「秋報社稷」的詩。所謂秋報社稷，卽秋祭社稷之神。所以詩中先追述春耕之勤，繼述現在秋收之豐盛。全詩敍寫自開始耕種到收穫儲藏，井然有序。而農家不分男女老幼，終年勤奮工作，所希望的就是有豐盛的收穫。有了豐收，才能「婦子寧止」。何楷曰：「七月之詩曰『嗟我婦子，曰爲改歲，入此室處。』正此詩所謂寧止者。」李樗曰：「百室旣盈，婦子於是安寧，蓋終歲勤動，不得安寧，今農事已畢，故各享其樂也。」最後，並祭祀社稷之神以報恩。至此，全家已忘却一年的辛勞，而只享受眼前的歡樂了。

朱熹詩序辯說謂載芟、良耜兩篇，「未見有祈報之意。」陳啓源毛詩稽古編辯之曰：「夫春祈秋報，總爲農事，故歷言耕作之勤，收穫之盛，以告神明。而一則願其將來，一則述其已往，祈報意自在不言中矣。豈句櫛字比，務與題意相配，如後世詩人較工拙於毫芒者哉？」

傅孟眞先生以此詩爲稷田之舞樂章之二。此詩中有「俶載南畝，播厥百穀，實函斯活」連着三句與載芟篇相同的詩句。而其敍農村生活也與載芟篇同樣寫得生動活潑。馮沅君在她的中國文學史中批評周頌三十一篇說：「它們在文學上的價值是很低的。呆板的堆砌，抽象的教訓，浮淺的贊頌，充塞於字裏行間，使讀者不感興趣。其中技術較高的，要推載芟與良耜中敍農家生活的幾段。這種生動的描寫是很難得的。」

【古韻】

耜、畝，之部上聲；
女、筥、黍，魚部上聲；
糾、趙、蓼、朽、茂，幽部上聲；
挃、栗，櫛、室，脂部入聲；
盈、寧，耕部平聲；
角、續，侯部入聲。

七、絲衣

這是收穫後燕享之詩，傅斯年並以爲稷田之舞樂章之三。

原詩	今譯
絲衣其紑，❶	祭服潔淨而清新，

❶ 絲衣：祭服。紑：音弗ㄈㄨˊ，鮮潔貌。

周頌——閔予小子之什

載弁俅俅。❷　祭冠莊重又恭順。
自堂徂基，❸　祭堂到門都查看，
自羊徂牛。　祭羊祭牛也清點。
鼐鼎及鼒。❹　大鼎小鼎排列滿。
兕觥其觩，❺　牛角杯兒彎又彎，
旨酒思柔。❻　美酒柔和又香甜，
不吳不敖，❼　不要喧嘩不怠慢，
胡考之休。❽　才能壽考才美滿。

❷載：語詞。弁：冠。俅：音求ㄑㄧㄡˊ，俅俅：恭順貌。
❸徂：音ㄘㄨˊ，往。基：堂基。
❹鼐：音耐ㄋㄞˋ，大鼎。鼒：音茲ㄗ，又音才ㄘㄞˊ，小鼎。鼎類用以烹牲。
❺兕：音似ㄙˋ，野牛。觥：音工ㄍㄨㄥ，酒器。兕觥：兕角的酒杯。觩：音求ㄑㄧㄡˊ，彎曲狀。
❻旨：美。柔：和。
❼吳：音話ㄏㄨㄚˋ，大言，喧嘩。敖：怠慢。
❽胡：壽。考：老。胡考：壽考。休：美。

【評解】

絲衣是閔予小子之什的第七篇，也是一章到底，共九句，句四字，全詩共三十六字。詩序：「絲衣，繹賓尸也。高子曰：靈星之尸也。」朱子辯說：「序誤，高子尤誤。」而其詩集傳以為「祭而飲酒之詩。」

傅孟眞先生更明說，此篇應是收穫後燕享之樂。他並說：「絲衣一篇，尤像豳風七月末章。」但普賢却覺得更像楚茨篇的縮寫。短短九句，已將主祭之人、祭祀所用之犧牲、祭器、祭物，及祭時之態度及期望都寫出來了。而小雅楚茨共六章二百八十八字，其所表達的主要各點，可說都在此詩之中。文開以為周頌絲衣年代較早，還只能簡敍祭祀燕享要點，而後來小雅的楚茨，則更加以詳細生動的描寫，所以說是縮寫有語病，應該補一句：看起來絲衣像楚茨的縮寫，其實楚茨是絲衣為骨架而加以血肉來充實了的。

周頌的載芟、良耜、絲衣，是相連的三篇。周代的樂章，有三篇連奏的習慣，所以這三篇，也可視為一套舞樂的三章。傅孟眞先生以這三篇為稷田之舞，大約是既在春天籍田祈社稷時應用，也在秋報社稷的祭典又再表演一番的。正如周南關雎、葛覃、卷耳三詩，召南鵲巢、采蘩、采蘋三詩，既用於燕禮，亦用於鄉飲酒禮相似。至於舞容如何？在我們的想像中，大約是多人的耕耘動作的模擬等等。所用樂器則同樣是天子的禮樂，大概與大武之舞相似，至少也配有鐘鼓之類吧。

【古韻】紑、俅、基、牛、鼒，之部平聲；觩、柔、敖、休，幽部平聲。

八、酌

這是讚美武王功業的頌歌，何楷以爲是大武樂的第二樂章。

原詩

於鑠王師，❶
遵養時晦。❷

今譯

呀！大王的軍隊眞盛美，
能夠順時以養晦。

❶ 於：音烏，歎詞。鑠：音朔ㄕㄨㄛˋ，美盛。

❷ 遵：循也。養：謂養使成長也。晦：闇昧。謂武王之師，能循其時勢，能於此闇昧之時長養壯大。闇昧之時，謂紂之時也。

時純熙矣，❸　時機純熟光照耀，
是用大介。❹　大奮神威的日子就來到。
我龍受之，❺　我邀天寵受大業，
蹻蹻王之造。❻　赳赳武夫都來應號召。
載用有嗣，❼　後代子孫把功業承，
實維爾公允師。❽　只有你才眞正是準繩。

【評解】

酌是閔予小子之什的第八篇。一章八句，每句四字，僅第六句爲五字，第八句爲六字，全詩共三十五字。或將一章分上下兩節，今不予分節。

酌是周公所作讚美武王功業的頌歌之一，可能是大武的第二樂章。大武樂有九章與六章的兩

---

❸純：大；熙：光。
❹朱傳：介，甲兵。大介：張大其甲兵。
❺龍：寵。
❻蹻：音矯。蹻蹻，猶赳赳，武貌。
❼載：乃。
❽爾，謂武王；公：功；允師：言武王之功信可爲師法也。

種主張，孔穎達主九章之說，朱熹何楷魏源等只說大武樂共六章。六章之說因有樂記大武六成的根據，爲大家所採信。禮記樂記論大武之樂曰：「且夫武，始而北出，再成爲滅商，三成而南，四成而南國是疆，五成而分周公左，召公右，六成復綴以崇天子。」樂曲以一終爲一成，則大武爲六成之樂也。明人何楷，據樂記與左傳，求大武六成之詩於周頌，定一成爲武，二成爲酌，三成爲賚，四成爲般，五成爲時邁，六成爲桓。清人魏源則認可何氏之說，惟以左傳列時邁在武之外，故六成之詩闕其第五成，以爲已亡失。日人仁井田好古毛詩補傳又以執競篇補爲第五成。可是執競是昭王時詩，故其說不予考慮。我們已知周頌「武」詩爲「大武」樂的基本歌辭，依孔穎達朱熹之說，列爲大武之首章，卽第一成，大致不錯。今再試考察歷來對酌詩之記載，以觀是否可證成列爲大武第二成之說，更次第及於三成四成等之其他各篇。

毛序：「酌，告成大武也。言能酌先祖之道，以養天下也。」三家詩魯說曰：「酌，告成大武，言能酌先祖之道，以養天下之所敬也。」齊說曰：「周公作勺，勺言能勺先祖之道也。」毛魯都說酌是大武，齊詩則酌作勺，說係周公所作。這與我們在前面周頌武篇的評解中所述以武樂酌樂合爲大武正相符。考二詩內容，武詩言武王承文王基業，勝殷遏劉，酌詩言武王整軍經武，仍順時養晦，而終於大奮神威，一舉成功，誅紂以定天下。與樂記：「始而北出，再成而滅商」的記載亦大略相同。所以何楷魏源的以武與酌爲大武的一成二成，我們是可以認可的。

但宋儒朱熹不言酌詩爲大武之一章，而僅假設篇名之由來曰：「酌，卽勺也。（禮記）內則十三舞勺，卽以此詩爲節而舞也。然此詩與賚、般，皆不用詩中字名篇，疑取樂節之名，如曰武宿夜云爾。」不過其同時之嚴粲卽補充說：「朱氏謂桓、賚二篇皆大武篇中之一章，然則酌與賚、般一體，亦大武篇中之一章明矣。」今人屈萬里亦同意嚴氏的主張解此詩曰：「朱傳：『此亦頌武王之詩。』酌，宣公十二年左傳引作汋，亦卽儀禮、禮記舞勺之勺。嚴粲疑亦武之一章，蓋是。」

只有清人姚際恆反對此說曰：「小序謂『告成大武』。按左宣十二年隋武子曰：『汋曰：「於鑠王師，遵養時晦。」武曰：「無競惟烈。」』明分酌之與武，不得以此詩爲大武也。」他因隋武子以酌與武並舉，遂駁毛序不得以此詩爲大武，那是不明「大武」雖以「武」爲基本，有時雖以「武」代表「大武」，但僅以「武」作爲「大武」的第一章或一成來說時，仍可將「武」與「酌」並舉，正如周頌之並列「武」與「桓」「賚」，各以一章爲一篇，仍不礙「桓」「賚」之爲「大武」之一章或一成也。

【古韻】

受、造，幽部上聲。

九、桓

這是周成王時讚美武王的頌歌。何楷以爲是大武樂的第六章。

原詩	今譯
綏萬邦，	底定萬邦天下安，
婁豐年，❶	又獲豐收慶連年，
天命匪解。❷	天命的眷顧不間斷。
桓桓武王，❸	赫赫武王眞勇武，
保有厥士，	又有卿士來輔助，

---

❶綏：安也；婁：屢也。左傳引作屢。孔穎達曰：「僖十九年左傳云：『昔周飢，克殷而年豐』，是伐紂之後，卽有豐年也。」朱熹曰：「大軍之後，必有凶年，而武王克商，則除害以安天下，故屢獲豐年之祥。」

❷解：同懈。

❸桓桓：武貌。

于以四方，❹　分置四方齊效力，

克定厥家。　周室才能得穩固。

於昭于天，　啊！光明照耀達上天，

皇以閒之。❺　皇天命代大統傳。

【評解】

桓是閔予小子之什的第九篇，一章九句，除首次兩句三字外，餘均四字句，共三十四字。

毛序：「桓講武、類、禡也。桓，武志也。」鄭箋：「類也，禡也，皆師祭也。」孔疏：「桓詩講武、類、禡之樂歌也。謂武王將欲伐殷，陳列六軍，講習武事，又爲類祭於上帝，爲禡祭於所征之地，治兵祭神，然後克紂。至周公成王之太平時，詩人追述其事，而爲此歌焉。」

三家詩魯說：「桓一章九句，師祭講武類禡之所歌也。」

朱熹集傳：「此亦頌武王之功。春秋傳以此爲大武之六章。」何楷魏源亦以此詩爲大武之六成。

鄒肇敏詩傳闡曰：「『於昭于天，皇以閒之』，蓋儼然以武配天也。愚意桓詩卽明堂祀武之

❹ 士：指卿士，言保有此卿士，以用於四方也。

❺ 於：音烏，歎詞；皇：皇天；閒：代也，言皇天以武王代殷也。

樂歌。」

姚際恆通論曰：「小序謂『講武、類、禡』，純乎杜撰，又云：『桓，武志也。』亦泛混。」

方玉潤原始曰：「小序謂『講武、類、禡』，亦未盡非，但不若鄒肇敏云：『祀武王於明堂』之說較爲切耳。」總之，此詩爲成王時頌武王之詩也。

【古韻】

王、方，陽部平聲。

十、賚

這是周武王克商，歸告於文王之廟的頌歌。何楷以爲是大武樂的第三樂章。

原詩	今譯
文王既勤止，❶	文王創業很辛勤，

❶ 勤：勤勞；止：語詞。

我應受之，❷　我把遺志來繼任，
敷時繹思。❸　依照德意佈大恩。
我徂維求定，　我去求謀天下安，
時周之命。❹　周室天命才得傳。
於繹思！❺　哦！努力尋求得保全。

【評解】

賚是閔予小子之什的第十篇。一章六句，第一第四句五字，第六句三字，餘三句均四字，是三四五字雜言詩，共二十五字。此詩或以止、之、思爲韻，顧炎武斷爲無韻曰：「詩無全用語助爲韻者。」

毛序：「賚，大封於廟也。賚，予也。言所以錫予善人也。」鄭箋：「大封，武王伐紂時，封諸臣有功者。」

三家詩魯說：「賚一章六句，大封於廟，賜有德之所歌也。」

---

❷應：膺之假借。應受卽膺受，接受也。
❸敷：展布；時：是（此）；繹：尋繹；思：語詞。謂布此文王之德而尋繹之。馬瑞辰說。
❹此二句謂我往求天下安定者，此周之所以受天命而王也。
❺於：音烏，歎詞。

朱熹集傳：「此頌文武之功，而言其大封功臣之意也。春秋傳以此爲大武之三章。」

姚際恆詩經通論：「小序謂『大封於廟』，以此篇名『賚』字而爲言也。按此等篇名，實不知何人作，亦不知其意指所在，乃據此以釋詩可乎！詩中無大封之義也。乃曰：『賚，予也，言所以錫予善人也。』則直本論語『周有大賚，善人是富』爲辭矣，則其依篇名說詩何疑乎！集傳曰：『此頌文武之功而言其大封功臣之意。』其言『大封功臣』固不能出序之範圍，而云『頌文武之功』尤謬。此篇與下般詩皆武王初有天下之辭。二篇皆無『武王』字，故知爲武王；又以詩中皆曰『時周之命』，是武王語氣也。此篇上言『文王』，下言『我』者，武王自我也。此武王初克商，歸祀文王廟，大告諸侯所以得天下之意也。」

賚篇原爲武王克商歸告於文王廟之詩，據左傳所載，編爲大武樂的一章，則是後來成王時的事了。

【古韻】

（無）

十一、般

這是武王巡狩祭祀河嶽的歌，何楷以爲是大武樂的第四樂章。

原詩	今譯
於皇時周，❶	哦！這周王眞偉大，
陟其高山。	登遍高山巡天下。
嶞山喬嶽，❷	高峻的山嶽狹又長，
允猶翕河。❸	沿途的黃河湍急淌。
敷天之下，	普天之下諸王公，
裒時之對，❹	都來此地齊揚頌，

❶於：音烏，歎詞；皇：大；時周：當時之周，即此周也。

❷嶞：音惰，狹長之山；喬：高。

❸允：順；猶與猷通，亦順。馬瑞辰說。翕：音系，潝的省體，水疾聲。高本漢解此句爲：「順着湍急的河。」

❹敷：普也；裒：音掊ㄆㄡˊ，馬瑞辰曰：「裒，聚也。」對，猶答也，謂諸侯皆聚於是以答揚天子之休命也。或謂時周之命，仍解此周室獲受天命。

時周之命。　應驗了周王的獲天命。

【評解】

般是閔予小子之什的末篇。也是周頌三十一篇的最後一篇一章七句，句四字，共二十八字。無韻。

毛序：「般，巡守而祀四嶽河海也。」鄭箋：「般，樂也。」

三家詩魯說：「般一章七句，巡狩祀四嶽河海之所歌也。」或以爲三家詩般篇有八句，末句「時周之命」下尚有「於繹思」一句，與賚篇同。但魯說明言只七句，不可取。宋嚴粲以此詩亦武之一章，何楷魏源均列爲大武之第四章。

方玉潤詩經原始：「般，武王巡守祀嶽瀆也。篇名諸家多未詳。或曰『般樂也』（鄭玄）或曰『遊也』（蘇轍）又或以爲『般旋』（曹粹中）取盤旋之義，謂巡守而徧乎四岳，所謂盤旋也。皆以篇名解詩意，與上篇（賚）同蹈一弊。然此猶稍近焉。姚氏（際恆）曰：『小序謂巡守而祀四嶽河海近是。此亦武王之詩，時邁亦武王巡守，意彼之巡守，封賞諸侯；此則初克商巡守柴望嶽瀆，告所以得天下之意，固在時邁之先也。詩原無次第，不得拘求之。』」柴謂燔柴祭天，望謂望祭山川，此時僅祀河嶽，不及海。

我們已將周頌中何楷指爲大武六成的武、酌、賚、般、時邁、桓六詩均加欣賞而考察之。我們覺得和樂記所記舞容尚可配合。「始而北出，再成而滅商」，一二兩成可一起看，是武王滅商的階段，武、酌二詩可以當之。「三成而南，四成而南國是疆」，是克商後告祭又巡狩的階段，賚的歸告，般的巡狩，可以當之。「五成而分周公左，召公右，六成復綴以崇享。」是成王致治而追崇武王的階段，時邁的襲用和桓篇的新詩可以當之。至於大武所配音樂，第五樂章時邁，既推測爲鐘鼓之樂，則描寫克商的刺伐戰鬥，應該也用鐘鼓，而三成四成，可能也採用磬管之屬。我們讀九夏之執競篇中有「鐘鼓喤喤，磬筦將將」，可以推想而知。

【古韻】

（無）

魯頌

一、駉

周代各國國君都重視牧馬，所以問國君之富，數馬以對。本篇就是讚美魯侯牧馬之盛的詩。但詩中一字不提馬匹的數目，却列舉十六種毛色不同的馬來稱許一番以代之，這就是詩人的技巧。因為這樣寫來，就活潑而生動，而且特別顯得熱鬧，牧馬之盛，已不言而喻了。

原詩	今譯
駉駉牡馬，❶	成羣的公馬肥又壯，
在坰之野。❷	放牧在荒郊草原上。
薄言駉者：	說起這馬羣可眞強：

❶ 駉，音扃ㄐㄩㄥˇ。駉駉，良馬肥大貌。牡一作牧。

❷ 坰，音扃ㄐㄩㄥˇ，遠野也。邑外謂之郊，郊外謂之牧，牧外謂之野，野外謂之林，林外謂之坰。

有驈有皇，❸	有黑身白腿的驈，有黃白二色的皇，
有驪有黃；❹	有全身墨黑的驪，有黃裏帶赤的黃；
以車彭彭，❺	駕起車來彭彭響，
思無疆，	跑起路來忘路長，
思馬斯臧。❻	這樣的馬兒眞正棒。
駉駉牡馬，	成羣的公馬眞神氣，
在坰之野。	放牧在荒郊野草地。

---

❸ 驈，音聿ㄩˋ，馬純黑曰驪，驪馬白跨曰驈。跨通胯，股也；或謂白跨作跨白解，即指白腹而言。馬黃白曰皇。

❹ 馬赤黃曰騂，黃騂曰黃。

❺ 毛傳：彭彭，有力有容也。馬瑞辰謂一章彭彭，二章伾伾（音丕），三章繹繹，四章祛祛（音區），均形容馬之盛。或謂均係摹擬馬蹄聲。

❻ 全詩八思字均語助詞。高本漢謂四章最後兩句，都是緊接着前一句馬在車前有力地奔跑的描寫。一章「無疆」「斯臧」是馬無遠弗屆，都很好；二章「無期」「斯才」，馬無盡期地跑，都有才力；三章「無斁」「斯作」，馬不厭倦，都很振作活躍；四章「無邪」「斯徂」，馬不偏邪，直往前跑。全詩只是讚揚魯侯的好馬而已。

薄言駉者：　說起這馬羣眞希奇：
有騅有駓，❼　有蒼白雜毛的騅，有黃白雜毛的駓，
有騂有騏；❽　有紅裏帶黃的騂，有靑黑如綦的騏；
以車伾伾，　駕起車來聲伾伾，
思無期，　跑起路來有長力，
思馬斯才。　這樣的馬兒了不起。

駉駉牡馬，　成羣的公馬眞肥碩，
在坰之野。　放牧在荒郊大原野。
薄言駉者：　說起這馬羣眞不錯：
有驒有駱，❾　有黑地白鱗連錢驄，有白毛黑鬃的駱，
有駵有雒；❿　有紅毛黑鬃的騂騮，有黑毛白鬃的雒；

---

❼ 馬蒼白雜毛曰騅（音錐），黃白雜毛曰駓（音丕）。

❽ 馬赤黃曰騂（音辛），疏：「騂爲純赤色，言黃者謂赤而微黃。」

❾ 驒，音駝，馬之靑黑色而有白鱗文者。朱傳：「色有深淺，斑駁如魚鱗，今之連錢驄也。」駱，白馬而黑鬣者。

❿ 駵，音留，亦作騮，赤身黑鬣之馬。雒，音洛，黑身白鬣之馬。雒字或作駱，騮白曰駁，說文訓駁爲馬色不純。

以車繹繹，　駕起車來眞靈活，
思無斁，　跑起路來不停歇，
思馬斯作。　這樣的馬兒眞活潑。

駉駉牡馬，　成羣的公馬高又大，
在坰之野。　放牧在荒郊蒼穹下。
薄言駉者：　說起這馬羣好驚訝：
有駰有騢，⑪　有黑白雜毛泥驄馬，有赤白雜毛的騢，
有驔有魚；⑫　有黑身黃背飛毛腿，有兩眼白毛的馬；
以車祛祛，　駕起車來響騰騰，
思無邪，　疾如飛箭直線衝，
思馬斯徂。　一心一意奔前程。

---

⑪ 駰，音因，陰白雜毛之馬。陰，淺黑色，今泥驄也。騢，音遐，赤白雜毛之馬。

⑫ 驔，音簟，馬之黑色而黃脊者。說文：「驔，驪馬黃脊。」又毛傳：「豪骭曰驔」，一作「豪骭白驔」。豪，長毛，膝以下脛以上爲骭。所以驔又指骭有白色長毛之馬。馬二目白曰魚。白謂目邊毛白，非謂馬目似魚目也。

【評解】

駉是魯頌四篇的第一篇。全篇共一百二十四字，分四章，每章八句，每句四字，只有各章第七句都是三字句。四章都成連環式。連環式本是風謠的特徵之一，所以駉篇可說是頌詩而採用風詩形式的作品，與周頌的風格不同，其成詩年代當甚晚。

毛詩序曰：「駉，頌僖公也。僖公能遵伯禽之法，儉以足用，寬以愛民，務農重穀，牧于坰野，魯人尊之，於是季孫行父請命于周而史克作是頌。」史克爲魯史官。史克作頌，惟見毛序，他無可證。齊魯韓三家詩皆謂魯頌奚斯作，此蓋讀閟宮篇：「新廟奕奕，奚斯所作」句，誤解奚斯之作新廟爲作頌也。朱熹集傳但言：「此詩言僖公牧馬之盛，由其立心之遠，故美之。」未言作者。他批評毛序說：「此序事實皆無可考，詩中亦未見務農重穀之意，序說鑿矣。」姚際恒通論曰：「小序（毛序第一句）謂頌僖公，黃東發力辨僖公非賢君；而季明德本之，以此詩爲美伯禽牧馬之盛，然亦無所據也。若大序（毛序第二句以下部分）謂『季孫行父請命于周而史克作頌』，更無稽。」我們覺得元人朱公遷的話最爲確當。他說：「問國君之富，數馬以對，故詩人以之頌美其君耳。」這與高本漢所說：「全詩只是讚揚魯侯的好馬而已」，意正相符。至於方玉潤謂此詩「以牧馬之盛，喻魯育賢之衆，借馬以比賢人君子。」則應視爲引伸義。

論語爲政篇：「子曰：『詩三百，一言以蔽之曰，思無邪。』」孔子引此詩中一句以評三百篇，因而後儒對此詩特別重視。但姚際恆說得對：「思無邪，本與無疆、無期、無斁同為一例，語自聖人，心眼迥別，斷章取義，以該全詩，千古遂不可磨滅。然與此詩之旨則無涉也。學者于此篇輒張皇言之。試思聖人言「詩三百，一言蔽之」，不言駉篇也，蓋可知矣。」

我國古代對於馬的重視，讀此詩卽可見一斑。詩中十六種不同顏色的馬，就有十六個字來代表牠們。孔頴達更以此十六種馬分屬於四類。說首章所言為良馬，朝祀所乘，尚德；次章所言為戎馬，戰爭所用，尚力；三章所言為田馬，田獵所用，尚疾；末章所言為駑馬，勞役所用，尚健。故以「彭彭」為有容，「伾伾」為有力，「繹繹」為善走，「祛祛」為強健。強為分類，似可不必。范處義釋每章首句稱「牡馬」，為「馬以牡為善」。但鄘風定之方中曰「騋牝三千」，則七尺以上高大的騋馬，又似以牝為善。劉瑾曰：「美（衞）文公之馬，則言其騋而牝者有三千之衆，美（魯）僖公之馬，則言其駉而牡者有十六種之毛色，蓋各極其盛而言，皆以見國之殷富也。」實則駉篇之馬非全牡，騋馬三千非全牝，言「牝」者着眼於蕃殖，言「牡」者標榜其強壯，其為讚美馬盛以顯國富則一也。

【古韻】

第一章：馬、野、者，魚部上聲；

皇、黃、彭、疆、臧，陽部平聲；

第二章：馬、野、者，魚部上聲；

駓、騏、伾、期，之部平聲；

第三章：馬、野、者，魚部上聲；

駱、雒、繹、斁、作，魚部入聲；

第四章：馬、野、者，魚部上聲；

騢、魚、祛、邪、徂，魚部平聲。

二、有駜

魯有天子禮樂，因有載歌載舞有聲有色的魯頌製作，有駜篇是魯僖公時慶豐年，宴飲而頌禱之詞。誦其詩，可想見以鼓聲爲節拍，持鷺羽而飛舞的魯頌之一斑。以歌舞者口吻，陳述從僖公飲酒酣舞，于胥共樂的情景，也活現眼前。

原詩	今譯
有駜，有駜，❶	體力壯，氣勢昂，

❶ 駜：音閉ㄅㄧˋ，馬肥強貌。

駜彼乘黃。❷　　四馬一色黃。
夙夜在公，　　早晚勤從公，
在公明明。❸　　勤練舞姿容。
振振鷺，❹　　鷺羽齊飛揚，
鷺于下。　　鷺羽輕下放。
鼓咽咽，　　鼓聲蓬蓬啊，
醉言舞，　　似醉的舞容啊，
于胥樂兮！❺　　大家樂融融哪！

有駜，有駜，　　體力壯，氣勢宏，
駜彼乘牡。　　四匹一色雄。
夙夜在公，　　早晚都從公，

❷乘：音剩，一車四馬爲乘；乘黃：謂一乘之四馬皆黃色。
❸王念孫經義述聞：「明明，勉勉也。」
❹朱傳：振振，羣飛貌。鷺，鷺羽，舞者所持。
❺陳奐詩毛氏傳疏：于，發聲詞；或釋爲正在。胥，皆也。

在公飲酒。　飲酒常隨從。
振振鷺，　鷺羽齊高揚，
鷺于飛。　鷺羽似飛翔。
鼓咽咽，　蓬蓬鼓聲啊，
醉言歸。　醉了才收場啊。
于胥樂兮！　大家樂洋洋哪！

有駜，有駜，　體力壯，氣勢雄，
駜彼乘駽。❻　青黑四鐵驄。
夙夜在公，　早晚都從公，
在公載燕。　赴宴也隨從。
自今以始，　從今以後，
歲其有。❼　歲歲收穫豐。

---

❻駽：音涓ㄐㄩㄢ，青黑色之馬，即鐵驄也。

❼屈萬里詩經釋義：「有，謂有年，即豐年。」王質云：「自今以始，言昔多無年也。春秋自莊、閔、至僖十餘年之間，莊二十五年大水，二十七年無麥禾，二十九年有蜚，僖二年三年冬春夏不雨，此詩當此年以後也。」據此，知此詩亦作於魯僖公時。

君子有穀，❽　君子有厚祿啊，
詒孫子。　子孫也享福啊。
于胥樂兮！　大家快樂歡舞哪！

【評解】

有駜是魯頌的第二篇。分三章，章九句，一、二兩章前四句及末句為四字句，第五句至第八句則為三字句；而第三章除第六句及第八句為三字外，餘均四字句，全詩共九十八字。朱熹集傳曰：「成王以周公有大勳勞於天下，故賜伯禽以天子之禮樂，魯於是乎有頌，以為廟樂。其後又自作詩以美其君，亦謂之頌。舊說皆以為伯禽十九世孫僖公申之詩。」又曰：「魯之無風，何也？先儒以為時王褒周公之後，比於先代，故巡宋不陳其詩，而其篇序，不列於太師之職，是以宋魯無風。」今觀魯頌四篇，皆非廟堂祀神之辭，其辭類於風雅，而與頌殊。但有駜詩中持鷺羽而舞，以鼓聲為節，則亦合於以舞容為頌之義。有駜篇共三章，每章九句，全用國風的興體。描寫燕飲時的舞容實在是很生動的。春秋中期魯僖公（公元前六五九至六二七年）時詩，是比西周初年的周頌有很大的進步的。

❽ 穀：祿也；詒：貽也。頌禱之辭也。

【古韻】

第一章：黃、明，陽部平聲；
鷺、下、舞，魚部上聲；
第二章：牡、酒，幽部上聲；
飛、歸，微部平聲；
第三章：駽、燕，元部去聲；
始、有、子，之部上聲。

三、泮水

這是魯僖公伐淮夷，勝利後羣臣在泮宮報功，詩人借此頌揚僖公的詩。

原詩	今譯
思樂泮水，❶	快樂的泮水水之濱，

❶思：語詞。泮：音畔，泮水：泮宮之水。天子之學曰辟廱，諸侯曰泮宮。泮宮之東西南方有水，形如半

薄采其芹。❷　泮水水濱可採芹。
魯侯戾止，❸　魯國的君侯來到了，
言觀其旂。❹　看他旗幟隨風飄。
其旂茷茷，❺　他的旗幟隨風飄，
鸞聲噦噦。❻　鸞鈴叮噹聲美妙。
無小無大，❼　職位大小衆官員。
從公于邁。❽　跟隨魯侯走向前。

（續）璧，即泮水。然姚際恆詩經通論云：「泮宮，宋戴仲培、明楊用修皆以為泮水之宮，非學宮。其說誠然。按通典載：『魯郡泗水縣，泮水出焉。』泮為水名可證。……自王制以為諸侯之學宮，此漢儒之說，未可信也。……詩曰『泮水』，又曰『泮宮』，言泮水者，水名也；言泮宮者，泮水之宮也。文義自明。……詩又曰『泮林』，明是泮水之林。……」（可備一說）。

❷薄：語詞。下同。芹：水菜。
❸戾：至。止：語詞。下同。
❹言：語詞。旂：旗上畫交龍者。
❺茷：音吠，又音派，茷茷猶旆旆，旗飛揚貌。
❻鸞：鈴。噦：音惠，噦噦：鈴聲。
❼小大：謂官員職位之尊卑。
❽邁：行。

思樂泮水，
薄采其藻。
魯侯戾止，
其馬蹻蹻。⑨
其馬蹻蹻，
其音昭昭。⑩
載色載笑，⑪
匪怒伊教。⑫
思樂泮水，
薄采其茆。⑬

快樂的泮水水濱好，
泮水水濱可採藻。
魯國君侯來到了，
他的馬兒壯又高。
他的馬兒很強壯，
他的聲音很清朗。
和顏悅色有笑容，
不發怒氣教化行。
快樂的泮水水之濱，
泮水水濱可採蓴。

⑨蹻：音矯，蹻蹻：強健貌。

⑩昭昭：明朗。

⑪載：則。色：顏色溫和。笑：面帶笑容。

⑫此句謂不以發怒以教化人也。蓋其和顏悅色，足以教化人，不必發怒也。

⑬茆：音卯，水草名，嫩葉可食。即蓴菜。

魯侯戾止，　　魯國君侯大駕臨，
在泮飲酒。　　泮宮飲酒好開心。
既飲旨酒，　　飲了美酒樂陶陶，
永錫難老。⑭　　賜他永遠不衰老。
順彼長道，⑮　　他能順着大道行，
屈此羣醜。⑯　　淮夷羣醜都服從。

穆穆魯侯，⑰　　魯侯肅穆又謙和，
敬明其德。⑱　　敬謹修明有美德。
敬愼威儀，　　恭敬謹愼好威儀，
維民之則。⑲　　爲民法則好學習。

---

⑭錫：賜。謂天賜予也。難老：不易老，即長壽。
⑮長道：大路。
⑯屈：征服。羣醜：謂淮夷。
⑰穆穆：儀表美好，容止端莊肅敬。
⑱謂魯侯敬愼修明其美德。
⑲則：法則。

允文允武，⑳　文武兼備在一身，
昭假烈祖。㉑　感動烈祖神降臨。
靡有不孝，㉒　沒有烈祖不孝敬，
自求伊祜。㉓　自己修德求福慶。

明明魯侯，㉔　明明之德是魯侯，
克明其德。㉕　魯侯之德昭顯修。
既作泮宮，　泮宮既已作成，
淮夷攸服。㉖　淮夷就來服從。

⑳允：乃。謂魯侯有文德有武功。

㉑昭假：卽昭格，神靈降臨。謂魯侯之德能感動有功業之祖先，致其神靈昭然降臨也。

㉒靡：無。孝：孝敬其烈祖。或釋孝爲效，謂效法其祖先。

㉓伊：語詞。祜：福。謂魯侯之福乃由自己修德以求得者。

㉔謂有明德之魯侯。

㉕克：能。謂魯侯能昭明其德。

㉖攸：是。淮夷攸服：僖公十三年，魯侯嘗從齊桓公會於鹹，爲淮夷之病杞；十六年，又從齊桓公會於淮，爲淮夷之病鄫。詩所言，當指此二役之一。春秋經傳雖未言爭戰，然以情勢度之，必有兵事。下文言獻馘獻囚，雖不免鋪張，要非無中生有也。（見屈萬里詩經詮釋）

矯矯虎臣，㉗	矯矯虎臣好武勇，
在泮獻馘；㉘	泮宮獻馘報戰功；
淑問如皐陶，㉙	恰似皐陶善斷案，
在泮獻囚。㉚	泮宮訊囚定罪讞。
濟濟多士，	人才濟濟衆賢士，
克廣德心。㉛	能夠推廣他德意。
桓桓于征，㉜	耀武揚威去出征，
狄彼東南。㉝	東南淮夷都治平。

㉗矯矯：勇武貌。虎臣：猛將。

㉘馘：音國，殺敵割取其左耳以計功者。

㉙淑：善。問：訊問。臯：音高。陶：音搖。臯陶：舜之獄官，善於治獄聽訟。

㉚獻：當讀爲讞一ㄢˋ，議罪也。囚：謂俘虜。言使善於聽訟如臯陶之人，訊此俘虜也。（見屈萬里詩經詮釋）

㉛克廣：能推廣。德心：善意。

㉜桓桓：勇武貌。于征：往征。

㉝狄：讀爲剔ㄊ一，治也。東南：謂淮夷。

烝烝皇皇，34 行軍陣容好盛大，
不吳不揚。35 既不吵鬧不喧嘩。
不告于訩，36 大家和諧不爭訟，
在泮獻功。都在泮宮獻戰功。

角弓其觩，37 角弓彎彎又曲曲，
束矢其搜。38 利箭很多捆成束。
戎車孔博，39 兵車架構很寬綽，
徒御無斁。40 步兵御卒不怠惰。

34 烝烝、皇皇：皆形容聲勢盛大。
35 吳：吳之訛，音話，大聲喧嘩。揚：聲音高揚。
36 訩：音凶，爭訟。謂不因爭功而興訟也。陳奐謂告與鞫通，鞫：窮治罪人。不告于訩，謂不窮治凶惡，唯在柔服之而已。亦通。
37 角弓：以角飾弓。觩：音求，曲貌。
38 束矢：一束之矢。或云五十支，或云百支，或云四支，或云十二支。搜：矢多貌。或云矢勁貌。
39 博：大。
40 徒：徒步者。御：御車者。無斁：無厭。謂均能盡力敬事而無厭倦。

既克淮夷，　既已克服淮夷，
孔淑不逆。41　甚善不再違逆。
式固爾猶，42　是你計謀很堅定，
淮夷卒獲。43　淮夷終於被平靖。

翩彼飛鴞，44　鴞鳥翩翩成羣，
集于泮林。45　落在泮水桑林。
食我桑黮，46　桑樹林中食桑葚，
懷我好音。47　感念我的大德恩。

41 淑：善。逆：違命。
42 式：語詞。固：堅定。猶：謀略。
43 言淮夷終於被獲。卽平定之也。
44 翩：飛貌。鴞：貓頭鷹。
45 泮林：泮水之林。
46 黮：同葚，桑果。
47 懷：念。以上二句謂鴞鳥爲惡聲之鳥，因食我桑葚，懷我之德意而爲好音矣。喻淮夷之能歸服也。

憬彼淮夷，㊽　淮夷翻然而覺悟，
來獻其琛：㊾　來我朝廷獻寶物：
元龜象齒，㊿　旣獻象牙和大龜，
大賂南金。51　還有南金一大堆。

【評解】

泮水是魯頌的第三篇，分八章，章八句，除第五章第七句爲五字外，餘均爲四字句。全詩共二百五十七字。

詩序云：「泮水，頌僖公能脩泮宮也。」三家詩無異義。朱傳則云：「此飮於泮宮而頌禱之辭也。」雖未言詩中之魯侯爲誰，然於「昭假烈祖」句，解烈祖爲周公、魯公。魯公卽伯禽，則此詩中之魯侯非謂伯禽可知。而姚際恆則云：「小序謂『頌僖公能修泮宮也。』許魯齋謂頌伯禽

㊽ 憬：覺悟。
㊾ 琛：寶物。
㊿ 元龜：大龜。古用龜卜吉凶，以爲龜愈大愈靈。象齒：象牙。
51 大：猶多。路：遺，獻納。南金：荆、揚等南方出產之黃金。「大賂」二字貫上文，謂多所獻納者有元龜、象齒及南金也。

之詩。蓋伯禽有征淮夷事，見于費誓。若僖公則十六年多從齊侯會于淮，而爲齊執，明年九月乃得釋歸。詩言縱夸大，不應以醜爲美至于如此也。魯頌四篇，末篇爲僖公詩，有明據。此篇爲伯禽，亦有據。吾固未嘗敢因此篇爲伯禽，而以前二篇皆爲伯禽。若序因末篇爲僖公，而概以前三篇爲僖公，則過矣。」方玉潤亦贊同其說，曰：「愚案是詩以爲頌伯禽者近是。」（普賢按：方玉潤詩經原始於解說本篇引姚際恆之文，於「蓋伯禽有征淮夷」下漏「事，見于費誓。若僖公則十六年多從齊侯會于淮」等十九字，而成爲「伯禽有征淮夷而爲齊執，明年九月乃得釋歸」可謂大錯矣。——見藝文印書館印行之方玉潤詩經原始）王靜芝詩經通釋亦曰：「此蓋伯禽征淮，執俘於泮宮，詩以頌之也。」是亦根據費誓伯禽有征淮夷事爲言。然查屈萬里尙書釋義於費誓篇之時代辨之甚詳，玆錄其原文如下：

書序云：「魯侯伯禽宅曲阜，徐夷並興，東郊不開，作費誓。」史記魯世家亦謂：「伯禽卽位之後，有管蔡等反也；淮夷徐戎，亦並興反。於是伯禽伐之於肸，作肸誓。」是皆以本篇爲伯禽伐淮夷時誓師之辭也。余永梁有粊誓的時代考一文，（載中山大學語言研究所週刊一卷一號，轉載於古史辨第二册上），則謂本篇乃魯僖公時作品。因：一、本篇文體與兮甲盤相似，不類周初作品；二、戎狄蠻夷等稱，春秋時最盛；本篇稱徐戎，不稱徐方，與春秋時之風尙相合。覈詁亦云：「竊疑西周諸侯，當承王命征伐，而此篇無一語道及王命。當是東周以後，諸侯自專攻伐時之作品。且其文字，與秦誓相去不遠。據魯頌閟宮：『奄有龜蒙，遂荒大東；至于海邦，淮夷來同。』又曰：『保有鳧繹，遂荒徐宅，至于海邦；淮夷蠻貊。……』此確敍魯公征討徐戎淮夷之事。泮水：『既作泮宮，淮夷攸服；矯矯虎臣，在泮獻馘。』亦明爲克服淮夷，獻功之事。則詩書所載，自屬一事。而閟宮有『莊公之子』一語，鄭箋以爲僖公時事，似尙可信。」是楊氏亦以爲本篇作於魯僖公時。按春秋僖公十三年經云：「公會齊侯、宋公……于鹹。」左傳云：「淮夷病杞故。」又十六年經云：「公會齊侯、宋公……于淮。」左傳云：「會于淮，謀鄫；且東略也。」據此，本篇疑僖公十三年或十六年時所作也。

是則費誓既非記伯禽伐淮夷時誓師之辭而爲魯僖公時詩。所以我們也仍斷此篇泮水爲頌揚魯僖公的詩。唯詩中明言「既作泮宮」，則非如詩序所云「修」泮宮也。

全詩主要在頌揚魯僖公征服淮夷之功業。至於其出行儀仗之盛大，隨從人員之衆多，則爲襯托魯侯德業之描寫。魯侯既有敬愼之威儀，更有明德之修養，故能「載色載笑，匪怒伊教」，且能建學育才，可謂文武兼修，德業並進。故終使淮夷服從而貢納寶物，詩中雖不免誇大之辭，然正是頌揚文字之正格，不足爲病也。

【古韻】

第一章：芹、旂，文部平聲；

茷、噦、大、邁，祭部去聲；

第二章：藻、蹻、蹻、昭、笑、教，宵部入聲；
第三章：茆、酒、酒、老、道、醜，幽部上聲；
第四章：德、則，之部入聲；
武、祖、祜，魚部上聲；
第五章：德、服、馘，之部入聲；
陶、囚，幽部平聲；
第六章：心、南，侵部平聲；
皇、揚，陽部平聲；
訩、功，東部平聲；
第七章：觩、搜，幽部平聲；
博、斁、逆、獲，魚部入聲；
第八章：林、黮、音、琛、金，侵部平聲。

四、閟宮

魯僖公修復宗廟，廟貌一新，詩人借此頌揚僖公，誇大其功業。

原詩	今譯
閟宮有侐，❶	幽邃的神廟好清靜，
實實枚枚。❷	殿宇堅固工程精。
赫赫姜嫄，❸	姜嫄顯赫有大名，
其德不回。❹	品德完善無疵病。
上帝是依，	上帝把她來依憑，
無災無害，	無災無害無病痛，
彌月不遲，	懷孕十月滿了期，
是生后稷。	就把后稷生下地。
降之百福，	上天降下百福祿，

❶ 閟：音必ㄅㄧˋ，朱傳謂深閉也。屈萬里先生謂當是邃秘之義。宮：廟。閟宮，指魯之宗廟。侐：音洫ㄒㄩˋ，寂靜貌。有侐即侐然。

❷ 朱傳：「實實，鞏固也。」正義云：「枚枚，細密之意。」明人鄒泉曰：「實實，言下之盤基固也；枚枚，言上之結構密也。」

❸ 姜嫄：姜，姓；嫄，名。姜嫄爲后稷之母。

❹ 回：邪。

黍稷重穋， 黍稷先後都成熟，
稙穉菽麥。⑤ 豆麥依次種下土。
奄有下國，⑥ 擁有天下衆邦國，
俾民稼穡。 使得人民會稼穡。
有稷有黍， 既已有稷又有黍，
有稻有秬。 還有稻米和黑秬。
奄有下土， 種遍天下廣大土，
纘禹之緒。⑦ 大禹的功業來繼續。

后稷之孫， 后稷的子孫傳世長，
實維大王， 傳世十餘到太王，
居岐之陽， 遷居岐山山南方，

⑤ 孔穎達曰：「重穋稙穉，生熟早晚之異稱，非穀名。」蓋穀類後熟曰重，先熟曰穋。穋音路ㄌㄨˋ。禾之早種者曰稙，晚種者曰穉。稙音陟ㄓˋ，穉，稚之或體。

⑥ 奄：爾雅訓覆，即掩蓋義，引申爲籠蓋。奄有下國即領有天下邦國。

⑦ 纘：音纂ㄗㄨㄢˇ，繼。緒：業。禹平洪水，得播種百穀，故云。

實始翦商。❽　眞正開始翦削商。
至于文武，　到了文武這兩代，
纘大王之緒。　太王的餘業接過來。
致天之屆，❾　代替上天誅兇殘，
于牧之野：　就在牧野把軍令宣：
「無貳無虞，❿　「不懷二心不疑慮。
上帝臨女。」　上帝把你來監護。」
敦商之旅，⓫　殺伐殷商衆兵員，
克咸厥功，⓬　才能奏凱把功建。
王曰：「叔父！⓭　成王對他叔父說：

---

❽翦：猶割，謂滅除也。翦商者武王，爲何說「實維太王」？因太王自豳遷岐，有仁人之稱，從之者如歸市，是周之得民自岐始。是說周之勢自此漸大，後來之能滅商，實奠基於此時。

❾屆：殛，誅殺。

❿貳：二心；虞：慮。無虞：不疑慮。

⓫敦：當讀爲譈ㄉㄨㄟˋ，亦卽周書「憝國」之憝，殺伐也。屈萬里先生說。

⓬咸：備，備猶成也。馬瑞辰說。

⓭王：成王。叔父謂周公。

建爾元子，⓮
俾侯于魯。
大啓爾宇，⓯
爲周室輔。」

乃命魯公，⓰
俾侯于東；
錫之山川，⓱
土田附庸。⓲
周公之孫，
莊公之子，⓳

「把你長子封大爵，
就在魯地建侯國。
大大開拓您疆域，
做爲周室好輔助。」

就命伯禽號魯公，
封爵稱侯長居東；
賜他名山和大川，
還有附庸和良田。
傳到了周公之孫，
傳到了莊公之子，

⓮ 建：立。元子：長子，指伯禽。
⓯ 啓：開拓。宇：居，謂魯之疆域。
⓰ 魯公：伯禽。
⓱ 錫：賜。
⓲ 附庸：附屬於大國之小國。
⓳ 莊公之子，一爲閔公，一爲僖公。此謂僖公，因閔公在位僅二年，未有可頌。

龍旂承祀，⑳　　舉着龍旂奉祭祀，
六轡耳耳。㉑　　六根繮繩眞華麗。
春秋匪解，㉒　　四季致祭不怠惰，
享祀不忒。㉓　　神靈享祀無差錯。
皇皇后帝，㉔　　按照時令祭天帝，
皇祖后稷，　　皇祖后稷也一起，
享以騂犧。㉕　　紅色犧牲供享祀。
是饗是宜，㉖　　神明饗用很合宜，
降福既多。　　既已降下多福祉。
周公皇祖，㉗　　周公魯公齊祭祀，

⑳ 龍旂：旂上繪交龍，故曰龍旂。爲上公（大國諸侯）所用之旂。承：奉。
㉑ 耳耳：華盛貌。馬瑞辰有說。陳奐解作衆多義，然六轡並不算衆多。
㉒ 春秋：猶言四季。解：通懈。
㉓ 忒：音特ㄊㄜˋ，差錯。
㉔ 皇皇后帝：謂天。
㉕ 犧：純色之牲。騂犧：純赤色之牲。
㉖ 馬瑞辰云：「凡神歆饗其祀，通謂之宜。」
㉗ 皇祖：謂伯禽。

亦其福女。　　也把福祉降給你。

秋而載嘗，(28)　　秋天來到行嘗祭，

夏而楅衡。(29)　　夏天就把牛角先攔起。

白牡騂剛，(30)　　白色牡牛紅色犅，

犧尊將將。(31)　　獸尊的樣子也堂皇。

毛炰胾羹，(32)　　裹毛燒肉煮羹湯，

籩豆大房。(33)　　盛在籩豆和大房。

萬舞洋洋，(34)　　萬舞盛大鬧洋洋，

---

(28) 載：則。秋祭曰嘗。

(29) 楅：音福，又音逼。楅衡：以橫木架在牛角上，以防其觸人。秋祭所用之牛，夏日即預先將橫木架在牛角上防其觸人，以免不吉。

(30) 白牡：白色牡牛。毛傳謂祭周公所用之牲。剛：犅之假借字，牡牛。毛傳謂祭魯公所用之牲。

(31) 犧尊：外形似獸，中間可以盛酒之酒具。將將：嚴整貌。

(32) 炰：音匏ㄆㄠˊ，正字應作炮。炮：燒。毛炮：連毛用泥裹起燒。胾：音自ㄗˋ，已切之肉。

(33) 籩：音邊ㄅㄧㄢ，祭時盛器，竹製曰籩，木製曰豆。大房為盛半體牲之俎，足下有跗如堂房。

(34) 萬舞：兼文武之舞的總名。洋洋：衆多貌，謂舞數之衆多。陳奐說。

孝孫有慶。㉟
俾爾熾而昌，
俾爾壽而臧。㊱
保彼東方，
魯邦是常。㊲
不虧不崩，
不震不騰。㊳
三壽作朋，㊴
如岡如陵。

公車千乘，

孝孫有福慶吉祥。
使你興盛又繁昌，
使你長壽又安康。
保護那東方，
魯國就久常。
既不虧損不分崩，
不受震動不侵凌。
三壽元老相比並，
壽命永長似岡陵。

擁有公車一千乘，

㉟孝孫：謂僖公，慶：福。
㊱臧：善。
㊲常：常守不墜。
㊳高本漢釋此二句謂「你們不受震動，不被淩駕。」蓋謂魯國甚安定之意。
㊴三壽：謂上壽，中壽，下壽。上壽百二十歲，中壽百歲，下壽八十歲。馬瑞辰說。此三壽即三老之意，謂國家元老也。此句謂僖公之壽可與三壽之人相齊等。

朱英綠縢，㊵　紅色英飾綠色繩。
二矛重弓。㊶　又有兩矛和雙弓。
公徒三萬，㊷　公家徒衆有三萬，
貝冑朱綅，㊸　頭盔綴貝紅線穿，
烝徒增增。㊹　大隊人馬眞浩繁。
戎狄是膺，㊺　打擊戎狄武力強，
荊舒是懲，㊻　懲罰荊舒聲威揚，

㊵ 正義云：「朱英，矛飾，蓋絲纏而朱染之，以爲矛之英飾也。」綠縢：用以纏弓之綠繩。

㊶ 謂一車之上有二矛二弓。

㊷ 三萬：舉大國三軍之數。每車徒（步）兵三十，千乘則有徒兵三萬。

㊸ 冑：盔。貝冑：以貝飾冑。綅音纖ㄒㄧㄢ，謂綴貝之線。

㊹ 烝：衆。增增：衆多貌。

㊺ 戎：本謂西戎；狄：本謂北狄，此蓋指淮夷言，孟子趙注云：「膺：擊也。」膺擊戎狄，當指鹹之會及淮之會而言。魯僖公十三年，爲淮夷侵杞國，魯國曾從齊桓公會於鹹；十六年，淮夷侵鄫國，僖公又從齊桓公會於淮。（此處所謂會，如同現代之國際會商，用以制裁侵略，扶助弱小。）春秋經傳雖未提及戰爭，但以當時情勢度之，必有兵事。

㊻ 荊：楚之舊稱；春秋於僖公元年始稱荊曰楚。舒：楚之與國，故地在今安徽合肥一帶。是懲：使受到打擊。按僖公四年，魯公會齊桓公侵蔡，蔡敗，遂伐楚，盟於召陵。此詩所言「荊舒是懲」當指此。

則莫我敢承。㊼　沒人敢把我抵擋。
俾爾昌而熾，　使你昌大又興旺，
俾爾壽而富。　使你長命富貴享。
黃髮台背，㊽　黃髮台背的大國老，
壽胥與試。㊾　大福大壽相比高。
俾爾昌而大，　使你宏大又盛昌，
俾爾耆而艾。㊿　使你長壽壽無疆。
萬有千歲，51　享年一萬幾千歲，
眉壽無有害。　享年萬歲無災殃。
泰山巖巖，52　泰山高大勢巉巖，

㊼承：當（擋）。
㊽黃髮台背：皆老壽之象。黃髮：髮白而復黃。台背謂背皮如鮐魚（即河豚），老人消瘦之狀。
㊾胥：相；試：比。馬瑞辰說。按此二句句法與上章「三壽作朋，如岡如陵」同。
㊿耆、艾：皆老壽意。
51有：古通又，萬有千歲，即可活一萬又幾千歲之意。
52巖巖：山石層疊之貌。

魯邦所詹。(53)　魯國上下共仰瞻。
奄有龜蒙，(54)　又有龜山和蒙山，
遂荒大東，(55)　掩有遙遠最東邊，
至于海邦。　東邊到海相接連。
淮夷來同，(56)　淮夷之人齊會同，
莫不率從，　莫不相率來服從，
魯侯之功。　都是魯侯之大功。

保有鳧繹，(57)　保有鳧山和繹山，
遂荒徐宅，(58)　徐人的居處也統管，
至于海邦。　一直到達東海岸。

---

(53) 詹：通瞻，（韓詩外傳及說苑俱引作瞻）仰望。
(54) 龜：山名，在今山東泗水縣。蒙：亦山名，在今山東蒙陰縣。
(55) 荒：大。擴大即奄有意。大東：魯東一帶。
(56) 同：會同，謂淮夷歸服，來朝魯國。
(57) 鳧：山名，在今山東魚臺縣。繹：即嶧山，在今山東嶧縣。
(58) 宅：居。徐宅：徐人之居處，謂徐國。

淮夷蠻貊，　還有淮夷和蠻貊，
及彼南夷，　以及那南夷諸部落，
莫不率從。　莫不相率來服我。
莫敢不諾，59　沒有那個敢不應，
魯侯是若。60　魯侯的命令都順從。

天錫公純嘏，　天賜我公大福祚，
眉壽保魯，　益壽延年保魯國。
居常與許，61　收回了常地和許邑，
復周公之宇。62　恢復了周公舊土地。
魯侯燕喜，63　魯侯安居又歡娛，

---

59 諾：應諾，不違。

60 若：順從。

61 居：住。意謂復爲魯人所居住。國語齊語：「反其侵地棠潛。」管子小匡篇作「常潛」。俞樾以爲常即棠，在今山東魚臺縣。晏子春秋雜上篇「景公伐魯，傅許，得東門無澤。」是魯有許邑，但不知在今山東何地。二邑皆曾爲齊所侵佔，至是復反於魯。

62 宇：居，謂疆域。周公之子伯禽始封魯地，故曰「復周公之宇」。

63 燕：安。

令妻壽母，　還有賢妻和壽母，
宜大夫庶士，64　大夫衆士也安舒，
邦國是有。65　常保邦國有領土。
既多受祉，　既已多受福和祿，
黃髮兒齒。66　歷時久遠又鞏固。
徂來之松，67　徂來山上有松樹，
新甫之柏，68　新甫山上有柏木，
是斷是度，69　把它砍來把它鋸，
是尋是尺。70　或長或短都合度。

---

64 言使大夫衆士皆安適。

65 有：保有。

66 兒齒：兒童之齒，言其整固。或謂老人齒落，又生細者曰兒齒，亦老壽之徵也。

67 徂來：山名，在今山東泰安縣東。

68 馬瑞辰疑新甫即梁甫山，在今山東新泰縣。

69 斷：橫截。度：剫之省，判也。（中分曰判）馬瑞辰說。是斷是度：謂將松柏等木材加以裁製，以供建築宮廟之用。

70 八尺曰尋。言其長度或一尋或一尺。

松桷有舄，⑦①　松木棟梁粗又長，
路寢孔碩。⑦②　建築的正寢很雄壯。
新廟奕奕，⑦③　新廟氣象眞巍峩，
奚斯所作。⑦④　公子奚斯之傑作。
孔曼且碩，⑦⑤　既很曼長又高碩，
萬民是若。⑦⑥　全國人民都服悅。

【評解】

閟宮是魯頌四篇的最後一篇。共九章，四章十七句，一章十六句，二章章十句，二章章八句，共一百二十句，其中十二句爲五字句，餘均四字句，全詩共計四百九十二字，爲三百篇中第一長詩。

---

⑦① 桷：音角ㄐㄩㄝˊ方形屋椽。舄：大貌。有舄卽舄然。
⑦② 路寢：正寢。碩：大。
⑦③ 新廟：謂閟宮。奕奕：大貌。
⑦④ 奚斯：魯大夫公子魚之字。言此廟爲奚斯所作。韓詩據此文，遂謂魯頌爲奚斯所作，非是。
⑦⑤ 曼：長。
⑦⑥ 言國人皆順從魯侯。

毛詩序：「閟宮，頌僖公能復周公之宇也。」三家無異義。「復周公之宇」句係採用本詩原文，但考之失實，魯僖公無如此大功，蓋僖公僅修復魯宗廟，詩人乘機作諛詞，誇大其功耳。閟宮卽指魯宗廟，毛傳以爲姜嫄之廟，非是。魯僖公修復魯宗廟，廟貌一新，故曰：「新廟奕奕。」鄭康成所謂「修舊曰新」也。「奚斯所作」者，奚斯所監修也。韓詩以爲奚斯作此詩固誤解，姚際恆謂奚斯監造新廟，故以閟宮爲新造之莊公廟，亦無據。方玉潤曰：「新之云者，或以爲作新之，或以爲修舊而新之，似皆可通。朱氏公遷曰：『但曰姜嫄廟，則不當及大王以下，曰閟公廟，則不當及周公皇祖以上，曰僖公廟，則詩正爲公祝頌之，僖固未嘗薨也。』姚氏主閔公廟（筆者註：姚氏實主莊公廟，此處方玉潤誤），集傳以爲魯之羣廟，都不可考。唯嚴氏粲云：『春秋不書，則知其非大工役，止爲僖公能修寢廟，史臣張大其事而爲頌禱之辭耳。』斯言也，差爲得之。不然，魯有大工役，豈無可考歟？竊意其爲魯舊有之廟，至僖公始命奚斯葺而新之，詩人於是鋪張揚厲，發爲玆頌，以致後之儒者，多方考證，毫無實據焉。」其言，可供吾人參考。至於詩中「戎狄是膺，荆舒是懲」，孟子以爲周公之事，周公懲荆舒，無可考證，難予採信。且此詩明言所頌係「周公之孫，莊公之子」，蓋魯僖公曾參與齊桓公霸業的鹹之會、淮之會、召陵之盟，故詩人借齊桓之功，爲僖公鍍金耳。

此篇首二章歷敍周之源流，推本所自，先由周之始祖后稷之母姜嫄敍起，並敍魯受封之始，是爲總冒。三章落到僖公，而入正文。又因魯用天子禮樂，得以郊祀天神，故在此特別提出，爲魯生色不少。四五兩章，一寫僖公祭祀之誠而能受福，一寫僖公征伐之勞，能以昌大，皆極其稱揚，無中生有。六七兩章，又就魯國土地之廣大，四方服從，誇耀一番。八章「復周公之宇」一句總束僖公功業，並順祝其家人臣庶，可謂周備之至。九章點清詩意，並應篇首閟宮，說明作廟取材於徂來新甫二山，命重臣監修，其規模之宏大，建築之雄偉，執事之鄭重，由此可知。

全詩冗長而多浮誇，辭句更多重複，開揚、馬漢賦虛夸之先聲，是爲頌中之變格。

【古韻】

第一章：枚、回、依、遲，微部平聲；

稷、福、麥、國、穡，之部入聲；

黍、秬、土、緒，魚部上聲；

第二章：王、陽、商，陽部平聲；

武、緒、野、虞、女、旅、父、魯、宇、輔，魚部上聲；

第三章：公、東、庸，東部平聲；

子、祀、耳，之部上聲；

解、帝，佳(支)部去聲；

忒、稷，之部入聲；

犧、宜、多，歌部平聲；

祖、女，魚部上聲；

第四章：嘗、衡、剛、將、羹、房、洋、慶、昌、臧、方、常，陽部平聲；

崩、騰、朋、陵，蒸部平聲；

第五章：乘、縢、弓、綅、增、膺、懲、承，蒸部平聲；

熾、富、背、試，之部去聲；

大、艾、歲、害，祭部去聲；

第六章：巖、詹，談部平聲；

蒙、東、邦、目、從、功，東部平聲；

第七章：繹、宅、貊、諾、若，魚部入聲；

邦、從，東部平聲；

第八章：嘏、魯、許、宇，魚部上聲；

喜、母、士、有、祉、齒，之部上聲；

第九章：柏、度、尺、舄、碩、奕、作、碩、若，魚部入聲。

商頌

一、那

成王封微子於殷故都商邱以存湯祀，並得沿用殷代禮樂，是以宋有商頌的製作。「那」篇是宋國祀成湯的宗廟之樂歌，完全符合頌的條件。其樂為鐘鼓磬管等的交響樂，其舞為文武兼備的萬舞，具見商頌的聲容並茂。而溫恭恪敬，不忘祖德，尤為得體。

原詩	今譯
猗與那與！❶	美好呀！盛大呀！
置我鞉鼓，❷	把我鞉鼓放好它，

❶ 猗：音依一；與：音余ㄩˊ，語詞，與：猶兮。猗那：美盛之貌。

❷ 鞉：音桃，鞉鼓：搖鼓。

奏鼓簡簡，❸　敲起鼓來響咚咚，
衎我烈祖。❹　娛樂我們偉大的祖宗。
湯孫奏假，❺　湯孫奏樂降英靈，
綏我思成；❻　賜我安樂和成功；
鞉鼓淵淵，　鞉鼓敲得響咚咚，
嘒嘒管聲；　吹出悠揚管樂聲；
既和且平，　音調清越和且平，
依我磬聲。❼　依着我的擊磬聲。
於赫湯孫，❽　哦！顯赫的湯王子孫，

❸ 簡簡：謂聲音和大。

❹ 衎：音看ㄎㄢˋ，樂也；烈祖：功業偉大的先祖，指成湯而言。

❺ 湯孫：主祀者，或即宋襄公；假：音義同格，至也。奏假：祈先祖之神降臨也。

❻ 綏：安也；思：語詞。

❼ 周代樂器有八音之稱。八音爲一金（鐘）二石（磬）三絲（琴瑟）四竹（簫管）五匏（笙竽均係竹管之列於匏內者）六土（壎缶）七革（鼓）八木（柷敔）等八類樂器。磬爲石樂，或以玉製成。此言樂之聲以擊磬爲主。或曰孟子「金聲玉振」，鐘宣於先，而磬收於後。樂終擊磬，象聲悉隨而止也。

❽ 於：音烏ㄨ，感歎詞。

穆穆厥聲；　唱出和穆幽美的歌聲；
庸鼓有斁，❾　鐘鼓音雄壯，
萬舞有奕；❿　萬舞步昂揚；
我有嘉客，　我有嘉賓來助祭，
亦不夷懌？　豈不愉悅而和暢？
自古在昔，　自古往昔日，
先民有作：⓫　先民定禮義：
溫恭朝夕，　朝夕祭祀表溫恭啊，
執事有恪。　執事的人們多麼恪敬。
顧予烝嘗，⓬　神來顧我的烝嘗，
湯孫之將。　湯王子孫所獻奉。

---

❾ 庸：通鏞，大鐘也；有斁，盛貌。

❿ 萬舞：古代執干（盾）與戚（斧）者爲武舞，執羽（雉羽）與旄（牛尾）者爲文舞，萬舞爲一種文武兼備的舞；有奕：盛貌。

⓫ 有作：有所作爲，意謂立有定規，指下文朝夕言，屈萬里說。

⓬ 冬祭曰烝，秋祭曰嘗。

【評解】

「那」是商頌五篇的第一篇。舊說商頌為宋國所存商代之詩。詩序：「微子至于戴公，其間禮樂廢壞。有正考甫者，得商頌十二篇於周之大師，以那為首。」此說本於國語魯語，魯語作「校商之名頌十二篇」，與詩序略異。而韓詩、史記，都說商頌是正考父所作以美宋襄公者。馬瑞辰指出，正考父早於襄公年代甚遠，安得作頌以美襄公？今觀商頌第五篇殷武之詩，為美宋襄公無疑，但作者當然不是正考父了。餘篇疑亦宋襄公時（公元前六五〇至六三七年）所作，與魯頌年代差不多同時，實在是宋詩。但十二篇不知於何時亡佚七篇。其文辭現存五篇，多襲周頌及大雅。

「那」篇一章二十二句，聲容並茂，可作為商頌的代表來欣賞。

【古韻】（不分章）

鼓、祖，魚部上聲；

成、聲、平、聲、聲，耕部平聲；

斁、奕、客、懌、昔、作、夕、恪，魚部入聲；

嘗、將，陽部平聲。

二、烈祖

此詩與那篇都是祭成湯所用之樂歌。祭時先奏那，然後方奏烈祖。

原詩	今譯
嗟嗟烈祖！❶	啊呀祖先功業大！
有秩斯祜。❷	大福大祿都屬他。
申錫無疆，❸	一再賜福永不絕，
及爾斯所。❹	大福降到你處所。
既載清酤，❺	既有清酒來供奉，

❶嗟嗟：箋云美歎之深。烈祖：有功業之祖。此謂成湯。

❷秩：經義述聞云：「大貌」。有秩：秩然。經傳釋詞云：「斯，猶其也。」祜：福。

❸申：重。錫：賜。謂一再賜福至於無盡。

❹爾：主祭之君。斯所：此處。謂祭之所，指祭之人（時君）。

❺載：設。酤：酒。

賚我思成。❻　你則賜我享太平。
亦有和羹，❼　也有五味俱全的羹湯，
既戒既平。❽　謹愼調和味道香。
鬷假無言，❾　祈神來到要肅靜，
時靡有爭。❿　肅靜沒有爭吵聲。
綏我眉壽，⓫　保我眉壽壽命長，
黃耇無疆。⓬　佑我老壽壽無疆。
約軝錯衡，⓭　皮纏車轂采畫衡，
八鸞鶬鶬。⓮　八只鸞鈴叮噹響。

❻賚：音賴ㄌㄞˋ，賜。思：語詞。成：平。謂賜我以安享太平之福。或釋成爲成功，亦通。
❼和羹：調和五味之羹。
❽戒：謹愼。平：和。謂味調勻和也。
❾鬷：音宗ㄗㄨㄥ，假：音格。鬷假：卽奏假。神來曰奏假，祈神之來亦曰奏假。
❿時：是。靡：無。連上句謂：祈神降臨時要肅靜而無爭吵之聲。蓋以肅靜爲敬也。
⓫綏：安。
⓬黃：黃髮。人老髮由白而黃。耇：音苟ㄍㄡˇ，老人。
⓭約：約束。軝：音祈ㄑㄧˊ，轂。約軝謂以皮纏束車轂。錯：文采。衡：轅前端之橫木。
⓮鸞：鈴，馬口兩旁各一，四馬故曰八鸞。鶬：音槍ㄑㄧㄤ，鶬鶬：鈴聲。

以假以享，⑮　獻上祭品神來饗，
我受命溥將。⑯　我受天命大又長。
自天降康，⑰　天降安康保佑我，
豐年穰穰。⑱　五穀豐登多又多。
來假來饗，⑲　祈神降臨神來饗，
降福無疆。　賜我幸福福無疆。
顧予烝嘗，⑳　烝嘗祭祀神饗遍，
湯孫之將。㉑　商湯子孫所奉獻。

⑮假：音格，至，謂人之來到。享：獻。
⑯溥：大。將：長。
⑰康：安康。
⑱穰：音攘ㄖㄤˊ，穰穰：收穫之多。
⑲饗：受用祭品。
⑳顧：謂神來顧。冬祭曰烝，秋祭曰嘗。祈神來顧我之烝嘗也。
㉑湯孫：湯之子孫。將：進奉。

【評解】

烈祖是商頌的第二篇。共一章二十二句，除第十六句為五字句外，餘均四字句。全詩共計八十九字。

詩序云：「烈祖，祀中宗也。」姚際恆曰：「小序謂祀中宗本無據，第取別于上篇，又以下篇而及之耳。然此與上篇末皆云『湯孫之將』，疑同為祀成湯，故集傳云然。然一祭兩詩，何所分別？輔廣氏曰：『那與烈祖皆祀成湯之樂，然那詩則專言樂聲，至烈祖則及于酒饌焉。商人尚聲，豈始作樂之時則歌那，既祭而後歌烈祖歟？』此說似有文理。」方玉潤謂：「周制大享先王凡九獻，每獻有樂則有歌，商制亦宜如此。特詩難悉載，且多殘闕耳。前詩（那篇）專言聲，當一獻降神之曲，此詩兼言清酤和羹，恐係五獻薦熟之章，是知其各有專用而同為一祭之樂無疑也。」

牛運震詩志評此詩云：「格意幽清，間有和大之筆，亦不失為簡質。古之稱商道者曰尚質曰信鬼曰駿厲嚴肅。讀其詩可想見其餘韻。」商頌各詩雖作於宋襄公之時，而本詩文字之簡質，確可表達商代之樸實。而第十六句「我受命溥將」五字句，即姚際恆所謂「商頌多夾五言見姿。」之例。商頌五篇，除那篇全為四言句外，其餘玄鳥有「宅殷土芒芒」，長發有「禹敷下土方」，殷武有「莫敢不來享」等句均為五言。

【古韻】　祖、祜、所、酤，魚部上聲；

成、平、爭，耕部平聲；

疆、衡、鶬、享、將、康、穰、饗、疆、嘗、將，陽部平聲。

三、玄鳥

這是宋國祭祀其先祖殷高宗武丁所用的樂歌，而詩中並追敍其始祖契之所由生，以及商湯初有天下的光榮歷史。

原詩	今譯
天命玄鳥，❶	上天命燕遺下卵，
降而生商，❷	生了商朝的祖先，
宅殷土芒芒。❸	定居殷地好發展。

❶玄鳥：鳦，（音乙一ˇ）即燕，相傳高辛氏妃簡狄呑燕卵而生契。

❷契爲堯時司徒，佐禹治水有功，封於商，賜姓子氏，是爲商之始祖，故曰：「生商。」白虎通姓名篇；「殷姓子氏，祖以元鳥子生也。」契：音泄ㄒ一ㄝˋ。

❸宅：居。殷：地名。芒芒：大貌。

古帝命武湯，❹
正域彼四方。❺
方命厥后，❻
奄有九有。❼
商之先后，
受命不殆，
在武丁孫子。❽
武丁孫子，
武王靡不勝。❾

古時上帝命武湯，
治理封域正四方。
武湯遍告衆諸侯，
擁有天下盡九州。
商朝的列祖和列宗，
受命之後不荒縱，
傳到孫子名武丁。
說起孫子名武丁，
武王所能他都能。

❹古：昔。帝：上帝。武湯：有武德之湯。

❺正：治。域：封域。謂治彼四方之域。馬瑞辰以爲正其疆域。

❻馬瑞辰謂：「方、旁，古通用。旁，溥也，徧也。」后：君，謂諸侯。

❼九有：九州。

❽武丁：高宗。言商之先后，受天命而不怠，故其所成之福，降于武丁孫子（卽武丁）。此爲「孫子武丁」之倒文以韻者。

❾武王：湯之號。二句言武丁孫子，其所行事，凡湯之所能，武丁無不能勝任者。或謂此「武王」，應爲「武丁」之誤，而前兩句「武丁孫子」應爲「武王孫子」之誤。或謂武丁伐鬼方，故亦稱武王。

龍旂十乘，⑩　諸侯龍旂有十乘，
大糦是承。⑪　助祭的酒饌很豐盛。
邦畿千里，⑫　王畿之地有千里，
維民所止，⑬　人民居住很安逸，
肇域彼四海。⑭　四海之域也開闢。
四海來假，⑮　四海諸侯都歸依，
來假祁祁。⑯　諸侯紛紛來助祭。
景員維河，⑰　幅隕廣大黃河繞，

---

⑩ 龍旂：旗上繪交龍者，爲諸侯所建。旂：音旗ㄑㄧˊ。

⑪ 糦：音熾ㄓˋ，饎之或體，酒食。大糦猶言盛饌。此祭祀所用之酒食，以承供奉。

⑫ 畿：王畿，京師四周天子直轄地區。

⑬ 止：居。

⑭ 肇：開。言王畿之外，又開拓疆域至於四海。

⑮ 假：音義同格。格：至，謂四海諸侯到來助祭。

⑯ 祁祁：衆多貌。

⑰ 景：大。員、隕通用。隕：音圓ㄩㄢˊ，指幅隕。幅謂寬度、面積，員謂周遭。幅員謂疆域。河：指黃河。景員維河：謂其廣大之疆域，爲黃河所環繞。商境三面皆黃河，故云。或曰：景，山名，商之所都，即殷武篇「陟彼景山」之景山。

殷受命咸宜，　　殷商受命樣樣好，
百祿是何。⑱　　各種福祿都來到。

【評解】

玄鳥是商頌的第三篇。計一章二十二句。其中七個五字句，十五個四字句，共九十五字。詩序：「玄鳥，祀高宗也。」這是宋國之君祭祀其高宗武丁所用樂歌。詩中追敍商之始祖契的所由生，以及湯王初有天下的光榮歷史。武丁修德，任用傅說爲相，殷道復興，故宋公有烝嘗之特祭。

因爲孔子不語怪力神亂，而第一個寫正史的人司馬遷，凡遇其語不雅馴的歷史遺聞，都不採進他的巨著史記裏去。所以上古以前的神話傳說，就不容易流傳下來。其流傳下來的，有些已被合理化地修改過了。而且還不斷地遭受一般嚴謹的學者所排斥。因此，簡狄吞燕卵而生契的傳說，雖被司馬遷寫進史記殷本紀中，被鄭玄寫進毛詩商頌的箋裏，而後人斥爲不經，加以否定的還是很多，也因此而引起了若干辯論。

現在讓我們對於簡狄吞燕卵生契的傳說，試加一番考察。先將史記的記載和鄭玄的箋語照錄於下：

⑱ 何：同荷。左傳引作荷。負荷百福卽承受百福。

「殷契母曰簡狄，有娀氏之女，爲帝嚳次妃，三人行浴，見玄鳥墮其卵，簡狄取吞之，因孕生契。契長而佐禹治水有功，封於商，賜姓子氏。」（史記殷本紀）

「湯之先爲契，無父而生。契母而姊妹浴於元邱水，有燕銜卵墮之，契母得，故含之，誤吞之，卽生契。」（史記三代世表詩傳）

商頌玄鳥：「天命玄鳥，降而生商。」毛傳：「玄鳥，鳦也。春分玄鳥降，湯之先祖，有娀氏女簡狄，配高辛氏帝。帝率與之祈于郊禖而生契。故本其爲天所命，以玄鳥至而生焉。」鄭箋：「降，下也。天使鳦下而生商者，謂鳦遺卵，娀氏女簡狄吞之而生契，爲堯司徒有功，封商，堯知其後將興，又賜其姓焉。」

商頌長發：「有娀方將，帝立子生商。」毛傳：「有娀，契母也。將，大也。契生商也。」鄭箋：「帝，黑帝也。禹敷下土之時，有娀氏之國亦始廣大。有女簡狄，吞鳦卵而生契。堯封之於商，後湯王因以爲天下號，故云帝立子生商。」又「玄王桓撥」句毛傳「玄王，契也。」鄭箋：「承黑帝而立子，故謂契爲玄王。」

陳喬樅魯詩遺說考曰：「案：司馬遷贊云：『余以頌次契之事，則此本紀所敍契事，本之詩傳也。』司馬遷習魯詩，所以陳氏定殷本紀所載，採自魯詩。而三代世表的詩傳，則係褚少孫所補，與殷本紀微異。褚氏習魯詩，故亦係魯詩遺說。玄鳥、長發，毛傳均不言吞卵，蓋漢代三家詩受陰陽家學說影響極大，而毛公純正，毛傳謹嚴，對古代無父生子傳說，汰其不合情理處已略有修改，使之合理化。而鄭玄初習三家詩，其箋毛詩，又兼採三家，故除認可毛傳外，又加採史記所載魯詩遺說。且除魯詩外，又兼採齊、韓，並及詩緯，故其陰陽家色彩最濃。孔疏曰：「鄭以中侯契握云：『玄鳥翔水遺卵流，娀簡吞之生契封商。』殷本紀云：『簡狄行浴見玄鳥墮其卵，簡狄取吞之，因孕生契。』此二文及諸緯侯言吞鳦生契者多矣，故鄭據之以易傳也。」

現在我們試將史記司馬遷所說，褚少孫所引，詩經毛公所傳，鄭玄所箋四者加以考察，比較其異同，那就可以明顯地看出：第一、褚少孫所引，保留上古神話傳說的原始形態最多，可爲魯詩遺說的代表，故契母無名又無夫，明白說契是無父而生。與契母同時出現的只有她的姊妹，而燕子出現的地點是野外的元邱，時間是她們在野外水中共浴的當兒。而吞食燕卵，又是偶然的錯誤。全部呈現了神話特性；第二、司馬遷所記，雖採自魯詩，但以歷史家態度，兼採三代世系的史料拼合成文。故以有娀氏女姜嫄爲高辛氏帝嚳的元妃，則契母也就有名有夫，而爲有娀氏女簡狄配帝嚳成其次妃，不再說「無父而生」。除採取魯詩契母吞燕卵而孕外，還保留了野外姊妹共浴的影子，曰：「三人行浴」；第三、商頌毛傳所載，不經之談，已全部淘汰，只取經文「天命玄鳥」四字上着筆。其時地，則由殷本紀的「三人行浴」，變成「郊禖」祈子，最合純正儒家的條件；第四、商頌鄭箋，除認同毛傳外，採史記中與毛傳不衝突的補充進去，並加上了司馬遷、褚少孫文中所無的「帝，黑帝也」四字，更顯出了陰陽家五德終始說的色彩。

其次，我們再試查考司馬遷以前典籍所記關於契母的記載：最早的，可找到楚辭天問中的：

「簡狄在臺嚳何宜？

玄鳥致貽女何喜？」

這很明顯是詠簡狄吞燕卵的故事，而也已出現了以帝嚳來配簡狄的痕跡。較遲有呂氏春秋音初篇的始作北音的傳說。呂覽景夏紀音初篇曰：

有娀氏有二佚女，爲九成之臺，飲食必以鼓。帝令燕往視之，鳴若謚謚，二女愛而爭搏之，覆以玉筐。少選發而視之，燕遺二卵，北飛，遂不反。二女作歌，一終曰：「燕燕往飛」，實始作北音。

這又只說兩佚女在九成之臺發生的故事，有些像西王母一樣的神仙故事。但這也是今存燕遺卵給有娀氏女的最早記錄，雖未明確說娀女吞卵。

二書的註者，王逸高誘，都已是東漢人。後於司馬遷、褚少孫，而早於鄭玄。王逸註楚辭天問這兩句說：「簡狄，帝嚳之妃；玄鳥，燕也。簡狄侍帝嚳於臺上，有飛燕墮，遺其卵，喜而吞之，遂生契。」高誘註呂覽音初篇說：「帝，天也。天令燕降卵於有娀氏女，吞之生契。詩云：『天命糸鳥，降而生商。』」

這王逸、高誘兩條註文，陳喬樅、王先謙也歸之於魯詩遺說。

時代與司馬遷同時的，有劉安淮南子墬形訓載：「有娀在不周之北，長女簡狄，少女建疵。」高誘註：「有娀，國名也；不周，山名也。娀，讀如嵩高之嵩，簡翟建疵姊妹二人，在瑤臺，帝嚳之妃也。天使玄鳥降卵，簡翟吞之以生契，是爲玄王，殷之祖。詩云：『天命玄鳥，降而生商』也。」淮南修務篇高註又云：「簡翟吞燕卵而生契，愊背而生。」又多了簡狄妹名建疵，及簡狄愊背而生契兩點傳說。而「是爲玄王」句，與鄭箋黑帝，乃同本於長發篇之玄王說。文開案：孔疏云：「商是水德，黑帝之精，故云黑帝。」五德終始有二說：一爲木火土金水相生說；一爲水火金木土相勝（剋）說。或曰周火德，剋商之金德，金剋夏之木德。金德白帝，故色尙白。或曰夏金德，金生水，水生木，故商爲水德，周爲木德，水德黑帝，故商爲黑帝也。或謂高辛氏以木德王，色尙黑，故契爲黑帝子也。或謂稷契同爲帝嚳子，同於春分玄鳥至之日郊禖祈子而生，故皆得稱玄王，其說紛紜，但也無須細究。

他若劉向列女傳亦云：簡狄與其姊浴於元邱之水，玄鳥銜卵過而墜之，五色甚好，簡狄與其妹娣競往取之，簡狄得而含之，誤而吞之，遂生契。乃就三代世表詩傳略加渲染者。而白虎通姓名篇以爲殷之姓子，是因契以玄鳥子生而來。王符潛天論五德志，也說娀簡吞燕卵生子契爲堯司徒。也都是魯詩遺說。

韓詩遺說未見，齊詩遺說無甚特異者，可以含神霧爲代表。丹鉛總錄引詩含神霧曰：「契母有娀浴於元邱之水，睇玄鳥銜卵，過而墮之，契母得而吞之，遂生契。」

總之，漢代因盛行陰陽五行之說，習三家詩者，都信契母吞燕卵而生子的傳說。毛詩的鄭箋也受此感染。但所說大多已非原型，只有三代世表褚少孫所錄詩傳和呂氏春秋的音初篇還保留着神話傳說的原始面目而已。

第一個對陰陽五行思想提出猛烈的攻擊的是東漢王充。他所著論衡八十五篇，以科學的合理思想與驗證態度，一切予以重新估價，契母吞燕卵而孕的傳統，也成了他批評的對象。他說：「使契母嚥燕卵而姙是與兎之吮毫同矣。燕卵，形也，非氣也，安能生人？燕之身不過五寸，其卵安能成七尺之形？或時契母適欲懷姙遭吞燕卵也。」其後宋儒歐陽修、蘇洵均有辯駁。歐陽氏詩本義曰：「毛氏之說，以今人情物理推之，事不爲怪，宜其有之。而鄭謂吞鳦卵而生契者，怪妄之說也。義當從毛。」蘇氏嚳妃論曰：「史記載簡狄行浴，見燕墮卵，取而吞之，因生契爲商始祖，神奇妖濫，不亦甚乎？毛傳以燕降爲祀郊禖之候，及鄭之箋而後有謂吞卵之事，遷之說出于疑詩，而鄭之說，又出於信遷也。」明儒楊愼、清儒顧炎武、王夫之、崔述、姚際恆、顧廣譽、方玉潤、陳奐等皆否定之。其中以王夫之詩經稗疏所言最爲詳盡而澈底，可爲代表，玆摘其要曰：「春分元鳥降，高辛率簡狄與之祈于郊禖而生契，故本其爲天所命以元鳥至而生焉。許愼曰：『明堂月令：元鳥至之日祠于高禖以請子。請子必以鳦至之日者，鳦春分來，秋分去，開生之候鳥也。』蔡邕月令章句曰：『元鳥感陽而生，其來主爲孚乳蕃滋，故重其至日，因以用事。契母簡狄，蓋以元鳥至日有事高禖而生契焉。』凡此諸說，文具簡明，不言吞卵也。故天問亦曰：『簡狄在臺嚳何宜？元鳥致貽女何喜？』致云者，若致之，而非燕卵之爲胎元也。褚先生曰：『鬼神不能自成，須人而生。』其說韙已。乃讖緯之學興，始有謂簡狄呑燕卵而生契者。司馬遷、王逸，迭相傳述，鄭氏惑之，因以釋經。後儒欲崇重天位，推高聖，而不知其蔽入于妖妄，有識者所不能徇也。以愚論之，凡呑物者從口達吭，從吭入胃，達于腸胃，氣所蒸，雖堅重之質亦從化，而靡精者爲榮衞，粗者爲二便。而女子之姙乃從至陰納精而上藏于帶脈之間，子室在腸胃之外，相爲隔絕，燕卵安能不隨蒸化越胃穿腸達子室而成胞胎乎？或謂禹母呑薏苡而生禹者，則薏苡能催生，今方家猶用之，禹母或時產難，因食之而生耳。若夫燕卵，既非食品，又不登于方藥，契母何爲而呑之？藉令簡狄之有童心而戲含之，誤呑之，從又何知契之生爲此卵之化邪？有人道乎？無人道乎？其怪誕不待辨而知矣。詩所云降者，言元鳥之降也。毛傳言之甚詳。鄭氏起而邪說興，朱子弗闢而從之，非愚所知也。毛公傳經于漢初，師承不詭，其後讖緯學起，誣天背聖，附以妖妄，流傳不息，亂臣賊子僞造符命如蕭衍菖花，楊堅鱗甲，董昌羅平之鳥，方臘袞冕之影，以惑衆而倡亂，皆俗儒此等之說爲之作俑，又況其云無人道而生者，猶羅睺指腹，竇誌鳥巢之妖論，彼西域者，男女無別，知母而不知父族類，原不可放，姑借怪妄之說以自文其穢而欲使堂堂中國之帝王聖賢，比而同之，奚可哉？」

其所論消化系統與生殖器官之不相涉，最爲精彩。但天問：「玄鳥致貽女何喜」句，玄改元尚係從俗，貽改胎無所根據，實關係重大，其爲天問辯護，未免牽強。至若說西域知母而不知父，故有指腹鳥巢之怪說，正可指證我們遠古時代，亦有知母不知父之情形，故有契母呑燕卵而孕之傳說也。

史記載契母吞燕卵而孕，王充雖闢之，自鄭玄箋詩採之，歷代學者卽沿用其說。至宋代歐陽修作詩本義，始主從毛傳而斥鄭箋，蘇洵響應。但朱熹撰詩集傳，仍兼採毛鄭說曰：「春分玄鳥降，高辛氏之妃有娀氏女簡狄，祈於郊禖，鳦遺卵，簡狄吞之而生契。其後世遂爲有商氏以有天下，事見史記。」故其後朱傳大行，而一般學者仍採吞卵之說。起而爲之辯護者，亦大有其人。清儒李黼平、朱芹可爲代表。

李黼平毛詩紬義曰：「按毛不信鳦卵之說，而謂本其爲天所命，則亦以契是天生，與生民傳『堯見天因邰而生稷』同以元鳥至而生，正釋經降字。正義謂天無命鳥生人之理，泥矣。箋以爲吞鳦卵者，正義據中候及史記殷本紀，但吞鳦卵止應生鳦，何以孕而生人，孔不言也。易序卦傳云：『有天地然後有萬物；有萬物然後有男女；有男女然後有夫婦。』是古者人由物化。聖人不語怪而序卦之言如此，此其所以錄生民元鳥而不疑其誕也。」

朱芹十三經札記曰：「契之生，毛傳以爲『春分元鳥降，湯之先祖有娀氏女簡狄配高辛氏帝，帝與之祈于郊禖而生契。故本其爲天所命，以元鳥至而生焉。』孔疏：『元鳥之來，非從天至。而謂之降者，重之，若自天來者然。』鄭氏以爲降，下也。天使鳦下而生商者，謂燕遺卵，娀氏之女簡狄吞之而生契。考史記殷本紀『簡狄有娀氏之女爲帝嚳次妃，三人行浴，見元鳥墮其卵，簡狄取吞之，因孕生契。』此鄭箋之所本也。歐陽修駁之曰：『毛氏之說，以今人情物理推之，事不爲怪。而鄭謂呑鳦卵而生契者，怪妄之說也。』芹按：簡狄之呑卵與姜嫄之踐迹，事本一類，踐迹者旣以爲有，卽呑卵者，不可謂無也。朱子語類『問元鳥詩呑卵事，亦有此否？曰：當時恁地說，必是有此。今不可以聞見不及定其爲必無。』則鄭氏據事言詩，朱子固信之矣。中候契握云：元鳥翔水遺卵流，娀簡呑之生契封商；苗興云：契之卵生，稷之跡乳，蓋天人感應，聖哲挺生，固有異於常人者矣。」

帝制時代，皇帝稱天子，則其皇朝之始祖，自當由天所生，非無父之人道也，特其生也必有異乎常人者，所以顯示天之所寄託耳。故簡狄之後，史載秦之先大業，亦由女修呑燕卵而生，直到最後的淸朝，還說其先祖係其母食朱果而生，神話可以一再翻版。今帝制已成過去，吾人自可除此迷信。然此簡狄呑燕卵而生契之遠古所傳神話，仍値得我們重視，加以硏究，實亦我國寶貴之史料也。

我們從三代世表的詩傳和呂氏春秋音初篇所載兩則較完整而原始性的神話中，除可獲文學欣賞的享受外，更可以找出我國遠古時代商族可能爲鳥圖騰的遺痕來。並與殷尙白，韓國人至今尙白，而箕子封於朝鮮，與春自北來南，秋仍北返的燕子特性，證以神話中燕仍北飛，二女作歌爲北音之始的故事，可以推知商族來自東北而殷亡後部分商族仍北返，而商族的發源地或卽在朝鮮半島。而周代民謠的北方之音，可以商族居留地的邶鄘衞三風爲代表，與黃河以南，南方之音的周南召南，成爲民謠世界的南北兩代表。

由於南音北音區域的啓發，我們又體悟出兩點：第一、先秦時代的所謂南北，以黃河爲界，不以淮河爲南北分界線；第二、呂覽音初篇所顯示的我國東西南北四音的區域，也都以黃河爲界。

我們先解釋何以邶鄘衞三風爲北音的代表？有娀二女歌「燕燕往飛」，而邶風燕燕篇卽以「燕燕于飛」起興，可證邶風爲北音；而邶鄘衞一體，故可以黃河北岸的邶鄘衞爲北音的代表。呂覽音初篇以周南召南爲南音的代表。二南詩中固有漢水長江的漢廣、江汜，也有淮水上游的汝墳，以及黃河南岸洛水一帶的關雎。二南區域，實包括長江流域，且北至黃河而止。一般人的觀念，我國文化，以黃河流域爲北方文化的代表，長江流域爲南方文化的代表。嚴格地說，這是魏晉南北朝以來的現象。記得張其昀先生講中國地理，就以淮河爲南北區別的分界線。這在詩經時代是不符合的，南音北音實以黃河爲分界線。戰國時代以楚文化代表南方，楚辭九歌中也有河伯篇，而「楚雖三戶，亡秦必楚」，結果劉邦亡秦，劉邦是淮河以北的楚人。他所做三候之章的大風歌，也是正統南音的代表。再說呂覽以秦風爲西音的代表，破斧爲東音的代表。傅斯年先生以爲破斧之所以爲東音，乃因周公東征後，豳調流行於東方魯國的後果。由此看來，先秦時代的東南西北四音，都以黃河爲分界。就是黃河從河套轉向南流，經龍門至潼關以西的黃河西岸涇渭一帶爲秦風的西音區域；黃河至潼關折而東流，中經洛陽，過開封再轉東北向，這一帶黃河北岸淇水及其以北地區，爲北音區域；黃河南岸洛水、汝、淮、江、漢地區爲南音區域。而黃河轉向東北流以後，東岸齊魯一帶便是東音區域。黃河自河套轉南，潼關東折，過開封再東北轉向入海，恰成一個乙字形。南北音固以乙字形的底邊分界，而東西音也顯著地以乙字形的左右爲界，卽分別在黃河外圍的東與西也。

其次，從這兩則神話中，有娀氏女只是姊妹同處而又無夫生子，並證以舜妻娥皇女英，舜弟象亦以爲妻等之傳說，以及春秋時代尙盛行着娣姪羣婚及父死子烝其母等風俗，種種跡象，使人推想，我國遠古時代的社會，或爲羣婚制的母系社會所蛻化而來。

【古韻】

不分章：

商、芒、湯、方，陽部平聲；

有、殆、子，之部上聲；

勝、乘、承，蒸部平聲；

里、止、海，之部上聲；

河、宜、何，歌部平聲。

四、長發

這是一篇宋國祭祀成湯的詩。

原詩	今譯
濬哲維商，❶	明智賢哲是我大商，
長發其祥：❷	大商的發祥既久且長：
洪水芒芒，❸	自從天下洪水茫茫，
禹敷下土方。❹	大禹平治萬民四方。
外大國是疆，❺	畿外的大國歸入封疆，

❶濬哲：依說文當作「睿ㄖㄨㄟˋ哲」，馬瑞辰謂濬乃睿之假借。睿哲：明智；商：古國名。即今陝西商縣地，唐堯封帝嚳之子契於此，傳十四世至成湯滅夏而有天下，是爲商朝。此處商字是指商之君而言。

❷長：久。長發其祥謂商之發祥已久，（即下文自禹治水時商即有國。）

❸芒芒：即茫茫，廣大貌。

❹敷：音夫ㄈㄨ，敷、鋪，音近義通，鋪猶平也。下土方：猶言下國。

❺外謂王畿之外，外大國謂王畿外之諸侯。

幅隕既長。❻　使得國土既寬又廣。
有娀方將，❼　有娀氏的簡狄迎娶過房，
帝立子生商。❽　天命叫她生契開商。

玄王桓撥，❾　契王爲人勇武賢明，
受小國是達，　治理小國既很融通，
受大國是達。❿　治理大國也很成功。
率履不越，⓫　一切循禮不敢越度，
遂視既發。⓬　人民感化一致擁護。

❻幅：寬度；隕：圓之假借字，幅指面積，隕指圓周。幅隕既長謂國土面積既廣周遭又長。
❼娀：音嵩ㄙㄨㄥ，有娀，國名，故地約在今山西永濟縣附近，契母簡狄，爲有娀氏之女，此言有娀，即指簡狄。將，猶「百兩將之」之將，謂迎娶。屈萬里先生說。
❽上帝命燕遺卵使簡狄吞之而生契，爲商之始，故云。
❾玄王：契。或以爲契乃玄鳥（燕）降而生故名。桓撥：剛勇，馬瑞辰說。
❿相傳堯始封契爲小國，至舜末年始益其地爲大國。
⓫率：循；履：禮；越：踰。謂遵循禮法無所踰越也。
⓬遂：高本漢釋作就；視：觀察；發：高本漢釋爲應發，普賢按此發字當爲感發意，謂觀察人民都能爲契

相土烈烈，⑬　契孫相土武功威盛，
海外有截。⑭　海外萬邦一致服從。

帝命不違，　上帝之命不曾移動，
至於湯齊。⑮　到了湯王大功告成。
湯降不遲，　湯王降生正是時辰，
聖敬日躋。⑯　聖明敬謹德業日進。
昭假遲遲，　祈神降臨日久不懈，
上帝是祗。⑰　專心誠意把上帝是拜。

（續）所感發。此句與下文「海外有截」意相對：一指疆內人民因契之循禮而感發一致擁護；一指域外之國因契孫相土武功之威盛而一致服從。或解「遂視既發」為「遍視其行皆合乎法度」（發，法也）如此則與上句「率履不越」意重，未若前解之有意義。

⑬ 相土：契之孫。烈烈：威盛貌。

⑭ 截：截然整齊，謂一致服從也。

⑮ 齊：俞樾讀「齊」為濟，成也。言至湯而成功。

⑯ 屈萬里先生謂「降，生也。不遲，適逢時會也。躋：升也，言其聖明敬謹之德，日有升進也。」

⑰ 昭假：謂祈神之降臨。朱傳：「遲遲，久也。」祗音支ㄓ，敬也。

帝命式於九圍。⑱　上帝命他做九州表率。

受小球大球，　接受大大小小的法則，
爲下國綴旒。⑲　作爲諸侯下國的楷模。
何天之休，⑳　承荷天賜的福庥，
不競不絿，㉑　不競爭不急求，
不剛不柔。　不剛強不纖柔。
敷政優優，㉒　施政溫和又寬厚，
百祿是遒。㉓　各種福祿齊來湊。

⑱式：法式。圍：馬瑞辰云：「圍、域、有，皆一聲之轉，聲同則義同。」
⑲受：謂受之於天，經義述聞云：「球，共、皆法也。球讀爲捄，共讀爲拱。廣雅曰：『拱、捄，法也。』」下國，謂畿外諸侯之國。綴：表，旒：章。表章猶表率。
⑳何：荷。休，讀爲庥：福祥也。
㉑競：爭。絿：音求，急也。
㉒敷：施。優優：溫和貌。
㉓遒：音酋ㄑㄧㄡˊ聚也。

受小共大共，㉔　接受大大小小的法度，
為下國駿厖，㉕　諸侯小國都受庇護。
何天之龍，㉖　承受上天的寵幸，
敷奏其勇。㉗　盡量表現他的武勇。
不震不動，　沒有任何騷擾驚動。
不戁不竦，㉘　人民也就不惶不恐，
百祿是總。　各種福祿齊來聚攏。

㉔ 小共大共：見⑲。

㉕ 駿：大。駿厖，荀子榮辱篇引作「駿蒙」，大戴禮衛將軍文子篇引作「恂蒙」。馬瑞辰釋：「駿與恂，厖與蒙，古並聲近通用，此詩當以『恂蒙』為正。恂，讀為徇。呂覽忠廉高注：『徇，猶衛也。』是徇有庇衛之義。蒙通作幪，說文：『幪，蓋衣也。』廣雅釋詁：『幪，覆也。』為下國恂蒙，猶云為下國覆庇耳。」厖音龐ㄆㄤˊ。

㉖ 何：荷；龍：寵也。

㉗ 敷：布，奏：告。敷奏猶言佈陳。

㉘ 戁：音難ㄋㄢˊ恐也；竦：懼也。

武王載旆，㉙　湯王的大旗飄蕩蕩，
有虔秉鉞，㉚　恭執斧鉞除暴強。
如火烈烈，　威烈如火氣勢壯，
則莫我敢曷。㉛　沒人敢把我阻擋。
苞有三蘖，㉜　夏的附庸有三個，
莫遂莫達。㉝　個個都被我阻遏。
九有有截。㉞　天下九州都服貼。
韋顧既伐，　韋國顧國被消滅，
昆吾夏桀。㉟　連同昆吾和夏桀。

㉙武王：指商湯。載：設；旆：旗。設旗將用兵也。
㉚有虔：虔敬；秉：持；鉞：斧類兵器。
㉛曷：荀子議兵篇，漢書刑法志，俱引作遏，阻止。
㉜苞：根，以喻夏。蘖：音孽ㄋㄧㄝˋ，樹木斬伐後復生之芽。三蘖：喻韋、顧、昆吾，夏之三與國。
㉝遂、達：皆謂順利生長。莫遂莫達即不能順利生長，意謂被湯所滅，故下文云「九有有截。」
㉞九有有截：見⑭及⑱。
㉟韋、顧、昆吾，皆夏桀之與國，韋在今河南滑縣；顧在今山東范縣；昆吾在今河北濮陽縣。

昔在中葉，㊱　從前商王中葉的時代，
有震且業。㊲　國勢也曾驚恐而危殆。
允也天子，㊳　湯王眞乃上天之子，
降予卿士：　上天賜給賢材卿士：
實維阿衡，㊴　賢材卿士就是阿衡，
實左右商王。㊵　輔佐湯王成就大功。

【評解】

長發是商頌的第四篇。共七章，一章八句，四章章七句，一章九句，一章六句。其中十一個五字句，一個六字句，全詩共二一七字。

本篇是宋國祭祀商湯的詩。周武王滅商，封紂王兒子武庚於宋。成王時，武庚叛，被誅，乃以其地封紂兄啓（即微子），爵爲宋公，以奉湯祀。據國語，商頌有十二篇，但自漢以來所傳之

㊱ 中葉：中世，謂湯未興時。
㊲ 震：驚動；業：危。
㊳ 允也天子：謂名符其實之天子，謂湯也。
㊴ 阿衡：官名，謂伊尹。鄭箋：「阿：倚，衡：平也。伊尹，湯所倚而取平，故以爲官名。」
㊵ 左右：即佐佑之本字，謂輔助。

詩經，只載有五篇，其餘七篇不知何時亡佚，以孔子屢稱詩三百而推斷，知孔子時詩卽爲三百篇，可證該七篇當亡於孔子以前。五篇商頌，字句多抄襲周頌及大雅。殷武一篇，顯然是頌美宋襄公而作，所以五篇可能皆爲宋襄公時作品。本篇長發，首章由商之發祥敍起，有娀氏女簡狄呑鳦（燕）卵而生契（鄭箋載此說，而陳奐疏則謂簡狄配帝嚳而生契）佐禹治水有功，堯封之於商。次章形容契王的勇武賢明，治績輝煌，循禮守法，致獲得域內人民一致的擁戴。到契之孫相土，更以威盛的武功使域外各邦一致服從。三章敍上帝一直對商眷顧，所以至湯而大功告成。湯王乃應運而生者，他能進德修業，維上帝是敬。於是奉天命做了九州的表率。四、五兩章繼續稱美湯王政績和德業，致使各種福祿齊聚於商。六章言時機成熟，湯王就奉天命建立鼓旗，爲民除暴，滅夏而有天下。末章敍商之有天下，並非一帆風順，國勢也曾動盪不安。幸有湯王的降生，是乃眞命天子，上帝賜以賢佐，而成就了功業。全詩雖由商之發祥敍起，而主要在頌美湯王的偉大，是祭祀之正格。

牛運震詩志評之曰：「遒勁精嚴，敍事處儉切不浮。」

【古韻】

第一章：商、祥、芒、方、疆、長、將、商，陽部平聲；

第二章：撥、達、達、越、發、烈、截，祭部入聲；

第三章：違、齊、遲、躋、遲、祗、圍，脂部平聲；
第四章：球、球、旒、休、絿、柔、優、遒，幽部平聲；
第五章：共、共、厖、龍、勇、動、竦、總，東部上聲；
第六章：旆、鉞、烈、曷、蘖、達、截、伐、桀，祭部入聲；
第七章：葉、業，葉部入聲；
子、士，之部上聲；
衡、王，陽部平聲。

五、殷武

這是一篇頌美宋襄公功業的詩。

原詩	今譯
撻彼殷武，❶	那殷人武力眞勇武，

❶ 撻：音踏ㄊㄚˋ，勇武貌。馬瑞辰說。殷武：殷之武力。宋爲殷之後，故在春秋時，猶有殷商之稱。

奮伐荊楚。❷　　奮然振起伐荊楚。
罙入其阻，❸　　深深進入險阻地，
裒荊之旅。❹　　裒取荊楚的衆庶。
有截其所，❺　　所到之處像削截，
湯孫之緒。❻　　商湯後裔的偉業。

維女荊楚，❼　　說到你們荊楚邦，

---

❷奮：奮起。屈萬里詩經釋義云：「春秋於僖公元年始稱荊曰楚，可知楚之稱號其起甚晚，即此已可證知此非商代之詩或西周時之詩也。世人或謂此所言伐楚，指宋襄公隨齊桓公侵蔡伐楚事，按：其事在魯僖公四年，隨齊伐楚者乃宋桓公，非襄公也。惟魯僖公十五年，宋襄公曾會諸侯盟于牡丘，謀伐楚救徐。二十二年與楚人戰於泓，宋師敗績。頌詩自多溢美之辭，此言伐楚，蓋指牡丘之會及泓之戰而言，或竟並桓公隨齊伐楚之事言之也。」

❸罙：音彌ㄇㄧˊ，深也。阻：險阻之地。

❹裒：音抔ㄆㄡˊ，說文無裒字，正字當作捊，取也。旅：衆。

❺有截：截然。有截其所：截然而平其地。

❻湯孫：湯之後裔，此指宋襄公。緒：業。此句謂此乃湯孫之功業。

❼女：汝。

居國南鄉。⑧　　國土正在我南方。
昔有成湯，　　從前祖先成湯時，
自彼氐羌，⑨　　自那遠方氐和羌，
莫敢不來享，⑩　　莫敢不來進貢品，
莫敢不來王。⑪　　莫敢不來朝我王。
曰商是常。⑫　　都來輔佐我大商。

天命多辟，⑬　　上天命令諸侯國，
設都于禹之績。⑭　　禹治之地都城設。

---

⑧鄉：音義同向。南向：南方。楚在宋之南。

⑨氐、羌：皆西方夷狄之國。

⑩享：獻，進貢。

⑪王：遠方諸侯一世一見天子曰王。

⑫曰：語詞。常、尙通用，輔助。言維商是輔。兪樾說。又，尙：崇尙，尊尙。應上句之「享王」。此章先言荆楚在宋之南，相距不遠，而自昔成湯之時，雖遠如彼氐羌者莫敢不來進貢；遠方諸侯莫敢不來世見。均維商是尙。況汝楚甚近，何敢不至耶？蓋述荆楚之非禮，不以商是尙，道伐荆之由也。

⑬辟：君。多辟：諸侯。

⑭都：城。設都：猶言立國。績通蹟，馬瑞辰說。謂立國於禹所治之地。謂天命諸侯各立其國於中國地域而爲商之臣。

歲事來辟，⑮　每年按時來朝貢，
勿予禍適。⑯　才不獲罪免譴責。
稼穡匪解。⑰　努力不懈事耕作。

天命降監，　上天的命令很森嚴，
下民有嚴。⑱　監視下民不放寬。
不僭不濫，⑲　不越本分不濫行，
不敢怠遑。⑳　不敢懈怠勤理政。
命于下國，　上天命令達下國，

⑮歲事：歲時朝見之事。來辟：猶來王。謂歲時朝見天子。

⑯經義述聞云：「禍讀爲過。廣雅曰：『謫，過責也。』謫與適通。勿予過謫，言不施譴責也。」謂祈王之不予譴責。

⑰解：同懈。言諸侯能勤於農事。姚際恆曰：「此句無韻，或脫下一句。集傳謂商頌多闕文，然亦惟此耳。」

⑱嚴：威嚴。此二句王國維與友人論詩書中成語書云：「意謂天命有嚴，降監下民。句或倒者，以就韵耳。」故二句謂天命威嚴地降於下，以監視在下之民。

⑲僭：越，謂超過本分。濫：妄爲。謂賞人既不過度，又不濫施刑罰。

⑳遑：暇。言不敢懈怠偷懶。二句謂商君不敢越分，不敢濫行。不敢怠惰而能勤於政事。

封建厥福。㉑　大建其福福祿多。

商邑翼翼，㉒　商之都城好嚴整，

四方之極。㉓　位居四方正當中。

赫赫厥聲，㉔　商祖的聲威好隆盛，

濯濯厥靈。㉕　商祖的英靈好光明。

壽考且寧，　既能長壽又康寧，

以保我後生。㉖　保佑後嗣能繁興。

㉑封：大。厥：其。下同。謂大建其福。屈萬里詩經釋義引於省吾說，謂福、服古通。服猶職。以上二句意謂上天命於下國，封建宋君，使有國。亦通。

㉒商邑：商之都城。此當指宋都商丘，今河南商丘縣。朱傳：「翼翼：整飭貌。」

㉓極：中。

㉔赫赫：顯盛貌。

㉕濯濯：光明貌。二句謂商之祖先有顯赫之聲威，有光明之英靈。

㉖此二句互換義仍通。謂此商之先祖保其後生壽考且寧。後生謂宋襄公。故此二語乃頌襄公。

陟彼景山，㉗　登呀登上那景山，
松柏丸丸。㉘　松柏挺直高參天。
是斷是遷，　把它砍伐把它遷，
方斲是虔。㉙　把它劈開又截斷。
松桷有梴，㉚　方椽長長質地堅，
旅楹有閑。㉛　一排楹柱好壯觀。
寢成孔安。㉜　寢宮蓋成大康安。

【評解】

殷武是商頌五篇的最後一篇，也是詩經三百零五篇的最後一篇。分六章，其中第一、四、五

㉗景山：山名，在商丘附近。
㉘丸丸：平滑條直之貌。
㉙方：猶是。虔：伐刈。並馬瑞辰說。
㉚桷：音角ㄐㄩㄝˊ，方椽。梴：音攙ㄔㄢ，木長貌。
㉛朱傳：「旅，衆也。」楹：堂室前之立柱。閑：大貌。有閑：閑然。
㉜寢：廟中之寢。凡廟，前曰廟，後曰寢。廟是接神之處，寢乃衣冠所藏之處，以象生人之居。此與生人之寢前有廟者異。孔：甚。安：寧。謂寢宮築成神居之甚安。

各章爲六句；第二、六兩章爲七句；第三章五句。而二章第五、六句，五章末句爲五字句；三章第二句爲六字句，餘均四字句。全詩共計一百五十三字。

詩序謂此詩乃祀殷高宗之作。然春秋於僖公元年始稱荆曰楚，伐荆楚乃宋襄公時事。（見僖公十五年及二十二年左傳）故此詩當是宋襄公以伐楚之功告於新成之廟之作。

首章卽表現出一種雄才大略，奮發果斷，以致竦動四方人心之氣象。只「罙入其阻」一語，卽有搗穴奪壘之勢。且舉商湯以爲憑藉，蓋商湯威德，深入人心，如周之子孫舉事多稱文、武之義。

二章乃戒楚之辭。借氐羌責荆楚，倍見精神。蓋西北夷較東南夷勢強；西北夷尚且按時進貢朝見大商，西南夷則當如何耶？

三章又藉荆楚以警諸侯。天命諸侯各立國於中國之域而爲商之臣屬。於是歲時來朝於商，以祈王勿加以罪責。而諸侯亦能各安其位，努力生產，勤於稼穡。

四章謂商受威嚴之天命所監視，故能賞人既不過度，罰亦不濫施刑，凡事不敢怠惰，故上天爲商大建其福。蓋亦「天人合一」之義。

五章言商之都邑居四方之中，而今爲宋有之，頗得地勢之利。祖先又有顯赫之聲，有光明之靈，故保其子孫壽考而康寧。謂商之祖德能遺福澤於子孫也。

六章述建廟之情形：所用乃景山松柏上好之木材，建成有一排大柱之廟寢，甚是壯觀。神居其中自是甚安也。

【古韻】

第一章：武、楚、阻、旅、所、緒，魚部上聲；

第二章：鄉、湯、羌、享、王、常，陽部平聲；

第三章：辟、績、辟、適、解，佳（支）部入聲；

第四章：監、嚴、濫，談部去聲；

國、福，之部入聲；

第五章：翼、極，之部入聲；

聲、靈、寧、生，耕部平聲；

第六章：山、丸、遷、虔、梴、閑、安，元部平聲。

「詩經欣賞」結語

詩經三〇五篇，我們已欣賞完畢，對於詩經的各方面也大體上都已有了相當的認識，我們遺憾的是在解釋字句和辨疑判異上費了很多篇幅，未能在風格和表現技巧方面多所討論，現在我們再就這方面選錄古今名人語三則，作爲詩經欣賞的結束：

(一)疊字爲詩經特色之一，劉勰文心雕龍物色篇曰：「灼灼狀桃花之鮮，依依盡楊柳之貌，杲杲爲日出之容，瀌瀌擬雨雪之狀，喈喈逐黃鳥之聲，喓喓學草蟲之韻，……雖復思經千載，將何易奪？」

(二)詩經於寫景詠物，抒情敍事說理，均有特殊的表現技巧，王士禎漁洋詩話中有一段綜合的評論曰：「余思詩三百篇，眞如化工之肖物。如燕燕之傷別；籊籊竹竿之思歸；蒹葭蒼蒼之懷人；小戎之典制；碩人次章寫美人之姚冶；七月次章寫陽春之明麗，而終以『女心傷悲，殆及公子同歸』；東山三章之『我來自東，零雨其濛，鸛鳴于垤，婦歎于室』；四章之『其新孔嘉，其舊如之何？』寫閨閣之致，遠歸之情，遂爲六朝唐人之祖！無羊之『或降于阿，或飲于池，或寢或訛，爾牧來思，何蓑何笠，或負其餱，麾之以肱，畢來既升。』字字寫生，恐史道碩戴嵩畫手，未能如此極妍盡態也。」

㈢風雅頌背境不同，詩格亦異，陳鐘凡中國韻文通論辨之曰：「風爲民衆文學，多抒情之作，其詩言近旨遠，寄興深微，譬猶唐人絕句；雅爲朝廷文學，記事兼抒情，其詩盡情發揮，抑揚頓挫，譬猶唐人歌行；頌爲廟堂文學，多讚美詩，莊敬肅雍，音緩節舒，譬猶後世誄銘。」

〔跋文〕

蘇跋㈠

蘇雪林

若說文化遺產，我們中國人所接受的詩經，可說是最富厚的一份了。你看中國語文裡，無數的詞彙，無數的成語，無數的典故，不是大半來自詩經麼？自西周至於春秋，典章制度，人情風俗，上至天文，下至地理，旁及曆法，以逮草木蟲魚之細微，布帛麻縷之瑣屑，不是也可在詩經裡考查出來麼？所以詩經實是我國古代一部包羅萬象的文學寶藏，也是一份從無偽作羼入，最純粹，最確實，最有價值的文化資料。

周禮太師教六詩，這話真實與否未可知，但古代教育青年，禮、易、春秋之外，詩居其一，國語，莊子可以為證。春秋時代，詩又成為外交寶典，各國使臣，雍容壇坫，揖讓樽俎，賦詩言志，成了一時風尚，左傳中此類記載，不一而足。孔子說：「不學詩，無以言」，又說：「誦詩三百，使于四方，不能專對，雖多亦奚以為。」那時候作為士大夫的條件，有「登高能賦」的一項，所謂「高」便是使節所登之壇，可見外交方面對詩重視的一斑。

孔子平生對詩的興趣極為濃厚，他教訓兒子，與門弟子談論學問，必引詩為喻。春秋時代所謂智識階級，說話時也必常常引詩，降及孟子荀子引得更多。漢人以詩列於五經，又搞出許多正變美刺的花樣，以為詩具有宣揚王化，裨益政教的大作用，遂有以三百篇當諫書之說。詩的尊嚴性，至是遂如日中天，崇高無上。而詩也完全墜落於迂詞腐見的深坑裡了。

到了宋代，對於漢儒的傳箋，又起了一番反動，不過他們不遵古訓，好憑主觀，其說又不免流於粗疏空洞。清朝是復古時代，對宋儒的解詩又起了反動，回到毛鄭的舊路，不過他們以所生時代較後，研究方法自然比漢儒更加精密，成績已遠遠超越前人。所可惜者，他們心裡始終橫梗着一個觀念：詩是經過孔聖人刪過的，是一部經書，總不免凛凛然以一種看待神聖的眼光來看待它，譬如他們從來不敢主張「關雎」僅僅是一首普通情詩，却硬說是文王之化，「卷耳」僅僅是一首婦女假想丈夫欲歸的詩，却硬說是后妃之德。這樣解詩，詩的意義如何可以顯現？

五四以後，思想解放，傳統權威盡皆墜地，我們否認孔子與詩的關係（例如刪詩），因而也否認了詩的尊嚴性和神聖性，只以文學的眼光來看待它，更運用科學的方法來研究它，將二千餘年以來蒙蔽於詩上面的迷煙濁霧，一掃而空，詩的真面目始逐漸呈露。近代某氏有詩經的厄運與幸運之說。我以為詩以前所享的幸運都是假的，所罹的厄運却是真的，它真正幸運的享受，或將開始於近代吧。

不過天下事有一利必有一弊，近代學者利用宗教學、民俗學、社會學、心理學、語言學來研究詩經，所發議論固甚精闢，有時則鑽入牛角尖，不能自拔，與漢儒之失，不過五十步與百步之差。更有人逞其豐富的幻想，發為專斷式的說法，甚至流為荒謬可笑，亦在所不顧，這類人甚多，現亦不必一一舉例。看來詩經厄運的餘波，尚盪漾其未已，我說它幸運行將開始，未免言之過早吧。

將詩經的篇章翻譯為口語，也是現代學者的嘗試，他們對詩經有選譯的，有全譯的，有完全用白話的，有用淺近之文言的。這類書我也閱讀過幾種，覺得可觀之作甚少。因為譯者對詩經的訓詁既未用功，意義也不求深解，抱着兒戲的態度，率爾動筆，這樣，他們的工作自然難以令人滿意。

近讀糜文開、裴普賢賢伉儷合著的「詩經欣賞與研究」不由得手之舞之，足之蹈之，認為這是一部最好的詩經介紹。他們先搜羅了百多種關於詩經的著作，古今中外都有，仔細揣摩，融會貫通之後，於注疏則選其最妥貼者，於釋義則擇其最愜心貴當者，去漢儒之腐，宋人之疏，近代學者之偏見異論，也在所不採。乃將詩經裡一些優美動人的篇章，譯為語體。他們翻譯的體裁，也並不一律，有時採取民間歌謠，有時用五七言長短句，有時用五四以來的流行白話詩體，那首詩該怎樣譯，便還它一種譯法，量體裁衣，按頭製帽，是以每首詩都翻譯得有如初搨黃庭，恰到好處，頰上添毫，栩栩若活；並且常有出人意外的神來之筆，讀之令人拍案叫絕不已！在柏舟一篇的譯作之後，作者曾說「譯詩是再創造的工作，如果譯得好，能將原詩的意境，原詩的優點，充分顯露出來，比讀原詩，更易令人欣賞。」這是作者的自讚，可是這自讚恰如其份，半點也不誇張。

這部書名為「詩經欣賞與研究」也確是名符其實的。除每首詩都附有極精確的注解外，作者又把有關於詩的基本常識，分散在有關各篇的主文中，例如什麼是「詩教」什麼是「六義」以及詩經學的歷史和重要學者與其著作等等，本來是很枯燥重滯的議論，作者却以輕鬆活潑的筆調行之，讀了以後，全部詩經的知識，了然胸中，比讀幾百部有關詩經的著作，還要得益。

這是一部濃郁文學趣味與湛深學術研究，鎔鑄一鑪，產生出來的結晶品。我敢說它的價值，遠在姚際恆詩經通論、崔述讀風偶識、方玉潤詩經原始之上。這部書中學生固可閱讀，大學教授也可取為參考，可算是近年學術界少有的寶貴收穫，窮乏的臺灣文苑得此誠足自豪！

民國五十四年四月二日於獅城

附：跋後附識

裴普賢

詩經欣賞與研究的出版，倏忽將屆一年，我們仍在不斷獲得批評和鼓勵中。首先是師範大學國文系主任程發軔先生，成功大學國文系主任施之勉表叔來函祝賀，說是：「已拜讀大半，至感風味特殊，符合目前需要。雜碎名菜，正合青年口味。」說是：「展讀新著，一大快事，家人競閱，愛不忍釋。」接着是大陸雜誌編輯趙鐵寒教授的批評說：「此書不特使人展誦迴環，不能自已，且已為詩經整理研究開一正確新路。」臺大教授葉嘉瑩女士說：「深覺此書無論在譯文、考證、論著各方面見解，皆極為精到。」東吳大學教授伍稼青先生撰文在暢流半月刊介紹說：「八十一篇今譯，確能將原詩的意趣，很忠實地表達無遺。」此後臺北各報章雜誌，亦陸續刊載介紹文字。（三民書局只剪寄來聯合報副刊所載蘇尚耀先生詩經枝談一篇）同時此間馬尼拉華文報的各專欄也一致捧場：施穎洲先生在大中華日報的「話夢錄」，陳述先先生在公理報的「島中人語」，綠石女士在新閩日報的「三言兩語」，草人女士在大中華日報的「小天地」中，先後都有評介。最難得的是引起荒山先生寫了篇一萬餘字的「詩經散論」來專門討論研譯詩經問題，真令人佩服！遲來的信有美國密西根大學教授余光中先生和香港大學中文系主任羅錦堂博士，余教授告訴我們，我們的書，周詳生動，對他非常有用。他已依據我們的今譯和注解，將碩鼠、芣苢、何草不黃、將仲子、野有蔓草等八篇譯成英文，印為講義來教美國學生；羅博士讚美我們，更鼓勵我繼續下去，把三〇五篇全部加以譯注。因此，我決定再在劇與藝雜誌連載國風欣賞，在慈航雜誌連載詩經選粹。蘇雪林先生數年來目疾未能治愈，我們是不敢希望她把我們的新著過目的。但意想不到，她去年九月去新嘉坡南洋大學後却來信説，在臺南時早將全書讀過，只因忙着出國，沒有寫信。信中除對我們的書加以特別讚美外，還寫了些她對詩經研究的寶貴意見。於是我們去信請她給我們的書補寫一篇序或跋。她復信説可以補寫一篇短跋，但仍須將全書再細讀一遍之後才可動筆。我們正擔心這樣對她的目疾不利，而她却已在百忙中將跋文寫成寄來。她這種做事認真的精神，尤其是奬掖後進的一片熱忱，真令人感佩不已，將永遠刻骨銘心，謹此誌謝！並將其餘諸師友賜給我們批評和鼓勵的情形，一併記下，以申謝忱！

另外，三民洽出續集，因為稿子還沒準備好，只得俟諸明年了。

民國五十四年四月十七日於馬尼拉華僑師專

三版後記

裴普賢

這本書再版時加上了蘇雪林先生的跋，我們並將當時對這書所獲批評和鼓勵，略加敍述，附錄在跋後。現在三民書局又通知我們這書卽將三版，要求我們將所發現的書中錯字藉機更正，且寫一篇三版後記；又要我們將這書自再版以來續獲的批評和鼓勵再作一次報告；同時也催促我們交付這書續集的稿子。

三民所要求的三點，第一點很容易地做了，因為文開在中國文化學院夜間部國文系兼任「詩經」和「歷代文選」兩科的講授，他年來身體欠佳，詩經的課由我代授，採用此書作教本，發現的錯字已隨時記下，讓三民照改便行。

第二點就有些困難了，因為有關資料，我們未能全部保存。五十四年八月，我們離菲返臺時，馬尼拉和臺北兩地的報紙上，有好幾篇迎送我們的專文刊載，現在我們從剪存的七篇中，可找到有關評介這書的話如下：㈠馬尼拉公理報七月二十日所載若竹女士的「送別」專文中有曰：

「詩經欣賞與研究是他倆旅菲期間的精心傑作，博得各方的好評，被推為潛修詩經不可或缺的參考書。」㈡新聞日報記者發見先生於七月卅一日在該報所發表「惜別」專文中說：「糜氏除研究印度文學外，對我國詩學研究亦深，他著有『詩文舉隅』，與其夫人合作的『詩經雜碎』，更膾炙人口，風行海內外。」㈢穆中南先生八月十日在臺北公論報發表的「迎文化使者糜文開夫婦」專文中說：「他倆合著的詩經欣賞與研究，也是一部很有學術價值的著作，同樣是他倆在菲六年公餘之暇的成就之一。」㈣現任中國文化學院教授邢光祖先生當時在「縱橫譚」裏所撰的專文，對此書有精密的分析，扼要的評論，其要點為：

「糜先生經常被僑界譽為自由祖國的『文化使者』，這非但是因為他在大使館裏擔任僑教方面的工作，貢獻很大；並且是因為他和夫人在我國學術上有卓越的成就，糜氏伉儷合著的『詩經欣賞與研究』，在訓詁與考證方面的周詳精細與所用功力，在自由中國今日註詩的學人中，無出其右。

「回溯中國近三百年來的學術，吾蘇人文蔚盛，治學大抵以考證校讎為主，糜氏伉儷除集詩經注疏的大成外，尤須加以推崇的：第一，是對於文字音韻，文法章法，藉旁證博覽，比較歸納，純採現代的科學方法；第二，是孤證不立，反證姑存，不勦拾舊說，不標新立異，辯詰尊重他人意見，詞旨篤實，文體簡潔，不盛氣凌轢，不支離牽附，有雕琢的餘緒；第三，除科學的訓詁考覈外，尤能時時不忘詩本身的文學價值與鑑賞；第四，治學題材範圍狹而精，與一般泛而無所得者不同。」

後此國內學術界人士，對此書陸續的評介，可記的有：㈠張其昀先生曰：「此書以科學方法研究詩經，並將詩經向海內外青年作深入淺出之介紹，對我國學術文化，頗有貢獻。」㈡黎東方先生曰：「此書功力文筆，兩臻妙境，實為空前巨著，倘尚書、三禮，亦有人仿此而寫，造福後學，當亦願馨香禮拜之也。」㈢張建邦先生曰：「詩經欣賞與研究一書，解說深入淺出，譯述達雅兼備，有益初學，誠為復興中華文化運動聲中之力作。」㈣文化學院夜間部國文系主任戴培之先生在中國文學創刊號發表的「評詩經欣賞與研究」一文，轉錄於下：

「鄭漁仲樂略謂：古之達樂三，曰風、曰雅、曰頌，金石絲竹匏土革木，皆主此三者以成樂。自后夔以來，樂以詩為本，詩以聲為用，八音六律，為之羽翼。仲尼編詩，為燕享祭祀時用以歌，而非用以說義；不幸腐儒之說起，齊魯韓毛，各為序訓而以說相高。漢又立之學官，以義理相授，遂使笙歌之音，湮沒無聞。然當漢之初，去三代未遠，雖經生學者不識詩，而太樂氏以聲歌肄業，往往仲尼三百篇，瞽史之徒，例能歌也。奈義理之說既盛，聲歌之學以微。誠慨乎其言之矣。

「雖然，依永和聲，詩之一端，而道志永言，實詩之體用。義理相高，聲歌獨勝，偏而不備，惡能賅尼山敦厚之敎，正樂之旨！至若匡鼎說詩，群舌為結，毋亦時之所趨，形格勢禁，有以使然。自漢迄今，說詩既衆，述作尤夥，要皆如漁仲所陳，於義理聲歌，畸輕畸重，奇美未正，偏而不全，捫燭扣槃，不能無憾。

「本系糜教授文開，究心於詩，歷有年所，其夫人裴普賢教授，並能以道相莊，旁蒐前哲時賢諸說，衡諸史蹟，比以醜類，得其會通。乃至辭義之訓詁，名物之解說，情思之探研，美刺正變，四始六義，靡不考訂詳備，使虛者實，偏者正。於民俗演變，篇章編組，務為底致之議，不作玄遠之言。至經文今譯，既陳義理，兼及聲歌，洞絃朱越，溯古切今，於是中夏聲教之義，且漸被異國。闢詩界新天地，為文化張一軍，所謂隨俗雅化，不悖觀興之旨，如「詩經欣賞與研究」之工作，足以當之矣。」

要說三民所要求的第三點，我們自覺很慚愧，我們原打算花兩年工夫完成的續集，現在延長了兩年，竟還不能馬上付印，這有幾個原因：㈠返國後參考書多了，要花工夫一一披覽，而少數參考書，多方設法蒐尋，仍無所獲。例如詩體釋例的作者胡才甫，撰有「詩經形釋」六卷，迄今達此書有未出版，都沒查訪出來，而有的書好不容易借到，展讀之下，却很少參考價值；㈡此書既受人推崇，續集就不能再憑一股勁的隨便寫，白話的譯文和難字難句的註釋固然比前花了加倍的工夫，評解方面更得再三斟酌，因此進度極慢；㈢研究的論文不能太空泛，又不能太冷僻，要用新方法去開闢新路線以獲致新結果，但每篇文章又不能太長，變成一本本的專書，只能計劃在一個大題目下先分寫幾篇小文章，因此續集的論文部分，像普賢所寫「春秋與詩經」，寫得太長了，只得暫時半途擱下，先將「荀子與詩經」寫成；㈣三民書局幾年前便約我們寫一本「中國文學史」，文開既擔任了文化學院「歷代文選」的課，我們便計劃寫一本將文學史與文選配合在一起的「中國文學欣賞」。而普賢返國後仍回臺灣大學執教，申請到國家長期發展科學委員會的補助金，又另寫了別的長篇論文，因此詩經欣賞續集的寫作曾中輟了多時；㈤最大的原因，文開的風濕舊病復發，初時腰痛，醫生疑為是腎結石，腰痛醫好了，又右肩膀關節炎，因此他整整一年的時間不曾寫稿，而也影響了我們的稿子。

現在文開的病總算好了，我們檢點續集的成稿，「詩經研究」已有六篇論文，但「詩經欣賞」，還只有五十一篇，我們一定在一兩月內至少再寫二十幾篇，緊接着這書的三版，讓三民在今年暑假把續集印出來，以答謝大家對我們的厚愛。

民國五十七年五月十七日記於臺北

潘跋(二)

潘琦君

糜文開佽儷合著的「詩經欣賞與研究」一書，鎔文學趣味與學術研究於一爐，深入淺出，對愛好文藝與向往古典文學的青年，啓廸尤多。適宜於青年學子自修或大學教授採作教本。故此書自民國五十三年由三民書局出版迄今，已銷售至三版。博得學術界前輩們一致的讚譽與推崇。張其昀、邢光祖、蘇雪林、戴培之諸先生都曾著文推介。邢光祖先生具體地提出四點優點：

「一、於文字音韻，文法章法，藉旁證博覽，比較歸納，純採現代的科學方法；二、孤證不立，反證姑存，不勦拾舊說，不標新立異。辯詰尊重他人意見，詞旨篤實，文體簡潔，不盛氣淩轢，不支離牽附，有雕琢的餘緒；三、除科學的訓詁考覈外，尤能時時不忘詩本身的文學價值與鑑賞；四、治學題材範圍狹而精，與一般泛而無所得者不同。」邢先生的話是非常確切中肯的評介。

筆者與糜先生佽儷相識有年。對兩位學人治學態度之認真嚴肅、研究方法之周詳精到，萬分欽佩。他倆回國三年來，時常得向他們請益。今年五月間，糜先生又出使泰國，他留下半學期的「詩經研究與欣賞」一課暫由我代授。臨行前，他倆將趕寫完成的「詩經欣賞與研究續集」付印，囑我代校第三校。去泰後來函說我既已將初續集都重溫一遍，一定要我寫一篇跋文附後，我實在不敢當此重任。可是再三固辭不獲，只得把個人讀初續集的心得，作個報告：

一、研讀方法的正確：於初集鄭風風雨篇，作者論詩經讀法，謂朱熹與崔述的讀詩經，都是非常得法而澈底的，但他們仍引朱子自己的話：「被舊說一局局定，便看不出了。」批評朱崔二氏有時仍不免囿於舊說成見，因而解風雨篇為一首淫詩。他們則認為此詩是描寫妻子於風雨之夜，苦盼夫婿。而夫婿乃於風雨中歸來的快慰心情，真是別有見地。

又如續集鄭風「女曰鷄鳴」篇，作者擺脫了毛序的「刺不德」，朱傳的「賢夫婦相警戒」等道學先生的說法，並認為姚際恆的「夫婦幃房之詩」的說法亦有未妥。而旁徵博引了聞一多屈萬里諸氏的釋義，細細玩味詩文本意，解釋此詩為一對未正式結婚的青年情侶，補行贈佩、委禽、合巹等禮的情態。全詩以對話方式，寫出他們蜜月愛情生活的興奮快樂。這解釋既有根據，又合情理，並重視了古代社會的生活形態，古代民族的文學趣味，賦予此詩以嶄新的面貌，也許就是它的本來面貌。實在是難能可貴。

全書中似這樣卓越的見地，精闢的解釋，隨處都是，足見他們研讀的客觀與深入。主要的是他們能全部擺脫門戶之見，就原詩虛心熟讀，徐徐體味出詩文本意來，並辨別各篇各類以至一字一句的異同，以求其特徵與共相。同時仍得覆核以前各家舊說，作客觀的研判，是則從之，非則正之。若一意標新立異，縱使可以聳動視聽於一時，到底還是站立不住。

於初集自序中，他們介紹了瑞典漢學家高本漢的科學方法兩步驟（見初集第四頁），認為第一步驟的工作，馬瑞辰高本漢二氏有最高的成就，可作為參考；第二步驟的工作，則在清代學者中，以姚際恆方玉潤二氏用力最勤。糜氏夫婦就是遵循高本漢的科學方法，綜合朱崔馬高姚方六人之業績而獲得新成就者。

於續集所收糜先生的「孟子與詩經」一文，對孟子的讀詩法「故說詩者，不以文害辭，不以辭害志，以意逆志，是為得之。」加以闡述說：「孟子要我們從原詩的一個字一個詞到一句一章一篇地仔細玩味，以體會出作詩者的原意來。」（見續集四〇九頁，讀者可以參閱。）他們並在雲漢的評解中，予以補充說：「所以我們讀詩，重在玩味原詩字句，以推求詩意。至於前人成說，如詩序所提供的各篇時代與作者以及詩旨等，我們要小心求證，無證不信。沒有佐證，寧可闕疑。求證則要向鄭玄以前的古籍中去探尋。魏晉以來新發現的材料可靠性較弱，不可輕易採信。這是我們研讀詩經所要遵守的方法。」於此可以知道糜氏夫婦研讀詩經的工作，是何等的嚴正有方。他們於反覆玩味，小心求證之際，工夫細而且深。讀這續集的七十二篇欣賞，當更可以體味得出來了。

二、五部式著述法：初續集都仿傚方玉潤詩經原始的五部式⑴小序⑵原詩⑶主文⑷註釋⑸標韻，改為⑴小序⑵原詩⑶今譯⑷註釋⑸評解（初集稱主文），對於讀者的研習，極為便利。小序兼採戈提斯（Dr. Robert Gordis）英譯雅歌題後詩前的開場白式，先把原詩作個簡明扼要的介紹，繼之以活潑風趣的今譯，詳盡的註釋。尤其可貴的是評解（主文）內容之豐富，見解之精闢。例如初集生民篇主文談希臘印度中國史詩和神話，噫嘻篇主文將舊約雅歌、印度吠陀讚歌和詩經的國風作一比較。以研究印度哲學文學專家的眼光，分析詩經，對我國這部偉大的史詩，貢獻更多。又如續集第五篇雲漢評解對寫作技巧的研究與欣賞，可說已至登峯造極之境，予學者以無窮的啓迪。廿九篇桑中，三十篇伐柯評解，對諸家註釋的批評取捨，證之以周代社會禮俗，最後對桑中篇下結論說：「故此詩非刺奔刺淫，乃刺自誇美女期我要我送我者之妄想耳。」否定了毛序朱傳的成說，恢復此篇「里巷歌謠」，與「男女相與歌詠」的本來面目。於伐柯篇，推翻了「美周公」的舊說，將首次兩章都解作比與賦，確定為詠婚姻描寫新娘進門時一片喜氣揚揚的景象。這種新的欣賞觀點，越發顯出了詩經的時代意義。

三、今譯工夫：在三千年前，詩經原應該是當時的口語文學，（尤其是國風之部），可是到了三千年後的現代人心目中，却是古典文學。許多難字難句，費了歷代學者多少考證揣測，却因為時地的變遷，究竟是什麼意義，無法起古人而問之。所以自漢儒以下，解經都未免有牽强附會之處。即以朱熹的善疑，尚不能全部擺脫舊說。糜氏夫婦乃遵照高本漢的科學方法，參酌各家註釋，更依據先秦時代的社會風俗，心理人情，婉轉體會，然後採取民間歌謠，五七言長短句，五四以來流行的白話詩體，惟妙惟肖地翻譯出原詩的奧妙精微之處。以口語文學還它口語文學的面貌。誠如蘇雪林教授所說的：「量體裁衣，按頭製帽，是以每首詩都翻譯得如初搨黃庭，恰到好處。並且常有出人意外的神來之筆。」

讀初續集的今譯，處處令人有身歷其境之感。例如桑中篇，就是採用民歌體的，茲抄錄原詩今譯第一段，以便欣賞：

爰采唐矣？（女聲問）你到那兒去採蒙菜啊？

沬之鄉矣。（男聲答）我到沬邦的鄉下採啊。

云誰之思？（女聲問）你想追的是誰家姑娘啊？

美孟姜矣。（男聲答）漂亮大姐她姓姜呀。

期我乎桑中，（衆聲合唱）她約我在桑中，

要我乎上宮，她邀我去上宮，

送我乎淇之上矣。她送我到淇水上啊。

糜氏非但把朱子所謂「男女相與歌詠」的民歌風格譯出，而且把桑中詩裡對約女郊遊者的嘲弄意味也活生生地表現在眼前，工夫的高超，可見一斑。

今日流行歌曲的曲子單調，歌詞膚淺貧乏，有識之士無不有此同感。而歌星却如雨後春筍，蓬勃地產生。為了復興固有文化與推廣社會教育，作曲家與作詞家們，大可參考糜氏詩經今譯的美妙口語，鏗鏘的音調，表現出中國人自己的民情、風俗與感情，才是真正屬於中國人的流行歌曲。這是我附帶的一點感想。

據我所知，糜氏伉儷寫詩經欣賞，有時各選一篇寫完後交換着修改潤飾，（有些兩人不同意見尚保留在註釋與評解中），有時選一篇兩人分工合作。他們為一字一句的註釋或今譯的推敲思量，往往徘徊庭院，廢寢忘食。這種焚膏繼晷的治學精神，真值得欽佩。

四、精確的統計：他們以狹而精的治學態度，發掘問題，以窄而深的筆觸，作精密的統計，從而獲得客觀的結論。這，從初集中糜夫人「周漢祓禊演變考」與「詩經兮字研究」二篇論文可以看出。她統計三百零五篇中共有三百二十一個兮字，而李一之的卡片所得，只有二五六個兮字，少登記了六十五個之多，其精密與粗疏的程度極為懸殊。

更值得一提的是她為了澈底研究詩經疊句及其影響，自詩經、詩、詞、曲以迄於近代流行歌曲中，找出各種疊句形式，比較研究寫成十二萬字的「詩詞曲疊句欣賞」一書，為疊句研究開闢了新天地。（此書由三民書局出版。）

他們又根據朱傳本與孔疏本，將詩經各句的字數作成「詩經字句統計表」，較美國漢學家金守拙教授（Prof. George A. Kenedy）的統計尤為精確。其他如「詩經章句數統計表」「詩經各篇章數統計表」等，都極為細密。

五、精闢的論述：糜先生的研究，著眼於基本問題，初集中的論文「詩經的基本形式及其變化，」精密地探討了詩經的形式，其結語云：「詩經是四言詩的代表，四字成句，四句成章，疊詠三章，然後樂成。」他認為詩經無論用詞、造句、與章法，都趨向聯綿性的形式，所以他又稱詩經形式的特質是聯綿體。

現在，續集中詩經研究全是歷史性的論文，偏重於歷代儒學與詩經的考察，自孔子、孟、荀，以迄漢代，所收論文六篇，「論語與詩經」「孟子與詩經」，就論孟兩書中有關詩經的文字全部輯錄起來，將孔子孟子和詩經的關係一一考察，作扼要而精闢的論述。這樣依照時代先後考察下去，一一指陳其演變，直考察到漢代齊詩學中陰陽家的色彩。漢代的考察還只開其端。至於上溯到孔子以前，因縻夫人的「春秋與詩經」以文長未輯入，難窺全豹，令人有「書到快意讀易盡」之憾。幸「孔子刪詩問題的論辯」一文，自司馬遷史記的孔子世家敘起，中經唐、宋、明、清各代學者的論辯，直叙到現代學者的主張，最後以己意加以論斷，見解精闢，可以補償讀者之不足。

六、一點意見：

縻氏伉儷的詩經欣賞是着重在文學與趣而避免長詩的困人。在初集中所介紹的，大雅生民已算長詩，最長的只有豳風七月一篇，那是全詩經中第五長詩。而這次續集，却一下子介紹了三首長詩，即全詩經的第一長詩魯頌閟宮，第二長詩大雅抑，第六長詩小雅正月。把大雅小雅與三頌的最長詩一口氣都介紹出來，我認為還是太多了。應當循序漸進，速度不宜太快，以免國學基礎較差的讀者，或將因噎廢食。

初集中註釋，已接受讀者的提議，加用注音符號。但注音符號還是用得不多，現在續集中注音符號用得更少。許多難字的讀音，將令讀者自己去查國音字典，將來三集如能注意到這點，所有難字的註釋均兼用注音符號，那就更為完善了。有人提議注音採用國際音標，但國際音標在國內還不普遍，我認為以暫時不採用為宜。

糜氏參考方玉潤的詩經原始，略去標韻，增加今譯是高明的措施。有人認為略去標韻則詩經欣賞便顯得不很完備。不知詩經的上古音，不能像唐詩的中古音一樣標韻，因為研究上古音是一種專門的學問，到現在上古音還不能整理得一清二楚，所以詩經還無法有正確的標韻。如果仍像清儒般用中古音為詩經標韻，則仍是不準確的。

總之，糜氏伉儷撰寫的詩經研究，是科學方法的產品。而詩經欣賞，則是一種綜合的藝術，須有多方面的才能與經驗。撰寫時偶未兼顧周至，或不免有款輕款重之偏。我提出的意見只是求全的責備，不足為病。他倆合譯泰戈爾詩集，前後費時十年。現在詩經欣賞與研究初續兩集，已花了他倆七年的時間。這次續集的成功，我們應該為他倆也為學術界慶賀。我則要預祝他倆繼續撰寫三集四集，完成全部三百零五篇的欣賞與研究，則讀者幸甚，學術界幸甚。

民國五十八年八月廿日於臺北

齊跋㊂

齊益壽

詩經是我國最古老的歌謠總集。由於年荒代遠，其中難字難句、古聲古韻，以及所涉及的歷史背景、風俗習慣、名物制度等等，在在皆非深入研究，難有定奪。因此要對詩經作深澈的了解，勢非具備經學、小學、史學的豐厚素養不可。然而詩經究竟是一部文學作品，其令人感發賞愛、傾心動魄之處，又勢非具有文學的靈犀善感、悲憫情懷，不能發其風致。歷代有關詩經的著作，雖多如牛毛；所研究的總成績，雖斐然可觀；然而研究有得者，不一定能兼顧文學欣賞的一面。是以欲求一部研究與欣賞兼美並茂之作，却不可多得。

糜文開先生往昔研究印度文學，早已蜚聲文壇；所譯印度詩哲泰戈爾的詩集，風行一時。近二十年，復與夫人裴普賢教授專治中國古典文學。琴瑟和鳴，相得益彰。二位先生以學者之博覽精勤，兼具文學家之靈犀善感，合力撰寫「詩經欣賞與研究」，使詩經在欣賞與研究兩方面，花開並蒂，各放異彩，無怪乎自初集問世之後，佳評如湧，倍受矚目。

如今二位先生繼初集、二集之後，積十年之辛勤，復成此三集，計收欣賞七十二篇，研究十篇。我拜讀校樣，卽不忍釋手。而最為激賞者，當推該書解詩體例之完備精當。該書解詩體例，係略變清代方玉潤「詩經原始」的體例而成的。「詩經原始」的體例為五部式：㈠小序；㈡原詩（並加眉評與旁批）；㈢主文；㈣註釋；㈤標韻。本書則略變而為：㈠小序（兼採戈提斯 Dr. Robert Gordis 英譯雅歌集題後詩前的開場白式）；㈡原詩；㈢今譯；㈣註釋；㈤評解。而評解之後，本集復增列古韻部一項。小序主要是一首詩詩旨的扼要說明，而所以定此詩旨的理由，則詳述於評解之中。今譯置於原詩底下，一句對一句，旣便對照，兼以譯筆生動傳神，對欣賞的幫助甚大。而譯意的根據，皆在註釋之中。至於評解，除了將有關詩旨的各種舊說一一加以檢討，或取或捨，或別創新解之外，尚兼顧詩的結構技巧、字句神韻等欣賞層面，有時還有相關的專題論述，實在是最見學識功力的一項。

看到這樣的體例，我便想到此間的出版界，對中國古籍——尤其是先秦古籍，雖有今註今譯一類的撰述，使讀者獲益不鮮，但如能擴而充之，參照本書解詩的體例，則讀者對古籍的了解，將不僅僅如今註今譯之使人但知其然而已，更可以知其所以然，以收誘導啓發之功，使讀者步步深入，興味盎然。

其次，從詩經中相同詞句的歸納，以推斷該詞句的意義，此研究法雖以清人崔述等最為擅長，二位先生亦可謂善於使用斯法，如釋「于以」及「爰」為「何處」，凡引十五例證，發前人所未發，使詩義因之而頓覺生動靈活，功不可沒。此外，對詩經篇名問題的總探討，以完整的統計資料為基礎，條分縷析，亦是一篇詳贍精到的力作。

其次，二位先生主張「研讀詩經要憑各篇經文本身解經，不為前人舊說所拘限。」這種主張雖發端於宋代朱熹，然而朱熹在認知上雖富革命性，在實踐上仍不免時受毛序舊說所左右。二位先生則卽知卽行，凡前人舊說對經文本身難以圓通，卽不稍假借，故能時有新解，如定「二子乘舟」（邶風）為送別詩，定「我行其野」（小雅）為贅婿之歌，凡此皆極富參考價值。

常言道：隔行如隔山。然而在今天講求分工崇尚專精的時代，殊不知雖在同一行裡，亦不免有隔江隔河之嘆！何況中國文學，歷史悠長，其間文體，代有興革，作者輩出，既多如滿天星斗，卷帙浩繁，又豈止於汗牛充棟？我於詩經，既乏研究，安敢置喙？所以當糜、裴二位先生以合著「詩經欣賞與研究」三集，囑我跋尾，不禁大為惶恐。既辭不獲，只得以一個普通讀者的淺見，略述讀後的一點感想而已。稱跋，實愧不敢當。

六十八年五月卅日

劉跋(四)——「詩經欣賞與研究」四集跋

劉兆祐

二十多年前，我就時常拜讀糜文開教授所譯的印度作家泰戈爾的詩和裴普賢（溥言）教授有關詩經的論著，對他們在學術上的成就，非常敬佩。民國五十三年，拜讀了他們合著的「詩經欣賞與研究」初集，才知道他們是賢伉儷，益加仰慕他們。因為泰戈爾的詩在印度是家喻戶曉的，詩經在中國，也是老幼必誦的；中印文化，又是那樣的密切。夫婦由同時從事兩個文化古國最偉大詩篇的研究，進而共同完成一部經典之作，這在中外古今是鮮有的美談盛事！

兩千多年前，孔子就以詩經為教材。他認為誦讀詩經不僅可以多識鳥獸草木等名物，還可以興、可以觀、可以羣、可以怨，也就是立言處事的根本。所以兩千多年來的讀書人，沒有不研習它的。研究的人一多，各種解說，也就雜然紛陳了。所以不少的詩經學者，終其一生，都把寶貴的時間，耗費在字義的考訂上面，而很少能析論詩中所含蘊的境界和情趣。從漢朝開始，讀書人更受到儒家教化思想的影響，把詩經國風淳樸的民歌，一一給蒙上一層道德教條的面紗，使讀者難以確切體會到上古人民誠摯的感情和樸實的生活。譬如「關雎」一詩，本來是優美的情詩，可是詩序却說它是「后妃之德也」，魯詩和韓詩也認為「刺后妃失德君子晏朝而作」，雖然一者認為是「美詩」，一者認為是「刺詩」，但是他們把這一首情詩當做教化的工具却是一致的。又如「子衿」，是一首寫男女青年約會的詩，可是詩序却說成「刺學校廢也」。宋代的歐陽修、朱熹等人，雖然開始不相信漢儒的說法，但是也沒能撥雲見日，讓每一首詩再現原來的淳樸面目。糜教授裴教授伉儷就直接了當的解釋為公子哥兒和少女的情詩。這種勇於擺落兩千年來經學桎梏的膽識與直探詩經作品原旨的卓見，是遠邁前人的。

此外，從漢代的毛公開始，對詩經的文字訓詁，也是衆說紛紜，有些文字，兩千年來，仍得不到合理的解釋，糜、裴二先生在注釋部分，不僅能從紛紜衆說中，擷取最接近原意的一家，而於近人的說法，像王國維、錢賓四（穆）、屈翼鵬（萬里）、聞一多等先生的精闢見解，也都取精採入，所以本書的注釋，是薈萃了兩千年來各家的精粹，再加上二先生最新的見解。最可貴的，是他們用最精美的詞彙和最自然的韻律，把每一首改寫成語體詩，誦讀起來，就像咀嚼一首首蘊有先民感情的現代詩。

詩經三百零五首的共同特色是「溫柔敦厚」，不論用那一種研究的方法，如果不能把這個特色表現出來，都將使詩經失色。糜教授伉儷的著作，最令人激賞的就是他們處處把握了詩經感情的脈搏，把先民溫柔敦厚的胸懷表達出來，我想，這和他們溫柔敦厚的風範有關。

凡是從事古典文學作品研究的學者，大概都有這樣的經驗：純粹撰寫嚴肅的學術作品，固然並不容易，但還算單純；若是要使作品既不失嚴肅的學術價值，又要讓一般人讀來興味盎然，那就是一件需要相當功力的工作了。糜先生伉儷的著作，一方面謹慎於考據，一方面又能兼顧文學性、可讀性，可以想見他們在撰寫這三百零五首欣賞時的構思經營，一定是辛苦備嚐的。

民國六十四年，我承乏東吳大學中國文學系系務，特地懇託屈翼鵬師敦請裴教授到系裏教詩經，敦請糜教授講述中印文學，都深受學生的歡迎與愛戴。後來承乏中國文學研究所所務，復蒙裴教授俞允指導研究生撰寫詩經方面的論文。現在，獲知裴教授在經過了二十年的不斷研究，終於完成了三百零五首的欣賞與研究工作，實在值得高興。

記得今年春節，我到他們府上拜年，糜教授正在花園裏修剪花木，精神還很好。沒想到三週後——正月二十二日，就得到他不幸去世的消息。裴教授在忙碌的教學工作之餘，懷着喪去二十多年研究上、生活上佳耦的哀痛，繼續完成這最後八十篇的研究，這種為學術奉獻的精神，委實令人欽佩。

今年暑假，裴先生命我撰寫序文，惶恐不敢當。我以一個晚輩，能有機緣時時向他們請益，已深感榮幸。我這篇短文，只把我對他們著作的粗淺心得寫出，載在卷末，以表示我對糜教授的懷念和對二位先生的敬意。

民國七十二年九月二十二日謹識於東吳大學中國文學研究所

〔後記〕

「詩經欣賞與研究」四集後記

裴溥言

抑住深沉的悲哀，懷着無盡的思念，多少次，筆未提，淚先流。就這樣，我終於踐履了和文開生前的約言——「詩經欣賞與研究」第四集一定要在今年內完成。但當時的約言，是兩人合作，却不料在第三集出版後三年多的時光，只合作完成了八十篇的四分之一，而他竟於今年三月六日，臥病兩週後，以心臟衰竭離我而去。於是，我雖然在極度的悲慟之中，仍然強打精神，獨力完成其餘的四分之三，以達成文開生前的願望，並安慰他在天之靈。

這八十篇的欣賞，是「詩經欣賞與研究」前三集所餘三百零五篇中最後的一部分，計國風中召南兩篇、邶風三篇、鄘風兩篇、王風兩篇、鄭風四篇、齊風三篇、魏風一篇、唐風五篇、秦風、陳風、檜風、曹風及豳風各一篇；小雅二十九篇；大雅十三篇；周頌八篇、魯頌一篇、商頌兩篇。其中僅唐風揚之水一篇曾發表於東方雜誌復刊第十六卷第十期。而此集之目錄，前十六篇為文開生前所排，其餘則為我按照詩經原書依次而列。

至於研究論文部份，文開由於近年來體弱多病，兼授文化大學印度研究所的印度文學研究，要編撰講義，又要批閱學生的讀書報告，指導學生的碩士論文，所以只勉强出版了六十萬字的印度文學歷代名著選兩巨册，而無暇及此，也無力及此。但對於我所撰寫的論文，每完一章或一節，必經他過目，或提供意見，或商改文字。三年之中，我於課餘之暇，陸續完成了「詩經二南時地異說之研判」、「詩經比較研究—楚辭篇、楚辭補充篇」、「詩經比較研究—舊約雅歌篇」及「詩經比較研究—史記周本紀篇」等論文，及數篇由演講稿整理而成的短文，其中「詩經二南時地異說之研判」原係供研究所同學研討專題之一，已收入「臺靜農先生八十壽慶論文集」中，其餘四篇，曾先後發表於中外文學、孔孟學報及幼獅學誌等刊物。但因鑑於第三集頁數太多（七八二頁），書過厚重，故此集只收入「詩經比較研究—史記周本紀篇」及「詩經的文學價值」二篇。其餘楚辭篇、楚辭補充篇、雅歌篇，連同「詩經欣賞—從經學到文學」、「周宣王中興史詩十二篇欣賞」等短文，則彙輯一起，交由學生書局另出單行本。

最初我倆是抱着復興中華文化的宗旨，覺得我們祖先留下的寶貴遺產，不應只作為少數學者專家研究探討的對象，而應該用深入淺出的方法，使古奧的經典能普及於一般民衆，使中學程度的國人卽可欣賞、接受，進而瞭解祖先創業之艱難，奮鬪精神之可貴；並且認識我中華民族在兩三千年以前，卽有那麼高度的文化產物，卽有那麼美妙的文學作品，期於潛移默化中，增進國人品德的修養，增强國人的民族自尊心和自信心。所以就選定了我倆最感興趣的詩經，利用業餘之暇來從事這份工作。

在撰寫詩經欣賞部份，為使讀者對於深奧的文字容易瞭解，讀着不至有枯燥之感，所以對於每篇的今譯，特別注意，儘量使所譯的詩句，不只表意，而且傳神，更要讀起來有種韻律之美。因而，往往為一字之推敲，徘徊終夜；一句之斟酌，廢寢忘餐。然而，不妥之處，仍所難免。

記得我倆開始撰寫第一集時，先是各人挑選自己比較喜愛的詩篇，分別撰寫，然後交換審閱，或互相改正，或彼此補充，或提出問題共同討論。有時會因意見不同而有所論辯，這是我倆結褵二十六年的共同生活中，唯一會引起意見相左的事情，但也並不常有。如今思之，那些日子，是多麼甜美；那種生活，又是多麼愜意啊！然而此情此境，只可讓我在今後孤寂的歲月中回味咀嚼了……。至於二、三集的撰寫，則多半由我主筆，文開提供意見，加以修正。

如今這第四集，則大部由我獨力完成。限於個人能力，其中難免有疏謬之處。如有些許可取之點，則應歸於文開之功，或是文開在天之靈給我的啓示和感召。惜乎他未及見此集之成卽歸道山矣，嗚呼！悲哉！

「詩經欣賞與研究」自第一集至此第四集之問世，前後已歷十九寒暑，而三民書局劉經理振强先生始終抱定提倡學術之精神，復興文化之志願，雖在此經濟不景氣的年代，仍肯不惜工本，出版此書，令人感佩。而這第四集又蒙臺師靜農賜撰序文；東吳大學中文研究所劉所長兆祐先生惠撰跋文，均為本書增光，并此深致謝忱。

民國七十二年八月於臺北舟山路靜齋

附：裴著「詩經欣賞與研究」第四集評介

蘇雪林

我國古代文獻多不可靠，只有詩經這部書和地下發現的商代甲骨例外，詩經是從西周初期迄今，已有三千多年的歷史。為了它歷史特長，又是部文藝性的作品，比之那些高文典册的易經書經儀禮等等，更容易博得人的愛好。是以歷代研究詩經的人也特多，可是那些古人因為時代影響不同，又常戴着有色眼鏡來看這部書，研究成果便也呈出不同的色彩，詩經真正的面目反而難以叫人看出來了。正如顧頡剛先生所說：詩經好像一方豐碑，上面攀緣滿了盤糾的藤葛，蒙蔽了無數雜草，必須將那些藤葛一層層斬去，野草一片片刈除，碑上文字始可辨認清楚，可是那斬藤刈草的工程也很大，想做起來也很不容易呢。

生於現代的我們，做學問有許多便宜可佔，我以為對於那些雜亂無章的藤葛野草，不須慢慢地逐步斬除，只須放把火便燒光了，這就是我們把古人那些拘牽於時代影響或戴着有色眼鏡所看見的東西，完全束之高閣，置之不理，我們可以靠近這座古碑，仔細玩味碑上的文句，尋繹它的意義，詩經真正面目才能豁然呈露於我們之前。

糜文開、裴普賢兩夫婦便是做這個工作最為成功的人。他們于民國五一年在馬尼拉教授華僑青年的中文，便開始研究詩經。因其途徑獨闢，方法新穎，大受學生歡迎。寫成文章後，付國內外報刊發表，無不嘖嘖讚賞。五三年，「詩經欣賞與研究」由三民書局印行，學術界推為詩經研究中之傑構，羣相傳誦，不脛而走。五八年，出版第二集，六八年，出版第三集，糜文開先生不幸於去年病逝。夫人裴普賢教授哀痛之餘，繼承文開先生遺志，獨力完成第四集出版。詩經三百零五篇，他夫婦兩人共譯註二百二十五篇，普賢教授現又獨力完成八十篇，三百五篇已全部註釋翻譯完畢，計算時間，也有二十餘載，真是一件偉大工程。

這四巨帙的「詩經欣賞與研究」題目與內容是極確切的，完全符合的。先說「研究」這兩個字。歷來研究詩經者多逾過江鯽。但沒有一個人能將詩經真正的意義解釋清楚，反而治絲愈棼，搞得一團糟。春秋時代，詩經成了外交寶典，「斷章取義」，代替外交上需要言語。詩本寫實，至是成了象徵化。到戰國時，孟子慣引詩來闡明他的王道，有什麼「以意逆志」的話，就是說詩應該「不以文害辭，不以辭害志，以意逆志，是為得之」，孟子說話動輒引詩，不幸他老人家並不懂詩，常將詩意逆錯。這個流毒可不輕，後人承其說，愈鑽入狹窄的牛角尖，無法退出。到了漢代，有齊、魯、韓三家詩，魯主訓故、齊重讖緯、韓多教訓，又有毛詩，為大小毛公所傳，肄習者衆。後漢鄭衆、賈逵，受而更張其燄。及負一代儒宗之名的馬融作「毛詩註」，鄭玄作「毛詩箋」，申明毛義，以難魯齊韓三家，三家遂廢。漢後逮南北朝，都是毛詩獨霸的天下，但讀唐人所言「晉宋二蕭之世，斯道大行，齊魏兩河之間，茲風不墜」便可知這三四百年間的詩學是個什麼樣子。至唐，孔穎達奉勅撰毛詩正義四十卷，根據毛傳，鄭註而為之疏，毛詩的勢力更籠罩一切。那些什麼「詩序」、「詩譜」、「正變美刺」的說法；「正始之道，王化之基」的話頭，喧騰不已。那些民間勞苦的呼號，謫宦屈抑的怨訴，村童牧女的調情，淫奔私約的謔浪，都變成「文王之化」，「后妃之德」了，也都成了「樂而不淫，怨誹不亂」，合乎溫柔敦厚原則的好詩了。詩被他們這樣一撮弄，詩的真面目愈難辨認了。宋代歐陽修、朱熹、鄭樵、王質一派學者出來，力反舊說，主張新解，但有時也擺脫不掉毛派的魔力，所以朱子常蒙「侫序」之譏。至清，擁護毛詩而著書立說者固大有其人，而崔述、姚際恆、戴震、方玉潤等均就詩說詩，直探本源，詩學始大放光明，超軼前代。近代乃思想解放之時，說詩者雖不如清代之多，而他們解釋詩經，均用科學方法，所得成績，當然超過前人。

我在前文曾說應該放把火把蒙蔽於詩經那塊豐碑上藤葛野草，燒個精光，比慢慢地逐步斬除，豈不直捷痛快？這話我現在願意略作修正。那些藤葛野草裏舊派的，也許蘊藏少許珍寶，新派所蘊藏的則更多，一概燒却，豈不可惜？糜裴賢伉儷說詩就不肯這樣孟浪。他倆為學，因眼光如炬，同時却心細如髮，每能從那淵淵如海，嶽嶽如山數百家新舊詩說中，撿取奇珍，輔以己見，便豁然透出一個極真確，而又極自然的意義。愜心貴當，貼切無比，令人擊節嘆賞，再不能有閒言。這樣他倆這部大著，「研究」二字，可算是充分做到了。

再說「欣賞」這兩個字。詩經號為經，却不比易經、書經、儀禮等卜筮性、歷史性、禮制性的書，它是一部文藝品。凡文藝品均不訴之於人類的理性而訴之於情感。我們人類受環境的刺激而有喜怒哀樂的反應，自然發之詩歌。所謂「詩者，志之所之也。在心為志，發言為詩。情動於中而形於言，言之不足，故嗟嘆之；嗟嘆之不足，故永歌之；永歌之不足，不知手之舞之，足之蹈之也。」詩大序雖不知是否子夏所作，這幾句話却道出詩之真諦。

詩既屬於情感性的文字，除頌之為祭祀詩，雅之為敘事詩外，十五國風大都為民間小兒女所作，情感當然豐富。就是頌和雅既採取了詩歌的體裁，當然也帶有嗟嘆永言的色彩，歸之於情感性的作品，當無不可。因為詩是人類情感偶受外界刺激而迸發出來的，它就不是人類有意的作為。它與歷史無關，與地域也不得一定有分不開的理由。像鄭玄一定要編什麼「詩譜」，把三百五篇的時代地理一一考證分明。論時代則「夷厲巳上，歲數不明，太史年表，自共和始，歷宣幽而得春秋次第之」，論地理則「欲知源流清濁之所處，則循其上下而省之；欲知風化芳臭氣澤之所及，則旁行而觀之。」果然如此，豈不甚好！無奈鄭氏又為詩序所拘牽，說話每强行拳合，反使人更加瞀惑，真不知其何苦？詩固有許多篇諷刺時政，怨懟君上，却非篇篇如此，而魯詩傳人王式竟主張以三百篇當「諫書」，那就更可笑了。至衞宏偽作的「詩序」三百五篇每篇之前必安上小序一則，他用漢人極端迂腐的眼光來看詩經，說的話無一不是穿鑿附會，自相矛盾，當然毫無一顧之價值。糜裴夫婦這部大著則特重詩經的文藝性，更注重詩經的情感性。他們解釋這三百篇，每設身處地於二三千年前，和當時那些做詩的人，笑貌相接，心靈濳通，追逐他們登山涉水的行蹤，參與他們升沈黜陟的榮辱，體貼他們奮鬥失敗的悲哀，共享他們戀愛成功的快樂。他倆說詩的那支筆，就像仙家的返魂丹，將沈睡了數千年的陳死人自墳墓中喚醒，把他們所有七情六欲都赤裸裸披露出來，再也沒有一點隱遁，這樣「尚友古人」，豈非人生最大快事！這樣說詩，豈非最好的方法！——他們於「欣賞」兩字又算做得異常圓滿！

要想達到這個目標，單靠準確的注釋還不行，還須把三百篇全部翻譯為今語。這工作也有人做過，我就曾見過一部陳××的「雅頌選譯」，陳氏對詩經確曾下過一番苦功，他的注釋也有湛深的學問，用新詩方式翻譯這種古典文學，也譯得活潑生動，極能傳神，可惜僅選譯了一部份雅和頌，詩經裏最精采的十五國風，他卻未曾過問。我也看見臺灣有人翻譯國風，好像所有風詩都譯全了。譯者舊文學的根柢不錯，但他全部用五言詩體來譯詩經。詩為四言體，他僅增一字為五言，這樣吝嗇於用字，如何能把詩的意義和韻味，曲曲傳出？

糜裴賢伉儷翻譯詩經則不然，用的是字句長短不一的新詩體，句句用韻，極不容易。文開先生曾自述工作時的苦況「往往一字之推敲，徘徊終夜；一句之斟酌，廢寢忘食。」這與嚴又陵先生翻譯西洋哲學名著時所經歷的情況是相類的。只有這樣肯下苦工的人，他的翻譯事業，才能臻於上乘。

現在「詩經欣賞與研究」第四集裴普賢教授獨挑大樑，將之寫成出版了，與前三集相比，毫不遜色，可為研究詩經者不二之津梁。我前文已說過這是一件偉大的工程，也是近年學術界輝煌的貢獻。文開先生了此心願，地下有知，當為軒眉而笑，我也願為學術界慶賀，為糜氏夫婦慶賀！

「詩經欣賞與研究」改編後記

——並爲先夫糜公文開逝世三週年祭

裴溥言

「詩經欣賞與研究」共計四集，係先夫文開生前與溥言利用業餘時間歷經十九年撰寫而成。其中包括詩經欣賞三百零五篇，研究論文二十一篇。撰寫時間雖久，而疏舛不妥之處，日後仍有所發現。尤以初、續兩集：初集之撰寫，因當時人在國外，參考書缺乏；續集又趕於再度出國前完成。因而對於文字之訓釋，問題之探討，難免有不得確解難洽人意處。且四集之體例不一，如三、四集，每篇欣賞之後均標出古韻，而初、續集則無。更因撰寫之初，係一時興起，各人隨興之所之，挑選自己較喜歡之詩篇先寫。每完一篇，則交換修正，共同討論。故成書之際，篇次未按詩經目錄排列。及至前三集自民國五十三年至六十八年陸續出版之後，讀者反應良好，唯有查閱不便之憾。三民書局董事長劉振强先生及愚夫婦有鑑及此，遂擬議待三百零五篇全部寫完之後，再按詩經目錄予以重編。在全部目錄編排之前，我倆就先從事於前三集的檢討及修正，並將初、續集加標古韻。但第四集才寫了十六篇，不幸文開竟於民國七十二年三月六日因心臟衰竭而去世。溥言不得不强抑悲慟，將最後之六十四篇於一年之內勉力完成。

為答謝讀者之厚愛，溥言在第四集問世之後，即徵得劉振強先生之同意，着手利用課餘之暇，繼續從事該書全四册的檢討及改編工作，以完成先夫在世時未竟之業。其中有更正者，有加添者，歷時一年餘始告竣事。改編後之目錄完全按詩經原書之次序排列，體例亦歸劃一，古韻則均依江舉謙先生之詩經韻譜標示。至於原各集之序、跋等文，則予以集中分別載於全書之前後部分，以代改編本之序、跋，並標以㈠㈡㈢㈣等數字以示所載原書之册第。

古人云：「皓首窮經」，溥言雖年逾耳順，濫竽上庠四十載，對於學術之研究，常感愧於無何成就。於詩之一經，雖孜孜矻矻若干年，仍感所知有限。此固由於溥言之賦性愚鈍，而窮經之難，於此亦可見焉。而今以兢兢業業之心情，完成該書之修訂與改編。修訂改編之後，不敢言毫無瑕疵，然溥言已盡力而為。謹願以之就教於學術前輩，並作為先夫逝世三年祭之獻禮。

民國七十五年二月於臺北靜齋

糜教授文開、裴教授溥言譯著書目

（甲）編著部分

糜教授：

(1)印度歷史故事　商務印書館
(2)聖雄甘地傳　商務印書館
(3)印度文化十八篇　東大圖書公司
(4)文開隨筆　東大圖書公司
(5)印度文學欣賞　三民書局
(6)詩文擧隅　三民書局
(7)印度文學歷代名著選　東大圖書公司

裴教授：

(1)經學概述　開明書店
(2)中印文學研究　商務印書館
(3)詩經研讀指導　東大圖書公司
(4)歐陽修詩本義研究　東大圖書公司
(5)詩經相同句及其影響　三民書局
(6)詩詞曲疊句欣賞研究　三民書局
(7)集句詩研究　學生書局
(8)集句詩研究續集　學生書局
(9)詩經比較研究與欣賞　學生書局
(10)詩經評註讀本　三民書局
(11)詩經欣賞與研究改編本　三民書局

糜裴合著：

(1)詩經欣賞與研究初集　三民書局
(2)詩經欣賞與研究續集　三民書局
(3)詩經欣賞與研究三集　三民書局
(4)詩經欣賞與研究四集　三民書局
(5)中國文學欣賞　三民書局